BASTEI
LÜBBE

Folgende Romane aus der Reihe ›Die Delaneys‹ sind bisher bei Bastei-Lübbe erschienen:

›Die wilden Jahre der Delaneys‹

58500 Der stolze Falke
58501 Der Glanz des Goldes
58502 Silver, das Halbblut
58503 Russische Nächte
58504 Flammende Leidenschaft
58505 Gezähmtes Herz

›Die wilden Frauen der Delaneys‹

58506 Sydney – die Verführerin
58507 Adelaide – die Ungezähmte
58508 Matilda – die Abenteurerin

›Die wilden Männer der Delaneys‹

58509 Burke – der Eroberer
58510 York – der Unbesiegbare
58511 Rafe – der Rebell

Das Gold der Delaneys

Iris Johansen

BRENNENDES VERLANGEN

Roman

Ins Deutsche übertragen
von Katharina Braun

BASTEI LÜBBE

BASTEI-LÜBBE-TASCHENBUCH
Caprice

Band 58512

Erste Auflage: November 1991

Deutsche Lizenzausgabe 1991
Bastei-Verlag Gustav H. Lübbe GmbH & Co., Bergisch Gladbach
Originaltitel: This Fierce Splendor
Titelillustration: Pepe Gonzalez/Norma Agency, Barcelona
Umschlaggestaltung: Quadro Grafik, Bensberg
Satz: Fotosatz Schell, Bad Iburg
Druck und Verarbeitung:
Brodard & Taupin, La Flèche, Frankreich
Printed in France
ISBN 3-404-58512-7

Der Preis dieses Bandes versteht sich einschließlich
der gesetzlichen Mehrwertsteuer.

Prolog

Kantalan, Mexiko
Sommer A. D. 1517

Das Kind der Sonne bebte.

Die Bewegung unter Sayans Sandalen war nichts als ein leichtes Vibrieren, das verschwand, bevor es richtig begonnen hatte. Sie hätte es wahrscheinlich nicht einmal bemerkt, wenn ihre Sinne nicht geschärft gewesen wären angesichts dessen, was da kommen würde.

Ihre Hand schloß sich fester um den Schaft des Silberbechers. Auch sie zitterte. Sayan hatte nicht erwartet, solche Angst zu haben. Nachdem sie ihr Schicksal akzeptiert hatte, war sie der festen Überzeugung gewesen, genügend Mut zu besitzen, ihm mit Würde entgegenzusehen. Schließlich war es kein grausamer Tod, der sie erwartete. Ein friedliches Einschlafen, aus dem sie nie wieder erwachen würde … zumindest nicht auf dieser Welt. Denn in den Flammen hatte sie etwas gesehen … fast wie ein Versprechen war es ihr erschienen …

Sayan hob den Becher an ihre Lippen und trank einen großen Schluck von dem starken Maiswein. Er war süß und berauschend, glitt sanft durch ihre Kehle und wärmte sie von innen. Ihr war nicht mehr so kalt, und sie fühlte sich jetzt imstande, ihr Schicksal wie eine wahre *clairana* zu akzeptieren.

Langsam trat sie vor den polierten Messingspiegel an der gegenüberliegenden Wand. In dem hellen goldenen Kreis spiegelten sich die scharlachroten Blüten in der weißen Jadevase auf dem Tisch und hinter ihnen Sayans eigene Gestalt. An diesem Abend hatte sie sich mit ganz besonderer Sorgfalt gekleidet, um dem Schrecklichen, das ihr bevorstand, mit größerer Sicherheit entgegentreten zu können. Sie trug ihre liebste, für Zeremonien vorgesehene Robe – den *Sonnenaufgangs*-Umhang, der ihr in einer Kaskade aus Gold, Elfenbein und Rosa von den Schultern auf die Füße fiel und am Hals von einer großen Diamantbrosche zusammengehalten wurde, die im warmen Kerzenschein gelblich schimmerte.

Das elfenbeinfarbene Seidenkleid darunter war locker geschnitten, betonte ihre vollen Brüste und die glatte, anmutige Kurve ihrer Taille und der Hüfte. Zumindest sah sie aus wie eine *clairana*. Sie durfte nicht an sich zweifeln. Wenn der Moment kam, würde sie auch den Mut aufbringen, den sie brauchte. Wahrscheinlich war die Isolation der letzten Tage ohnehin schlimmer gewesen, als es ihr Tod sein würde.

Die Priester hatten Sayans Strafe klug gewählt. Sie hatten den Reichtum, der zu ihrer Position gehörte, nicht angerührt, ihr nur den Glauben an sich selbst genommen und die ständige Gesellschaft, an die eine *clairana* gewöhnt war. Vermutlich war es diese schreckliche Einsamkeit, die ihr den Mut geraubt hatte. Jeder Mensch war allein in seiner Seele, aber eine Berührung, ein Wort wären ein Trost gewesen, wenn sie ihren Körper opferte, um …

»Du bist sehr schön.«

Sayan drehte sich erschrocken zu dem Mann um, der in der Tür erschienen war. »Nein!« flüsterte sie. »Ich sagte dir, du solltest fortgehen. Ich flehte dich an, es zu tun, und du hattest es mir versprochen. Warum bist du noch hier, Dalkar?«

»Ich habe gelogen.« Er kam mit langsamen, anmutigen Schritten in den Raum. Seine Sandalen verursachten kein Geräusch auf den Marmorfliesen. Die weißen Zähne schimmerten in seinem bronzefarbenen Gesicht, als er Sayan anlächelte, und sie spürte eine Hitzewelle durch ihren Körper gehen, die berauschender war als der schwere Wein, den sie eben noch getrunken hatte.

Er war ein ausgesprochen schöner Mann – stark, biegsam, muskulös und geschmeidig wie ein Jaguar, mit dunklen Augen, die glühten vor Heiterkeit und Lebensfreude. Er war bis zur Hüfte nackt, wie es Sitte für ihn war, und trug nichts als den *chanton* aus braunem Leder, der seine schmalen Hüften bedeckte und seine muskulösen Schenkel freiließ. Die Riemen der Sandalen, die sich über seinen Knöcheln und seinen Unterschenkeln kreuzten, waren ebenfalls aus Leder. Eine mit Türkisen besetzte Kette aus gehämmertem Silber schmiegte sich um seinen kräftigen braunen Hals; ein Medaillon, das das Kreuz der vier Flüsse zeigte, ruhte auf seiner Brust.

Seine Gesichtszüge waren zu unregelmäßig, um schön zu sein; seine Nase war zu kurz, seine Wangenknochen waren zu breit. Aber das änderte nichts. Er wirkte so anziehend auf Frauen wie der große Magneteisenstein im Tempel des Ra. Er war faszinierend männlich und voller Heiterkeit. Sayan hatte die geflüsterten Bemerkungen über ihn gehört, noch bevor er sich ihr genähert hatte, und gewußt, daß er kein Mann war, von dem sie erwarten konnte, daß er Distanz wahren würde. Aber auch das hatte nichts geändert. Sein Körper hatte sie mit Kraft und überwältigender Männlichkeit verführt, aber es war sein Lachen gewesen, womit er sie verzaubert und gewonnen hatte.

Auch jetzt lachte er. »Du hättest es besser wissen sollen, als mir zu glauben. Ein Mann, der eine *clairana* entehrt, ist zu allem fähig.« Er nahm den silbernen Krug von dem schwarzen Marmortisch und schenkte Wein in einen Becher. »Ich wußte, daß du nicht eher Ruhe geben würdest, bis ich dir versprach, Kantalan zu verlassen.« Er hob den Becher und prostete ihr zu. »Aber ich habe nicht die Absicht, dich oder Kantalan zu verlassen. Wenn du bleibst, bleibe ich auch.«

»Ich will nicht, daß du stirbst. Du sollst leben. Es *wird* geschehen, Dalkar, glaub mir.« Tränen glitzerten in ihren Augen. »Bitte, glaub es mir. Ich habe es in den Heiligen Flammen gesehen. Es war eine Vision, ein Blick in die Zukunft. Ra hat mir nicht meine Macht genommen, als ich mich der Gotteslästerung schuldig machte.«

Dalkar versteifte sich. Sein Lächeln verblaßte. »Es war keine Gotteslästerung. Es war schön und richtig. Nur weil die Priester uns verbannt haben, bedeutet das noch lange nicht, daß es falsch war, was wir getan haben. Wärst du nicht die *clairana* gewesen, hätte man mir gestattet, dich zur Frau zu nehmen. Es war richtig, diesen eingebildeten Narren und ihrem Aberglauben keine Beachtung zu schenken und uns das Glück zu nehmen, auf das wir einen rechtmäßigen Anspruch hatten.«

Sayan schüttelte den Kopf. »Nein, es war eine Sünde. Wäre ich nicht eidbrüchig geworden, hätte mein Volk mir geglaubt und Kantalan verlassen. Dann würden sie heute abend nicht auf das Kind der Sonne klettern, um Opfer darzubringen.«

Dalkar runzelte die Stirn. »Bereust du es?«

Sie schaute ihn aus großen Augen an. »Natürlich reut es mich! Die größte Kultur, die je existierte, seit wir unsere Heimat verließen, wird nun zerstört werden.« Sie schaute ihn flehend an. »Du glaubst mir auch nicht, Dalkar?«

Er zuckte mit den Schultern. »Ich bin Soldat, kein Mystiker. Ich glaube, was ich sehe, was ich berühren kann und was wir zusammen sind.« Er lächelte. »Ist das nicht genug für dich, Sayan?«

»Du mußt *glauben*.« Und nach einem Moment fuhr sie beschwörend fort: »Du mußt Kantalan verlassen, Dalkar.«

»Psst.« Er legte ihr sanft einen Finger auf die Lippen. »Es ist nicht von Bedeutung, was ich glaube oder nicht glaube. Selbst wenn ich überzeugt wäre, daß Ra in wenigen Minuten Feuer herniederschickt und die ganze Erde zerstört, würde ich bei dir bleiben.«

»Es wird kein Feuer geben.« Sie schloß die Augen. »Diesmal nicht. Nicht bis die Vier, die danach kommen, durch die Straßen von Kantalan wandern.«

Dalkar war, als striche eine kalte Hand über seinen Rükken. Er war Realist, aber Sayans ruhige Überzeugung erschütterte ihn. Doch dann hob er die Schultern, als wollte er eine Last abstreifen. Er hatte immer für den Moment gelebt, und Sayan hatte ihm einige der schönsten Momente seines Lebens geschenkt. Das hatte er in jenen letzten Tagen erfahren, als er sich zwingen mußte, sich von ihr fernzuhalten, und nun war ihm klar, daß es ohne sie keine Zukunft für ihn gab. Falls Sayans Prophezeiung sich als richtig erweisen sollte, konnte er sich keinen Menschen vorstellen, mit dem er jene letzten Augenblicke lieber verbracht hätte ... Und doch ging es gegen seine Natur, selbst die Möglichkeit des Todes so leichtfertig zu akzeptieren.

»Ich könnte dich von hier fortbringen. Wir könnten uns irgendwo anders ein Leben aufbauen.«

»Ich *kann* nicht fortgehen.« Sie öffnete die Augen, und er las eine Trauer darin, so daß sich ihm die Kehle zuschnürte vor Liebe und Verzweiflung.

Liebe. Bis zu diesem Augenblick war ihm nicht bewußt gewesen, wie sehr er Sayan liebte. Sie hatte eine Herausforderung für ihn dargestellt, ihn mit leidenschaftlichem Verlangen erfüllt, und Dalkar war ein Mensch, der keiner Herausforderung widerstehen konnte. Bis heute hätte er nicht sagen können, ob er sich Sayan genähert hatte, weil sie verboten für ihn war, oder weil er sich tatsächlich zu ihr hingezogen gefühlt hatte. Sie war eine Schönheit, zweifellos, mit ihren perfekten Gesichtszügen und den großen dunklen Augen, aber ihr ernstes Wesen war seinem unbekümmerten Charakter fremd. Wie auch immer – es war jetzt nicht mehr wichtig, wie es dazu gekommen war. Ihre Zukunft war für immer miteinander verbunden, dessen war Dalkar ganz sicher.

Er nahm seinen Finger von ihren Lippen, um ihre Wange zu streicheln. »Dann kann ich auch nicht fortgehen.« Er ließ die Hand sinken. »Widersprich mir nicht, bitte. Du bist zu intelligent, um deine Zeit mit sinnlosen Argumenten zu verschwenden.«

Lächelnd nahm er ihr den Silberbecher aus der Hand und stellte ihn zu seinem eigenen auf den Tisch. Dann führte er Sayan zum Balkon. »Vor allem, da du überzeugt scheinst, es bliebe uns nicht mehr viel Zeit. Warum schauen wir uns nicht die Prozession zum Kind der Sonne hinauf an? Es wird ein interessantes Schauspiel sein. Und da wir verbannt und ausgestoßen sind, brauchen wir wenigstens nicht den Aufstieg mitzumachen, um an der Opferzeremonie teilzunehmen. Wir können uns alles von hier aus ansehen.« Er zog die schweren Vorhänge zurück und trat beiseite, um Sayan Platz zu machen. »Vielleicht stimmen die Opfer Ra so gnädig, daß er uns unsere Sünden vergibt.«

»Du solltest nicht darüber scherzen.« Sayan ging langsam zu der Steinbalustrade, von der aus die ganze Stadt zu überblicken war. Die Nacht war heiß, auffallend still, und die Luft war so schwül, daß das Atmen schwerfiel. »Es war eine Sünde. Ich glaube zwar nicht, daß Ra es als Sünde gegen *sich* betrachtet, denn er hat mir die Vision gegeben, aber es *war* eine Sünde gegen mein Volk. Ich hätte mehr Verantwortung zeigen müssen. Ich hätte das Gesetz befolgen müssen.«

Unter dem gefältelten Umhang legte Dalkar seine Hand um ihre schmale Taille, und seine Lippen streiften ihr Ohr. Ihr hüftlanges dunkles Haar streichelte seinen nackten Oberkörper, und Sayans zarter weiblicher Duft stieg ihm zu Kopf und löste ein vertrautes Ziehen in seinen Lenden aus. »Niemand ist verantwortungsbewußter als du, kleine Sayan«, flüsterte er zärtlich, »und es war ein Gesetz, das dazu geschaffen ist, gebrochen zu werden.«

Sie spürte die Kraft und Wärme seines muskulösen Arms durch die dünne Seide ihres Kleids und atmete tief den Duft nach Leder und Moschus ein, der Dalkar stets umgab. Seufzend lehnte sie sich an seine Brust. »Ich liebe dich so sehr. Warum muß ich dich lieben, Dalkar?«

Da sie keine Antwort zu erwarten schien, sagte er nichts, sondern schaute in Richtung Süden, zu den Ausläufern des Kindes der Sonne, des höchsten Berges in der Kette, die die Stadt umgab. Die lange Prozession, die sich den Berg hinaufschlängelte, wurde von Tausenden von Fackeln erhellt.

»Ich liebe diese Stadt.« Sayans Worte waren kaum mehr als ein Flüstern. Ihr Blick ruhte nicht auf dem Berg, sondern auf der verlassenen Stadt unter ihnen. Mächtige Pyramiden und mit flachen Dächern versehene Gebäude aus weißem Marmor standen in harmonischer Einheit nebeneinander, und die vier Flüsse, die dieses architektonische Meisterwerk teilten, schimmerten im Mondlicht wie reines Silber. »Kann es etwas Schöneres geben als Kantalan?«

»Nein.« Den gleichen Stolz, den er in Sayans Stimme vernommen hatte, hörte er nun aus seiner eigenen heraus, und das überraschte ihn. Er war ein Mann, für den Kampf und Aufbau lebenswichtig waren, und die Perfektion dieser Stadt hatte ihn immer sehr gestört. Aber was hatte er anderes von Kantalan erwartet? Schließlich war er Soldat geworden in einem Land, das den Frieden achtete. Daher war es ihm in dieser Nacht, als sähe er die ernste Schönheit seines Geburtsortes zum ersten Mal. »Nichts könnte schöner sein.«

Sayan schwieg lange. »Vielleicht ist es leichter für uns als für Cadra. Ich weiß nicht, ob ich es ertragen könnte, diesen Ort zu verlassen und unter Barbaren zu leben.«

»Du hast Cadra fortgeschickt?«

Sie nickte. »*Er* hat mir meine Vision geglaubt. Zwar wollte er mich nicht allein zurücklassen, aber ich versicherte ihm, es sei Ras Wille und es müsse jemand überleben, um die Legende von Kantalan weiterzugeben und die Vier zusammenzurufen, die später kommen.«

»Wohin hast du ihn geschickt? Nach Tenochtitlân?«

»Glaubst du, ich sei verrückt?« entgegnete sie rauh. »Du hast mir selbst gesagt, Montezuma hätte im vergangenen Jahr über fünfhundert Menschenopfer gebracht. Er hat sich von der wahren Religion des Quetzalcoatl losgesagt. Ist dir bewußt, daß er mich lebendig begraben hätte nach meinem Verstoß gegen die Gesetze? Es war richtig, alle Verbindungen zu dieser Kolonie abzubrechen, als die Blutopfer begannnen. Ich denke nicht daran, ihnen Cadra oder Kantalan zu geben, damit sie sie auf ihren Altären opfern können!«

Dalkar lächelte. »Wie wild du bist in deinem Zorn!« Seine Lippen streiften wieder ihre Wange. »Wohin hast du ihn geschickt?«

»Nach Norden. Es ist besser, daß er bei den Barbaren lebt als unter jenen Ungeheuern, die vergessen haben, daß Kultur und Zivilisation nicht aus einem Land entstehen können, dessen Boden mit Blut getränkt ist.« Sie holte tief Luft. »Wir haben soviel geschafft in Kantalan. Den Legenden nach war unser Heimatland noch besser, aber das kann ich fast nicht glauben. Kantalan ist ...« Sie machte eine Pause, um nach dem richtigen Wort zu suchen. »Ra.«

»Nun, das würden deine humorlosen Priester bestimmt als Gotteslästerung bezeichnen.« Dalkar lachte, und Sayan spürte seinen warmen Atem an ihrem Ohr. »Ich glaube, ich bin eifersüchtig. Ich will nicht, daß du an Kantalan denkst, wenn ich dich in den Armen halte.« Er zog sie noch fester an sich. »Und ich würde gern noch einmal hören, daß du mich liebst. Wirst du es mir sagen, Sayan?«

»Warum zweifelst du daran? Nach allem ...«

Sie versteifte sich plötzlich, und Dalkar spürte, wie die Spannung, die ihren Körper ergriffen hatte, auch auf seinen überging. »Was ist?« Er schaute besorgt auf die Straße hinunter, fast schon in Erwartung einer weiteren, unbekannten Gefahr.

Sayan merkte, daß er das Beben unter ihren Füßen nicht gespürt hatte, obwohl es schon viel stärker war als das leise Zittern, das ihr vorher aufgefallen war. Ihr Blick glitt zur Kuppe des Kindes der Sonne, die sich flach vor dem mondbeschienenen Himmel abhob. Nichts. Keine Spur von Rauch aus dem Vulkan. Noch nicht. Es blieb ihnen noch etwas Zeit.

Sie drehte sich in Dalkars Armen und lehnte ihre Wange an seine warme nackte Schulter. »Geh bitte. Laß mich jetzt bitte allein, Dalkar.«

»Schweig«, entgegnete er rauh, während er seine Finger in ihrem schweren Haar vergrub und ihr in die Augen sah. Zum ersten Mal war sein Blick völlig ernst, und es lag so viel Liebe darin, daß Sayan das Gefühl hatte, Ra habe die Stadt mit Sonnenlicht überflutet. »Ich verstehe nichts von deinen Visionen oder deinen Göttern. Ich weiß nur, was wir haben, Sayan, du und ich. Ich könnte dich jetzt genausowenig verlassen, wie ich ändern könnte, was ich für dich empfinde. Verstehst du das?«

»Ja.« Er würde sie nicht verlassen. Schmerz, Freude und Bedauern kämpften in ihr. »Ich verstehe es.«

»Gut.« Der Ernst verschwand aus seinem Blick, und er lächelte sie an. »Wirst du mir jetzt sagen, daß du mich liebst?«

»Ich liebe dich. Ich werde dich lieben, bis es keine Sonne mehr gibt und keinen Mond – und kein Leben auf dieser Erde.«

Er küßte sie sanft. »Meine ernste kleine Sayan, du bist sehr extravagant. Ich wäre schon zufrieden gewesen, wenn du versprochen hättest, mich für den Rest unseres Lebens zu lieben.«

Er glaubt mir noch immer nicht, dachte sie traurig. Doch sie würde keine Zeit mehr verschwenden, um ihn zu überzeugen. Dazu waren die wenigen Minuten, die ihnen blieben, viel zu kostbar. Sie senkte die Lider und fragte, ohne ihn anzuschauen: »Willst du mein Lager teilen?«

Überraschung flackerte in seinen Augen auf. »Du möchtest, daß ich dich liebe?«

Sie schüttelte den Kopf. »Ich möchte in deinen Armen liegen«, entgegnete sie mit einem zaghaften Lächeln. »Wir haben noch nie zusammengelegen, ohne uns zu lieben. Ich möchte, daß du mich mit Zärtlichkeit und Liebe in deinen Armen hältst.«

Dalkar antwortete nicht sofort, und sie spürte den Aufruhr seiner Emotionen, wie sie das Beben des Kindes der Sonne gespürt hatte. Dann trat er zurück. »Das würde ich auch sehr gern, meine Geliebte.« Er hielt den silbernen Vorhang für sie auf. »Obwohl ich dir nicht versprechen kann, daß wir uns nicht vereinigen werden, bevor die Nacht vergeht.«

»Ich habe dich nicht gebeten, mir etwas zu versprechen.« Das war auch nicht nötig. Die Zeit war nahe. Sayan löste die Diamantbrosche an ihrem Umhang und legte ihn über eine gepolsterte Bank. Dann schritt sie durch den Raum zu dem mit glänzendem Stoff bezogenen Lager im Mittelpunkt des Zimmers. Dalkar war noch vor ihr da und breitete die Arme aus, um sie an seine Brust zu ziehen.

»Halt mich ganz fest, Dalkar.«

Er strich ihr sanft die dunklen Strähnen aus der Stirn, und plötzlich fürchtete sie sich nicht mehr. Wie wunderbar, daß Liebe Furcht verbannen konnte! Ein kurzes Bedauern, aber dann war auch das verflogen. Es war nicht das Ende. Liebe endete nicht, und da war das Versprechen, das sie in den Flammen gesehen hatte …

Verträumt schaute sie zu den im Kerzenschein glitzernden Vorhängen hinüber. Sie hörte ein leises Geräusch, als ob ein Windstoß den schweren Stoff erfaßte. Aber es wehte kein Wind in dieser heißen Sommernacht … keine Brise, kein Lüftchen regte sich.

1

12. Juni 1870
Hell's Bluff
Arizona

»Anhalten! Das ist ein Überfall!«

Im Hinblick auf die vier Gewehrschüsse, die dem Befehl vorangingen und von denen einer nur knapp seinen Hut verfehlte, hielt Ben Travis es für besser, zu gehorchen … und zwar schnell. Nach einem sehnsüchtigen Blick auf seine Flinte, die neben ihm auf dem Boden lag, zog er die Zügel, und die Pferde blieben schnaubend vor dem einsamen Banditen stehen, der die Straße blockierte.

Von Panik ergriffen, umklammerte Elspeth MacGregor ihre Handtasche. Sie würde sich nicht zwingen lassen, das wenige Geld, das sie besaß, herauszugeben … Denn falls Dominic Delaney nicht mehr in Hell's Bluff war, wo ihr Vater zuletzt mit ihm gesprochen hatte, mußte sie sich auf die Suche nach ihm machen, und das konnte viel Zeit und Geld beanspruchen.

»Haben Sie keine Angst, Mademoiselle.«

Die mit leichtem Akzent gesprochenen Worte waren die ersten, die Elspeth von dem ihr gegenüber sitzenden Mann hörte, seit sie Tucson verlassen hatten. Nach der Abfahrt am frühen Morgen hatte er vor sich hingedöst, und Elspeth war froh gewesen, sich ungestört ihren eigenen Gedanken widmen zu können. Aber nun funkelten die dunklen Augen des Mannes vor unterdrückter Erregung.

»Ich habe viel über diese Desperados gelesen«, sagte er. »Sie handeln nach einem Ehrenkodex und würden eine anständige junge Dame wie Sie nie anrühren. Sie wollen nur Ihr Geld.«

Nur! Elspeth hätte beinahe laut gelacht. Unscheinbare Mädchen wie sie brauchten keine Angriffe auf ihre ›Ehre‹ zu befürchten. Davor hatte sie keine Angst. Aber ihr Geld zu verlieren konnte sie sich nicht erlauben. Sie brauchte es, bis sie Dominic Delaney gefunden hatte. Zwar war in ihrem Koffer etwas Gold versteckt, doch ihre gesamte Barschaft befand sich in der kleinen Handtasche, die sie so verzweifelt umklammerte.

»Haben Sie eine Waffe?« fragte sie ihren Begleiter. »Wir sollten versuchen, die Banditen zu überwältigen. Wir können uns doch nicht einfach bestehlen lassen!«

Der Mann blinzelte verwirrt. Die Frau, die ihm gegenübersaß, war klein, zart und besaß eine angenehm melodische Stimme. Ihr Vorschlag, die Straßenräuber zu überwältigen, war einfach lachhaft, und um sie zu beruhigen, sagte er rasch: »Das halte ich nicht für klug. Die Banditen sind bestimmt sehr gefährlich.«

Er zuckte mit den Schultern. »Wenn Sie nicht in der Kutsche wären, würde ich mich natürlich wehren.«

»Natürlich«, wiederholte Elspeth trocken. Er schien diesen Überfall als interessante Unterbrechung ihrer Reise anzusehen. Seinen teuren Lederstiefeln und seiner eleganten Kleidung nach zu urteilen, konnte er es sich sicher leisten, das mitgeführte Geld zu verlieren. Aber sie nicht. »Haben Sie eine Pistole?« wiederholte sie ihre Frage.

Er wirkte entrüstet. »Selbstverständlich. Einen Derringer.«

»Könnten Sie sie mir leihen?«

Wieder blinzelte er verwirrt. »Können Sie denn überhaupt mit einer Pistole umgehen?«

»Nein, aber ich bin sicher, daß ich den Banditen damit einen Schrecken einjagen könnte.« Sie straffte sich und streckte ihre schmale, behandschuhte Hand aus. »Bitte.«

»Ich glaube nicht ...«, begann ihr Begleiter zögernd, wurde jedoch von einer ganzen Serie von Flüchen unterbrochen, die vom Kutschbock kamen.

Elspeth runzelte die Stirn. Sie hatte ihren Vater und seine Studenten bei Gelegenheit auch fluchen gehört, aber die meisten der wüsten Verwünschungen, die der Kutscher ausstieß, waren ihr unbekannt und völlig unverständlich. Sie legte den Kopf schief und hörte gespannt zu.

»Ich hätte dich mit einem Schuß in die Hölle befördern können, du junger Narr! Es wäre dir nur recht geschehen.«

»Aber Ben, wo bleibt dein Sinn für Humor? Mein Pferd hat ein Huf verloren, und ich brauchte eine Möglichkeit, in die Stadt zu kommen.«

Elspeth runzelte die Stirn. Die tiefe Stimme des Banditen, aus der unterdrücktes Lachen klang, verwirrte sie.

»Du beschwerst dich doch immer, wie langweilig die Strecke ist, Ben. Deshalb beschloß ich, für ein bißchen Unterhaltung zu sorgen.«

»Indem du die Kutsche überfällst?« entgegnete Ben Travis ungehalten. »Was meinst du, was dein Großvater dazu sagen wird?«

»Wie hätte ich dich denn sonst zum Anhalten bringen sollen? Die letzten Meilen nach Hell's Bluff läßt du die Pferde immer galoppieren. Irgendwie mußte ich deine Aufmerksamkeit erregen.«

Elspeths Spannung ließ nach. Anscheinend handelte es sich nur um einen Scherz.

»Meine Aufmerksamkeit?« donnerte der Kutscher, bevor er eine neue Serie von Flüchen vom Stapel ließ, die sich mit dem tiefen Lachen des jungen Mannes vermischten. »Du hast Füße«, sagte Ben verdrossen. »Du hättest auch laufen können.«

»Kennst du einen Cowboy, der laufen würde, wenn er reiten oder fahren kann? Selbst diese Rappelkiste von Kutsche ist besser als zu laufen.«

»Rappelkiste? Es ist die beste Kutsche, die je aus Concord gekommen ist, und nur ein hirnloser, o-beiniger Viehtreiber wie du ist imstande, das nicht zu erkennen.«

»Entschuldige, Ben«, entgegnete der junge Mann belustigt. »Kannst du mich in der *besten* Kutsche, die Concord je verlassen hat, in die Stadt mitnehmen?«

»Nein, verdammt!« Eine kurze Pause, ein weiterer Fluch. »Aber ich befürchte, du bist verrückt genug, es bei einem der Erzwagen zu versuchen, falls ich dich hier zurücklasse. Doch hier vorne bei mir will ich dich nicht haben. Binde dein Pferd hinten an und steig in die Kutsche, wo ich dich nicht zu sehen brauche.«

»Danke, Ben.«

»Und benimm dich bitte anständig. Es ist eine Dame in der Kutsche.«

»Eine Dame, die nach Hell's Bluff fährt?« wandte die tiefe Stimme belustigt ein, während sie sich näherte. »Bist du sicher, daß du dich nicht verguckt hast, Ben? Es gibt Damen, und es gibt ...« Als er die Kutschentür öffnete und Elspeth sah, verstummte er und zog seinen Hut. »Guten Tag, Madam. Entschuldigen Sie bitte den Aufruhr. Ich habe Sie doch hoffentlich nicht erschreckt?«

Elspeth starrte ihn überrascht an. Er war eigentlich nicht viel mehr als ein großer Junge und konnte trotz seiner großen, muskulösen Gestalt nicht älter als achtzehn oder neunzehn sein. Sein kastanienbraunes Haar schimmerte rötlich im Schein der Nachmittagssonne, seine dunkelbraunen

Augen funkelten vor unterdrücktem Lachen. Er wirkte unglaublich *lebendig*. Obwohl Elspeth den Umgang mit Jungen seines Alters gewöhnt war, hatte sie jemanden wie ihn noch nie gesehen.

»Guten Tag«, sagte sie verwirrt. »Wie geht es Ihnen?«

»Nicht besonders. Mein Pferd hat auf dem Heimweg zur Ranch ein Huf verloren.« Er kletterte in die Kutsche und machte es sich auf der Bank neben dem stattlichen Mann in dem beigefarbenen Rock bequem. »Was bedeutet, daß ich es zum Schmied nach Hell's Bluff bringen muß und vor morgen nicht nach Killara zurückkehren kann.« Er verzog das Gesicht. »Mein Großvater wird mir bei lebendigem Leib die Haut abziehen.«

Elspeth stellte fest, daß sie lächelte – aber das ging wohl den meisten Leuten so, wenn sie diesem jungen Mann gegenüberstanden. »Er wird sicher verstehen, daß es nicht Ihre Schuld war.«

»Erlauben Sie mir, mich vorzustellen.« Elspeths Reisebegleiter starrte den rothaarigen jungen Cowboy fasziniert an. »Ich bin Graf André Marzonoff aus Petersburg, zukünftiger Erbe großer Ländereien in Vlados. Ich freue mich sehr, Sie kennenzulernen.«

Der Cowboy bedachte ihn mit einem flüchtigen Blick. »Ganz meinerseits«, murmelte er, und Elspeth war ganz sicher, ein belustigtes Funkeln in seinen Augen zu sehen. »Mein Name ist Patrick Delaney, zukünftiger Erbe von Killara – aber da ich diese Ehre mit einer Schwester teile, einem Cousin und fünf Onkeln, dürfte Ihnen dieser Tatbestand recht unbedeutend erscheinen.«

Elspeth versteifte sich. Delaney. Das konnte kein Zufall sein. Nicht hier, ganz in der Nähe von Hell's Bluff ...

André Marzonoff nickte. »Ich habe auch einen älteren Cousin, der die Hand auf der Familienbörse hält. Vielleicht haben wir noch andere Dinge gemeinsam.«

»Vielleicht.« Patrick Delaneys Blick glitt zu Elspeth zurück. »Und welches Königreich regieren Sie, Prinzessin ...?«

»Ich bin Miss Elspeth MacGregor.«

Patrick Delaney neigte den Kopf, als lauschte er Musik. »Sie sind Schottin, nicht wahr? In Tucson bin ich einmal einem Mann begegnet, der so sprach wie Sie.« Er lächelte. »Nun ja, nicht genauso. Ihre Worte sind wie Harfenklänge, während seine Stimme eher wie ein alter, verstimmter Dudelsack klang.«

Elspeth lächelte. »Ich komme aus Edinburgh, Mister Delaney, und ich fürchte, daß ich wenig oder gar nichts erben werde. Mein Vater war Professor für Altertumsforschung an der Universität, und Wissenschaftler wie er sammeln selten andere Reichtümer als ihr Wissen.« Sie zögerte. »Ich frage mich, ob Sie verwandt sein könnten mit …«

Sie brach ab, als die Kutsche mit einem Ruck anfuhr und eine neue Serie von Flüchen vom Kutschbock zu ihnen hereindrang.

»Er meint es nicht böse«, sagte Patrick rasch zu Elspeth. »Er ist es nur nicht gewöhnt, seine Zunge in Zaum halten zu müssen. Ich fürchte, das geht uns hier allen so. Leider gibt es nicht viele Damen in Hell's Bluff.«

»Ich bin nicht beleidigt, es überrascht mich nur.« Sie maß Patrick mit einem prüfenden Blick. »Ich frage mich, ob Sie wohl den Mann kennen, um dessentwillen ich hergekommen bin – Dominic Delaney.«

Der Junge rührte sich nicht, aber Elspeth hatte das Gefühl, daß er wachsamer geworden war. »Alle in Hell's Bluff kennen Dominic«, meinte er ausweichend.

»Sie haben den gleichen Familiennamen. Sind Sie mit ihm verwandt?«

»Dominic Delaney!« warf André Marzonoff erregt ein. »Der berühmte Revolverheld? Ist er in Hell's Bluff?«

»Dominic ist kein Revolverheld«, antwortete Patrick sehr betont. »Aber es stimmt schon, daß er einige Gentlemen, die ihn belästigt haben, für immer in eine andere Welt befördert hat. Und zufälligerweise weiß ich, daß es ihn am meisten belästigt, wenn man ihn einen *Revolverhelden* nennt.«

Die kaum versteckte Drohung in Patricks Stimme schien

wenig Eindruck auf den Russen zu machen. »Ich werde diskret sein. Wären Sie so freundlich, mich ihm vorzustellen?« fragte er gespannt.

Elspeth warf ihm einen erstaunten Blick zu. Wie merkwürdig. Der Graf hatte gerade erfahren, daß Dominic Delaney eine Reihe unglücklicher Männer getötet hatte, und benahm sich trotzdem, als handelte es sich bei diesem Mann um einen Gott. Verwirrt richtete sie ihren Blick auf Patrick Delaney.

Er betrachtete sie mit der gleichen kühlen Sachlichkeit, die sie bei ihrem Vater beobachtet hatte, wenn er Hieroglyphen studierte oder sie auf einen Fehler aufmerksam machte. Plötzlich war nichts Jungenhaftes mehr an Patrick Delaney; er wirkte nun sehr erwachsen und sogar eine Spur bedrohlich. »Möchten Sie ihm auch vorgestellt werden, Miss Delaney?« erkundigte er sich gedehnt.

Elspeth befeuchtete nervös ihre Lippen. Einen flüchtigen Moment lang fühlte sie sich in die Vergangenheit zurückversetzt, empfand das gleiche Schuldbewußtsein wie in ihren Kindertagen, wenn sie vor dem Schreibtisch ihres Vaters stand und sich eine Strafpredigt anhörte. »Ja«, stammelte sie. »Nein, ich meinte nur ...«

Patrick kam sich auf einmal vor, als habe er einen jungen Hund getreten. Die Frau, die ihm bis jetzt so kühl und selbstsicher erschienen war, wirkte plötzlich wie ein verängstigtes kleines Mädchen, und nun sah er auch, daß sie nicht älter sein konnte als er und seine Zwillingsschwester Brianne. Hinter den dicken Gläsern ihrer Brille schauten ihn furchtsame Augen an, als sei er ein wildes Tier, das plötzlich in die Kutsche eingedrungen war.

Ihre Frage nach seinem Onkel hatte ihn überrumpelt, sonst hätte er bestimmt nicht so mißtrauisch reagiert. Wie die restliche Familie war auch er daran gewöhnt, Dominic zu schützen, doch andererseits war ziemlich offensichtlich, daß Elspeth MacGregor keine Bedrohung für Dom darstellen konnte. Nicht einmal in seinen wildesten Phantasien konnte Patrick sie sich als eine von Dominics Feinden angeheuerte Delilah vorstellen.

Sie war nicht einmal hübsch, obwohl die leichte Röte auf ihren Wangen sie jetzt attraktiver machte, als er anfangs für möglich gehalten hätte. Sie hatte regelmäßige Gesichtszüge, eine kleine, gerade Nase und einen hübsch geformten Mund. Vielleicht war es auf ihren Ernst oder ihre mangelnde Lebhaftigkeit zurückzuführen, daß ihr Gesicht so reizlos wirkte.

Sie war so blaß und beherrscht wie die Statue der Madonna in Manuelas Kapelle auf der Ranch. Ihre Augen schienen braun zu sein, was jedoch durch die dicken Brillengläser nicht klar zu erkennen war. Auch ihr Haar war von einem hellen Braunton und in einem strengen Knoten an ihrem Oberkopf befestigt. Ihr schwarzes Kleid mit dem hohen, steifen Kragen war zu lose geschnitten, um viel von ihrer Figur zu verraten, aber das Mädchen wirkte schlank und zart, und Patrick vermutete, daß ihr Körper genauso fade und reizlos war wie ihr Gesicht.

Nein, eine Delilah war sie wirklich nicht. Und ganz bestimmt auch keine von Dominics Frauen. Er zeigte in letzter Zeit – sehr zum Leidwesen seines Großvaters – auffallend wenig Interesse an anständigen Frauen. Und es war ziemlich klar, daß Elspeth MacGregor nicht nur eine anständige, sondern auch eine äußerst verwundbare Frau war.

Patrick entspannte sich ein wenig und sagte lächelnd: »Dominic ist mein Onkel, und ich bin gern bereit, Sie ihm vorzustellen, falls Sie ihn noch nicht kennen. Darf ich fragen, weshalb Sie ihn sprechen wollen?«

Er war sehr nett zu ihr, fast väterlich nachsichtig. Elspeth spürte, wie Tränen in ihre Augen traten. Sie war sehr enttäuscht von sich. Sie hatte sich erwachsen, kühl und beherrscht geben wollen, und doch hatte ihre Reaktion auf den ersten unbedeutenden Angriff eine beschämende Unsicherheit verraten. Dabei war Patrick Delaney nur ein Junge und nicht im geringsten wie ihr Vater. Was konnte die Erinnerung an ihn so stark heraufbeschworen haben, daß ihre mühsam erworbene Selbstsicherheit dahinschmolz wie Eis in der Sonne?

Sie hatte nicht vor, sich wie der hilflose Niemand zu verhalten, für den ihr Vater sie gehalten hatte. Ein neues Leben hatte begonnen, eine neue Elspeth MacGregor war geboren worden. Nach einem tiefen Atemzug hob sie entschlossen das Kinn. »Ich wäre Ihnen sehr dankbar für Ihre Hilfe, Mister Delaney. Ich möchte Ihrem Onkel einen geschäftlichen Vorschlag unterbreiten, aber ich kenne Mister Delaney nicht. Obwohl ich sicher bin, daß er sich an meinen Vater erinnern wird.«

»Hell's Bluff ist keine Stadt für eine Dame. Es wäre besser gewesen, wenn Ihr Vater persönlich gekommen wäre.«

Elspeth senkte die Augen. »Mein Vater ist vor vier Monaten gestorben.«

Das war also der Grund für ihre schwarze Kleidung. »Das tut mir leid. Gab es denn niemand anderen, der die Reise für Sie machen konnte?«

Sie schüttelte den Kopf. »Ich stehe jetzt ganz allein. Aber selbst wenn es nicht so wäre, hätte mich nichts davon abhalten können, selbst zu kommen. Falls Sie es noch nicht bemerkt haben sollten – Frauen sind heutzutage durchaus in der Lage, ihre Angelegenheiten selbst zu regeln. Wie ich hörte, ist ihnen in Ihrem Bezirk, in Wyoming, sogar schon das Wahlrecht zugestanden worden. Ich brauche keinen Beschützer, Mister Delaney.«

Nicht mehr als ein neugeborenes Kalb in einem Schneesturm, dachte Patrick, aber er war bemüht, sich seine Gedanken nicht anmerken zu lassen. »Ich kann sehen, daß Sie sehr selbständig sind. Trotzdem würde ich mich freuen, wenn Sie sich von mir ins Hotel begleiten ließen – falls es sich mit Ihren Prinzipien vereinbaren läßt.« Es zuckte um seine Mundwinkel, obwohl er sich die größte Mühe gab, ernst zu bleiben. »Ich verspreche Ihnen auch, es nicht den Damen in Wyoming zu erzählen.«

Er machte sich über sie lustig, aber Elspeth stellte fest, daß es sie nicht verärgerte. Patrick hatte ein derart liebenswertes Wesen, daß sie nur darüber lächeln konnte. »Ich denke, ich bin bereit, ihre Mißbilligung zu riskieren. Doch lieber würde ich zuerst Ihren Onkel sehen. Vielleicht gelingt es mir, meine Angelegenheiten mit ihm noch heute nachmittag zu erledigen. Wohnt er auch im Hotel?«

»Nun ja ... nicht genau«, erwiderte Patrick zögernd, in Erinnerung daran, wie er an diesem Morgen kurz in Rinas Zimmer geschaut hatte, um sich von seinem Onkel zu verabschieden. Rina schien beschlossen zu haben, großzügig zu sein – außer ihr befand sich noch eine andere blonde Schönheit in dem großen Doppelbett, in dem sie mit Dominic geschlafen hatte. Die Vorstellung, diese kleine Eule Elspeth mit Dominics ausschweifendem Lebenswandel und einer solchen Szene zu konfrontieren, fand Patrick amüsant, aber er war ziemlich sicher, daß Dominic ganz anders darüber denken würde.

»Es wäre besser, wenn ich mit Dom zu Ihnen käme«, sagte er nach kurzer Überlegung. »Da mein Onkel an einigen Minen beteiligt ist, könnte es sein, daß wir ihn nicht in der Stadt antreffen.«

Elspeth runzelte die Stirn. »Wenn es nicht anders geht. Minen? Meinen Sie Goldminen?« Sie wußte, daß Hell's Bluff eine Goldgräberstadt war und hätte sich eigentlich denken können, daß Dominic Delaney in Hell's Bluff blieb, solange dort Gold gefunden wurde. Es war eine bedrückende Einsicht. Elspeth hatte ihm nichts anderes zu bieten als die Möglichkeit großen Reichtums. Und wenn er den nun schon besaß? »Besitzt er eigene Goldminen?«

Patrick schüttelte den Kopf. »Nein, nur Anteile, und bisher haben die Minen nicht mehr ergeben als ein paar Säcke voller Goldstaub.« Er zuckte mit den Schultern. »Es gibt eine Menge Gold in den Santa Catalinas. Vermutlich ist es nur eine Frage der Zeit, bis Doms Goldgräber fündig werden.«

Elspeth atmete erleichtert auf. Dann hatte sie ihm ja doch noch etwas anzubieten. »Wir haben zu Hause von dem berühmten Goldrausch gehört. Hell's Bluff muß ein interessanter Ort sein. Besitzen Sie auch Minen – oder Anteile daran, Mister Delaney?«

Er verzog das Gesicht. »Ich habe mit Killara genug zu tun.

Mein Großvater sorgt dafür, daß wir alle viel zu beschäftigt sind, um reich zu werden.«

»Mit Ausnahme ihres Onkels Dominic?«

»Ich hörte, daß er zwei Männer in Carson City erschossen hat«, warf André Marzonoff ein. »Er traf sie auf der Straße, und sie feuerten beide ihre Waffen auf ihn ab, während er auf sie zuging. Er selbst gab keinen Schuß ab, bis er ihnen ganz nahe war, und dann erledigte er sie beide. Stimmt es, daß ihm die Texas Rangers auf den Fersen sind?«

Elspeth hatte den Russen fast vergessen. Jetzt sah sie, daß er jedes Wort, das Patrick sagte, mit einer Gier verschlang, die fast schon abstoßend wirkte.

Patrick schien ähnlich zu empfinden. »Nein, Dom wird nicht mehr gesucht. Unser Gouverneur hat ihn vor fünf Monaten begnadigt.« Er senkte die Stimme, bis sie beinahe drohend klang. »Fragen nach der Vergangenheit eines Mannes werden hier nicht gern gesehen, Marzonoff. Wenn Sie sich Ihre Gesundheit erhalten wollen, sollten Sie unsere primitiven Gewohnheiten respektieren.«

Für einen Moment wirkte Marzonoff fast empört. Dann lächelte er entwaffnend. »Es sollte nicht beleidigend klingen. Ich bewundere die Leute im Wilden Westen – sie erinnern mich an die Kosaken meiner Heimat. Mein Cousin, Nicholas, ist mütterlicherseits mit Igor Dabol verwandt, dem mächtigsten Kosakenführer unserer Steppen.«

»Wie interessant«, bemerkte Patrick höflich. »Ich fürchte nur, ich habe noch nie etwas von ihm gehört.« Er senkte den Kopf, und Elspeth sah ein kurzes, spöttisches Aufblitzen in seinen dunklen Augen. »Wir Delaneys können uns auch mit berühmten Verwandten schmücken. Haben Sie von den Brüdern James gehört? Jesse und Frank?«

Marzonoffs Augen wurden weit. »Jessie James?«

»Wir sind Cousins«, sagte Patrick. »Mütterlicherseits natürlich.« Er hielt entschieden den Blick von Marzonoffs fasziniertem Gesicht abgewandt. »Und dann ist da noch der alte Joaquin Murietta. Man könnte sagen, er ist das Oberhaupt des kalifornischen Zweigs der Delaneysippe. Obwohl ich glaube, daß Onkel Bill noch viel berühmter ist.«

»Bill?« Marzonoff verschluckte sich fast vor Aufregung.

»Bill Hickock. Es gibt Leute, die ihn nicht berühmt, sondern eher berüchtigt nennen würden, aber natürlich wagt keiner, ihm das ins Gesicht zu sagen. Onkel Bill hält sehr viel auf seinen guten Namen.«

»Der wilde Bill Hickock!« wiederholte der Russe beeindruckt.

»Die Daltons und die Youngers sind Vettern zweiten Grades auf seiten meiner ...« Delaney verstummte, und Elspeth sah, wie seine Schultern zuckten, obwohl sein Gesichtsausdruck todernst blieb. Inzwischen hatte sie selber Mühe, nicht zu lachen.

»Ich glaube, ich schlafe jetzt ein bißchen«, sagte Patrick plötzlich. »Das Laufen hat mich recht müde gemacht.« Er setzte seinen Stetson auf und zog ihn tief in die Stirn. »Ich fürchte, ich bin nicht so hart wie der Rest meiner Familie.«

Elspeth betrachtete den jungen Mann nachdenklich, als er die Augen schloß. Er trug verwaschene, schon etwas schäbige Drillichhosen, sein braunes Hemd und die helle Wildlederweste waren verstaubt, und der schwarze Filz seines Stetson war von der Sonne verblichen. Aber seine breiten Schultern, die schmalen Hüften und die lässige Anmut seines kräftigen Körpers verliehen ihm eine Eleganz, die André Marzonoff trotz seiner teuren Garderobe nie zu erreichen hoffen konnte.

Das Erstaunlichste an Patrick war jedoch, wie er sprach. Seine Worte waren wohlgewählt und kultiviert wie bei den meisten der Studenten von Elspeths Vater, obwohl er eine betont lässige und etwas gedehnte Sprechweise besaß. Dieser junge Delaney ist mir ein Rätsel, dachte Elspeth verwirrt.

Sie schaute aus dem Fenster. Die Berge von Santa Catalina waren schön, wenn auch kahl und unwirtlich wie der Rest dieses wilden Landes. Elspeth bewegte sich unbehaglich, der Umgebung plötzlich müde. Sie hatte das Gefühl, schon jahrelang unterwegs zu sein, statt der wenigen Wochen, die ihre Reise von Edinburgh hierher gedauert hatte. Und nun, wo sie ihrem Ziel ganz nahe war, wurde ihre Ungeduld fast unerträglich. Unwillkürlich wanderte ihr Blick zu Patrick Delaney zurück, und ein schwaches Lächeln erschien um ihren Mund. Dann schloß auch sie die Augen und versuchte, sich zu entspannen.

Der junge Cowboy war ein ausgemachter Wildfang. Ihr Vater hätte vermutlich weder sein Verhalten noch seine Familie gebilligt, doch Elspeth war froh, ihn bei ihrer Ankunft in Hell's Bluff in der Nähe zu haben. Sehr froh sogar, dachte sie lächelnd.

Dominic Delaney schritt vorsichtig die breite Treppe hinunter. Sein Kopf brummte bei jedem Schritt, und unwillkürlich versteifte er die Halsmuskeln, um den stechenden Schmerz zu lindern, der in seinen Schläfen hämmerte.

Rot. Verdammt, warum mußte Rina eine solche Vorliebe für Rot haben? Warum hörte sie nicht auf ihn, wenn er ihr sagte, daß ein Bordell nicht unbedingt wie ein Bordell aussehen mußte? Die geblümte Tapete im Foyer war von einem grellen Rot und verschwamm vor seinen Augen, als wäre er seekrank.

Die Eingangstür öffnete sich, und Dominic kniff die Augen zusammen, als ihn die hellen Strahlen der Nachmittagssonne blendeten. Doch die hohe, kräftige Gestalt im Eingang hatte er schon erkannt, was seine Stimmung nicht unbedingt verbesserte. »Mach die verdammte Tür zu!« knurrte er. »Oder willst du, daß ich blind werde?«

»Entschuldige«, sagte Patrick heiter, während er eintrat und die Tür schloß. »Du siehst entsetzlich aus. Wenn du nicht die Kraft für Rinas kleine Überraschungen besitzt, solltest du lieber allein schlafen. Schließlich bist du nicht mehr der Jüngste, wie du weißt.«

»Jung genug, einem rotznasigen Kind den Hals umzudrehen, wenn es mich in meinem Zustand nicht in Ruhe läßt.« Dominic drehte sich um und ging langsam über den Korridor in Richtung Küche. »Und es waren auch nicht Rina oder ihre ›Überraschungen‹, wie du es nennst. Es war der Whiskey, ich brauche dringend eine Tasse Kaffee. Was – zum Teufel – machst du eigentlich hier? Ich dachte, du wärst längst wieder in Killara.«

Er drehte zu abrupt den Kopf und stöhnte laut, als ein stechender Schmerz durch Stirn und Augen fuhr. Dann warf er Patrick einen gereizten Blick zu. »Bilde dir nicht ein, du könntest in Hell's Bluff bleiben. Ein lustiger Samstagabend ab und zu ist schon in Ordnung, aber auf lange Sicht gesehen sind Bordelle und Saloons nicht gut für einen Mann.«

Patricks Mundwinkel zuckten. »Du hättest nicht so weit zu gehen brauchen, um mich von den Folgen vergangener Sünden zu überzeugen.«

»Morgen kehrst du nach Killara zurück«, sagte Dominic flach.

»Wenn du so überzeugt bist, Hell's Bluff sei der beste Weg zur Selbstzerstörung, warum kommst du dann nicht mit nach Killara?« Patrick schaute seinen Onkel fragend an. Das Lachen war aus seinem Gesicht gewichen, er war jetzt völlig ernst. »Komm nach Hause, Dom. Warum, glaubst du, läßt Großvater mich ohne Murren so oft in die Stadt kommen? Weil er etwas von dir hören will. Er möchte wirklich, daß du nach Hause kommst. Nach Killara, wo du hingehörst.«

Dominic wandte den Blick ab. Tief im Innersten durchzuckte ihn ein Schmerz, der nichts mit seinem übermäßigen Trinken vom Abend zuvor zu tun hatte. Killara. *Wo du hingehörst*. Wie lange war es her, daß er sich irgendwo zugehörig gefühlt hatte wie einst in Killara? Es hatte Momente gegeben in den letzten neun Jahren, wo er sich so verzweifelt nach seinem Zuhause gesehnt hatte, daß er Höllenqualen ausstand. »Eines Tages.«

»Wann, Dom?« fragte Patrick leise. »Du bist nicht mehr auf der Flucht. Du liebst Killara. Mit Ausnahme von Großvater vielleicht sogar noch mehr als alle anderen. Es sind schlechte Zeiten, Dom. Killara braucht dich.«

Dom zuckte zusammen wie unter einem Schlag. »Und wessen Schuld ist es, daß die Zeiten schlecht sind? Du lieber Himmel, Patrick, ich habe Killara praktisch zerstört! Willst du, daß ich zurückkomme, um auch das zu zerstören, was noch geblieben ist? Du weißt verdammt gut, daß ich nicht mehr auf die Ranch kann. Laß es gut sein, Patrick.«

»Dom, ich ...« Patrick brach ab und schüttelte den Kopf. »Du irrst dich. Du bist ein Delaney. Du weißt, daß wir unsere Leute schützen.« Er machte eine Pause. »Großvater will dich zu Hause haben.«

Dominics Lippen verzogen sich zu einem spöttischen Lächeln. »Und was ist, wenn euer ›Schützen‹ damit endet, daß Cort oder Sean dabei das Leben verlieren? Oder du? Wird mein Vater mich dann immer noch auf Killara haben wollen?«

»Ja«, bestätigte Patrick ruhig. »Und ich glaube, das weißt du selbst, Dom.«

Ja, er wußte, daß sein Vater nicht die Verluste zählte, wenn es um ein Mitglied seiner Familie ging. Was seine Lage höchstens noch unerträglicher machte. »Möglich, aber ich bin nicht bereit, die anderen diese Art von Preis bezahlen zu lassen. Ich habe Killara schon viel zuviel gekostet.« Damit stieß er abrupt die Tür zur Küche auf.

Li Tong drehte sich lächelnd zu ihnen um, als sie hereinkamen. Nach einem prüfenden Blick auf Dominics Gesicht nickte der Chinese weise. »Kaffee«, sagte er kurz und ging mit wippendem Zopf zum Küchenschrank. »Setzen Sie sich, Mister Delaney. Ich mache den Kaffee.«

Dominic ließ sich auf einem Stuhl vor dem breiten Tisch nieder und warf Patrick einen spöttischen Blick zu. »Sag Papa, es ginge mir gut. Was könnte ich mir mehr wünschen? Mit dem Pokerspielen im Nugget verdiene ich ganz ordentlich, und ich kann den ganzen Tag verschlafen und mich nachts vergnügen.«

Li Tong stellte eine dampfende Tasse vor Dominic und schaute Patrick fragend an. Als dieser den Kopf schüttelte, wandte sich der Chinese ab und ging zum Herd zurück.

Dominic wechselte das Thema. »Apropos Vergnügen – wie hat dir Dulcie gefallen?«

»Sie hat Talent«, erwiderte Patrick kurz und in Gedanken

weit entfernt von der verspielten Rothaarigen, die in der Nacht zuvor sein Bett geteilt hatte.

Dann glättete sich seine Stirn, und er lächelte Dominic an. »Vielleicht solltest du es auch einmal mit ihr versuchen. Du bräuchtest keine exotischen Spielereien, um deine nachlassende Manneskraft aufleben zu lassen, wenn du dich auf Qualität statt auf Qantität konzentrieren würdest.«

»Nachlassende Manneskraft!« Dominic trank einen Schluck Kaffee, bevor er Patrick lächelnd musterte. »Wenn du erst etwas älter bist, mein Freund, wirst du feststellen, daß ein Mann sich ab und zu einer Herausforderung stellen muß.« Er schnitt eine Grimasse. »Und die gestrige Nacht war tatsächlich eine Herausforderung!«

»Waren die Damen mit dir zufrieden?«

»Daran erinnere ich mich nicht.« Dominic massierte seine schmerzenden Schläfen. »Aber ich war es, glaube ich. Und ich bin sicher, daß Rina mir, sobald sie aufwacht, sagen wird, ob sie Klagen hat.«

Patrick lachte. »Ja, das glaube ich auch. Rina hat keine Hemmungen, ihren Ärger kundzutun.« Allerdings konnte er sich nicht entsinnen, daß Dominic je Probleme gehabt hätte, Rina Bradshaws Wünsche zu befriedigen. Die Madame schien seine Gesellschaft jederzeit zu genießen, ob nun in ihrem Bett oder außerhalb ihres Bettes. »Vielleicht hast du recht«, gab Patrick grinsend zu. »So schlecht scheint dein Leben wirklich nicht zu sein.«

Dominic trank einen Schluck Kaffee und nickte. »Genau. Morgen früh reitest du nach Killara zurück.«

Patrick zog die Brauen hoch. »So, tue ich das, Onkelchen? Und was würdest du sagen, wenn ich beschlösse, hierzubleiben und dir bei deinem lasterhaften Lebenswandel Gesellschaft zu leisten?«

»Ich würde dir den Hintern versohlen, dich aufs Pferd binden und dich nach Killara schicken. Dann würde ich sämtlichen Bordell- und Saloonbesitzern in Hell's Bluff verbieten, dich noch einmal einzulassen.« Er lächelte mit einer Sanftheit, die bedrohlicher wirkte als seine Worte. »Würdest du es wagen, das einen Bluff zu nennen, Patrick?«

Patrick pfiff leise durch die Zähne und schüttelte den Kopf. »Nein, im Augenblick nicht. Es wäre Zeitverschwendung, da ich ohnehin vorhabe, morgen nach Hause zurückzukehren. Ich wäre übrigens längst da, wenn mein Pferd nicht am Straßenrand ein Hufeisen verloren hätte.«

»Das hättest du mir auch gleich sagen können.«

Patrick grinste. »Um mir den Spaß zu verderben, den gefährlichen Dominic Delaney ein bißchen zu ärgern? Du bist daran gewöhnt, daß alles nach deinem Willen geht, Dom. Du brauchst ab und zu einen Dämpfer.«

Dominic lächelte warm. »Darin bist du ein Meister, Patrick. Gut, daß du nicht ständig in der Nähe bist, sonst würdest du mich noch in einen schüchternen kleinen Jungen verwandeln.« Er trank seinen Kaffee aus. »Na schön, da du ohnehin noch hier bist, können wir auch noch etwas länger im Laster schwelgen. Wie wäre es mit einer Partie Poker im Nugget?«

»Vielleicht später. Ich dachte, wir könnten zum Hotel gehen und etwas essen.« Patrick zögerte kurz. »Dort ist jemand, der dich kennenlernen möchte. Sie kam heute nachmittag mit der Kutsche.«

»Sie?« Dominic lächelte schwach. »*So* gut kann Dulcie nicht gewesen sein, wenn du dich so schnell nach einer neuen Freundin umgesehen hast.«

»Das ist es nicht. Sie ist deinetwegen nach Hell's Bluff gekommen. Sagte, sie hätte dir einen geschäftlichen Vorschlag zu machen.«

»Vielleicht hat Rina meine Fähigkeiten ausposaunt und sie will mich als *Begleiter* engagieren«, entgegnete Dominic gedehnt.

Patrick runzelte die Stirn. »Ich mache keine Witze, Dom. So ist sie nicht. Sie ist ...« Er zuckte die Schultern. »Eine Dame.«

»Die dich ganz offensichtlich sehr beeindruckt hat.« Dom betrachtete ihn sinnend. »Ist sie hübsch?«

»Du liebe Güte, nein!« entgegnete Patrick kopfschüttelnd. »Sie sieht aus wie die Lehrerin, die auf der Ranch lebte, nachdem Rising Star zu uns gekommen war – Brille, schwarzes Kleid mit steifem Kragen und so weiter. Sie sagte, du kennst ihren Vater, Professor Edmund McGregor.«

»Himmel – ich dachte, diesen kleinen Bastard wäre ich endlich losgeworden!«

»So ist es. Die Dame sagte, er habe diese Welt mit einem besseren Platz vertauscht. Wer war er?«

»Ein sehr aufdringlicher, unangenehmer Herr – dickhäutig wie ein Elefant und engstirnig wie eine Pfarrerstochter.«

Nicht alle Pfarrerstöchter sind engstirnig«, protestierte Patrick. »Ich habe einmal in Tucson eine ...«

»Was will sie von mir?«

Patrick schüttelte den Kopf. »Das mußt du sie schon selber fragen.«

»Den Teufel werde ich tun.« Dominic lehnte sich zurück und rieb sich das Kinn. »Sag ihr, ich hätte zuviel zu tun, um mich auf neue Geschäfte einzulassen, und setz sie morgen früh in die Kutsche nach Tucson.«

»Du solltest mit ihr sprechen, Dom. Sie hat einen Ozean und einen Kontinent überquert, um dich zu sehen. Warum hörst du dir nicht wenigstens an, was sie zu sagen hat?«

Dominic drehte sich eine Zigarette. »Ich kann mir schon denken, was sie will.«

Patricks braune Augen funkelten neugierig. »Was?«

Dominic griff nach einem Päckchen Streichhölzer. »Das gleiche, was ihr Vater wollte. Was alle in Hell's Bluff wollen – reich werden.«

»So kommt mir Elspeth MacGregor nicht vor.«

»Wir werden sehen.« Dominic zündete die Zigarette an und nahm einen tiefen Zug. »Oder besser noch, *du* wirst sehen. Ich habe nämlich nicht die Absicht, mit der Dame zu sprechen.«

»Ich wünschte, du würdest es tun, Dom«, wandte Patrick stirnrunzelnd ein. »Es schadet nichts, höflich zu ihr zu sein. Sie ist ...«

»Was ist sie?«

Patrick zögerte. »Ich glaube, sie ist eine kleine Eule, die sich für einen Adler hält.«

Dominic lachte schallend. Dabei wichen Härte und Zynismus aus seinem Gesicht, und für einen Augenblick wirkte er fast so jung wie Patrick. »Gott, wie poetisch! Rising Star hätte es nicht besser ausdrücken können.«

Patrick lächelte verlegen. »Nun ja, es paßt jedenfalls zu ihr. Eine kleine Eule wirst du mühelos abschütteln können. Geh und sprich mit ihr, Dom.«

Dominic maß seinen Neffen mit einem liebevoll-nachsichtigen Blick. »Wenn du dich geirrt hast bezüglich deiner kleinen Eule, wirst du wünschen, nie nach Hell's Bluff zurückgekommen zu sein, Patrick. Sie ist drüben im Hotel, sagtest du?«

Patrick nickte. »Sie wollte in der Halle warten.«

Dominic schob den Stuhl zurück und stand auf. »Ich hole nur eben meinen Hut.«

An der Tür blieb er stehen und schaute sich halb um. »Wie geht es Rising Star?«

»Gut«, antwortete Patrick ruhig. »Sie ist jetzt im siebten Monat und freut sich sehr auf das Baby.« Er starrte auf das Tischtuch und zeichnete mit dem Zeigefinger das Karomuster nach. »Es ist ihr anzusehen, wie glücklich sie ist. Sie glüht richtig.«

»Das ist schön.« Dominic schien noch etwas sagen zu wollen, aber dann ließ er es. Was konnte er schon sagen, was etwas genützt hätte? Abrupt wandte er sich ab. »Ich bin gleich wieder da.«

2

»Miss MacGregor, darf ich Ihnen meinen Onkel vorstellen? Dominic Delaney – Elspeth MacGregor.«

Dominic Delaney war ganz anders, als Elspeth erwartet hatte. Er war weder der ungehobelte Barbar, als den ihr Vater ihn bezeichnet hatte, noch besaß er die geringste Ähnlichkeit mit seinem Neffen Patrick. Man hätte ihn als ausgesprochen attraktiv bezeichnen können, wenn man eine Schwäche für Männer wie Lord Byron besaß, die eine gewisse Verruchtheit ausstrahlten ... Die letzten Strahlen der untergehenden Sonne brachen sich auf seinem glänzenden dunklen Haar, das sehr gepflegt wirkte und mit seinen langen Koteletten die hoch angesetzten Wangenknochen seines Gesichts betonte. Seine bronze-farbene Haut und das kantige Kinn ließen auf spanische Abstammung schließen, und auch seine Kleidung war typisch spanisch: Er trug einen hüftlangen Rock aus schwarzem Wildleder, ein Hemd aus feinem weißem Linnen und eine schwarze Krawatte.

Er neigte grüßend den Kopf. »Miss MacGregor.«

Die beiden Männer traten näher. Patrick und Dominic waren von ungefähr gleicher Größe, etwas über einen Meter achtzig, und beide waren schlank. Aber da hörte die Ähnlichkeit auch schon auf.

Dominic Delaney besaß nichts von Patricks schlaksiger Eleganz. Als erwachsener Mann Anfang Dreißig war sein Körperbau ausgereifter, er hatte breitere Schultern als Patrick und kräftigere Schenkeln, die sich deutlich abmalten unter den engen schwarzen Hosen, die in schwarzen Reitstiefeln steckten. Sogar sein Gang war anders als der seines Neffen. Dominic bewegte sich mit einer rastlosen Geschmeidigkeit, die an einen unruhigen Tiger denken ließ. Dennoch gab es nichts an ihm, was in irgendeiner Weise bedrohlich gewirkt hätte.

Als er näherkam, änderte Elspeth ihre Meinung. Die Augen, die sie anschauten, waren von einem warmen, fast sanften Grau-Blau, jedenfalls auf den ersten Blick. Doch als Elspeth den wachsamen Ausdruck darin sah, wurde ihr bewußt, wie kalt sie waren. Ein Schatten – der Ansatz eines Barts – verdunkelte sein Kinn, und das spöttische Lächeln, das um seinen gutgeschnittenen Mund spielte, hätte niemand als warm bezeichnen können. Der tief auf seiner Hüfte ruhende Revolver war auffallend unauffällig, und mit einem Schock wurde Elsbeth bewußt, warum. Er war unauffällig, weil er genausosehr ein Teil dieses Mannes war wie seine eisigen blauen Augen. Und jetzt verstand sie auch, warum ihr Vater Dominic Delaney als hart und rücksichtslos bezeichnet hatte.

Als sie ihm die Hand reichte, war ihr seltsam atemlos zumute. »Danke, daß Sie gekommen sind, Mister Delaney. Es war sehr freundlich von Ihnen, sich die Zeit zu nehmen.« Du liebe Güte, dachte sie entsetzt, deine Stimme klingt ja richtig kindlich! Sie holte tief Luft, bevor sie fortfuhr: »Es ist sehr wichtig, sonst hätte ich Ihren Neffen nicht gebeten, Sie herzubringen. Natürlich hatte ich ihm angeboten, Sie selbst aufzusuchen.«

Für einen Moment erschien so etwas wie Belustigung in Dominics Augen. »Ich bin erstaunt, daß er Ihr Angebot nicht angenommen hat. Es hätte uns Zeit und Mühe erspart.« Die Vorstellung, diese prüde kleine Miss in Rinas Salon zu sehen, war äußerst amüsant. Ein Blick auf Dulcie und die anderen leichtbekleideten Mädchen hätte sie vermutlich veranlaßt, sofort das nächste Schiff zu nehmen und nach Schottland zurückzukehren.

Er nahm ihre kleine Hand und drückte sie höflich. »Ich fürchte, Sie haben sich all diesen Mühen ganz umsonst unterzogen, Miss MacGregor. Ich kann Ihnen nicht helfen.«

»Mein Vater war der Ansicht, Sie könnten es«, entgegnete sie mit fester Stimme. »Natürlich nur, falls Sie es wünschen. Möchten Sie nicht Platz nehmen?« Sie deutete auf die gestreifte Couch und atmete erleichtert auf, als Dominic sich setzte. »Ich habe nicht vor, aufzugeben und zurückzufahren, wie es mein Vater getan hat, Mister Delaney. Und ich wäre froh, wenn Sie aufhörten, so stur zu sein und Vernunft annehmen würden.«

Patrick schnappte verblüfft nach Luft. »Ich glaube, ich lasse euch besser allein und esse inzwischen etwas. Wir sehen uns später, Dom.«

»Nein!« Bei Elspeths energischem Widerspruch blieb Patrick stehen. Der Gedanke, allein mit Dominic zu sein, erfüllte sie mit unerwarteter Panik. »Ich meine … es ist nicht nötig, daß Sie gehen. Schließlich sind Sie mit Mister Delaney verwandt.«

Heftige Röte stieg in Elspeths blasse Wangen, und Dominic betrachtete sie überrascht. Eine kleine Eule, hatte Patrick sie genannt. Große, ernste Augen und ein Federkleid aus raschelnder schwarzer Seide. Er konnte den aufgeregt pochenden Puls an ihrer zarten Schläfe sehen und verspürte plötzlich den Wunsch, sie dort zu berühren und seine Finger über ihre seidige Haut gleiten zu lassen …

Rasch wandte er den Blick ab. Was war bloß in ihn gefahren? Für einen flüchtigen Augenblick hatte er doch tatsächlich ein vertrautes Ziehen in seinen Lenden gespürt, das Lust bedeutete. Aber wie konnte Patricks kleine Eule Lust bei ihm hervorrufen? »Ja, bleib, Patrick«, stimmte er hastig zu. »Es wird ohnehin nicht lange dauern.«

Elspeth sah, daß er wütend war, und begriff nicht, warum. Vielleicht sollte sie versuchen, ihn zu besänftigen. Aber sie war schon wieder unsicher geworden und fragte sich, warum die Delaneymänner diese erstaunliche Wirkung auf ihr Selbstvertrauen hatten.

Entschlossen ging sie zur Couch und setzte sich neben Dominic. »Es könnte länger dauern, als Sie glauben, Mister Delaney«, sagte sie ruhig. »Ich gebe nicht so schnell auf.«

Ihr schottischer Akzent kam deutlich zur Geltung, und Dominic lauschte fasziniert dem sanften, melodischen Klang ihrer Stimme. Was für eine Augenfarbe mochte sie wohl haben hinter diesen unschönen dicken Brillengläsern?

Braun, hatte er zuerst gedacht, aber nun glaubte er, einen Grünschimmer zu entdecken. »So?« fragte er mit abwesender Miene.

Patrick zog eine Augenbraue hoch und ließ sich ihnen gegenüber auf einem Sessel nieder.

Elspeth schüttelte den Kopf. »Nicht, wenn es sich um etwas derart Wichtiges handelt. Diese Reise hat fast mein gesamtes Kapital verzehrt.« Sie holte tief Luft. »Ich möchte, daß Sie mein Führer sind und mich nach Kantalan bringen, Mister Delaney.«

Dominic brach seine Betrachtung ihrer Augen ab und neigte resigniert den Kopf. »Das dachte ich mir schon.«

Patrick pfiff leise durch die Zähne und richtete sich neugierig auf. »Kantalan? Das ist doch nur eine Legende.«

Elspeth schüttelte den Kopf. »Sie verstehen doch sicher, daß Sie mich begleiten müssen?« sagte sie mit einem flehenden Blick auf Dominic. »Es gibt so viel, was man in einer Stadt lernen kann, die älter ist als Montezumas Tenochtitlân.«

»Sie ist nichts als eine Legende«, sagte Dominic flach.

»Die Stadt existiert!« beharrte Elspeth mit einer Eindringlichkeit, die ihre Stimme erzittern ließ. »Mein Vater war davon überzeugt, und ich bin es auch. Er studierte über fünfzehn Jahre sämtliche Legenden und Geschichten der Indianer aus Mexiko und dieser Gegend. Alle waren vage und unzuverlässig – bis auf eine. Es handelt sich um eine Legende, die über Jahrhunderte hinweg in einem Apachenstamm dieser Gegend als geheiligtes Geheimnis weitergegeben wurde. Was allgemein darüber gesprochen wurde, ist nichts als eine Erzählung. Die Wahrheit und das Wissen um die Einzelheiten war nur den Medizinmännern des Stammes bekannt. Nur sie erfuhren jeweils die exakte Lage von Kantalan und seine wahre Geschichte.«

»All das habe ich schon gehört, und ich habe Ihrem Vater gesagt, daß ich nicht die Absicht habe, mich auf eine vergebliche Jagd zu begeben. Es gibt Hunderte von Legenden über verlorene Städte voller Reichtum.« Er schüttelte den Kopf. »Ich glaube keine einzige davon.«

»Die Legende sagt, in Kantalan befände sich ein phantastischer Schatz aus Gold und Juwelen«, entgegnete Elspeth. »Er würde Ihnen gehören. Meine Absicht besteht ausschließlich darin, die Ruinen zu untersuchen und Informationen zu sammeln. Ich habe genug Geld, um eine kleine Expedition auszurüsten, und Sie hätten die Möglichkeit, für ein bißchen Anstrengung Ihrerseits ein sehr reicher Mann zu werden.«

»Vorausgesetzt, Kantalan existiert«, wandte Dominic spöttisch ein. »Und angenommen, wir finden es.«

»Kantalan existiert. Ich bin ganz sicher.« Sie beugte sich vor, und Dominic sah, daß ihre Hände zitterten. »Seit ich ein kleines Kind war, hörte ich meinen Vater von Kantalan reden. Sehr viele der Nachforschungen für die erste Expedition habe ich selbst angestellt und so ungefähr alles gelesen, was je über die alten Zivilisationen in diesem Erdteil geschrieben worden ist. Ich spreche nicht nur meines Vaters Worte nach, Mister Delaney. Er war gezwungen, seinen Traum, die Stadt zu finden, aufzugeben, aber ich kann es nicht. Dazu bedeutet Kantalan mir zuviel.«

»Warum war Ihr Vater so sicher, daß Dominic bei der Suche helfen könnte?« warf Patrick ein.

»Weißer Büffel, ein Medizinmann der Apachen, weigerte sich, meinem Vater Einzelheiten zu verraten. Er sagte ihm nur genug, um sein Interesse zu wecken, behauptete allerdings, es gäbe zwei Menschen, die das Wissen besäßen, ihm zu helfen. Einer davon war Dominic Delaney. Den Namen der anderen Person wollte er ihm nicht nennen.«

»Weißer Büffel.« Patrick wandte sich verblüfft an Dominic. »Ist er nicht der Medizinmann von Rising Stars Stamm?«

Dominic nickte.

»Und weißt du ...«

»Ich weiß gar nichts«, unterbrach Dominic ihn grob. »Ich habe nur ein einziges Mal mit Weißer Büffel geredet, und das war während jener Woche, die ich wegen Joshuas Hochzeit mit Rising Star in ihrem Dorf verbrachte. Es liegt vierzehn

Jahre zurück. Er murmelte damals etwas über die vier Verbindungen, die zusammenkämen, und schien mich dann zu segnen. Das Wort Kantalan wurde nie erwähnt.«

»Er muß Ihnen noch etwas gesagt haben«, beharrte Elspeth.

Etwas flackerte in Dominics Augen auf. Dann war es verschwunden.

»Warum? Weißer Büffel war ein alter Mann, und mein Vater ließ das Feuerwasser großzügig fließen während jener einwöchigen Hochzeitsfeier.«

Dominic Delaney verschweigt mir etwas, und zwar absichtlich, dachte Elspeth, und ihr wurde fast schwindlig vor Erleichterung. Für einen Moment hatte sie befürchtet, die falsche Spur verfolgt zu haben. »Es war nicht der Alkohol, Mister Delaney. Weißer Büffel *hat* Ihnen etwas verraten. Warum wollen Sie mir nicht helfen?«

»Fahren Sie nach Hause, Miss MacGregor. Es gibt keine Sieben goldenen Städte, kein Eldorado und ganz bestimmt kein Kantalan.«

Elspeth lächelte. »Ich weiß nichts über Eldorado oder Sieben goldene Städte. Mag sein, daß es sie tatsächlich gibt, und eines Tages werde ich es vielleicht herausfinden. Aber im Augenblick interessiert mich nur Kantalan. Zusammen könnten wir die Stadt finden, Mister Delaney.«

Sie ist stur, dachte Dominic mit widerwilliger Bewunderung, aber er stand auf und neigte höflich den Kopf. »Ich wünsche Ihnen einen schönen Nachmittag, Miss MacGregor. Wir werden diese Unterhaltung nicht wiederholen. Ich habe genug von den MacGregors, Vater und Tochter, und will nicht mehr belästigt werden. Ich sage es Ihnen klar und unmißverständlich: ich will Sie nicht mehr sehen, und ich rede nicht mehr mit Ihnen. Falls Sie es versuchen, werde ich nicht antworten. Ich hoffe, Sie haben einen angenehmen Aufenthalt in Hell's Bluff, denn gewinnbringend wird er nicht sein, das kann ich Ihnen versichern.« Er wandte sich ab und warf Patrick einen auffordernden Blick zu. »Kommst du?«

»Noch nicht.« Patrick betrachtete Elspeth mitleidig. »Geh nur schon vor. Wir treffen uns später im Nugget.«

Dominic empfand Ärger und noch etwas anderes, worüber er jedoch lieber nicht nachdachte. »Wie du willst«, entgegnete er kurz.

Elspeth schaute ihm nach. »Er ist so hart«, flüsterte sie.

»Er mußte es werden. Er war fast zehn Jahre auf der Flucht«, antwortete Patrick. »Hätte er es nicht gelernt, wäre er heute tot. Ein Mann namens Durbin hatte gedungene Mörder auf seiner Fährte, seit Dom Killara verließ. Und Durbin ließ nicht locker, bis jeder einzelne Gesetzesvertreter im ganzen Südwesten auf Doms Spur war.«

»Durbin?«

»Charles Durbin. Als Dominic in meinem Alter war, erschoß er Durbins Sohn bei einem Pistolenduell. Ein fairer Kampf, aber Dominic war schneller, und der andere Junge starb.«

»Warum wurde er dann nicht freigesprochen?«

»Weil es nie zu einem Prozeß gekommen ist. Durbin ist ein Bankier aus Tucson und hat genug Geld, um sich zu kaufen, was er will.« Patrick hob die Schultern. »Unter anderem drei Zeugen, die beschworen, Durbins Sohn sei unbewaffnet gewesen, als Dom ihn erschoß. Wenn Dom nicht geflohen wäre, hätten sie ihn aufgehängt.«

»Warum erzählen Sie mir das? Es ist mir egal, ob Ihr Onkel ein Desperado ist oder nicht. Es stört mich nicht. Ich will nur eins von ihm.«

Patrick nickte lächelnd. »Deshalb erzähle ich es Ihnen ja. Damit Sie einsehen, daß Sie nicht bekommen werden, was Sie von ihm wollen. Das Leben, das Dom führte, hat ihn hart gemacht. Er tut heute nur noch das, was *er* will.« Nach einer kurzen Pause fügte er hinzu: »Nach verlorenen Städten zu suchen, gehört leider nicht dazu.«

Elspeth nagte an ihrer Unterlippe. Dann stand sie auf. »Dann wird er es sich eben anders überlegen müssen. Ich muß einen Weg finden, ihn zu überzeugen. Wo wohnt er? Ich werde ihn morgen früh aufsuchen.«

Patrick schüttelte den Kopf. »Das geht nicht.«

»Wieso nicht? Wo wohnt er?«

»Es ist kein Ort, den eine Dame aufsuchen könnte«, erwiderte Patrick in unbehaglichem Ton.

Elspeth starrte ihn verwirrt an.

Er seufzte ergeben. »Na schön. Dom hat ein Zimmer in einem ... in einem Haus gemietet, das einen sehr schlechten Ruf hat.«

»Oh! Dann währe es sicher unpassend, ihn dort aufzusuchen.«

»Richtig«, stimmte Patrick lächelnd zu. »Sehr unpassend.«

Aber Elspeth ließ sich nicht entmutigen. »Er hält sich bestimmt nicht ständig dort auf. Ich werde ihm schon woanders begegnen.«

»Wozu? Er sagte, er wollte nicht mehr mit Ihnen sprechen und Sie nicht mehr sehen.«

»Anfangs wird er vielleicht nicht mit mir reden, aber irgendwann wird er es tun.« Elspeths Lächeln verriet mehr Zuversicht, als sie empfand. »Und es besteht kein Zweifel daran, daß er mich sehen wird. Dafür sorge ich schon. Danke, daß Sie so freundlich zu mir waren, Mister Delaney.«

»Patrick«, berichtigte er lächelnd. »Nach meinem Überfall auf Ihre Kutsche besteht kein Anlaß mehr für Förmlichkeiten.«

Sie nickte. »Und Sie müssen mich Elspeth nennen. Werde ich Sie morgen auch sehen, Patrick?«

Er zögerte, dann schüttelte er den Kopf. »Ich muß noch vor Sonnenaufgang zur Ranch aufbrechen.« Er stand auf und musterte sie besorgt. »Vielleicht komme ich nächsten Samstag wieder, aber ich vermute, daß Sie Hell's Bluff bis dahin verlassen haben.« Zumindest hoffte er es. Es gefiel ihm nicht, wie sich die Situation entwickelte. Dominic war sehr reizbar in letzter Zeit und reagierte auf Belästigungen ausgesprochen aggressiv. Und daß die kleine Eule vorhatte, ihn zu belästigen, war ziemlich offensichtlich. »Falls Sie es sich anders überlegen sollten, könnte ich Ihnen für morgen früh einen Platz in der Kutsche besorgen.«

»Ich werde hier sein, wenn Sie nächsten Samstag in die Stadt kommen«, entgegnete Elspeth entschieden. »Nochmals vielen Dank, Patrick.«

»Es war mir ein Vergnügen«, sagte er mit einer Verbeugung. Er hatte getan, was er konnte, und hoffte nur, daß Dominic nicht zu hart mit ihr umspringen würde. »Bis Samstag also.«

Elspeth behielt ihr Lächeln bei, bis er den Salon verlassen hatte. Aber dann ertrug sie es nicht länger, schloß die Augen und atmete tief ein. Ihre Knie zitterten, ihre Handflächen waren feucht und kalt. Die Unterredung war weitaus schwieriger gewesen, als sie befürchtet hatte.

Mit der Zeit wird es dir leichter fallen, unabhängig zu sein, beruhigte sie sich. Es war nicht einfach, die Gewohnheiten eines ganzen Lebens abzulegen, und es war ihr Pech gewesen, gleich beim ersten Versuch auf einen Mann wie Dominic Delaney zu treffen. Ohnehin nervös durch seine beeindruckende Gegenwart, hatte er sie mit seiner ablehnenden Haltung nur noch mehr verunsichert. Aber warum war er überhaupt so feindselig gewesen? Er hatte sie mit Blikken durchbohrt, als wollte er ihr bis unter die Haut sehen. Wonach mochte er bloß gesucht haben?

Vielleicht Schwäche. Denn über ihr Aussehen machte Elspeth sich nichts vor, sie wußte, daß sie keine attraktive Frau war, und ihr Vater hatte ihr oft genug gesagt, daß sie von Männern nichts als Gleichgültigkeit erwarten konnte. Nein, Dominic Delaney mußte nach Schwachstellen in ihrer Rüstung gesucht haben, um sie dann um so einfacher loszuwerden.

»Fühlen Sie sich nicht wohl, Mademoiselle MacGregor?«

Sie öffnete rasch die Augen. André Marzonoff stand in der Tür. Er hatte sich umgezogen und trug nun einen elegant geschnittenen Überrock aus perlgrauem Leinen. Doch bei seinem Leibesumfang wirkte er darin noch tolpatschiger als in dem beigefarbenen, den er vorher getragen hatte.

Seine Sorge schien jedoch aufrichtig zu sein, und Elspeth zwang sich zu einem Lächeln. »Ich bin nur müde. Ich glaube, ich gehe in mein Zimmer und ruhe mich ein wenig aus.«

»Vielleicht sollten Sie etwas essen. Ich würde mich geehrt fühlen, wenn Sie mir das Vergnügen gäben, mein Gast zu sein.«

»Ich habe keinen Hunger.« Sie hatte ein komisches Gefühl im Magen, und beim bloßen Gedanken an Essen wurde ihr übel. Doch als sie Marzonoffs Enttäuschung sah, fügte sie rasch hinzu: »Wir könnten morgen zusammen frühstücken, wenn Sie nichts anderes vorhaben.«

Sein Gesicht hellte sich auf, und er schüttelte entschieden den Kopf. »Ich wäre entzückt. Ich kenne niemand anderen in Hell's Bluff.«

»Warum sind Sie dann hier?« fragte Elspeth neugierig.

»Weil es so ein aufregender Ort ist. In Tucson hörte ich, es sei die wildeste Goldgräberstadt in ganz Arizona, und da dachte ich, ich würde hier vielleicht interessanten Menschen begegnen.« In auffallend beiläufigem Ton fügte er hinzu: »Vielleicht könnten Sie mich Ihrem Geschäftspartner vorstellen – Mister Dominic Delaney?«

»Ich fürchte, dazu werden Sie sich jemand anderen suchen müssen«, entgegnete Elspeth bedrückt. »Mister Delaney war nicht sehr angetan von meinem Vorschlag.«

Marzonoffs Lächeln verblaßte. »Oh. Nun ja, ich lerne ihn dann vielleicht bei anderer Gelegenheit kennen. Er soll ein berufsmäßiger Spieler sein, hörte ich.«

»Wenn er nicht gerade Leute erschießt, meinen Sie?« warf Elspeth trocken ein.

André runzelte die Stirn. »Oh, er ist eigentlich kein Mörder. Auseinandersetzungen, die mit Kugeln ausgefochten werden, sind hier so üblich wie in Europa ein Duell.«

Elspeth starrte ihn verwundert an und merkte, daß seiner Begeisterung über den Wilden Westen und seinen Revolverhelden etwas geradezu Kindliches anhaftete. »Ich verstehe«, sagte sie sanft. »Ich hoffe, es gelingt Ihnen, Mister Delaney kennenzulernen. Ich glaube, er hatte vor, ein Lokal namens ›Nugget‹ aufzusuchen, als er das Hotel verließ.«

»Danke.« Marzonoff warf einen sehnsüchtigen Blick zur Tür. »Ich hoffe, Sie finden Ruhe. Sollen wir uns morgen um neun im Speisesaal treffen?«

Elspeth war erstaunt, daß er sich noch daran erinnerte in seiner Eile, Dominic Delaney zu finden. »Ja, gern.«

Seine Antwort war kaum zu hören, als er eilig den Raum verließ.

Wenige Minuten später schloß Elspeth die Tür ihres Zimmers hinter sich und atmete erleichtert auf. Nun konnte keiner mehr sehen, wie schwach und unsicher sie sich fühlte. Dieses Amerika war schon ein seltsames Land – jedesmal, wenn sie sich umschaute, entdeckte sie etwas Neues, womit sie sich auseinandersetzen mußte. Zwar hatte sie mit ihrem Vater ausgedehnte Reisen durch Europa und in den Fernen Osten unternommen, aber natürlich unter völlig anderen Umständen. Die Arbeit für ihren Vater hatte sie stets so stark beschäftigt, daß ihr keine Zeit geblieben war, unter praktischen oder emotionellen Anpassungsschwierigkeiten in einem fremden Land zu leiden. Das hatte sie einerseits enttäuscht, andererseits jedoch erleichtert.

Selbst dieses Hotelzimmer war merkwürdig anders als alle, die sie bisher kennengelernt hatte. Doch da sie müde und erschöpft war, beschloß sie, sich jetzt keine Gedanken darüber zu machen. Sie würde auch ihre Schwierigkeiten mit Dominic Delaney vergessen und mit dem Gedanken an die aufregende Suche, die ihr bevorstand, einschlafen. Mit ein bißchen Glück, würde sie von Kantalan träumen …

3

Patrick trat mitten in einen Haufen Pferdemist. Verdammt dunkel hier im Stall, dachte er ärgerlich. Dabei hatte er Charlie, dem Schmied, gesagt, daß er in aller Herrgottsfrühe aufbrechen würde. Er hätte wenigstens eine Laterne brennen lassen können ...

»Patrick?«

Er wirbelte herum und griff automatisch nach seiner Waffe. Dann, als die Vernunft einsetzte, beruhigte er sich. Es war nichts Bedrohliches an dieser sanften, leisen Stimme mit dem fremden Akzent. Elspeth MacGregor. Seine Hand sank herab. »Sie haben mir einen schönen Schrecken eingejagt. Was machen Sie hier im Dunkeln?«

»Ich habe auf Sie gewartet.« Elspeth trat auf ihn zu. »Ich bin schon seit Stunden hier, weil ich Sie nicht verpassen wollte. Ich wußte nicht, was Sie mit ›bei Tagesanbruch‹ meinten, und ...« Sie brach ab und schnappte nach Luft. Sie durfte nicht nervös erscheinen, aber es war wirklich etwas unheimlich in dem finsteren Stall. »Ich weiß, daß es vielleicht ein bißchen aufdringlich von mir ist, aber ich möchte Sie um einen Gefallen bitten, den ich von niemand anderem verlangen könnte.«

»Sie sollten nicht allein hier draußen sein«, entgegnete Patrick scharf. »Warten Sie. Charlie muß irgendwo eine Laterne haben.« Es dauerte nur wenige Minuten, bis er mit der brennenden Laterne zurückkam. Elspeth war leichenblaß; ihre zarten kleinen Hände umklammerten ihre Tasche.

Sie hat Angst, dachte Patrick, aber sie ist auch verzweifelt bemüht, es nicht zu zeigen. Sein Ärger verflog. »Sie sollten nicht hier draußen sein«, wiederholte er. »Kommen Sie, ich begleite Sie zum Hotel zurück.«

Doch sie schüttelte den Kopf. »Nein, ich habe eine Entscheidung getroffen, Patrick. Ich glaube, Ihr Onkel hat meinen Vorschlag abgelehnt, weil er mich nicht ernst nimmt. Ich muß ihm meine Entschlossenheit beweisen und ihm zeigen, daß ich mich nicht ignorieren lasse.« Sie befeuchtete ihre Lippen. »Es war feige von mir, ihm nicht in jenes Haus zu folgen. Vielleicht liegt es daran, daß ich nicht an solche Dinge denke, aber …«

»Warten Sie mal!« Patrick hob die Hand. »Ich begreife nicht, was Rinas Haus damit zu tun hat!«

»Heißt es so? Nun, wir sprechen darüber, weil ich beschlossen habe, dort hinzugehen. Ich glaube, sobald Ihr Onkel merkt, daß ich bereit bin, so weit zu gehen, wird er meinen Vorschlag mit mehr Respekt betrachten.«

»Sie wollen zu Rina?« Patrick starrte sie betroffen an. Es war etwas anderes, mit der amüsanten Vorstellung zu spielen, Elspeth bei Rina zu sehen, als sie tatsächlich hingehen zu lassen. »Nein!« sagte er schroff. »Eine Dame betritt kein Bor… kein solches Haus. Unter gar keinen Umständen!«

»Das weiß ich. Ich bin schließlich kein Kind mehr. Aber es gibt Momente, wo man den Anstand beiseite lassen muß, und das ist jetzt der Fall. Ihr Onkel Dominic muß einsehen, daß ich ein ernstzunehmender Geschäftspartner sein kann.«

»Aber doch nicht auf diese Weise! Denken Sie sich etwas anderes aus.«

»Sie brauchen sich keine Sorgen zu machen. Ich habe nicht vor, Sie mit hineinzuziehen«, entgegnete sie stirnrunzelnd. »Ich will ihn gleich heute morgen aufsuchen, weil ich mir vorstellen kann, daß das … Haus um diese Zeit weniger belebt sein wird. Ist das richtig?«

»Ja«, gab Patrick ergeben zu.

»Das dachte ich mir.« Ihre Miene hellte sich auf. »Mein Problem besteht darin, daß ich die Lage dieses Hauses nicht kenne. Wenn ich jemand anderen gefragt hätte, wäre es vielleicht mißverstanden worden. Deshalb wollte ich Sie bitten, mir die Richtung zu weisen.«

Patrick schüttelte verwundert den Kopf. Zu ängstlich, um nach dem Haus zu fragen, und dann wollte sie ganz einfach in Rinas Bordell gehen, um Dominic zu suchen! Elspeth weckte Belustigung in ihm und gleichzeitig seine Beschützerinstinkte. »Ich glaube, das haben Sie nicht richtig durchdacht. Ihr Ruf könnte einen nicht wiedergutzumachenden Schaden erleiden. Ihr Erscheinen bei Rina würde ganz bestimmt falsch aufgefaßt.«

»Warum sollte mich das stören? Ich bin Wissenschaftlerin und Forscherin, und mir ist es egal, was die Leute von mir denken. Jedenfalls, solange es um Kantalan geht«, fügte Elspeth schlicht hinzu. »Nichts ist wichtiger für mich als Kantalan. Würden Sie mir jetzt bitte sagen, wo ich Rinas *Etablissement* finden kann?«

Patrick maß sie mit hilflosen Blicken. Sie wirkte sehr entschlossen, und er wußte, daß sie es tun würde – mit oder ohne seine Hilfe. »Ausreden kann ich es Ihnen nicht, oder?«

Sie verneinte. »Ich habe gestern nacht lange darüber nachgedacht. Es war keine leichte Entscheidung. Ich bin eigentlich nicht besonders mutig, Patrick.«

»Sie hätten mich fast getäuscht. Wie wollen Sie Dominic finden, sobald Sie im Haus sind? Er hat gesagt, daß er Sie nicht mehr sehen will.«

»Ich weiß«, gab sie stirnrunzelnd zu. »Ich muß ihn eben suchen.«

Die Vorstellung, daß Elspeth die Räume mit Rinas Mädchen und ihren Kunden durchsuchte, veranlaßte Patrick zu einem flüchtigen Grinsen. »Das ist nicht sehr praktisch, Elspeth. Wir werden uns etwas anderes überlegen müssen.«

»Wir?« Sie schüttelte den Kopf. »Ich bitte Sie nicht um Hilfe. Ich muß lernen, meine Angelegenheiten selbst in die Hand zu nehmen. Sie haben doch hoffentlich nicht gedacht, ich wollte mit meiner Frage erreichen, daß Sie mich begleiten, oder?« fügte sie besorgt hinzu.

Patrick lächelte. »Nein. Aber ich könnte noch einmal versuchen, Dom zu einem Gespräch zu bewegen.«

»Das wäre sinnlos. Er wirkte sehr entschieden.«

Patrick war der gleichen Ansicht, aber er konnte nicht einfach davonreiten und sie allein zurücklassen, verdammt! Sie würde sich jede Menge Ärger bei Rina einhandeln, bevor es ihr gelang, Dominic ausfindig zu machen. Und dann stand ihr erst recht einiges bevor. Dominic würde explodieren wie ein chinesisches Feuerwerk, wenn er sie sah ...

Plötzlich begann Patrick zu lachen. Ja, er würde es tun! Dominic würde aus der Haut fahren, aber das war es wert.

»Was ist daran so lustig?« erkundigte Elspeth sich beleidigt. »Ich versichere Ihnen, daß es mir völlig ernst gemeint ist.«

»Ich weiß.« Patricks braune Augen funkelten mutwillig. »Aber ich hatte gerade tatsächlich eine sehr lustige Idee. Ich glaube, wir haben einen Teil Ihres Problems gelöst. Kommen Sie, ich bringe Sie zu Rina.« Er hob die Hand, als Elspeth etwas entgegnen wollte. »Keine Angst, ich mische mich nicht ein«, versprach er lachend. »Ich verspreche Ihnen, Sie mit Dominic alleinzulassen.« Aber ich bleibe in der Nähe, nahm er sich stillschweigend vor.

Elspeth musterte ihn argwöhnisch. Er hatte den gleichen verschmitzten Gesichtsausdruck wie in der Kutsche, als er Graf Marzonoff seine unverschämten Lügen aufgetischt hatte. »Na schön.«

Patrick nahm ihren Arm. »Gut. Kommen Sie jetzt. Es wird schon hell im Osten, und ich möchte noch vor Sonnenaufgang in Rinas Haus sein.«

»Ist es weit von hier?« Sie mußte sich bemühen, mit ihm Schritt zu halten.

»Weit? Nein, es liegt auf der anderen Seite der Stadt. In fünfzehn Minuten sind wir da.« Er lächelte. »Aber wir müssen unterwegs kurz anhalten.«

»Wo?«

»In Sam Li's Badehaus. Dort muß ich etwas abholen.«

»Feuerwerk?« Alarmiert betrachtete Elspeth das Bündel unter Patricks Arm. »Was haben Sie damit vor?«

»Sie wollen Doms Aufmerksamkeit erregen und ihm Ihre Entschlossenheit beweisen, nicht wahr?« erwiderte Patrick grinsend. »Nun, das müßte ausreichen, um beides zu gewährleisten.«

»Bestimmt«, gab Elspeth zu, während sie zu dem weißgestrichenen Haus auf der anderen Straßenseite hinüberschaute. Es war ein stattliches, zweistöckiges Gebäude. Sämtliche Fenster waren dunkel. »Aber ich hatte etwas Ruhigeres im Sinn ...«

»Sie wollen Dom aus dem Bett reißen und ihn dazu bringen, Ihnen so schnell wie möglich gegenüberzutreten.« Patrick war eifrig damit beschäftigt, die einzelnen Feuerwerkskörper miteinander zu verbinden. »Und das ist die einzige Möglichkeit, die ich dafür sehe.«

»Die einzige – oder die interessanteste?« fragte Elspeth trocken. »Ich glaube, sie suchen nur Ihren Spaß dabei.«

»Selbstverständlich. Eine gute Schau habe ich mir noch nie entgehen lassen.« Patrick band eine zweite Reihe Feuerwerkskörper zusammen. »Wenn Ihnen allerdings etwas Wirkungsvolleres einfällt, lassen wir meinen Plan fallen und übernehmen Ihren.«

Elspeth wünschte wirklich, etwas anderes vorschlagen zu können, aber ihr fiel nichts ein. »Ihr Onkel wird sehr böse sein.«

»Ja.«

»Aber das wäre er wahrscheinlich ohnehin.«

»Hm.«

»Und eigentlich ist es seine Schuld, wenn er so stur und ungefällig ist. Schließlich handelt es sich um eine bedeutende Expedition, die ich ihm vorschlage; die Wissenschaft könnte unschätzbare Kenntnisse daraus beziehen ...«

Patricks leises Lachen ließ sie abbrechen. »Ich glaube, Sie versuchen nur, sich selbst zu überreden.«

Elspeth lächelte widerstrebend. »Das ist mir schon gelungen.« Sie kniete sich neben ihn. »Lassen Sie mich helfen.«

Patrick richtete sich auf. »Es ist alles bereit.« Er schaute zum Himmel auf, der von Minute zu Minute heller wurde. »Und gerade noch rechtzeitig. Li Tong steht bei Tagesanbruch auf, und ich möchte nicht, daß er uns sieht und ein großes Gezeter beginnt.«

»Li Tong?«

»Rinas Hausbursche. Hier, nehmen Sie diese beiden Pakete und verteilen Sie sie von der Haustür über die Stufen und zur Straße. Ich bringe den Rest hinein und befestige sie auf dem Korridor im ersten Stock und die Treppe in die Halle hinunter.«

»Nein.«

Patrick hob den Kopf. »Wie bitte?«

»Ich sagte nein. Es ist meine Verantwortung. Ich werde die Feuerwerkskörper im Haus unterbringen und anzünden. Sie wollen mich nur davor bewahren, entdeckt zu werden.«

»Was ich Ihnen ersparen will, ist ein Anblick, der Sie sehr schockieren würde. Sie bleiben besser draußen, bis ich Sie hereinrufe.«

»Nein.« Elspeth nahm ihm den größeren Packen Feuerwerkskörper ab. »Soll ich jeden Stock einzeln anzünden?«

Patrick seufzte ergeben. »Nur die lange Zündschnur am ersten Paket, das reicht. Legen Sie es auf den Gang im ersten Stock. Die Zündschnur ist so lang, daß Ihnen Zeit bleibt, die restlichen Feuerwerkskörper bis in die untere Halle aufzurollen.«

»Ein sehr geschickter Plan.« Elspeth schüttelte den Kopf und bemühte sich, ernst zu bleiben. »Ich glaube, Sie kennen sich aus mit Feuerwerk.«

»Nun ja, meine Freunde und ich haben den Gästen im Nugget schon einmal eine Überraschung bereitet.« Er stand auf und half Elspeth auf die Beine. »Aber das hier verspricht noch viel interessanter zu werden.«

Seine Begeisterung war ansteckend. Elspeth lachte plötzlich. »Ist die Haustür unverschlossen?«

Patrick nickte. »Rina möchte doch ihre Kunden nicht entmutigen.«

»Dann werde ich keine Probleme haben.« Elspeth zögerte, dann straffte sie die Schultern und ging über die Straße.

Zehn Minuten später stand sie im Foyer und verteilte die letzten Körper der langen Kette auf der Treppe und dem Hallenboden. Es war düster hier, warm, und es roch nach einer Mischung exotischer Parfüms und Zigarrenrauch.

Elspeth hätte gern mehr Licht gehabt, um sehen zu können, wie so ein Bordell eingerichtet war. Vielleicht war es möglich, sobald die Feuerwerkskörper explodierten ...

Die Haustür öffnete sich leise, und Patrick steckte seinen Kopf durch den Spalt. »Alles bereit?« flüsterte er.

»Ja«, flüsterte sie zurück. »Die Zündschnur brennt. Hätte die Explosion nicht längst erfolgen müssen?«

»Jeden Augenblick.« Er kam herein und schloß die Tür.

»Was machen wir jetzt?«

»Wir schauen zu, daß wir aus der Feuerlinie kommen.« Er zog Elspeth in eine entfernte Ecke der Eingangshalle. »Und dann sehen wir, was passiert.«

Lange brauchten sie nicht zu warten. Patricks Worten folgte eine ohrenbetäubende Explosion. Elspeth zuckte erschrocken zusammen. Mit einem derartigen Lärm hatte sie nicht gerechnet. Dann kam die zweite Explosion, die dritte, und während die Geräusche das Haus erschütterten, hörte Elspeth schrille Schreie, heisere Männerstimmen und dicht neben ihr Patricks leises Lachen. Türen sprangen auf, und überall war der Geruch von Schwefel zu spüren.

»Auf geht's«, murmelte Patrick vergnügt. »Was halten Sie von Ihrem Auftritt, Elspeth?«

Die erste Explosion riß Dominic aus dem Schlaf. Schüsse. Unten in der Halle. Mit dem sicheren Instinkt, dem er in den letzten zehn Jahren sein Überleben verdankte, sprang er auf und griff nach seinem Pistolengurt. Bei der dritten Explosion war er schon an der Tür.

»Dominic«, sagte Rina verschlafen, richtete sich auf und strich eine schimmernde Locke aus ihrer Stirn. »Was, zum ...« Sie brach erschrocken ab, als eine weitere Explosion sie endgültig erwachen ließ. »Nein, Dom, du bleibst hier!« rief sie, sprang auf und griff nach ihrem seidenen Morgenrock.

Dominic hörte nicht. Seine Sinne konzentrierten sich auf die Gefahr, die in der Halle lauerte. Wie überdrüssig er all dieser Dinge war! Nie ohne Waffe ins Bett gehen zu können und nie zu wissen, ob er von Schüssen erwachen würde …

Er riß die Tür auf und warf sich zur Seite, um aus der Schußlinie zu kommen. Aber es geschah nichts, obwohl die Explosionen auch weiterhin erfolgten … keine Kugeln zischten durch die Luft und gruben sich in Wände und Treppenstufen. Dominic trat vorsichtig an die Tür und schaute sich auf dem Korridor um. »Feuerwerk!«

»Was?« Rina trat neben ihn. »Wer würde so etwas tun?«

Darüber brauchte Dominic nicht lange nachzudenken. Er war im Nugget gewesen, als Patrick und seine Freunde hoch zu Pferd ins Lokal geritten waren und mit Feuerwerkskörpern um sich geworfen hatten. »Für Patrick ist jeder Tag ein Fest«, erwiderte er trocken. »Ich nehme an, das ist seine Art, sich bis nächsten Samstag von uns zu verabschieden. Aber wenn ich meinen Neffen richtig kenne, läßt er sich den Spaß nicht entgehen und ist irgendwo ganz in der Nähe.«

Dominic ging langsam durch den Gang auf die Treppe zu. »Wenn ich ihn erwische, binde ich ihm eine Ladung Feuerwerk an *seinen* Schwanz.« Die Explosionen hatten den oberen Treppenabsatz erreicht. »Patrick!« rief Dominic in die düstere Halle hinunter. »Ich komme jetzt und hole mir deinen Skalp.«

Er glaubte, Lachen zu hören, was seine Laune nicht verbesserte, und begann vorsichtig an den explodierenden Feuerwerkskörpern auf der Treppe vorbeizugehen. »Ist dir eigentlich bewußt, daß du das Haus in Brand setzen könntest? Oder daß jemand zu schießen beginnen könnte, bevor er merkt, daß es nur ein schlechter Scherz ist?«

»Es war nicht Patricks Schuld, Mister Delaney.« Elspeth löste sich aus der dunklen Ecke, in der sie gewartet hatte, und ging zur Treppe. »Es war ausschließlich meine Idee«, sagte sie betont, während sie ihn wie hypnotisiert anschaute.

Dabei brachte sie kaum ein Wort heraus. Ihre Kehle war wie ausgetrocknet. Sie hatte noch nie einen nackten Mann gesehen, und Dominic Delaney *war* nackt. Splitternackt. Anfangs, als sie ihn oben auf dem Treppenabsatz entdeckt hatte, war es schon ein Schock für sie gewesen, aber dann wurde sie von ihrer üblichen Neugier erfaßt.

Michelangelo. Er war wie eine Statue von Michelangelo, die sie in einem Museum in Florenz gesehen hatte. Kräftige Schultern, ein breiter, muskulöser Brustkorb, ein flacher Bauch und sehr ausgeprägte Schenkel und Beine. Nur die Farben waren anders als bei der Statue – ein warmer Bronzeton statt weißer, marmorner Kälte. Lockiges dunkles Haar bedeckte Dominics Brust und wuchs wie zarter Flaum auf seinen Beinen. Das gleiche dunkle Haar umgab auch sein ...

Elspeths Augen weiteten sich, als sie ihn staunend betrachtete. Bei allen Statuen, die sie gesehen hatte, war dieses männliche Attribut entweder mit einem Feigenblatt verdeckt gewesen, oder der Bildhauer hatte es als klein und unbedeutend dargestellt. Sogar Michelangelo. Aber Michelangelo *irrte* sich: es war weder das eine noch das andere. Verwirrt löste sie ihren Blick von Dominics intimster Körperstelle und richtete ihn auf sein Gesicht. »Ich bin gekommen, um Sie zu bitten, es sich noch einmal zu überlegen.«

Die Verblüffung in seinem Gesicht verwandelte sich in Zorn. »Ich hasse Frauen, die ihr Geschlecht benutzen, einen Mann zu belästigen und ihn in eine unvorteilhafte Situation zu bringen«, sagte er wütend, während er langsam die Treppe hinunter auf Elspeth zukam. »Ich kann es nicht ertragen.«

»Sie sagten, Sie wollten mich nicht sehen. Ich mußte etwas tun, um das zu ändern.«

»Falls Sie mich beim ersten Mal nicht verstanden haben – die Antwort ist *nein*.« Seine blaugrauen Augen funkelten. »Aber das wußten Sie auch vorher, nicht wahr, Miss MacGregor?«

»Ja, aber es schien der einzige Weg zu sein, Sie dazu zu bringen, mein Angebot ernst zu nehmen.«

»Dom, was ist los?« fragte eine bildhübsche dunkelhaarige Frau in einem blauen Seidenkimono, die am Treppenabsatz erschienen war. Dann fiel ihr Blick auf Elspeth, und erstaunt betrachtete sie deren steifes schwarzes Kleid. »Du lieber Himmel, was ist los, Dom?«

»Nichts, was dich betrifft, Rina. Geh ruhig wieder ins Bett!« rief Dominic, ohne seinen Blick von Elspeth abzuwenden. »Ich kümmere mich darum.«

Andere neugierige Gesichter waren am Treppengeländer erschienen, aber das merkte Elspeth kaum. Der nackte Mann, der über die Treppe langsam auf sie zukam, beanspruchte ihre ganze Aufmerksamkeit. Jede Einzelheit seines Körpers war ihr quälend deutlich bewußt. Seine schlanken und doch so kräftigen Glieder, seine breite Brust, die sich bei jedem Atemzug hob und senkte, seine graublauen Augen, die glühten vor Zorn und einem anderen Gefühl, das sie nicht zu deuten wußte ...

Am Treppenfuß blieb er stehen und schaute sie einfach an. Elspeth stockte der Atem. Sie hörte die Explosionen auf der Straße, aber wie aus weiter Ferne. Nichts anderes schien real in diesem Augenblick, als der Mann, der vor ihr stand und sie eindringlich ansah.

»Wissen Sie, daß Sie sich in einem Freudenhaus befinden, Miss MacGregor?« Seine Stimme war seidenweich, fast ein Murmeln. »Es gibt für Frauen nur einen Grund, ein solches Haus zu betreten. Sie sind hier, um gewisse Funktionen zu erfüllen ... um Männer zu unterhalten.«

Er streckte den Zeigefinger aus und berührte sanft ihre Wange. Elspeth schnappte nach Luft. Ihre Haut brannte unter seiner Berührung. Lächerlich. Es mußte Einbildung sein.

»Da Sie eine Frau sind, muß ich annehmen, daß Sie zu diesem Zweck hier sind.« Seine Hand glitt zu ihrem Hals hinunter, strich zart über ihren heftig pochenden Puls. »Plötzlich verspüre ich das Bedürfnis ... unterhalten zu werden.«

Elspeth stockte der Atem. Er meinte doch sicher nicht ... »Nein, Sie verstehen es nicht, Mister Delaney. Ich wollte wirklich nur ...«

»Hör auf damit, Dom.« Patrick löste sich aus den Schatten. »Siehst du nicht, daß du sie zu Tode erschreckst?«

»Tatsächlich?« Dominics Hand streichelte noch immer Elspeths Hals. Er spürte ihren Puls flattern, ihr Atem kam flach und unregelmäßig, und ihre Lippen waren leicht geöffnet, so daß er die rosa Spitze ihrer Zunge sehen konnte. Er fragte sich, wie sie reagieren würde, falls er sie küßte. »Ich dachte mir, daß du in der Nähe sein mußtest, Patrick. Es hat dir sicher großen Spaß gemacht, aber du hättest sie überreden sollen, es nicht zu tun. Man könnte sagen, daß ich ein bißchen verärgert bin.«

»Mehr als ein bißchen.« Patrick betrachtete ihn argwöhnisch. »Aber du hast sie jetzt genug erschreckt. Sie weiß nicht, daß du nur Spaß machst.«

Will ich sie wirklich nur erschrecken? dachte Dominic. Anfangs ja, aber jetzt war er dessen nicht mehr so sicher. Seine Hand schloß sich fester um ihren zarten Hals. Elspeth MacGregor zu berühren, stellte sich als ausgesprochen verwirrende Erfahrung heraus. Seine Handfläche prickelte, und er begann ein pulsierendes Ziehen in seinen Lenden zu verspüren. »Warum läßt du uns die Sache nicht allein ausmachen? Es wird Zeit, daß du endlich nach Killara zurückkehrst.«

»Laß sie gehen, Dom«, forderte Patrick in hartem Ton. »Ich bin verantwortlich für ihr Hiersein. Ich kann es dir nicht erlauben.«

»Seit wann hast du etwas zu bestimmen über das, was ich tue?« fragte Dominic mit einem scharfen Blick auf seinen Neffen, und er sah voller Erstaunen, wie ernst Patricks Miene war. Würde er als nächstes die Waffe ziehen, um seine kleine Eule zu beschützen? Eine neue Welle von Ärger erfaßte ihn, ausgelöst durch die Enttäuschung, die er empfand. Aber das ist leicht zu ändern, beruhigte er sich. Rina oder eins der Mädchen waren ohnehin besser geeignet, ihm Vergnügen zu verschaffen als diese dünne kleine Brillenschlange.

Aber ich will Rina und ihre Mädchen ja gar nicht, dachte er bestürzt. Er begehrte Elspeth MacGregor, und das mit einer Lust, die sein Innerstes zu zerreißen drohte. *Es wird schon vergehen*, sagte er sich ungeduldig. Sobald sie aus seiner Sichtweite war, würde er nicht mehr an sie denken. Und je schneller das geschah, desto besser.

Er nahm die Hand von Elspeths Hals. »Du hast recht, es wird Zeit, daß dieses Theater aufhört. Hier, halt das fest.« Er warf Patrick den Pistolengurt zu. »Und mach die Tür auf.«

Mit erleichtertem Grinsen gehorchte Patrick. Für einen Moment war er gar nicht sicher gewesen, ob Dominic Elspeth ohne Kampf aufgeben würde. Wer hätte gedacht, daß die kleine Schottin ihn reizen könnte? Und *daß* es so war, ließ sich nicht übersehen – schließlich war Dominic splitterfasernackt. Mit einer Verbeugung öffnete Patrick die Tür. »Ja, *Sir*.«

»Frechdachs.« Dominic hob Elspeth auf und warf sie wie einen Sack über seine Schulter.

»Lassen Sie mich herunter!« schrie sie empört, während sie das Spiel seiner Schultermuskeln an ihrem Gesicht spürte und ihre Lippen bei jedem Schritt die glatte Haut an seinem Rücken streiften. Seine Arme umklammerten ihre Knie, und selbst durch die dicke Lage ihrer Unterröcke spürte sie die Wärme, die von seinem Körper ausging.

Angst. Es muß Angst sein, was mein Herz so klopfen läßt, dachte sie verwirrt. Sie waren auf der Veranda angelangt, und Dominic stieg die Stufen hinunter. Sie konnte die Leute, die vorher am Treppengeländer gestanden hatten, in die Halle strömen sehen. »Lassen Sie mich los!«

»Gleich.« Er ließ sie an seinem Körper heruntergleiten, bis sie wie ein großer schwarzer Vogel auf der staubigen Straße hockte.

Dominic Delaney stand mit leicht gespreizten Beinen vor ihr und schaute auf sie herab. »Gehen wir es noch mal durch, Miss MacGregor. Sie existieren für mich nicht. Es gibt gewisse Grenzen, die Frauen nicht straflos überschreiten können. Sie haben es heute getan und nur mit ein bißchen Schmutz im Gesicht dafür bezahlt. Das nächste Mal, wenn sie eine solche Grenze überschreiten, werden Sie nicht soviel Glück haben.«

Dann drehte er sich um und ging auf die lachende Gruppe von Leuten zu, die auf der Veranda standen und ihnen zuschauten.

Elspeth richtete sich auf die Knie und rief ihm nach: »Ich gebe nicht auf, Mister Delaney! Ich bleibe Ihnen auf den Fersen, bis Sie bereit sind, mich anzuhören.«

Doch er schaute sich nicht mehr um. Einen Moment später war er im Haus verschwunden.

Patrick war plötzlich neben Elspeth und half ihr auf die Beine. Er nahm sein rotes Halstuch ab und rieb sanft den Staub von Elspeths Wange. »Er hat recht, Elspeth. Sie haben Glück gehabt. In diesem Land wird eine Dame wie eine Dame behandelt, solange sie die herrschenden Regeln befolgt. Wir haben davon zwar nicht so viele wie in anderen Teilen dieser Welt, aber die Grenze, von der Dom sprach, existiert.«

»Ich gebe nicht auf.« Eine Spur Verzweiflung klang in ihrer Stimme mit. »Ich muß mir nur etwas anderes ausdenken.«

»Ich dachte mir schon, daß Sie nicht aufgeben würden«, gab Patrick seufzend zu. »Aber tun Sie mir einen Gefallen und bleiben Sie während meiner Abwesenheit Rinas Haus fern. Das zumindest sind Sie mir dafür schuldig, Dominics Zorn auf mein Haupt geladen zu haben.«

»Einverstanden.« Das Versprechen fiel ihr nicht schwer. Nie hatte sie mehr Angst empfunden als in jenem Augenblick in der düsteren Halle, Dominics starke Hand um ihren Hals. »Ich gehe nicht mehr hin.«

Patrick stopfte das Halstuch in die Gesäßtasche seiner Hose. »Das ist immerhin schon etwas. Kommen Sie, ich begleite Sie zum Hotel zurück.«

»Werden sie dann aufbrechen?«

»Bald.« Vorher mußte er noch etwas über Elspeths jungfräuliche Unschuld und ihre merkwürdigen Ideen über weibliche Unabhängigkeit in die richtigen Ohren flüstern.

Diese Erklärungen, begleitet von der Drohung, jeden Mann zu ermorden, der Elspeth während seiner Abwesenheit belästigte, müßten ausreichen, um den Skandal, den sie verursacht hatte, in Grenzen zu halten. Gegen Mittag würde es sich herumgesprochen haben, und dann konnte er beruhigt nach Killara reiten. Großvater würde sehr wütend sein, wenn er erst am Abend eintraf ...

Patrick nahm Elspeths Arm und beschleunigte seinen Schritt. »Wenn ich es mir recht überlege, sollte ich *so schnell wie möglich* aufbrechen.«

4

Sie war wieder da.

Dominic fluchte unterdrückt, und Rina schaute ihn überrascht an. Doch als sie seinem Blick folgte und die zierliche, schwarzgekleidete Frau auf der Straße sah, lachte sie. »Meinst du, wir sollten sie zu einem Glas Limonade einladen? Ihr muß doch furchtbar heiß sein dort draußen in der Sonne.«

»Sehr witzig.« Es lag kein Humor in Dominics Stimme. Seine Hand umklammerte ganz unbewußt die gestärkte Spitze der Gardine. Es war wirklich sehr heiß draußen, und in ihrem schwarzen Kleid mußte Elspeth schrecklich schwitzen. Ihr zierlicher kleiner Hut war mit einer ordentlichen Schleife unter dem Kinn befestigt, und in der Hand hielt sie einen schwarzen Schirm, der jedoch kaum ausreichte, sie vor der gleißenden Nachmittagssonne zu schützen. »Wie lange ist sie diesmal schon da?«

»Seit zehn Uhr heute morgen. Li Tong sagte, sie hätte

schon auf der Straße gestanden, als er einkaufen ging.« Rina musterte die schwarzgekleidete Gestalt mit kritischem Blick. »Gott, was für ein schreckliches Kleid. Sie sieht aus wie eine Krähe. Ich bin froh, daß sie bei Sonnenuntergang aufgibt – sonst würde sie mir noch die Kunden verjagen.« Sie warf Dominic einen fragenden Blick zu. »Aber ihre Beharrlichkeit ist schon bewundernswert, findest du nicht?«

»Lächerlich.« Ihre ›Beharrlichkeit‹ machte ihn schon seit drei Tagen verrückt. Seine Drohung schien nicht den geringsten Eindruck auf sie gemacht zu haben. Wohin er sich auch wenden mochte, überall sah er Elspeth MacGregor. Er hatte sein Wort gehalten und nicht mit ihr gesprochen, aber es wurde immer schwieriger für ihn, sie zu ignorieren.

Jeden Tag wartete sie geduldig vor Rinas Haus auf Dominics Erscheinen. Sobald er das Haus verließ, folgte sie ihm in diskretem Abstand. Wenn er aus dem Barbierladen kam, stand sie schon wartend auf der Straße. Wenn er zum Mietstall ging, um sein Pferd zu holen, setzte sie sich höflich lächelnd auf einen Ballen Heu, um seine Rückkehr abzuwarten. Wenn er zum Essen ins Hotel ging, konnte er sich darauf verlassen, sie am Nebentisch zu finden. Sie folgte ihm sogar, wenn er abends ins Nugget ging, und wartete geduldig auf der dunklen Straße.

Inzwischen lachte die ganze Stadt über ihn, und Elspeth wurde insgeheim sein ›Schatten‹ genannt. Aber das Schlimmste von allem war, daß sie völlig passiv blieb und ihm damit jede Möglichkeit nahm, selber aktiv zu werden. Sie war einfach *da*.

»Bald wird sie aufgeben und abreisen«, meinte Rina tröstend und legte ihren Kopf an Dominics Schulter. »Keine Frau erträgt es, so lange ignoriert zu werden.«

Dominic war nicht so sicher, was das betraf. Elspeth MacGregor hatte mit ihrer Handlungsweise überraschende Beharrlichkeit und außergewöhnlichen Mut bewiesen, und wenn er sich nicht irrte, schien sie sich auch nicht um Konventionen oder Gebräuche zu scheren. Es war ihm zwar bewußt, daß er sie an jenem Morgen bei Rina sehr erschreckt hatte, aber das schien ihre Entschlossenheit nicht geschmälert zu haben. Und Dominic mußte sich widerwillig eingestehen, daß er ihren Mut sehr bewunderte, trotz des Ärgers, der ihn beherrschte.

Wenn er sich nicht sehr zusammenriß, würde sie ihm bald auch noch leid tun, und das kam nicht in Frage. Nicht nur, daß sie ihn zum Gespött der Leute machte, sie versuchte auch noch, ihn zu etwas zu zwingen, das er nicht zu tun beabsichtigte. Doch sie wird ihr Ziel nicht erreichen, nahm er sich wütend vor. Wenn sie es auf einen Machtkampf ankommen lassen wollte, na schön, das konnte sie haben. Er würde verdammt länger aushalten als sein sogenannter ›Schatten‹.

»Ich werde sie schon irgendwie loswerden – bald.« Er warf einen letzten Blick auf Elspeths verlorene kleine Gestalt, die steif aufgerichtet auf der Straße stand. Zu steif. Er wußte, was das zu bedeuten hatte. Es hatte Zeiten gegeben, in denen seine körperliche Erschöpfung so groß gewesen war, daß er sich zwingen mußte, die Schultern zu straffen, um nicht ganz zusammenzubrechen …

Es war drückend heiß in Rinas Salon. Dominic spürte, wie der Schweiß sich zwischen seinen Schulterblättern sammelte. Draußen mußte es tausendmal schlimmer sein. Elspeth wirkte unglaublich zart und schutzlos mit ihrem schwarzen Schirm. Ihre helle Haut wirkte unter seinem Schatten noch zarter und empfindlicher, und Dominic hatte das Gefühl, sie wieder unter seiner Hand zu spüren …

»Verdammt!« murmelte er mit zusammengebissenen Zähnen. Wie idiotisch diese Frau war. Ein Wunder, daß sie nicht längst einen Zusammenbruch erlitten hatte. »Verdammt, Rina, sag Li Tong, er soll ihr einen Küchenstuhl und etwas Wasser bringen.«

Damit wandte er sich ab und verließ den Raum.

»Miss MacGregor.«

Elspeth drehte sich um und schaute Mister Judkins, den Hotelbesitzer, fragend an. »Ja?«

»Sie sollten abends um diese Zeit nicht ausgehen, Madam.« Der Mann nagte besorgt an seiner Unterlippe. »Jedenfalls nicht allein. Ich gebe Ihnen gern einen meiner Söhne zur Begleitung mit.«

Elspeth bedachte den grauhaarigen Mann mit einem dankbaren Lächeln. Mister Judkins war sehr nett zu ihr gewesen in den vergangenen Tagen. »Das wird nicht nötig sein. Ich habe nicht vor, lange auszubleiben.« Ihr Lächeln wurde noch wärmer. »Außerdem bin ich seit meiner Ankunft von Hell's Bluff sämtlichen Bewohnern mit ausgesuchter Höflichkeit behandelt worden. Allmählich glaube ich, daß die Geschichten, die über den Wilden Westen und seine Goldgräberstädte erzählt werden, stark übertrieben sind. Ich habe mehr Angst in Edinburgh bei hellem Tageslicht gehabt als hier im Dunkeln.«

»Es gibt mehr Frauen in diesen großen Städten als hier. Ich nehme an, die Leute gewöhnen sich daran und vergessen, wie es ist, ohne sie zu sein«, entgegnete Mister Judkins. »Hier sind Damen wertvoller als Gold, und so behandeln wir sie auch.«

»Dann brauche ich mir ja keine Sorgen zu machen, nicht wahr, Mister Judkins?«

Er zögerte. »Madam ... ich habe keine Angst, daß ein normaler Mann Sie belästigen könnte. Jeder weiß, daß wir ihn aufknüpfen würden, wenn er eine Dame wie Sie beleidigte. Aber der schlechte Whiskey, der hier getrunken wird, kann einem Mann durchaus die Vernunft rauben ...«

Ein kalter Schauer ging über Elspeths Rücken, doch nicht aus Angst, sondern vor Entsetzen über Mister Judkins kalte Worte. Einen Mann aufhängen, weil er in trunkenem Zustand eine Frau belästigte? Nein, bestimmt übertrieb er stark, um ihr ein größeres Gefühl der Sicherheit zu geben. »Ich komme bald zurück«, versicherte sie ihm noch einmal. »Und sollte ich Schwierigkeiten haben, ist sicher irgendein netter Mensch wie Sie in der Nähe, Mister Judkin.« Sie lächelte ihn noch einmal an und trat auf die Straße hinaus.

Ihre Schritte klangen fest und zuversichtlich auf den groben Holzlatten des Bürgersteigs, genau wie die Worte mit denen sie Mister Judkins geantwortet hatte. Aber wie gern hätte sie diese Zuversicht auch empfunden! Ihre Hände in den dünnen Handschuhen waren feucht vor Nervosität, und am liebsten hätte sie sich umgedreht, um in ihr sicheres Hotel zurückzulaufen.

Das einzige hellerleuchtete Gebäude auf der dunklen Straße war das Nugget, und es war Elspeth inzwischen bestens vertraut. Nicht umsonst hatte sie mehrere Abende hintereinander draußen vor seiner erleuchteten Fassade gestanden, um Dominic Delaney klarzumachen, daß er ihrer Gegenwart nicht entfliehen konnte, wohin er sich auch wenden mochte.

Aber draußen zu stehen war etwas ganz anderes, als hineinzugehen. Sie wußte, daß Dominic ihr Erscheinen als bewußte Herausforderung betrachten würde, aber sie war dennoch fest entschlossen, es zu wagen.

Es war ein verzweifelter Versuch, ihn zu einer Entscheidung zu bewegen. Ihr kleines Kapital verringerte sich von Tag zu Tag und würde nicht mehr lange reichen. Sie *mußte* Dominic dazu bringen, mit ihr zu sprechen. Bestimmt war er durch ihr Verhalten schon ein wenig nachgiebiger geworden. Heute nachmittag hatte er durch Li Tong einen Stuhl und etwas Wasser bringen lassen. Natürlich war diese kleine Geste nicht als Kapitulation aufzufassen, aber sie mochte einen kleinen, wenn auch unbedeutenden Riß in seiner Abwehr bedeuten.

Heute abend trat der zweite Teil ihres Plans in Aktion – ein Schritt auf weiteren verbotenen Boden, den er als seinen eigenen betrachtete. Nach heute abend würde er begreifen, daß sie ihm überallhin zu folgen wagte, falls es nötig war. Natürlich hatte sie schreckliche Angst davor, aber das war ein Risiko, das nicht zu umgehen war.

Vorsichtig schritt sie über den festgestampften Schlamm der Straße. Mehrere Pferde waren vor dem Nugget angebunden, und aus dem Lokal drangen Stimmengewirr und Gelächter. Elspeth hörte auch eine Reihe von derben Flüchen, die sie an Ben Travis, den Kutscher, erinnerten.

Vor der Schwingtür blieb sie stehen, von Panik erfaßt. Es mußte seinen Grund haben, daß Saloons für Frauen verboten waren …

Sie holte tief Luft und straffte die Schultern. Sie durfte nicht feige sein. Es war nichts als eine überholte Denkweise in einer neuen Welt. Sie stieß die Tür auf und ging hinein. Die Anblicke und Geräusche im Saloon trafen sie mit derartiger Gewalt, daß sie ihre Angst für einen Moment vergaß.

Rauch. Dichter Zigarren- und Zigarettenrauch hüllte sie ein und drang in ihre Lungen. Gerüche. Der saure Geruch von Bier, Whiskey und Schweiß vermischte sich mit dem Gestank der Petroleumlampen auf dem mächtigen Leuchter an der Zimmerdecke. Geräusche. Das Klimpern eines Pianos und das Dröhnen rauher Stimmen. Männer. So viele Männer. In der Mehrheit schien es sich um unrasierte Goldgräber zu handeln, die in Hemdsärmeln und groben Hosen die lange Bar umringten oder die wenigen Tische besetzten.

Vereinzelt waren auch Cowboys zu sehen, die die gleichen Drillichhosen und Stiefel trugen, die Elsbeth bei Patrick gesehen hatte. Nur sehr wenige Männer waren in die eleganten Überröcke und Linnenhemden gekleidet, die man auf den Straßen in Edinburgh sah.

Elspeth atmete erleichtert auf, als sie zwei Frauen an den Tischen entdeckte. Auf den ersten Blick hatte sie geglaubt, die einzige Frau im Raum zu sein. Die Frauen waren stark geschminkt und trugen tiefausgeschnittene Satinkleider, die schockierend viel Haut enthüllten. Ob es Freudenmädchen sind? fragte sich Elspeth neugierig.

Vielleicht konnte sie einer von ihnen ein paar taktvolle Fragen über ihren Beruf stellen. Es kam selten vor, daß einer Wissenschaftlerin wie ihr eine derartige Gelegenheit geboten wurde …

Eine blonde junge Frau an der Bar, die lachend mit einem Mann sprach, der seinem Aussehen nach ein Goldgräber sein konnte, wirkte recht sympathisch. Elspeth trat impulsiv vor, um dann abrupt wieder stehenzubleiben. Ihre Augen wurden groß, und sie schnappte verblüfft nach Luft. Der

Goldgräber hatte seine große Hand in den Ausschnitt der Frau gesteckt und berührte ihre Brüste. Sie schien nicht beleidigt und lachte höchstens noch lauter. Vielleicht ist es besser, zu warten, bis das Barmädchen ... weniger beschäftigt ist, dachte Elspeth.

»Miss MacGregor, was, zum Teufel, machen Sie hier?«

Sie drehte sich um und schaute in das eckige, häßliche Gesicht von Ben Travis, das ihr jedoch in diesem Augenblick wie ein Geschenk des Himmels schien. »Oh, Mister Travis – ich freue mich sehr, Sie zu sehen!«

»Nun, ich nicht. Machen Sie, daß Sie hinauskommen, bevor es Ärger gibt.«

»Ich will keinen Ärger. Wenn Sie mir einen Platz suchen könnten, wo ich mich setzen kann, werde ich ganz still sein und niemanden belästigen.«

Er machte ein Geräusch, das wie eine Mischung zwischen Knurren und Grunzen klang. »Den Teufel werden Sie tun! Es wird genug Ärger geben, ohne daß Sie auch nur einen Finger rühren. Machen Sie, daß Sie in Ihr Hotel zurückkommen.«

»Das geht nicht«, widersprach sie entschieden. »Ich muß hierbleiben, wenn auch nur für kurze Zeit. Würden Sie mir bitte helfen?«

»Verdammt, Sie können nicht ...« Travis brach ab und maß Elspeth mit einem scharfen Blick. »Ist es wegen Dominic Delaney? Ich hörte, daß Sie ihn verfolgen wie der Teufel eine arme Seele. Sind Sie deshalb hier?«

»Er ist hier, nicht wahr?« fragte sie eifrig.

Travis nickte zu einem Tisch in einer entfernten Ecke hinüber. »Dort drüben. Er hat sie noch nicht gesehen, und wenn er es tut, wird er nicht begeistert sein. Sie haben ihm das Leben schon schwer genug gemacht.«

»Ich weiß.« Sie befeuchtete nervös ihre Lippen. »Ich will ihm gar keine Schwierigkeiten machen, Mister Travis. Ich tue nur, was unbedingt notwendig ist.«

»Warum?« fragte er offen.

»Ich fürchte, das ist eine Privatangelegenheit zwischen Mister Delaney und mir.«

Travis schwieg und starrte sie nur an. »Der Aufruhr, den Sie bei Rina veranstaltet haben, war alles andere als privat. Seien Sie vernünftig und verschwinden Sie hier!«

Elspeth schüttelte den Kopf.

Ben Travis drehte sich auf dem Absatz um und ging zu einem Tisch in der Nähe, an dem zwei Männer saßen. »Sam – du und Hiram, ihr steht auf und macht der Dame Platz.«

»Sie kann sich auf meinen Schoß setzen«, erklärte Sam grinsend. »Ich bin nicht selbstsüchtig, was meine ...« Er brach ab, als sein Blick auf Elspeth fiel, die hinter Travis stand. »Du liebe Güte, es ist der *Schatten*!« Er schaute zu Dominics Tisch hinüber und lächelte verschlagen. »Klar, Ben. Die Dame kann unseren Tisch haben. Komm, Hiram.« Die beiden Männer standen auf, nahmen ihre Gläser und gingen lachend zur Bar hinüber.

Ben schob einen Stuhl zurück und bedeutete Elspeth, sich zu setzen. »Wenn Sie wollen, daß Dominic Sie sieht, brauchen Sie nicht lange zu warten. Sam und Hiram sind schon dabei, es allen zu erzählen.«

»Danke, Mister Travis.« Elspeth setzte sich und legte die Hände auf die abgenutzte Tischplatte. Sie lächelte schüchtern. »Ich habe Mister Judkins im Hotel gesagt, er brauche sich keine Sorgen um mich zu machen – ich wüßte, daß ich auch hier jemanden finden würde, der so nett ist wie er.«

Travis schaute erneut zu dem Tisch in der entfernten Ecke hinüber und preßte grimmig die Lippen zusammen. »Sie brauchen mehr als das, wenn Sie Dominic weiterhin belästigen. Er ist kein Mann, der einen Narren aus sich machen läßt.«

»Ich habe nicht die Absicht, so etwas zu tun.«

»Was wollen Sie dann ...« Travis brach ab. »Lassen Sie nur, ich sehe schon, daß Sie es mir nicht sagen werden.« Er zog sich einen Stuhl heran. »Ich bleibe lieber hier sitzen und sorge dafür, daß die Jungs nicht zudringlich werden.«

Elspeth schüttelte den Kopf. »Nein, ich möchte, daß er mich allein sieht. Ich muß ihm beweisen, daß ich auf niemanden angewiesen bin.« Nach einer kleinen Pause fuhr sie fort:

»Wenn Sie die Ereignisse beschleunigen wollen, können Sie ihm sagen, daß ich hier bin.«

»Nach dem Gelächter an der Bar zu urteilen, käme ich gar nicht zu ihm durch, bevor er es erfährt«, wandte Ben Travis trocken ein. »Möchten Sie ein Glas Wasser oder Limonade, bevor ich zu ihm hinübergehe?«

»Nein, danke.« Sie schaute auf ihre Hände. »Ich brauche nichts.«

Dominic spielte die Herz Zehn aus, lehnte sich auf seinem Stuhl zurück und betrachtete den Russen. Graf Marzonoff war leicht zu durchschauen, und es war Dominic ein Rätsel, warum der Mann darauf beharrte, jeden Abend weiterzuspielen, nachdem er bisher immer verloren hatte – und nicht geringe Summen. Aber warum mache ich mir überhaupt Gedanken darüber, dachte er dann ungeduldig. Wenn Marzonoffs Behauptungen stimmten, konnte er sich noch weit höhere Verluste erlauben.

»Dominic.«

Er schaute auf und lächelte. »Eine Runde Poker, Ben?«

Travis schüttelte den eisgrauen Kopf. »Es ist jemand hier, von dem Sie wissen sollten.«

Dominic versteifte sich. Einer von Durbins angeheuerten Mordschützen? Oder Durbin selbst? Er bemühte sich um eine ausdruckslose Miene. »Wer?«

Travis deutete auf einen Tisch bei der Tür. »Sie.«

Einen Moment lang war Dominic fassungslos. Elspeth MacGregor, wie gewohnt in ihrem steifen schwarzen Kleid, saß mit bescheidener Miene und gefalteten Händen am Tisch. Dann, als spürte sie Dominics Blick, hob sie den Kopf und schaute ihn an. Nun war nichts mehr von Bescheidenheit zu spüren – ihr Blick hinter den dicken Brillengläsern war herausfordernd und direkt.

Unbändiger Zorn erfaßte Dominic. Er schaute sich im Raum um, und sofort wich das Grinsen aus den Gesichtern der Männer, die ihn beobachteten. Natürlich würden sie es wieder aufnehmen, sobald er ihnen den Rücken zudrehte. Die Erkenntnis machte ihn noch wütender.

»Sie sollte nicht hier sein«, bemerkte Ben schroff.

»Genau. Das stimmt.« Dominics Stimme war nur ein leises Murmeln, sein Blick ruhte unverwandt auf Elspeth. »Es war ein Fehler von ihr, daß sie ins Nugget gekommen ist.« Er warf die Karten verdeckt auf den Tisch. »Ich passe.« Er schob den Stuhl zurück und stand auf. »Mir reicht es für heute abend, Gentlemen.«

Er schaute weder nach rechts noch nach links, als er durch den Raum auf Elspeth MacGregors Tisch zuging. Es war unwichtig, was die anderen Männer dachten. Von Bedeutung war nur der Fehdehandschuh, den diese kleine Eule ihm nun ganz offen zugeworfen hatte. Sein Ärger war so intensiv, daß er ihn als fast schmerzhaft empfand, und doch verspürte er gleichzeitig eine wilde Befriedigung. Sie hatte jetzt zum zweiten Mal die Grenze überschritten, und nun konnte er sich endlich wehren. Er war jedoch bereit, ihr eine letzte Chance zu geben, hoffte allerdings, daß sie sie nicht annahm.

Vor ihrem Tisch blieb er stehen. Die Unterhaltung im Raum war verstummt, das einzige Geräusch bestand im leisen Klimpern des Pianos. Er senkte seine Stimme, bis niemand ihn mehr hören konnte außer ihr. »Verlassen Sie Hell's Bluff. Ich sage es Ihnen jetzt zum letzten Mal.«

Er hat mit mir gesprochen! dachte Elspeth mit einem wilden Triumphgefühl, und augenblicklich erwachte neue Hoffnung in ihr. Seine blaugrauen Augen glühten vor Leidenschaft und waren doch eiskalt. Ihr Atem stockte, als sie seinen Blick sah, und einen Herzschlag lang brachte sie kein Wort heraus. Dann flüsterte sie: »Nein.«

Und jetzt – ganz unerwarteterweise – lächelte er! Es war ein frohes Lächeln, das seinem Gesicht eine wilde Schönheit verlieh. »Gut.«

Damit wandte er sich ab und verließ den Saloon.

5

»Sie hätten nicht hierherkommen sollen.«

Elspeth wandte den Blick von den Schwingtüren auf Graf Marzonoff, der sich ihrem Tisch genähert hatte. Sein plumpes Gesicht war ernst, seine braunen Augen voller Besorgnis. »Sie haben ihn sehr verärgert. Für einen Moment erinnerte er mich an meinen Cousin Nicholas. Es ist gefährlich, solche Männer zu verärgern.«

Elspeth bemühte sich zu lächeln, aber ihre Lippen zitterten, und das Herz schlug ihr bis zum Hals. Dominics Blick war so ... so seltsam gewesen ...

»Nun, es ist passiert.« Sie stand auf. »Ich kann die Uhr nicht zurückdrehen. Wir werden sehen, was sich daraus ergibt.« Sie schaute sich um und erschauerte vor Unbehagen. Die Männer im Saloon maßen sie mit neugierigen und teilweise sogar ziemlich unverschämten Blicken. Rasch wandte sie sich zur Schwingtür. »Ich glaube, ich gehe ins Hotel zurück. Gute Nacht, André.«

»Ich begleite Sie.«

Elspeth erhob keine Einwände, obwohl sie das Gefühl hatte, daß ihr auf der Straße weniger Gefahr drohte als von diesen Männern, die sie anstarrten. »Danke, das ist sehr freundlich von Ihnen.«

»Er hat sehr viel Geduld bewiesen«, bemerkte Graf Marzonoff, als sie den Saloon verlassen hatten. »Sie müssen einsehen, daß eine Dame sich gewisse Beschränkungen aufzuerlegen hat. In St. Petersburg wäre eine Frau nach einer solchen Handlungsweise eine Geächtete, nicht nur innerhalb der Gesellschaft, sondern auch in ihrer eigenen Familie.«

»Dann habe ich Glück gehabt, nicht in St. Petersburg zu sein, nicht wahr?« Elspeth spürte, wie André sie allmählich zu verärgerrn begann. Der Aufenthalt im Nugget war auch ohne seine Predigten schon unangenehm genug gewesen.

In den letzten Tagen hatte sie eine gewisse, wenn auch etwas ungeduldige Zuneigung zu dem jungen Russen gefaßt. Er zeigte einen fast schon bedauernswerten Eifer, mit den rauhen Männern aus dieser Gegend zusammenzusein, der über Elspeths Begriffsvermögen ging. Warum reiste er nicht nach Rußland, in seine Heimat zurück, anstatt zu versuchen, von einer Gesellschaft akzeptiert zu werden, in die er gar nicht paßte?

»Warum fahren Sie nicht nach Hause?« fragte sie freundlich. »Sie sind an ein ganz anderes Leben gewöhnt als diese Menschen hier. Wären Sie nicht zufriedener mit Leuten, Orten und Gebräuchen, die Ihnen vertraut sind?«

Er schüttelte den Kopf. »Ich war nie … zufrieden in St. Petersburg«, gestand er, ohne Elspeth dabei anzusehen. »Sie verstehen nicht. Zu Hause war immer Nicholas. Er war alles, was ich nie geworden wäre – ein phantastischer Schütze, ein exzellenter Reiter. Er kann jeden Mann unter den Tisch trinken und jede Frau in sein …« Er brach ab und schloß dann lahm: »Ich meine, er wirkt sehr anziehend auf Frauen.«

»Ich verstehe.«

»Nicholas war … alles. Ich dachte, wenn ich von ihm fortginge, hätte ich vielleicht eine Chance …« Wieder brach er ab. »Ich hörte, daß ein Mann hier werden kann, was er will.«

Aber André kann nicht hoffen, ein Mann wie Nicholas zu werden oder wie Dominic Delaney, dachte Elspeth betrübt. Wie seltsam, daß er – nachdem er gerade einen Konkurrenten losgeworden war – sich sofort einen neuen schuf! Offensichtlich suchte er ganz bewußt die Gesellschaft eines Mannes, der seinem Vetter in so vieler Hinsicht ähnlich war. »Ich hoffe, Sie finden, was Sie suchen, André.«

»Bestimmt«, entgegnete er zuversichtlich.

Es war jemand in ihrem Zimmer!

Elspeth konnte in der Dunkelheit nichts sehen, aber sie spürte die Anwesenheit eines Menschen. Klopfenden Herzens wandte sie sich zur Tür und streckte die Hand nach der Klinke aus.

Ein leises Lachen erklang aus dem Schaukelstuhl in der Zimmerecke. »Laufen Sie jetzt nicht vor mir davon!« sagte Dominic Delaneys Stimme spöttisch. »Es wäre sehr unhöflich. Ich wollte nur ihren Besuch erwidern. Sie müssen wirklich dringende Gründe haben, mich zu sehen, wenn Sie meine Warnung ignoriert haben.«

Elspeth erstarrte vor Schreck, aber dann sagte sie sich, daß sie keinen Grund dazu besaß. Er war zu ihr gekommen, und nun mußte sie die Gelegenheit wahrnehmen, mit ihm zu sprechen. »Ja, ich wollte Sie sehen, Mister Delaney«, antwortete sie mit unsicherer Stimme. »Sie sollen wissen, warum ich ...« Sie verstummte.

Die Dunkelheit und das Wissen, daß er dasaß und sie beobachtete, brachten sie aus dem Konzept. »Vielleicht sollten wir eine Kerze anzünden.«

»Ich mag die Dunkelheit. Sie vermittelt eine intimere Atmosphäre.« Elspeth hörte, wie er aufstand. »Obwohl Kerzenlicht natürlich auch seine Vorteile hat – die Haut einer Frau hat einen viel sanfteren Schimmer bei Kerzenlicht.« Er bewegte sich so katzenhaft leise, daß Elspeth ihn erst neben sich bemerkte, als er weitersprach. »Ich erinnere mich an Ihre zarte Haut, Elspeth. Ich weiß noch, wie warm und glatt sich Ihre Kehle unter meiner Hand anfühlte – wie aufgeregt Ihr Herz klopfte und wie Sie mich ansahen. Woran erinnern *Sie* sich?«

Sie spürte die Hitze, die von seinem Körper ausging, und roch den Duft von Tabak und Whiskey, der ihn umgab. Nervös befeuchtete sie ihre Lippen. »Nichts. Ich erinnere mich an nichts.«

»Dann werde ich Ihrem Gedächtnis auf die Sprünge helfen. Ich war nackt, und Sie, Elspeth, angezogen. Eine für mich sehr unvorteilhafte Lage, und ich bin nicht gern im Nachteil. Deshalb meine ich, wir sollten diesmal die gleichen Voraussetzungen schaffen.«

»Was soll das heißen?«

»Ich glaube, das wissen Sie. Wir werden nur beenden, was Sie an jenem Tag bei Rina begonnen haben. Strecken Sie Ihre Hände aus.«

»Warum sollte ich ... Was machen Sie da?« Er hatte ihre Handgelenke ergriffen und schlang ein Seil darum. Panik erwachte in Elspeth, als die Schlinge sich zuzog und sie die Hände nicht mehr bewegen konnte. »Lassen Sie mich los!«

»Das wäre unvernünftig, und ich bin ein sehr vernünftiger Mann. Nur wenn man mich zu weit treibt, neige ich zu impulsiven Handlungen.«

»Ich schreie!«

»Das würde ich Ihnen nicht empfehlen, denn dann müßte ich dafür sorgen, daß Sie das Bewußtsein verlieren, und man hat mich gelehrt, keine Frau zu schlagen.« Seine Stimme wurde leiser und klang nun sehr bedrohlich. »Aber merkwürdigerweise reizen Sie mich zur Gewalttätigkeit, Elspeth. Heute abend im Nugget hätte ich Sie am liebsten erwürgt.«

»Warum machen Sie das?« Sie wünschte, sein Gesicht sehen zu können. Vielleicht wollte er ihr nur einen Schrekken einjagen – und wenn, dann war es ihm gelungen. Sie zitterte am ganzen Körper und fühlte sich schrecklich hilflos. »Binden Sie mich bitte los, Mister Delaney.«

»Gleich.« Er entfernte sich einen Moment und kam mit ihrem Umhang wieder. Als er ihn ihr über die Schultern legte, streiften seine Finger ihren Hals, und Elspeth atmete scharf ein. Er hatte es gehört und verhielt in der Bewegung. Seine warmen Finger ruhten auf ihrer Haut. »Ich glaube, Sie haben mich belogen, Elspeth. Ich bin sicher, daß Sie sich sehr gut an jenen Morgen erinnern.«

Dann ließ er die Hand sinken. »Es wird Ihnen etwas warm werden unter dem Cape, aber so sieht niemand die Fesseln, wenn wir die Stadt verlassen.« Er zog ihr die Kapuze über den Kopf. »Sie wirken sehr ruhig, Elspeth – als seien Sie es gewöhnt, entführt zu werden.«

»Nein«, zwang sie sich zu antworten. »Ich bin nicht ruhig. Ich bin kein mutiger Mensch. Ich habe Angst.«

Für einen Moment herrschte Schweigen. »Soll das heißen, daß Sie mich um eine neue Chance bitten?«

»Nein«, entgegnete Elspeth widerstrebend. »Ich habe keine andere Wahl. Ohne Sie kann ich die Expedition nicht beginnen, und ich *muß* Kantalan finden.«

»Ich glaube, gegen Ende der Woche werden Sie anders darüber denken. Ich habe eine Nachricht auf Ihr Kopfkissen gelegt – unterschrieben mit Ihrem Namen – nach der Sie angeblich mit mir durchgebrannt sind. Und da Sie mir seit einigen Tagen ständig auf den Fersen sind, wird niemand bezweifeln, daß Sie mich unwiderstehlich fanden.«

Spöttisch fuhr er fort: »Und jene, die doch Zweifel haben sollten, werden sich hüten, sie auszusprechen. Wenn wir nach Hell's Bluff zurückkehren, werden Sie merken, daß sich Ihre Situation in dieser Stadt geändert hat. Dann können Sie nur noch zu Rina gehen oder die Gastfreundschaft eines ihrer Kunden akzeptieren. Das Hotel nimmt nur anständige Frauen auf.«

»Zurückkommen? Sie wollen mich aus Hell's Bluff entführen?«

»Zu Rina kann ich Sie nicht bringen, sie würde Einwände erheben«, antwortete Dominic gedehnt. »Und was ich mit Ihnen beabsichtige, kann nicht in diesem kleinen Hotelzimmer geschehen. Ich bringe Sie in die Berge, in die Hütte eines Freundes. Er ist im Moment nicht da, deshalb wird uns niemand stören ...«

Er brach ab und machte eine ungeduldige Bewegung. »Aber warum erkläre ich Ihnen das alles? Sie werden es noch früh genug herausfinden. Machen wir lieber, daß wir fortkommen. Die Pferde warten schon im Hinterhof.« Er zog Elspeth am Ellbogen auf das Fenster zu. »Ich möchte die Treppe vermeiden. Sie könnten schreien, und dann müßte ich vielleicht jemanden erschießen.«

Er sagte es ruhig, fast beiläufig, aber seine Worte lösten ein Erschauern in Elspeth aus. Gewalt war ihr verhaßt. »Ich würde nicht schreien. Nicht, wenn ich weiß, daß es den Tod eines Menschen bedeuten könnte.«

»Das ist sehr zuvorkommend von Ihnen, aber ich glaube, das Risiko gehe ich nicht ein. Das hier geht nur uns beide etwas an.«

»Ja.« Elspeth ärgerte sich über ihr Zittern. Er hatte recht, es war etwas, was nur sie beide betraf. Er war schrecklich wütend und schien sie auf irgendeine Art bestrafen zu wollen. Aber was konnte er ihr schon antun? Er schien nicht vorzuhaben, sie zu verletzen. Vielleicht wollte er mit seinem Verhalten nur erreichen, daß sie Angst bekam und Hell's Bluff verließ. Wenn ich mit ihm allein bin, dachte Elspeth, habe ich möglicherweise sogar bessere Chancen, ihn zu der Expedition zu überreden ...

Seine großen Hände schlossen sich um ihre Taille, er hob Elspeth auf und schob sie durch das Fenster auf das Verandadach. Beim Kontakt mit ihm stockte der Atem in ihrer Kehle, und sie schaute ihn verwundert an.

Seine hellen Augen musterten sie forschend. »Sie haben wirklich Angst«, meinte er mit einem zufriedenen Lächeln. »Gut. Das war auch meine Absicht. Ich möchte, daß Ihre Knie zittern und Sie mich anschauen, als wollte ich Sie fressen. Ich möchte Sie berühren und spüren, wie Sie erbeben.«

Elspeth holte tief Luft. »Dann haben Sie ja erreicht, was Sie wollten, nicht wahr? Aber etwas sollten Sie wissen ...«

Er lächelte spöttisch. »Sicher werden Sie mir jetzt sagen, daß Sie vier wilde Brüder haben, die Ihnen zu Hilfe eilen und die Schande rächen werden, die ich ihrer Schwester zugefügt habe?«

»Nein. Ich habe niemanden, der mich verteidigen könnte.«

Etwas flackerte in Dominics kalten Augen auf, dann war es fort. »Mein Glück. Was ist es dann, was ich wissen sollte?«

»Ich kann nicht reiten.«

Die Hütte, vor der Dominic schließlich hielt, lag auf einem Plateau über einem steilen Felsabhang, gute zehn Meilen von Hell's Bluff entfernt. Als sie endlich in Sicht kam, spürte Elspeth jeden einzelnen Knochen in ihrem Körper, und sie war überzeugt, ihre steifen Beine nicht mehr bewegen zu können. »Sie hätten nicht zu galoppieren brauchen«, sagte sie spitz, als Dominic seinen schwarzen Hengst zügelte. »Ich weiß, daß Sie böse auf mich sind, aber ...«

»Ich bin mehr als *böse* auf Sie.« Dominic glitt aus dem Sattel und kam zu ihr, um sie von der kastanienbraunen Stute herunterzuheben. »Und wenn ich Sie durch das Pferd hätte bestrafen wollen, statt mir selber das Vergnügen zu nehmen, wären wir getrabt, nicht galoppiert. Das ist sehr viel schmerzhafter.«

»Das glaube ich nicht.«

»O doch.« Er löste ihre Fesseln und zog sie auf die kleine Blockhütte zu. Erst drinnen ließ er sie los. »Bleiben Sie hier.« Sie hörte das Klappern seiner Stiefelabsätze auf dem Holzboden.

Als Dominic die Öllampe auf dem Tisch entzündet hatte, konnte Elspeth sehen, daß die Hütte von innen nicht einladender war als von außen. Der kleine Raum war nur spärlich möbliert. Eine Roßhaarmatratze in einer Ecke diente als Bett, es gab einen wackligen Tisch und einen grob zusammengehauenen Stuhl, und die Fenster waren statt mit Glas mit alten Zeitungen verschlossen.

»Lebt hier jemand?« fragte Elspeth ungläubig.

»Jim ist nur selten hier. Im Moment gräbt er irgendwo in den Bergen nach Gold.« Dominics weiße Zähne schimmerten im Lampenlicht, als er Elspeth mitleidslos anlächelte. »Für unsere Zwecke reicht es. Bald werden Sie Ihre Umgebung gar nicht mehr bemerken.«

Er wandte sich ab und ging zur Tür. »Ich werde die Pferde absatteln und ihnen Wasser geben. An Ihrer Stelle würde ich keine Flucht versuchen. Innerhalb von fünf Meilen ist keine Hilfe zu finden, und diese Berge sind voller Schlangen und Skorpione.« Er drehte sich noch einmal zu ihr um. »Außerdem würde ich Sie finden. Es hat mich große Mühe gekostet, Sie hierherzubringen, und ich habe nicht vor, Sie gehen zu lassen.«

Schlangen. Elspeth bemühte sich, die schon vertraute Panik zu bekämpfen, die sie erfaßte. Sie lächelte schwach und rückte ihre Brille zurecht. »Ich bleibe in der Hütte«, sagte sie leise.

Dominic starrte sie an. »Warum sind Sie so verdammt nachgiebig? Warum wehren Sie sich nicht?«

»Würde es mir etwas nützen? Würde es etwas ändern?«

»Nein.«

»Na bitte. Das habe ich mir gedacht.« Sie setzte sich auf den einzigen Stuhl im Raum und verschränkte ihre Hände auf dem Schoß. »Sie sind ein sehr entschiedener Mann, aber ich halte Sie nicht für brutal. Ich warte hier auf Sie, und wenn Sie zurückkommen, besprechen wir meine Lage.«

Dominic musterte sie kurz, fluchte verhalten und ging hinaus.

Elspeth atmete auf. Während Dominic im Raum gewesen war, hatte sie sich wie mit einem wilden Tier eingesperrt gefühlt. Was für ein alberner Vergleich, dachte sie müde. Sie hatte keine Ahnung, wie es war, mit einem wilden Tier eingesperrt zu sein. Sie hatte keine Erfahrung mit gefährlichen Tieren oder gefährlichen Männern. Was – um Himmels willen – machte sie also *hier*?

Kantalan. Die Antwort war Kantalan. Sie mußte es finden. Sie durfte jetzt nicht aufgeben. Bisher hatte alles recht gut geklappt. Abgesehen von dem anstrengenden Ritt hatte sie keine Schmerzen oder Unbequemlichkeiten erlitten, und bisher hatte Dominic nicht mehr getan, als ihr zu drohen.

Die Tür ging auf und fiel hinter Dominic ins Schloß.

Instinktiv straffte sie die Schultern, aber er beachtete sie nicht, als er zu der Roßhaarmatratze hinüberging und eine saubere Decke darüber ausbreitete.

Erst dann wandte er sich zu ihr um. »Sehen Sie, wie besorgt ich um Sie bin?« bemerkte er lächelnd. »Ich möchte nicht, daß Ihre zarte weiße Haut schmutzig wird.«

»Danke.«

Sein Lächeln verblaßte, ein ärgerlicher Blick erschien in seinen Augen. »Verdammt, wehren Sie sich doch endlich!« Mit zwei Schritten war er bei ihr und zog sie vom Stuhl. Seine Hände umklammerten ihre Schultern, als er wütend auf sie herabstarrte. »Ich habe nicht vor, etwas zu *besprechen*. Ich habe Sie aus einem einzigen Grund hergebracht, und nichts wird mich von meinem Vorhaben abbringen. Haben Sie das kapiert, verdammt noch mal?«

Elspeth nickte. »Sie wollen mich bestrafen. Sie brauchen nicht so zu schreien, ich habe schon verstanden.«

»Ich schreie nicht!«

»Es kam mir so vor, aber vielleicht habe ich es mir in meiner Angst nur eingebildet.« Ihre Augen hinter den dicken Brillengläsern wurden groß. »Was machen Sie?«

Er war dabei, seinen Rock abzustreifen. »Ich ziehe mich aus. Es ist nicht unbedingt üblich unter diesen Umständen, aber ich tue es nicht gern angezogen. Natürlich hätte ich Sie auch zuerst ausziehen können, aber ich weiß nicht, ob ich dann bei mir noch dazu gekommen wäre.« Er zog sein Hemd aus, nahm seinen Pistolengurt ab und legte beides auf den Tisch.

Dann legte er die Hände auf den Hosenbund und schaute Elspeth an. »Seit jenem Morgen bei Rina frage ich mich, ob die Haut unter diesem schwarzen Kleid noch weicher ist als die, die ich berührte. Wissen Sie, welche Gefühle derartige Überlegungen bei einem Mann auslösen können?« Er löste den obersten Hosenknopf. »Soll ich es Ihnen zeigen?«

Sie schüttelte den Kopf. »Sie wollen mir nur Angst einjagen. Ich weiß, daß Sie mich nicht zwingen werden. Warum sollten Sie auch? Ich bin keine Frau, die Männer begehren. Sie können kein Verlangen nach mir haben.«

»Ach nein?« Er lächelte schwach. »Ich muß einen merkwürdigen Geschmack haben, denn ich bin ganz verrückt nach Ihnen, und Sie können sich darauf verlassen, daß ich Sie verführen werde, Elspeth. Warum hätte ich Sie wohl sonst hierhergebracht?«

Sie starrte ihn aus großen Augen an. »Sie sind *verrückt* nach mir?« Betroffen schüttelte sie den Kopf. »Ich hätte nicht gedacht, daß Sie mich entehren wollen. Es kam mir sehr unwahrscheinlich vor. Ich dachte, Sie wollten mich beschämen, vielleicht sogar verprügeln, aber ...« Sie brach ab. »Darüber muß ich zuerst in Ruhe nachdenken.«

»Dazu ist es zu spät«, wandte Dominic trocken ein. »Sie

können es danach tun, wenn Sie wollen. In wenigen Minuten werden Sie sehr beschäftigt sein.« Er griff nach ihrem Cape, nahm es ihr ab und ließ es auf den Stuhl fallen. »Ich bin zu ungeduldig, um mich weiter auszuziehen. Ich möchte Sie anschauen.«

Elspeth brachte keinen Ton heraus. Sie starrte stur geradeaus, und dabei fiel ihr Blick auf seine breite Brust und das weiche dunkle Haar darauf. Seltsam, aber sein ganzer Körper kam ihr so ... so vertraut vor! Anscheinend hatte sie ihn an jenem Morgen bei Rina doch ausgiebiger betrachtet, als sie angenommen hatte.

»Schau mich an.« Er legte ihr sanft die Hand unters Kinn. »Ich möchte dein Gesicht sehen, während ich dich ausziehe. Ich möchte wissen, was du dabei empfindest.«

Sie schluckte. »Ich könnte es ... dir sagen.«

»Nein, das reicht mir nicht. Ich möchte, daß du begreifst, wie verletzlich du in diesem Augenblick bist.«

Sie schloß die Augen. »Ich habe mich geirrt. Du bist doch ein sehr brutaler Mensch.«

Seine Finger verließen ihr Kinn, und plötzlich spürte sie eine leichte Berührung an ihrem linken Ohr. Doch sie hielt die Augen fest geschlossen, weil sie Dominics spöttischen Blick nicht sehen wollte. Eine weitere Berührung – diesmal an ihrem rechten Ohr – und sie begriff, was er machte. Er nahm ihr die Brille ab! »Nein!« sagte sie und riß die Augen auf.

»Jesus!«

Elspeth senkte die Lider. Ihre langen Wimpern berührten ihre Wangenknochen. »Ich möchte meine Brille haben. Es ist sehr schwer für mich, ohne ...«

»Schau mich an. Hörst du? Ich will, daß du mich ansiehst.«

Widerstrebend hob sie den Kopf und erwiderte seinen Blick.

Dominic erlebte den gleichen Schock wie schon zuvor. Ihre Augen waren nicht braun, wie er zuerst vermutet hatte, sondern von einem dunklen Grün und um die Pupillen herum braungold gefleckt. Es waren wunderschöne Augen, fast mandelförmig geschnitten und von langen, dichten Wimpern beschattet, die ihr ungewöhnlich exotisches Aussehen noch verstärkten.

»Darf ich jetzt meine Brille haben?«

Er schüttelte den Kopf. »Ich habe grüne Augen immer gemocht. Ich glaube, auf die Brille verzichten wir eine Weile.« Er legte sie zu seinem Hemd auf den Tisch. »Und hör auf, meinen Blicken auszuweichen!«

»Meine Augen sind nicht grün«, sagte sie mit erstickter Stimme, während ihr Blick irgendwo auf einem Punkt auf seiner Brust ruhte. »Sie haben überhaupt keine Farbe. Es sind Hexenaugen. Katzenaugen.«

»Ein interessanter Vergleich, und deinem Verhalten nach zu urteilen, vielleicht gar nicht so unangebracht.«

»Sie sind häßlich.« Eine leise Röte stieg in ihre Wangen. »Anders.«

»Trägst du deshalb diese Brille?« Er begann die Nadeln zu lösen, die ihren strengen Knoten zusammenhielten. »Damit niemand sehen kann, wie häßlich sie sind?«

»Natürlich nicht. So eitel könnte ich nie sein. Ich brauche sie. Ich lese sehr viel, und das ermüdet meine Augen. Schwache Augen liegen bei uns in der Familie. Mein Vater kaufte mir die erste Brille, als ich gerade sieben war.«

Dominic antwortete nichts und schaute zu, wie ihr Knoten sich langsam löste und die dicken hellbraunen Strähnen auf ihren Rücken fielen. Im Kerzenschein schimmerten sie fast golden. Er nahm zwei Strähnen nach vorn und zog sie über ihre Brüste. Das Haar war weich wie Seide, und er fragte, wie es sich auf seiner nackten Brust anfühlen mochte, wenn sie über ihm kniete und …

»Schon besser so«, sagte er heiser, erstaunt über das beinahe schmerzhafte Ziehen in seinen Lenden und die Art, wie sich seine Bauchmuskeln zusammenzogen. Er hätte Elspeth nicht anfassen dürfen. Im allgemeinen verstand er seine Emotionen zu beherrschen, aber wer hätte auch ahnen können, daß sie ihn so schnell und derart stark erregen würde? »Setz dich.«

Elspeth starrte ihn verwirrt an. Ihre ungewöhnlichen Augen schimmerten wie zwei goldgefleckte Smaragde in ihrem blassen Gesicht. Wieder wollte er ihr Haar berühren, ließ dann jedoch die Hand sinken. Dafür war später noch Zeit, wenn sein drängendstes Verlangen nach ihr befriedigt war. »Setz dich!« wiederholte er, diesmal schärfer.

Elspeth sank auf den Stuhl hinter ihr und schaute zu, wie Dominic vor ihr niederkniete. Er nahm ihren linken Fuß und schob den Rock ihres schwarzen Kleids, die Krinoline und die Unterröcke hinauf. Elspeth protestierte und versuchte, ihren Rock herabzuziehen.

»Nein!« Sofort umklammerte er ihr Handgelenk und schaute ihr drohend in die Augen. »Eine Bewegung, und ich reiße dir das Kleid vom Leib und zerfetze es in tausend Stücke. Wenn du nicht splitterfasernackt nach Hell's Bluff zurückreiten willst, Elspeth, solltest du mir lieber glauben.«

Sie nagte besorgt an ihrer Unterlippe. Er meint es ernst, dachte sie und zog widerstrebend ihre Hand zurück.

Dominic lächelte. »Sehr vernünftig.« Er legte die Hände auf ihre schwarze Stiefelette und begann die winzigen Knöpfe an der Seite zu öffnen. Seine Hände zitterten dabei, stellte er verärgert fest. Wenn er sich nicht endlich konzentrierte, würde er die Knöpfe nie aufbekommen …

Elspeth hatte schlanke, wohlgeformte Beine unter den schwarzen Baumwollstrümpfen, und an ihrem Oberschenkel konnte er einen schwarzen Strumpfhalter sehen. Rinas Strumpfbänder waren im allgemeinen blau, aus Satin, aufreizend und sehr feminin, aber Dominic hatte nie eine solche Ungeduld verspürt, sie ihr auszuziehen, wie jetzt bei Elspeth.

Er streifte den linken Stiefel ab und warf ihn beiseite, bevor er Elspeths rechtes Bein in die Hände nahm. Gott, wie es ihn drängte, seine Arbeit zu beenden! Seine Brust war so eng, daß er kaum noch Luft bekam, und er atmete durch den Mund, um nicht zu ersticken. Über dem schwarzen Strumpfhalter entdeckte er ein Fleckchen weiße Haut, und ein lustvoller Stich durchfuhr ihn wie ein scharfes Messer.

»Ist dir nicht wohl?« fragte Elspeth besorgt. »Du bist so blaß. Kann ich etwas für dich tun?«

Er erstarrte vor Verblüffung. Lieber Himmel, was für eine Frau war sie? »Gleich«, sagte er schroff, bevor er den zweiten Stiefel zur Seite schleuderte. »Verdammt, ja – ich leide, und das wirst du jetzt ändern. Weißt du, wie?« Grob riß er ihr den Strumpfhalter ab und zog gleichzeitig den schwarzen Strumpf herunter. Nachdem er das gleiche mit dem linken getan hatte, hob er den Kopf und schaute sie an.

Seine hellen Augen funkelten, als er Elspeths nackten Fuß hob und an sein wild pochendes Glied hielt. »So.« Er ließ ihre schmale weiße Fußsohle über seinen Körper gleiten. »Du wirst mich berühren, und ich dich. Dann werde ich in dich eindringen, und du wirst mich aufnehmen, ganz, jeden Zentimeter von mir. Ich werde dich benutzen, um dieses schreckliche Verlangen zu lindern, und dann werde ich dir zeigen, was du tun mußt, um es von neuem zu erregen.«

Seine harte Erektion brannte an Elspeths Fußsohle, und sie spürte, wie sein Glied zu zucken begann. Intim. Es war so unglaublich intim. Etwas Derartiges hatte sie noch nie erlebt. Eine versengende Hitzewelle ging durch ihren Körper, und sie hatte das Gefühl, lebendig darunter zu verbrennen. Ihr Atem kam stockend und unregelmäßig, sie zitterte so stark, daß sie befürchtete, vom Stuhl zu rutschen. »Laß ... laß mich los.«

Er verhielt sich ganz still. Sein Blick brannte in ihren Augen, und er hielt ihren Fuß ganz fest an sich gepreßt.«

»Begreifst du jetzt? Es ist *kein* Picknick, wozu wir hergekommen sind. Heute nacht wirst du mir gehören.«

»Du meinst es ernst«, sagte sie mit verwunderter Miene. »Ich war nicht sicher, ob ...«

»Verlaß dich darauf«, antwortete er, ließ ihren Fuß sinken und stand auf. »Ich bluffe nur beim Pokern, Elspeth.«

»Du willst mich verführen.« Die gleiche Verwunderung, die sich auf ihrem Gesicht abzeichnete, klang in ihrer Stimme mit. »Wird es weh tun?«

»Wenn du dich nicht wehrst, nicht.« Aber würde es ihr

weh tun? Er hatte noch nie eine Jungfrau gehabt und daher keine Erfahrung auf diesem Gebiet. Doch er schüttelte den Gedanken entschieden ab. »Wenn du es mir nicht zu schwer machst, werde ich mich bemühen …«

»Das heißt, daß ich ein gefallenes Mädchen sein werde, nicht?« fragte sie stirnrunzelnd. »Vielleicht sogar eine Hetäre.«

»Was, zum Teufel, ist eine Hetäre?« Er zog Elspeth auf die Beine und begann ihr Kleid aufzuknöpfen.

»Das waren Frauen im alten Griechenland, ausgebildet, Männern zu Gefallen zu sein und …« Sie schnappte nach Luft, als er das Kleid über ihre Schultern streifte und zu Boden fallen ließ. Sie trug jetzt nur noch ihr Hemdchen, ihre Krinoline und die Unterröcke und starrte verlegen geradeaus. »Sie waren sehr geschickt in …« Weitere Kleidungsstücke sanken an ihr herab wie Ahornblätter nach dem ersten Frost. Sie kniff die Augen zu. »Die Hetären waren bekannt für …«

»Mein Gott!«

Sie hatte einen perfekten Körper. Klein und unendlich zart, aber mit den wohlgeformten Kurven einer jungen Venus. Hochangesetzte Brüste mit spitzen rosa Knospen, einen flachen Bauch, eine unglaublich schmale Taille, die sich dann wieder in sanft geschwungene Hüften verbreiterte. Dominics Blick glitt zu ihren glatten Schenkeln und blieb auf den goldbraunen Locken haften, die das Zentrum ihrer Weiblichkeit verbargen. Der Atem stockte in seinen Lungen, das Blut pulsierte schmerzhaft heftig durch seine Adern.

»Bin ich … ganz ausgezogen?«

Ihre Augen waren noch immer fest geschlossen, als könnte sie ihre Nacktheit damit ignorieren. Er sah die zarte Röte in ihrem Gesicht, auf ihrem Hals und ihren Schultern und empfand ein ganz unerwartetes Gefühl von Zärtlichkeit. Sie war so unglaublich verletzlich. Warum mußte die verdammte Hexe so verwundbar sein?

Sie war der Inbegriff einer begehrenswerten Frau, und

sein Inneres löste sich fast auf bei ihrem Anblick, und doch empfand er ein starkes Schuldbewußtsein angesichts ihrer so offensichtlichen Unschuld. Aber das sollte ihn nicht von seinem Plan abbringen! Sie hatte ihn gequält und gedemütigt, ihn so lange gepeinigt, bis er keinen anderen Ausweg mehr sah, und jetzt würde sie nicht ungestraft davonkommen. Ich könnte es ohnehin nicht mehr verhindern, dachte er grimmig; dazu ist mein Verlangen nach ihr schon viel zu groß. »Du bist nackt wie am Tag deiner Geburt.«

Sie befeuchtete ihre Lippen, und wieder verspürte er einen fast schmerzhaften Stich der Lust. »Bis jetzt ist es nicht so schlimm. Wird es noch schlimmer?«

Wieder überflutete ihn eine Welle der Zärtlichkeit, gleichzeitig aber auch Schuldbewußtsein und Frustration. »Nein, es wird nur besser. Viel, viel besser.« Er hob sie auf und trug sie zu dem Lager in der Ecke hinüber. »Wie ich dir gleich zeigen werde.«

Haut an nackter Haut. Elspeth spürte sein dunkles, lockiges Haar an ihren Brüsten, seinen warmen, muskulösen Arm auf ihrem Rücken. Hitzewellen. Warum konnte sie nicht mehr denken? Sie war im Begriff, eine Hetäre zu werden, aber war das wirklich ein so schreckliches Schicksal? In jenen alten Zeiten schienen die Hetären über beträchtlich größere Freiheiten verfügt zu haben als ihre ›anständigeren‹ Schwestern. Sicher hatte das Hetärentum auch seine Nachteile, aber darüber nachzudenken, fiel ihr jetzt nicht leicht.

Doch sie mußte denken, denn schließlich handelte es sich um einen bedeutsamen Schritt in ihrem Leben. Sie war nur deshalb unvorbereitet darauf, weil sie nie damit gerechnet hatte, in eine derartige Situation zu kommen.

»Hör auf zu zittern«, befahl Dominic, als er sich neben ihr auf der Matratze niederließ. »Ich habe dir ja gesagt, daß ich vorsichtig sein werde.« Falls es mir gelingt, dachte er bestürzt. Der sanfte Druck ihres Körpers gegen seinen brachte ihn fast um den Verstand. Ihr langes Haar lag wie ein seidener Vorhang über seinem Arm, und sie zitterte wie ein erschreckter Vogel. »Ich werde dir nicht wehtun.«

Wieder wurde er von Zärtlichkeit erfaßt. Der Gedanke, ihr Schmerzen zuzufügen, war ihm unerträglich. Er mußte sie vorbereiten, mußte so viel Verlangen in ihr auslösen, daß sie es selber wünschte. Verdammt, sie war so *winzig*, und er wußte nicht, wie lange er sich noch beherrschen konnte. Allein schon der Gedanke, sich in ihre seidige Wärme zu vergraben, erfüllte ihn mit maßloser Gier. Er holte tief Luft. »Ich werde es schön machen für dich, Elspeth. Hab keine Angst. Du brauchst dich nur zu entspannen.« Seine Lippen streiften die zarte Haut an ihrer Schläfe. »Ich werde einen Weg finden, es dir zu erleichtern.«

Sie öffnete langsam die Augen und schaute ihn an. »Dann willst du mich nicht mehr bestrafen?«

Seine Kehle war wie zugeschnürt. »Nein.«

Wie seltsam seine Stimme klingt, dachte sie abwesend, doch andererseits war sie nicht seltsamer als sein Blick – oder die Hitze seines Körpers an ihrer Haut ... Es war alles sehr, sehr eigenartig, sehr fremd, und das Denken fiel ihr immer schwerer.

Seine Hände schimmerten fast golden auf ihrer weißen Haut, als sie sanft über ihren Bauch strichen.

Elspeth holte tief Luft. Ein angenehm träges Gefühl machte sich in ihren Gliedern breit.

Sein Gesicht über ihr war angespannt, seine Wangen hohl, und sein dunkles Haar wirkte fast schwarz im Halbdunkeln. Er ist schön, dachte sie. Ich hätte nie gedacht, daß ein Mann so schön sein kann. Michelangelos Statuen waren natürlich auch schön, aber sie waren kalt und ohne Leben. Dominic war nicht kalt, er strahlte eine versengende Hitze aus. Sie spürte sie auf ihrer Haut, in allen ihren Gliedern, und ein merkwürdiges Flattern begann in ihrem Magen, als er sanft darüberstrich.

Wie Schmetterlinge, dachte sie verblüfft. Ob es immer so ist, wenn man entehrt wird?

Seine Fingerspitzen glitten zu ihren Brüsten hinauf, dann zu ihrem Hals und ihrer Kehle. »Elspeth.«

Sie versteifte sich. »Ja?«

Er legte einen Finger auf ihre Lippen und zeichnete sanft ihre Konturen nach. »Ich möchte dich nicht erschrecken. Was weißt du darüber, was ich jetzt mit dir tun werde?«

Das Blut schoß ihr in die Wangen. »Ich habe ... Zeichnungen gesehen, die Studenten meines Vaters nach den Wandmalereien in Pompeji angefertigt hatten ... Frauen dürfen sie nicht sehen. Die Wandbilder, meine ich. Und einmal sah ich eine Statue in einem indischen Tempel ...«

Dominic atmete erleichtert auf. Wenigstens war sie nicht völlig unerfahren in dieser Beziehung.

»Es sieht ... unbequem aus«, wisperte sie.

Ein schwaches Lächeln spielte um seinen Mund. »Es ist alles andere als *unbequem*. Du wirst schon sehen, Elspeth. Es ist eigentlich sehr schön.« Seine Stimme war sanft, überredend, zärtlich, als er seine Hände ihren Bauch hinuntergleiten ließ und die weichen Locken zu steicheln begann, die ihre intimste Stelle verbargen.

Er hatte gesagt, es wäre schön, aber wie konnte das sein, wenn es allgemein als Sünde angesehen wurde? Sie wünschte plötzlich, mehr darüber zu wissen, wie es war, eine Frau zu sein. Ihr Vater hatte nie etwas anderes dazu gesagt, als daß ein unscheinbares Mädchen wie sie sich keine Sorgen darüber zu machen brauchte. Und die Haushälterinnen, die im Laufe der Jahre kamen und gingen in ihrem Heim in Edinburgh, hatten sich um Küche und Haus gekümmert und keine Zeit für Elspeth gehabt ...

Außer Clara. Clara war jünger als die anderen gewesen und hatte ein kleines Kind gehabt. Sie war immer sehr freundlich zu Elspeth und hatte sie sogar mit Bobby im Garten spielen lassen, wenn ihr Vater in der Universität beschäftigt war.

Bobby.

Elsbeth versteifte sich, als die Erinnerung an jenen Tag im Garten zurückkam. Die anderen Kinder hatten ihr Gesicht an den schmiedeeisernen Zaun gedrängt und Bobby ›Bastard‹ genannt. Harte, brutale Worte, die hilflose Qual in dem kleinen Jungen ausgelöst hatten.

»Nein!« Sie stieß Dominic mit aller Kraft zurück und sprang auf.

Elspeth hatte den Raum durchquert, bevor Dominic überhaupt begriff, was geschehen war. Eben hatte sie noch zitternd in seinen Armen gelegen und sich liebkosen lassen, und nun stand sie aufrecht im Raum. Ihr blasser nackter Körper war noch verführerischer im goldenen Kerzenschein, ihr langes, braunes Haar umgab sie wie eine schimmernde Wolke.

»Komm her«, befahl er stirnrunzelnd.

Elspeth schüttelte den Kopf. »Nein, du bist ein schrecklicher Mann. Wie konntest du so etwas tun?« Ihre Stimme zitterte, ihre Augen glitzerten vor ungeweinten Tränen. »Mich zu entehren, ist schlimm genug, aber wie kannst du so gemein zu einem Kind sein?«

»Einem Kind?« fragte er verständnislos.

»Wenn du mich verführst, könnten wir ein Kind bekommen. Oder willst du das etwa abstreiten?« Sie nahm ihr Cape vom Stuhl und hüllte sich darin ein. »Ich bin nicht sicher, ob es mir viel ausmachen würde, eine Hetäre zu werden, aber was wäre mit dem Kind? Kinder können sehr boshaft zu anderen sein, die nicht ehelich gezeugt wurden. Sie würden unser Kind verspotten, ihm Steine nachwerfen und ...« Sie brach ab und begann zu weinen. »Du bist ein böser, schlechter Mensch, und ich lasse mich nicht von dir verführen.« Damit drehte sie sich um und lief hinaus.

6

Ein Kind.

Dominic richtete sich langsam auf und griff nach seinem Hemd. Diese schottische Hexe trieb ihn allmählich zum Wahnsinn. Zuerst hatte sie sich beinahe widerspruchslos in ihr Schicksal ergeben, fast, als glaubte sie, eine Strafe zu verdienen. Und jetzt, beim Gedanken an den Schaden, der ihrem Kind entstehen konnte, reagierte sie wie eine Wilde. *Ihr* Kind? Du lieber Himmel, er *war* bereits verrückt! Er hatte die Frau kaum berührt und stellte sich schon vor, ein Kind mit ihr zu haben!

Rasch knöpfte er sein Hemd zu und stopfte es achtlos in die Hose. Elspeth schien ihn für ein Ungeheuer zu halten. Soweit ihm bekannt war, hatte er noch nie ein Kind gezeugt, aber falls es einmal passieren sollte, würde er die Frau nie im Stich lassen. Er würde zusehen, daß es Elspeth gut ging und es dem Kind an nichts ... Du liebe Güte, das ging wirklich allmählich zu weit!

Er ging hinaus und ließ seinen Blick prüfend über den schmalen Pfad gleiten, auf dem sie hergekommen waren. Ein beinahe voller Mond erleuchtete die Umgebung, aber Elspeth war nirgendwo zu sehen.

Weit konnte die kleine Hexe nicht gekommen sein. Aber da Dominic es dennoch für sicherer hielt, sie zu suchen, schlenderte er langsam zu den Ställen hinüber, um sein Pferd zu holen. So würde er sie schneller einholen. Es gab auf dem ganzen Pfad keinen Platz, an dem sie sich verstekken konnte, auf beiden Seiten fielen steil die Felsen ab, und außer einem gelegentlichen Kaktus existierte keinerlei Vegetation. Sie mußte auf dem Pfad bleiben und würde daher leicht zu finden sein.

Blasse Glieder unter einem schwarzen Umhang. Eine zerbrochene Puppe, die jemand auf den felsbestreuten Abhang unter ihm geworfen hatte.

»Jesus ... nein!«

Es war ihm nicht einmal bewußt, daß er die Worte murmelte, als er auf den steilen Abhang zulief. Halb rannte er, halb glitt er die hundertfünfzig Meter zu dem leise plätschernden Bach hinunter.

Elspeth war verdächtig still. Ihr Kopf ruhte halb im Wasser, halb auf den unebenen Steinen an der Uferbank. Sie regte sich nicht, als er sie vorsichtig umdrehte. Im Mondschein schimmerte ihre Haut so weiß wie die marmornen Grabsteine auf dem Familienfriedhof in Killara. Der Gedanke erfüllte ihn mit Entsetzen. Sie konnte nicht tot sein! Nur wenige Minuten zuvor hatte sie noch warm und sehr lebendig in seinen Armen gelegen. Verdammt, er würde sie nicht sterben *lassen*!

Er schob das Cape beiseite und preßte sein Ohr auf ihre nackte Brust, aber er wußte nicht, ob das leise Pochen von ihrem Herzen kam oder von dem Blut, das in seinen Ohren dröhnte. Vorsichtig tastete er Elspeths Glieder ab. Es schien nichts gebrochen zu sein. Sie brauchte einen Arzt, aber es war viel zu weit bis Hell's Bluff, und bevor er nicht wußte, was mit ihr war, konnte er sie nicht hinbringen. Er wußte nicht einmal, ob er sie bewegen durfte, aber natürlich konnte er sie auch nicht im Bach liegenlassen ...

»Schlangen ...« Ihre Stimme war fast unhörbar, aber Dominic war so erleichtert, daß er am liebsten laut gejubelt hätte. Elspeth *lebte*.

Sanft strich er ihr das nasse Haar aus dem Gesicht und stellte fest, daß Blut an seinen Fingern klebte. Es kam aus einer tiefen Kopfwunde. Dominic bemühte sich, seine Panik zu verbergen, aber das war gar nicht nötig, denn Elspeth hielt die Augen fest geschlossen.

Eine besorgte Falte stand zwischen ihren Brauen. »Schlangen«, flüsterte sie. »Laß sie nicht ...«

Er schloß die Augen. Schlangen. Er hatte ihr absichtlich Angst damit gemacht, und jetzt lag sie hier und quälte sich damit. »Ich lasse sie nicht in deine Nähe«, sagte er mit belegter Stimme und spürte, wie seine Augen feucht wurden.

»Hab keine Angst. Ich beschütze dich. Hab Vertrauen zu mir.«

Sie schien ihn nicht zu hören. »Sch-schlangen.« Ihre Stimme wurde lauter und nahm einen schrillen Tonfall an. »Schlan...« Dann brach sie ab und sank leblos in seine Arme.

Die Tür wurde mit einer Heftigkeit aufgestoßen, die die ganze Hütte erbeben ließ.

Patrick stand auf der Schwelle. »Dom – du gottverdammter Schuft! Wie konntest du ...« Er brach ab, als sein Blick auf Elspeths reglose Gestalt auf der Matratze fiel. »Mein Gott, was hast du mit ihr gemacht?«

»Was glaubst du?« Dominic richtete den weißen Verband um Elspeths Kopf und zog ihr die Decke bis unters Kinn. »Fast hätte ich sie umgebracht.« Er richtete sich auf und starrte auf Elspeth hinunter. »Sie könnte noch immer sterben. Ich habe alles getan, was in meiner Macht lag, aber es sind schon zwei Tage vergangen, und es wird nicht besser.«

»*Du* hast das getan?« Patrick trat betroffen an Elspeths Lager und schnappte nach Luft, als er die Prellungen auf ihren blassen Wangen sah und den blutgetränkten Verband um ihren Kopf. Sie sah aus wie ein hilfloses Kind, das jemand brutal verprügelt hatte. »Hoffentlich bist du auch stolz darauf!« sagte Patrick zornig zu seinem Onkel. »Du mußt verrückt sein, um so etwas zu tun.«

»Ja.« Dominic rieb sich müde den Nacken. »Ich glaube, ich war verrückt. Aber es fällt mir schwer, mich zu erinnern. Laß uns hinausgehen. Ich habe gerade erreicht, daß sie schläft und möchte sie nicht stören. Sie hat ... Alpträume.«

»Wie zuvorkommend von dir«, entgegnete Patrick höhnisch, als er seinem Onkel nach draußen folgte. »Erst mißhandelst du sie, bringst sie fast um, und jetzt machst du dir Sorgen, sie zu stören.« Die arme kleine Eule. Er hätte geschworen, daß Dominic zu einer solch verachtenswerten Tat nicht fähig gewesen wäre ...

»Hat es Spaß gemacht?« fragte er Dominic schroff.

»Warum? *Warum*, Dom? Ich weiß, daß sie dich furchtbar wütend gemacht hat, aber meinst du, sie hätte *das* verdient?«

»Nein.« Dominic starrte in den Abgrund unter ihnen. »Das hat sie nicht. Ich war wütend und begehrte sie ...«

»Hast du sie verführt?« herrschte Patrick ihn an.

»Nein, aber nicht, weil ich es nicht versucht habe. Wenn ich sie erwischt hätte, bevor sie stürzte ...«

»Sie *stürzte*?« Patrick empfand eine wilde Erleichterung und schaute Dominic beinahe flehend an.

Dominic deutete auf den Abgrund. »Sie stürzte ab und schlug mit dem Kopf auf den Steinen auf. Es geschah in jener Nacht, als ich sie herbrachte. Sie war vor mir davongelaufen.« Er hob den Kopf und schaute seinen Neffen an. »Und das heißt, daß ich schuld an ihrem Unfall bin. Es ist meine Schuld, daß sie verletzt ist, und es wird meine Schuld sein, wenn sie stirbt.«

Zum erstenmal, seit er in die Hütte gekommen war, bemerkte Patrick die dunklen Schatten unter Dominics Augen und sein unrasiertes Kinn. Er war nackt bis zur Taille, und Patrick vermutete, daß er sein Hemd zerrissen hatte, um Elspeths Kopfwunde zu verbinden. »Geht es ihr so schlecht?«

Dominic nickte. »Sie schläft die meiste Zeit, und wenn sie erwacht, redet sie nur unzusammenhängendes Zeug. Ich hatte schon auf dich gewartet.« Er lächelte schwach. »Ich wußte, daß du die Nachricht in ihrem Zimmer nicht ernstnehmen und kommen würdest. Ich möchte, daß du Doc Bellings holst.«

Patrick schüttelte den Kopf. »Er befindet sich auf einer seiner Sauftouren und ist sturzbetrunken. Ich bin ihm gestern abend, als ich in die Stadt kam, im Nugget begegnet. Er wird dir nicht viel nützen, bis er wieder nüchtern ist.« Patrick verzog das Gesicht. »Selbst dann würde ich mich von diesem Quacksalber nicht behandeln lassen.«

»Du mußt ihn herbringen!« verlangte Dominic grimmig. »Ich sorge schon dafür, daß er nüchtern wird.«

»Wäre es nicht besser, wenn ich Silver holte?« wandte Patrick ein. »Ihr Dorf liegt ganz in der Nähe, und sie ist es gewöhnt, Verletzungen zu behandeln.«

»Meinst du, sie würde kommen?«

»Wer weiß das schon? Silver ist wilder als ein Kojote.« Er hob die Schultern. »Aber ich kann es zumindest versuchen.«

»Dann hol sie her.«

Ein schriller Schrei zerriß die Stille.

Patrick zuckte zusammen. »Lieber Himmel, was ist das denn?«

»Elspeth. Sie träumt.« Dominic ging mit hängenden Schultern zur Hütte zurück. »Geh und bring Silver her. Schnell!«

Patrick nickte abwesend. »Es klingt, als habe sie furchtbare Angst. Was mag sie bloß träumen?«

»Sie träumt von Schlangen«, antwortete Dominic, ohne sich noch einmal umzudrehen.

Elspeth schlief nicht, sie hockte an der Wand bei der Matratze und starrte mit weit aufgerissenen Augen auf den Fußboden. Ihr nächster Schrei traf Dominic wie ein Peitschenschlag.

»Es gibt keine Schlangen hier«, sagte er bestimmt, während er zu Elspeth hinübereilte. »Höst du? Es *gibt* keine Schlangen hier.« Er kniete neben ihr nieder und zog sie in die Arme. Sie war zart und leicht wie eine Blumenblüte. Sie mußte in den letzten beiden Tagen sehr viel Gewicht verloren haben. Es war Dominic gelungen, ihr ein bißchen Wasser einzuflößen, aber nicht, sie zum Essen zu bewegen. »Du bist in Sicherheit.«

»Nein, ich habe sie *gesehen*.« Sie wehrte sich gegen ihn, stieß mit den Fäusten gegen seine Brust. »Ich sah sie. Sie kam aus diesem Loch heraus.« Sie zeigte mit einem zitternden Finger auf ein Astloch in den Holzplanken, aus denen der Fußboden bestand. »Es war eine Kobra. Ich verspreche auch, meine Milch das nächste Mal zu trinken. Ich weiß, daß ich ein böses Mädchen war, aber laß mich nicht allein. Sag der Schlange, sie soll fortgehen, Daddy.« Tränen rannen über ihre Wangen. »Sag ihr, sie soll gehen!«

»Es ist keine Kobra hier.« Dominic nahm ihr schmales Gesicht zwischen beiden Hände und schaute ihr beschwörend in die Augen. »Es gibt hier keine Kobras. Das war an einem anderen Ort, zu einer anderen Zeit. Hier ist nichts, was dich bedrohen könnte.«

Du hast gut gewählt, als du sie mit Schlangen geängstigt hast, dachte er bitter. Anscheinend hatte sie als Kind ein Erlebnis mit einer Schlange gehabt, denn ihre wirren Reden betrafen Kobras und Ayahs und einen Vater, der Dominic immer unsympathischer wurde, je mehr Elspeth von ihm sprach. Dieser eingebildete kleine Schuft war ganz offensichtlich so kalt und gefühllos gewesen wie die Kobra, die Elspeth fürchtete. Er strich ihr sanft über die Wange. »Ich lasse dich nicht allein.«

»Doch. Das wirst du«, schluchzte sie. »Du machst es immer, und dann kommt die Kobra zurück. Sie kommt *zurück.*«

»Psst, diesmal nicht.« Dominic schluckte, seine Kehle war wie zugeschnürt. »Diesmal bleibe ich hier und verscheuche sie.« Er drängte Elspeth sanft auf die Matratze zurück, legte sich neben sie und zog sie in die Arme. »Siehst du, jetzt kann dir niemand etwas tun. Schließ die Augen und versuch zu schlafen. Hab keine Angst mehr.«

Ihre Lider sanken herab, und ihr Körper entspannte sich. »Ich versuche, keine Angst zu haben. Ich weiß, daß du mich nicht als Feigling sehen willst.« Ihre Stimme war nur ein Flüstern. »Ich bemühe mich, so zu sein, wie du von mir erwartest ... ich werde alles tun, um dir zu gefallen.«

»Ich weiß.« Dominic hatte sich in den letzten beiden Tagen ein ziemlich klares Bild von Elspeths Beziehung zu ihrem Vater gemacht, der anscheinend weder Schwäche noch Fehler geduldet hatte. »Du gefällst mir. Immer.«

»Wirklich?« fragte sie zaghaft und schon halb im Schlaf. »Ich hätte nicht gedacht, daß ich ...«

Elspeth war eingeschlafen, ihr warmer Atem streifte seine

Schulter. Sie fühlte sich unglaublich zerbrechlich an in seinen Armen. Warum hatte er ihre Verwundbarkeit nicht gleich zu Anfang schon erkannt, als Wut und Zorn ihn für alles andere außer seiner Lust und seinem Stolz geblendet hatten? Patrick hatte es gleich erkannt. *Eine kleine Eule, die sich für einen Adler hält,* hatte er sie genannt. Eine sehr zerbrechliche, unsichere kleine Eule, die sich dazu gezwungen hatte, ihn bei jeder Gelegenheit zu konfrontieren, und das mit mehr Mut, als ein Adler je besitzen konnte.

Dominics Hand glitt besitzergreifend über ihr Haar, doch gleichzeitig so sanft, als handelte es sich bei Elspeth tatsächlich um einen kleinen, erschreckten Vogel. Er schloß die Augen. Gott, er war so müde! Er hatte seit jener Nacht, in der er Elspeth in die Hütte gebracht hatte, kein Auge mehr zugetan, und doch stand er jetzt auf, um die zahlreichen Löcher im Boden zu füllen, die ihr solche Angst einjagten.

Silbergraue Augen betrachteten sie mitleidig.

Elspeth blinzelte verwirrt und versuchte, den schweren, dichten Schleier zu durchbrechen, der sie niederzuhalten schien. Silbergraue Augen. Sie erinnerten sie an etwas ... Dominic Delaney? Nein, denn es war keine Spur von Blau in diesen Augen, die sie so ruhig betrachteten. Diese Augen waren eisgrau, gesäumt von dichten schwarzen Wimpern und überschattet von feingezeichneten, geschwungenen Brauen. Die Brauen kommen mir bekannt vor, dachte Elspeth verschwommen. Sie ähnelten den Augenbrauen von Patrick und Dominic Delaney.

»Wer ...« Elspeth stellte fest, daß sie keine Kraft besaß, zu sprechen.

»Silver Dove.« Eine Frauenstimme, leise und melodiös. »Sie haben sich verletzt. Erinnern Sie sich?«

Elspeth runzelte die Stirn. »Ich bin ... gelaufen. Die Felsen waren glitschig, und ich habe den Halt verloren und bin gestürzt.« Sie brach ab, als sie sich an den Schmerz erinnerte und an die Dunkelheit. »Ich glaube, ich schlug mit dem Kopf auf.«

»Gut.« Silver Doves melodische Stimme verriet Befriedigung. »Dominic wird froh sein, daß Sie nicht verrückt bleiben, wie er zuerst befürchtet hatte.«

»Mein Gott, Silver, wie kannst du so etwas sagen?« Patrick Delaney war an Elspeths Lager getreten und schaute auf sie hinunter.

»Was hast du von einer dummen kleinen Squaw anderes erwartet? Ich sage nur die Wahrheit – anders als ihr weißen Männer.«

»Hör endlich auf damit, ja? Wem willst du etwas vormachen? Rising Star hat dafür gesorgt, daß du nicht dumm bist, und wir wissen beide, daß du nur sagst, was dir gefällt«, erklärte Patrick trocken. »Und das meiste davon denkst du dir sowieso nur aus. Aber Elspeth ist noch zu schwach, um dir ein gutes Publikum zu sein.«

»Ich habe sie gepflegt, bis sie wieder zur Besinnung gekommen ist, das ist genug. Sie kann nicht von mir erwarten, etwas zu sein, was ich nicht bin.« Die melodische Stimme hatte einen scharfen Ton angenommen. »Wenn du Güte suchst, hättest du Rising Star holen sollen. Von mir bekommst du sie nicht.«

Die Leidenschaft in Silver Doves Stimme war so intensiv, daß sie Elspeth trotz ihrer Benommenheit auffiel. Neugierig wandte sie den Kopf zu der Frau, die neben ihr kniete. Nur war es keine Frau, stellte Elspeth überrascht fest, sondern ein junges Mädchen, höchstens fünfzehn oder sechzehn Jahre alt. Ihr schwarzes Haar fiel glatt auf ihren Rücken, gehalten von einem türkisfarbenen Stirnband. Ihr Gesicht war schmal und von einem dunklen Bronzeton, aus dem ihre eisgrauen Augen auffallend hervorstachen. Ihre schmale Gestalt war mit einem weiten Baumwollrock und einer cremefarbenen Tunika aus irgendeiner Tierhaut bekleidet. Ihre Füße steckten in weichen, bestickten Ledermokassins. War sie eine Wilde? Ihre Kleidung erinnerte Elspeth an die wenigen Indianer, die sie bisher gesehen hatte.

»Du warst uns näher als Rising Star«, gab Patrick offen zu. »Meinst du, wir hätten nicht lieber jemanden geholt, der nicht droht, uns die Herzen herauszuschneiden, wenn ihm irgendwas nicht paßt?«

»Du hast mich hergebracht. Du kennst mich. Wie kannst du etwas anderes von mir erwarten?«

»Sind Sie …« Elspeth brach beschämt ab. Es war nicht höflich, jemanden, der einen so lange gepflegt hatte, zu fragen, ob sie eine Wilde war.

Silver Dove bedachte sie mit einem zornigen Blick. »Ja. Ich bin eine Apachensquaw. Hast du Angst vor mir, weiße Frau? Ich trage immer ein kleines Messer bei mir und habe es schon dreimal benutzt.«

Patrick seufzte und legte dem Mädchen die Hand auf die Schulter. »Elspeth, das ist meine Cousine Silver, und so wild, wie sie sich gibt, ist sie gar nicht.«

»Ich bin *nicht* deine Cousine. Nicht, bis der alte Mann es sagt.« Silver Dove sprang auf. »Und das wird er nie tun. Den Delaneys reicht eine Indianerin in der Familie.« Sie schüttelte ungeduldig ihr langes Haar. »Ich habe keine Lust mehr, Dominics Frau zu pflegen. Ich bin keine Sklavin, die die Delaney herbeirufen und fortschicken können, wann immer es ihnen beliebt. Kümmere du dich um sie, bis Dominic zurückkommt. Ich gehe dorthin zurück, wo mein Zuhause ist.« Sie wandte sich ab und ging anmutig wie ein Reh zur Tür.

Doch Elspeth konnte sie nicht gehenlassen, ohne sich wenigstens zu bedanken. »Silver.«

Das Indianermädchen drehte sich um.

»Danke«, flüsterte Elspeth. »Ich wollte niemanden belästigen.«

Etwas huschte über Silvers Gesicht, dann war es verschwunden. Sie öffnete den Mund, um etwas zu sagen, schloß ihn wieder und schlüpfte aus der Hütte.

Patrick kniete sich neben Elspeths Lager. »Sie war sehr gut zu Ihnen«, sagte er entschuldigend. »Sie hat Sie Tag und Nacht gepflegt und Ihnen vielleicht sogar das Leben gerettet. Dom war es nicht gelungen, Sie zum Essen zu bewegen, und er hatte Angst, Sie könnten zu schwach werden, um zu überleben.«

Er lächelte. »Silver ist es gelungen. Sie hielt Ihnen die Nasenlöcher zu, und als Sie den Mund öffneten, um zu atmen, flößte Sie Ihnen heiße Brühe ein und streichelte Ihre Kehle, bis Sie geschluckt hatten. Dom war ganz sicher, daß Sie ersticken würden und begann Silver anzuschreien. Aber sie warf ihn hinaus, und da er auch nicht wußte, wie er Sie anders zum Essen bringen sollte, ließ er es zu.«

Dominic. Irgend etwas an seinem Namen rief eine Erinnerung in ihr wach, aber in ihrem benommenen Zustand konnte sie nicht sagen, was es war. Merkwürdigerweise war der Abend vor ihrem Unfall wie aus ihrem Gedächtnis gelöscht. Aber das hatte Zeit. Sie konnte später darüber nachdenken. »Werde ich wieder ganz gesund werden?«

Patrick nickte. »Silver sagte, es könnte ein paar Wochen dauern, aber dann würden Sie völlig wiederhergestellt sein. Wir hatten mehr Angst um Ihren Verstand als um alles andere.«

Elspeth lächelte schwach. »Sie dachten, ich sei verrückt geworden?«

Patrick nickte. »Dom hatte um alles Angst, was man sich nur vorstellen kann. Erkältung, Lungenentzündung, Wahnsinn ... Ich kann fast verstehen, daß Silver ihn hinausgeworfen hat.« Dann runzelte er entrüstet die Stirn. »Aber ich war eigentlich ganz vernünftig ... es gab wirklich keinen Grund, mich auch fortzuschicken.«

Elspeth bemühte sich verzweifelt, nachzudenken. Sie hatte nur noch ganz wenig Geld und konnte sich nicht leisten, wochenlang im Bett zu liegen. »Ich kann nicht warten«, sagte sie besorgt. »Ich muß nach Kantalan.«

Patrick strich ihr sanft das Haar aus der Stirn. »Keine Angst, es ist nur eine kurze Verzögerung. Denken Sie jetzt nur daran, gesund zu werden. Morgen früh kommt Dominic aus Hell's Bluff zurück, dann können Sie mit ihm darüber reden. Er ist in die Stadt geritten, um Lebensmittel und Medikamente zu besorgen, und wird sich freuen, daß Sie wieder bei uns sind.«

»Meinen Sie?« Elspeth wäre lieber gewesen, wenn Patrick

nicht über seinen Onkel gesprochen hätte. Es fiel ihr auch so schon schwer genug, nicht an ihn zu denken. Ständig glaubte sie, seine sanfte, warme Stimme zu hören und ... Nein, da stimmte etwas nicht. Dominic war kein Mann, der zu Sanftheit oder Wärme fähig war, schon gar nicht in bezug auf sie. »Können Sie denn solange von Killara fernbleiben? Wird Ihr Großvater sich keine Sorgen machen?«

»Er hat bestimmt schon einen meiner Onkel in die Stadt geschickt, um mich aus Rinas Haus herauszuschleifen. Jemand wird ihm gesagt haben, daß ich auf die Suche nach Dom gegangen bin.«

Schon wieder Dominic. Elspeth schloß die Augen. »Ich glaube, ich bin müde.«

»Ja, schlafen Sie nur.« Sie hörte, wie Patrick aufstand. »Ich bleibe hier, und wenn Sie aufwachen und etwas brauchen, rufen Sie mich nur.«

»Geh schon, Patrick! Siehst du nicht, daß du sie ermüdest?« erklang Silver Doves Stimme.

Elspeth öffnete die Augen und sah das Indianermädchen in der Tür stehen.

Patrick lächelte amüsiert. »Du bist also zurückgekommen, Silver. Ich frage mich, warum.«

Silver maß ihn mit einem herablassenden Blick. »Ich habe meine kostbare Zeit benutzt, um diese Frau zu heilen. Warum sollte ich mir mein Werk von euch blinden weißen Männern zerstören lassen? Ihr hättet Elspeth ja doch nur umgebracht oder zum Wahnsinn getrieben.«

»Möglich.« Patricks Gesicht trug einen nachdenklichen Ausdruck. »Deshalb ist es sicher besser, wenn du bleibst und sie vor mir und Dom beschützt. Richtig ... Cousine?«

Silver begann die Stirn zu runzeln, dann erschien ein zögerndes Lächeln um ihren Mund. »Das habe ich vor ... Cousin.« Sie ging zu Elspeth und kniete neben ihr nieder. »Laß uns allein. Ich kümmere mich um sie, bis sie sich selber verteidigen kann.«

Verteidigen. Wie meint sie das? dachte Elspeth. Oder gehörte es einfach zu Silvers Lebensanschauung, daß das

Leben aus einem immerwährenden Kampf bestand und man ständig auf der Hut sein mußte? »Ich freue mich, daß du zurückgekommen bist, Silver«, sagte Elspeth freundlich lächelnd.

»Es hat nichts mit Ihnen zu tun«, sagte Silver. »Ich habe schon gesagt, warum ich zurückgekommen bin.« Sie schaute Elspeth dabei nicht an. »Schlafen Sie jetzt. Oder wollen Sie meine Arbeit zunichte machen?«

»Nein.« Elspeth schloß die Augen. »Auf keinen Fall. Es ist ungeheuer wichtig, daß ich mich schnell erhole.«

Plötzlich spürte sie Silvers Hand auf ihrem Haar. »Dann schlafen Sie jetzt. Ich kümmere mich um alles andere.«

7

»Sie ist wach!« berichtete Patrick strahlend, während er die Lederriemen an den Satteltaschen von Dominics Hengst löste. »Sie ist gestern abend zu sich gekommen.«

Dominic wurde ganz still. »Und?«

»Sie wird gesund, Dom, keine Angst.« Patrick hob die schweren Ledertaschen auf und stellte sie auf den Boden. »Sie ist noch ein bißchen verwirrt, aber das ist ganz normal.«

Überwältigende Erleichterung erfaßte Dominic. »Ist das wahr?«

»Ja. Das erste, was sie sagte, war, daß sie keine Zeit habe, krank zu sein, sie müsse nach Kantalan. Ich glaube, unsere kleine Eule befindet sich ganz eindeutig auf dem Weg der Besserung.«

»So sieht es aus.« Gott, sie würde also doch wieder gesund werden! »Ist sie jetzt wach?«

Patrick verneinte. »Silver hat sie gebadet, ihr das Haar gewaschen und ihr etwas Brühe gegeben. Danach war sie so müde, daß sie gleich wieder einschlief. Hat Dr. Bellings dir etwas mitgegeben?«

»Nur Laudanum, damit sie besser schlafen kann. Ich dachte, damit hörten vielleicht diese schrecklichen Alpträume auf. Aber vielleicht braucht sie es nun gar nicht mehr.«

»Bestimmt nicht. Ich hoffe, daß jetzt alles vorbei ist.«

Dominic glitt aus dem Sattel. »Sag das der Frau in der Hütte. Ich habe mich wie ein Schuft verhalten, Patrick. Ich wollte sie verführen und hätte sie beinahe umgebracht. Vor zehn Jahren wäre ich jedem Kerl, der so etwas tut, an die Kehle gegangen. Und jetzt ...«

»Dein Verstand hat vorübergehend ausgesetzt. Du wärst schon wieder zur Besinnung gekommen ...«

»O nein, mein Lieber«, entgegnete Dominic verächtlich. »Sie macht mich verrückt, und ich ... ich hätte es getan – und wenn sie je wieder mit mir allein ist, tue ich es vielleicht trotzdem noch. Ich bin nicht mehr der gleiche Mann, der Killara verließ. Warum siehst du das nicht ein und hältst dich von mir fern?«

»Wir lieben dich«, erwiderte Patrick schlicht. »Du gehörst zur Familie.«

Dominic starrte ihn an, als habe er ihm einen Fausthieb versetzt. Dann nahm er sich zusammen. »Gib es auf, Patrick. Hast du nie von schwarzen Schafen gehört? Das Beste ist, sie in Ruhe zu lassen und sich um die eigenen Probleme zu kümmern.«

Patricks Miene verdüsterte sich. »Ich habe vor, an deiner Seite zu bleiben, bis du endlich mit mir nach Killara zurückkehrst.«

»Ich habe dir gesagt ...«

Patrick hob die Hand. »Niemand kann mir etwas sagen, Dom. Vergiß das nicht, ja? Wenn du willst, daß ich nach Killara zurückkehre, wirst du mich begleiten müssen.«

»Du verdammter Narr, willst du dich umbringen lassen?«

entgegnete Dominic schroff. »Es ist nur eine Frage der Zeit, bis Durbins bezahlte Killer in Hell's Bluff auftauchen.«

»Um so mehr Grund für dich, nach Killara zurückzukehren. Dort könnten wir dafür sorgen, daß keiner an dich herankommt.«

»Sie kriegen mich überall. Durbins Preis schließt keinen fairen Kampf ein. Er wäre genauso glücklich, wenn ich durch einen Schuß in den Rücken ums Leben käme.«

»Auf Delaneyland wäre das nicht so einfach. Mein Entschluß steht fest, Dom.«

Dominic begriff, daß er Patrick weder überreden noch beeinflussen konnte, und das erfüllte ihn mit Angst. Plötzlich sah er wieder den jungen Sam Bergstrom vor sich, tot und mit einem Rinnsal Blut, das ihm aus den Mundwinkeln lief. Gott, nicht schon wieder! Nicht Patrick.

Dominic beschloß, es auf andere Art zu versuchen. »Was ist – hat Joshua endlich gemerkt, was du für Rising Star empfindest? Willst du Killara deshalb für eine Zeitlang verlassen?«

Das Blut stieg Patrick in die Wangen. »Halt den Mund, Dom.«

Dominic lächelte kalt. »Ich bin noch nie mit einer Indianerin ins Bett gegangen. Sind sie anders als andere ...«

Patrick trat einen Schritt vor. »Halt den Mund, oder ich bringe dich um – so wahr mir Gott helfe, Dom!« drohte er mit zitternder Stimme. »Wie kannst du so über sie reden? Du weißt, daß sie Josh nie untreu wäre.«

»So? Du bist um sie herumgeschlichen, seit du herausfandest, wofür Frauen gut sind. Alle außer Joshua kennen deine Gefühle für Rising Star. Sie muß verdammt gut sein, wenn du immer wieder zu ihr zurück ...« Dominic brach ab, als Patricks Faust seinen Mund traf und er zurücktrat, um die Benommenheit abzuschütteln, die ihn erfaßt hatte. »Willst du immer noch, daß ich dich nach Killara begleite?«

»Ich will, daß du zur Hölle gehst!« sagte Patrick gepreßt. »Steh nicht einfach so herum – wehr dich gefälligst!«

Dominic schüttelte den Kopf. »Ich prügele mich nicht mit

Kindern. Geh nach Hause und werde erwachsen«, antwortete er, sich abwendend.

Patrick griff nach seinem Arm. »So nicht. Verdammt, ich ...« Er brach ab, und die Wut verschwand aus seinen Zügen. »Du hast es absichtlich gemacht«, meinte er nachdenklich.

»Genau. Und ich werde es immer wieder tun«, erklärte Dominic kühl. »Ich werde alle Wunden aufreißen, die du seit Jahren vor allen verschließt. Glaubst du, du könntest das ertragen?«

»Du Schuft.«

»Ja.« Dominic lächelte schief. »Das wollte ich dir gerade klarmachen.« Er riß sich von Patrick los und machte sich auf den Weg zur Hütte.

Beim Eintreten wäre er fast mit Silver zusammengestoßen, die an der Wand neben der Tür lehnte. »Ich wollte sehen, ob du Medikamente für die weiße Frau mitgebracht hattest«, sagte sie, während sie sich langsam aufrichtete. »Aber dann habe ich lieber eure Unterhaltung belauscht. Wir Wilden haben keine Skrupel in solchen Dingen, Dominic.«

»Das wußte ich nicht«, erwiderte Dominic verwundert. »Ich dachte immer, ihr hättet sehr viel ausgeprägtere Ehrbegriffe als wir.«

Sie schaute ihn an. »Und doch sprichst du von meiner Tante Rising Star, als handelte es sich um eine Hure. Was du glaubst, ist nicht wichtig für mich, aber ich fand es ... seltsam. Meine Tante hat dich sehr gern.«

»Ich sie auch. Du hättest nicht lauschen sollen; meine Worte enthielten keine Wahrheit. Manchmal ist es wichtig ...« Dominic brach ab und fuhr dann müde fort: »Entschuldige, falls ich dich verletzt habe.«

»Du hast mich nicht verletzt, das erlaube ich niemandem. Ich habe deine Absicht erkannt. Du wolltest Patrick nach Hause schicken, in Sicherheit, und hast die Waffen benutzt, die dir zur Verfügung standen.« Sie lächelte freundlich. »Ich hätte es nicht anders gemacht. Denn wenn ich das nicht wüßte, steckte jetzt ein Messer in deinem Rücken – oder besser gesagt, ich hätte dir damit das abgeschnitten, womit ihr weißen Männer Huren aus anständigen Apachenfrauen macht.«

Dominic lächelte belustigt. »Dann bin ich froh, daß du es erkannt hast. Ich hänge sehr an diesem bestimmten Körperteil.«

»Das geht den meisten Männern so«, meinte Silver trokken. »Sie zittern und erblassen, wenn er in Gefahr ist. Warum eigentlich? frage ich mich. Man sollte meinen, ihre Arme, Beine oder Augen bedeuteten ihnen mehr. Männer sind sehr dumm.« Damit schien das Thema für sie abgeschlossen. »Soll ich eine Weile hinausgehen? Deine Frau ist wach.«

»Wie geht es ihr?«

»Sie gewinnt langsam an Kraft, aber sie braucht Zeit.« Silvers Augen wurden schmal. »Du könntest sie nach Killara bringen. Dort könnte sie sich viel besser erholen.«

»Nein!«

»Du brauchst mich nicht anzuschreien. Mir ist es egal, wohin du gehst. Es bedeutet mir nichts. Es ist deine Frau, die einen Ort braucht, wo sie gesund werden kann. Oder willst du sie auf dieser schmutzigen Matratze liegenlassen? Dann wäre sie in meinem Dorf noch besser aufgehoben. Dort könnte ich ihr wenigstens ein Lager aus weichen Fellen bereiten und ...«

»Hör auf, mich mit deinem Gift zu bearbeiten, verdammt!« fiel Dominic ihr ins Wort. »Ich bringe sie nach Hell's Bluff ins Hotel zurück, sobald es geht. Wann könnte sie wieder reiten?«

»Allein reiten kann sie nicht, aber wenn du einen bequemen Weg fändest, könntet ihr morgen aufbrechen. Sie ist nicht an Härte gewöhnt.« Widerwillig fügte sie hinzu: »Obwohl sie es klaglos ertragen würde. Ihr Wille ist stärker als ihr Körper.«

Also hatte Silver es auch bemerkt. »Sie braucht vor allem

Schutz, Silver. Würdest du mich nach Hell's Bluff begleiten? Ich habe alle Brücken hinter ihr abgebrochen, als ich sie entführte, und nun befürchte ich, daß die Leute in der Stadt sehr unfreundlich zu ihr sein werden, wenn wir sie nicht beschützen.«

»Du … du brauchst mich?«

»Ja, ich brauche dich.«

Silver gab sich Mühe, ihre Freude über seine Worte zu verbergen. »Klar, natürlich brauchst du mich. Wie solltest du sie allein pflegen? Du bist nur ein Mann, und ein weißer noch dazu. Ich komme mit, dann wird keiner wagen, sie schlecht zu behandeln. Nicht öfter als einmal jedenfalls«, fügte sie grimmig lächelnd hinzu und wandte sich ab. »Ich gehe jetzt spazieren. Sag ihr, daß sie nicht allein sein wird in der Stadt. Und wisch dir das Blut ab, Dom. Es könnte sie erschrecken.«

Dominic berührte seine Lippen. Sie bluteten. »Ja, Madam. Sonst noch etwas?«

»Nein, im Moment nichts.« Silver lächelte spöttisch, und Dominic schnappte nach Luft. In diesem Augenblick sah sie Boyd so ähnlich, daß kein Zweifel über ihre Abstammung bestehen konnte. Warum wollte sein Vater das nicht erkennen? Warum bestritt er die Wahrheit so entschieden? »Ich lasse es dich wissen, wenn ich später etwas brauche. Schließlich wart ihr weißen Männer uns Apachen früher gute Sklaven.«

Er verbeugte sich leicht. »Zu Euren Diensten, Madam.«

Zu seiner Überraschung errötete sie leicht. »Du brauchst mich nicht zu verspotten«, sagte sie ärgerlich. »Ich weiß, wie ihr denkt.« Dann wandte sie sich ab und ging.

Dominic schaute ihr nach und verfluchte insgeheim Boyd, seinen Vater und sich selbst. Unter der Wildheit, die Silver wie einen schützenden Mantel trug, hatte er eine Spur von Verwundbarkeit entdeckt. Natürlich ließ sie sich nicht mit Elspeth vergleichen, und doch erinnerte sie ihn in diesem Augenblick an seine kleine Eule.

Seine kleine Eule, seine Elspeth. Wie mühelos sich besitzergreifende Gefühle in sein Denken einschlichen, wenn er an Elspeth dachte. Aber er durfte sich nichts vormachen – sie gehörte ihm nicht. Er hatte ihr schon genug angetan, er durfte sie nicht noch weiteren Gefahren aussetzen. Ganz abgesehen davon, daß sie es auch gar nicht wollen würde, dachte er verstimmt. Wahrscheinlich nahm sie, sobald sie aufstehen konnte, ohnehin die nächste Kutsche nach Tucson und verließ Hell's Bluff für immer …

Elspeths Augen waren geschlossen, als Dominic in die Hütte kam, aber dann öffneten sie sich, und sie schaute ihm erwartungsvoll entgegen. Bei seinem Anblick stockte ihr der Atem. Er war ernst, und sein grimmiger Gesichtsausdruck brachte ihr wieder all das zu Bewußtsein, was sie zu vergessen versucht hatte, seit sie wieder klar denken konnte.

Errötend versuchte sie, sich aufzurichten. Dabei glitt die Decke hinab, und sie zog sie erschrocken hinauf, da sie völlig nackt darunter war.

»Bist du verrückt?« Dominic war mit zwei Schritten bei ihr. »Bleib liegen, bevor du umkippst! Du kannst aufhören, mich anzusehen, als wäre ich ein Ungeheuer. Ich werde dir nichts tun.«

»Nein?« flüsterte sie. »Hast du es dir anders überlegt? Ich meine, wirst du mich nun doch nicht … entehren?«

Ein schmerzerfülltes Lächeln huschte über sein Gesicht. »Ja, ich habe es mir überlegt, und ich bitte dich nicht, mir zu verzeihen, weil ich weiß, daß das unmöglich ist. Aber hab bitte keine Angst vor mir. Versuch jetzt nur, so schnell wie möglich gesund zu werden.«

Elspeth entspannte sich unmerklich. »Ich dachte mir, daß du zur Vernunft kommen würdest, sobald dein Ärger nachließ. Du kannst doch gar nicht wirklich mit mir schlafen wollen. Das war mir gleich klar.«

»So? Wie klug von dir.« Er betrachtete ihr langes Haar, das wie ein seidener Vorhang ihr Gesicht umgab, ihre helle Haut an den Schultern, die genauso schimmerte, wie er sie in

Erinnerung hatte, und schon verspürte er wieder Verlangen nach ihr. Das hatte er eigentlich nicht erwartet. »Ich bin keine Bedrohung für dich«, sagte er mühsam. »Patrick meinte, ich müsse vorübergehend verrückt geworden sein, und ich glaube, er hat recht.«

Elspeth stockte der Atem, als sie seinen Blick sah. Er schaute sie genauso an wie in jener Nacht, als er neben ihr gelegen und sie an den unglaublichsten Stellen berührt hatte. Seine Augen waren verhangen, ein sinnlicher Zug lag um seine Lippen, und seine Wangen waren hohl vor unterdrücktem Verlangen. Dann wandte er den Kopf ab, und sie konnte endlich wieder atmen.

Sie mußte sich geirrt haben. Er hatte gesagt, er wollte sie nicht länger, und es bestand kein Grund, ihm nicht zu glauben. Schließlich wußte sie, daß sie keine Frau war, die ein Mann in seinem Bett begehrte. »Ich dachte, wenn wir aus Kantalan zurückkommen ...«, begann sie.

»Kantalan«, fiel Dominic ihr hart ins Wort. »Ich dachte, du hättest inzwischen begriffen, daß ich dich nicht hinführen werde.« Verwundert schüttelte er den Kopf. »Ich begreife dich nicht. Fast hätte ich dich vergewaltigt, du bist einen Abgrund hinabgestürzt und hast dir den Kopf aufgeschlagen. Du bist Risiken eingegangen, die keine vernünftige Frau auch nur in Betracht ziehen würde – und nur, um eine versunkene Stadt zu finden, die es längst nicht mehr gibt! Falls sie überhaupt je existiert hat ...«

»Kantalan existiert«, widersprach Elspeth leise. Ihre Augen nahmen einen abwesenden, fast entrückten Ausdruck an. »Ich weiß es. Mein Leben lang habe ich von Kantalan geträumt und gewußt, daß ich eines Tages durch seine Straßen gehen würde, seine Tempel und ...« Sie brach ab, als sie Dominics Ausruf hörte und seine Miene sah, die Überraschung und für einen Moment sogar so etwas wie Furcht verriet. »Was hast du?« fragte Elspeth erstaunt.

»Du sagtest, ›durch seine Straßen gehen‹«, wiederholte er. »Ein eigenartiger Satz. Er hörte sich fast so an, als könntest du dich wirklich in dieser versunkenen Stadt sehen.«

»Das kann ich auch«, bestätigte Elspeth eifrig. »Manchmal sehe ich Kantalan und weiß, daß ich dorthin gehöre. Hast du noch nie einen Traum gehabt, der stärker war als alle Wirklichkeit um dich herum?«

»Ja.« Sein Traum hieß Killara. Wie oft hatte er geträumt, zu Hause zu sein, um dann aufzuwachen und nichts als Verbitterung, Einsamkeit und Asche vorzufinden. »Ja, ich hatte auch schon solche Träume.«

»Dann wirst du verstehen, wie sehr mich der Gedanke an Kantalan beherrscht. Wirst du mich hinführen?«

Durch seine Straßen gehen. Der Satz ging ihm nicht mehr aus dem Sinn und löste einen kalten Schauer auf seinem Rücken aus. Zufall. Es konnte nicht mehr als Zufall sein, daß er jetzt das gleiche Angstgefühl empfand wie in jener Nacht, als Weißer Büffel ihm von der Prophezeiung erzählt hatte.

Elspeth schaute ihn an, als könne er ihr das Geschenk geben, das sie sich schon ihr ganzes Leben wünschte. Und daß er es konnte, wurde ihm plötzlich bewußt. Vielleicht als Wiedergutmachung für alles, was er ihr angetan hatte. Aber falls Weißer Büffels Prophezeiung sich als richtig herausstellen sollte, konnte Elspeth damit auch ihren Tod heraufbeschwören, und dieses Risiko durfte Dominic nicht eingehen.

Er stand auf. »Nein. Ich bringe dich nicht nach Kantalan.«

Elspeths Augen funkelten vor Erregung. »Das heißt, daß du es *könntest*. Du weißt, wo die Stadt ist, nicht wahr?«

Es war sinnlos, sie weiter anzulügen. »Ja – ich weiß, wo sie sich befinden müßte, aber das bedeutet nicht, daß es sie auch tatsächlich gibt.« Er preßte die Lippen zusammen. »Ich führe dich nicht hin. Manchmal ist es besser, seine Träume nicht zu verwirklichen.«

»Aber warum ...«

»Nein!« Es klang wie ein Peitschenknall. »Morgen bringe ich dich nach Hell's Bluff ins Hotel zurück, und sobald du dich ausreichend erholt hast, setze ich dich in die Kutsche nach Tucson. Begreifst du nicht, daß du nicht hierher gehörst? Du wärst beinahe *umgekommen*, Elspeth!«

»Bitte bring mich nach Kantalan«, bat sie flehend.

Dominic fluchte unterdrückt. »Hörst du mir nicht zu? Du gehst nicht nach Kantalan. Du fährst nach Hause.« Er wandte sich ab und ging zur Tür. »Finde dich damit ab. Du wirst nach Hause fahren.«

Bei seinen letzten Worten kam Silver herein. »Schickst du schon wieder jemanden fort?« fragte sie spitz. »Bald wird keiner mehr übrig sein. Patrick ist fort. Er ist vor ein paar Minuten aufgebrochen.«

Dominic empfand einen schmerzhaften Stich. Es war das, was er wollte, es war nötig, aber das erleichterte nicht die Einsamkeit, die ihn überfiel. »Nein, bald wird niemand mehr übrig sein«, wiederholte er flach und ging hinaus.

Elspeth schaute ihm stirnrunzelnd nach. »Warum hat er Patrick fortgeschickt?« wandte sie sich an Silver.

»Er liebt ihn und hat Angst um ihn«, antwortete Silver in gleichmütigem Ton. »Es gibt Männer, die Dominic gern umbringen würden, und er befürchtet, daß sie auch diejenigen töten könnten, die er liebt. Die Delaneys beschützen ihre Familie.« Sie trat an Elspeths Lager. »Ich werde Ihren Verband wechseln.«

»Die Delaneys«, murmelte Elspeth, neugierig geworden auf die Familie, die so völlig verschiedene Menschen wie Dominic, Patrick und Silver hervorgebracht hatte. »Erzähl mir von ihnen, Silver.«

»Was wollen Sie wissen?«

»Alles. Ich will alles wissen.«

Silver begann Elspeths Kopfverband abzulösen. »Der alte Shamus und seine Frau Malvina kamen 1842 aus Irland hierher. Sie hatten neun Söhne, und fünf davon leben noch – Joshua, Falcon, Dominic, Cort und Sean. Shamus hat drei Enkelkinder: Patrick, Brianne und William.«

»Und dich«, warf Elspeth ein. »Patrick sagte, du wärst seine Cousine.«

Silvers Augen flackerten. »Der alte Shamus will nicht zugeben, daß ich zu seiner Familie gehöre. Es gibt keinen Beweis dafür. Meine Mutter war nur eine Indianerin, die von einem seiner Söhne, Boyd, verführt und verlassen wurde.

Eines Tages bestieg er sein Pferd und verließ unser Dorf, ohne irgend jemandem etwas davon zu sagen. Als die Schwangerschaft meiner Mutter anzusehen war, beschloß Sonnenadler, ihr Verlobter, Rache zu nehmen. Er tötete Boyd Delaney und brachte meine Mutter zu einem entfernten Stamm im Norden.«

Sie deutete auf ihre eisgrauen Augen.

»Als ich damit geboren wurde«, fuhr sie fort, »war Sonnenadler zwar bereit, meiner Mutter zu vergeben, aber mich wollte er nicht in seiner Nähe haben. Eines Nachts packte er mich in eine Decke und ließ mich auf der Veranda des Stammhauses von Killara zurück.« Ihre Lippen zuckten. »Am nächsten Morgen schickte Shamus mich in das Dorf von Schwarzer Bär, meinem Großvater mütterlicherseits, mit der Nachricht, ich gehöre nicht zu seiner Familie.«

Elspeth verspürte Mitleid. »Wie schrecklich für dich.«

»Warum?« entgegnete Silver gereizt. »Schwarzer Bär war sehr gut zu mir, und ich war nicht auf die Almosen des alten Shamus angewiesen. Es war schließlich Rising Star, die mich nach Killara zurückholte.«

»Rising Star? Den Namen habe ich schon einmal gehört.«

»Sie ist meine Tante und mit Joshua verheiratet. Bei ihrem Hochzeitsfest lernte Boyd, Joshuas Bruder, meine Mutter kennen. Joshua nahm meine Tante mit nach Killara, und dort lebt sie wie eine feine Dame.« Leise Wehmut klang in Silvers Stimme mit. »Als ich fünf war, kam sie ins Lager und nahm mich mit nach Killara. Vier Monate im Jahr behielt sie mich bei sich und gab mir Unterricht, was sehr tapfer von ihr war, wenn man bedenkt, wie sehr alle den alten Shamus fürchten.«

»Sie scheint eine großartige Frau zu sein.«

Silver lächelte schwach. »Ich sagte, sie *lebt* wie eine feine Dame, aber sie ist Indianerin wie ich, und das lassen die Weißen uns nie vergessen.« Ihre Züge wurden weicher. »Aber Rising Star ist wirklich ein wunderbarer Mensch. Ich bin stolz darauf, sie meine Tante nennen zu dürfen. Sie erträgt ihr Leid mit der Kraft eines echten Kriegers.«

»Ihr Leid?«

Silvers Lippen wurden schmal. »Sie haben jetzt genug über die Delaneys gehört. Wenn Sie mehr erfahren wollen, müssen Sie schon Ihren Mann fragen.«

»Meinen Mann?« fragte Elspeth verwirrt.

Silver zuckte mit den Schultern. »Dominic.«

Das Blut stieg Elspeth in die Wangen. »Das hast du falsch aufgefaßt, Silver. Er ist nicht mein ...« Sie brach ab und befeuchtete ihre Lippen. »Es mag vielleicht so aussehen, aber ...«

Silver betrachtete sie erstaunt. »Warum belügen Sie mich? Als Sie vor Angst schrien und weinten, konnte nur er Sie beruhigen, und als er dachte, Sie würden sterben, wurde er so wild, als wären Sie schon jahrelang seine Squaw gewesen. Ich weiß, wie es ist, wenn man zu einem Mann gehört.« Ein spöttisches Lächeln huschte über ihr Gesicht. »Jemand, der nirgendwohin gehört, kann so etwas gut beurteilen.«

»Dann hast du dich diesmal geirrt.« Hatte Dominic sich wirklich echte Sorgen um sie gemacht? Der Gedanke faszinierte Elspeth. Sie hatte bereits erkannt, daß Dominic längst nicht so hart war, wie er sich gab. Aber Silver mußte sich trotzdem täuschen ...

»Sie lächeln«, stellte das Indianermädchen zufrieden fest. »Ich glaube, die Vorstellung, zu Dominic zu gehören, stört Sie gar nicht so sehr.« Als Elspeth protestieren wollte, legte sie ihr rasch zwei Finger auf die Lippen. »Pst – schlafen Sie jetzt. Sie können später über diese Dinge nachdenken.«

Am nächsten Abend fiel es Elspeth sehr schwer, nicht über *diese Dinge* nachzudenken. Silver hatte sie fest in eine frischgewaschene Decke gewickelt, und nun hob Dominic sie vor sich auf den Sattel und hielt sie fest im Arm.

Bei jeder Bewegung seines schwarzen Hengstes verspürte sie von neuem jene intime Nähe, die sie schon am ersten Abend mit ihm erlebt hatte. Ihre Brust streifte ihn bei jedem Schritt des Pferdes, und sie spürte zu ihrer Verwunderung, daß ihre Brustspitzen sich verhärteten und ein merkwürdiges Ziehen ihren Schoß erfaßte.

Ihr wurde immer heißer. Es muß die Decke sein, dachte sie verwirrt und versuchte, sie abzustreifen.

»Was machst du da?« protestierte Dominic seltsam heiser. »Kannst du dich nicht still verhalten?«

»Mir ist heiß. Die Decke ...«

»Dir kann nicht wärmer sein als mir«, versetzte er trokken. »Und ich habe keine Decke als Ausrede.«

»Bitte.« Die Hitze nahm stetig zu. Elspeth spürte sie in ihrem Gesicht und auf ihren Brüsten, die sich merkwürdig geschwollen anfühlten. »Ich glaube, mir wird übel. Ich möchte mich aufsetzen.«

»Damit du vom Pferd stürzt?« Doch Dominic hatte schon begonnen, die Decke mit einer Hand abzuwickeln.

Elspeth atmete befreit auf. »Hilf mir, mich aufzurichten.«

Dominic rutschte zurück und hob Elspeth rittlings in den Sattel. Ihr Rücken ruhte nun an seiner Brust, und sie spürte sein heftiges Atmen. In der Annahme, es sei auf die Anstrengung zurückzuführen, sie in den Sattel zu heben, sagte sie rasch: »Entschuldige die Mühe, die ich dir mache. Jetzt fühle ich mich besser. Denk einfach nicht mehr an mich.«

Nicht an sie denken? Dominic hätte beinahe laut gelacht. Wie sollte er sie vergessen, wenn ihr bezaubernder kleiner Po dicht an seinen Lenden ruhte und bei jedem Schritt des Hengstes eine Reibung verursachte, die ihn fast zum Wahnsinn trieb vor Lust? »Ich werde es versuchen«, erwiderte er gepreßt.

Die glatte Haut ihrer langen Beine schimmerte unter dem Saum des Hemds, das er ihr geliehen hatte. Es verlangte ihn danach, seine Hand darübergleiten zu lassen, sie unter den Saum zu schieben und die weichen Locken zu berühren, die er schon einmal gestreichelt hatte. Er wollte das Hemd aufknöpfen und ihre festen Brüste betrachten, wollte ihr Ohr küssen, das seinen Lippen so nahe war, und sie reizen, bis sie das gleiche Verlangen empfand wie er ...

»Ein schönes Pferd«, sagte Elspeth. »Wie heißt es?«

»Blanco.«

»Weiß? Aber er ist doch schwarz wie die Nacht. Warum hast du ihn Blanco genannt?«

»Weil er schwarz ist. Damals fand ich es witzig.«

»Wirklich?« fragte sie zweifelnd. »Ich begreife nicht ...«

»Ich war betrunken.«

»Oh.« Sie drehte den Kopf, um ihn anzusehen, und ihr Haar streifte seine Wange wie ein sinnlicher Kuß. »Wie weit ist es noch bis Hell's Bluff?«

»Zu weit«, murmelte er. »*Beweg* dich bitte nicht!«

»Entschuldige«, entgegnete sie verletzt. »Ich habe mich nur gewundert.«

Du würdest dich noch viel mehr wundern, dachte Dominic, wenn ich dich im Sattel herumdrehen und dich lieben würde! Er fragte sich, wie sie darauf reagieren mochte. Ob sie Angst bekäme, wenn er ihre Beine um seine Hüften schlang und sie leidenschaftlich küßte? Ob sie es genießen würde, seine Zunge auf ihren Brustspitzen zu spüren und ...

Als das Ziehen in seinen Lenden immer unerträglicher wurde, begann er inständig zu hoffen, daß sie Hell's Bluff erreichten, bevor er seine Überlegungen in die Tat umsetzen konnte.

Elspeth lehnte sich an seine Brust und seufzte ergeben. Er schien schon wieder böse auf sie zu sein. Nachdenklich betrachtete sie seine große Hand, die stützend auf ihrem Bauch lag. Eine schöne Hand, dachte sie verträumt, mit langen, kräftigen Fingern, die unglaublich zart sein konnten, wenn sie wollten ... wie an jenem Abend, als sie streichelnd über ihren nackten Körper geglitten waren ...

Sie bewegte sich unruhig und hörte, wie Dominic scharf einatmete. Seine Hand auf ihrem Bauch verkrampfte sich und hinderte sie daran, sich von neuem umzudrehen.

»Nein!«

Sein heiserer Tonfall löste ein merkwürdiges Beben in ihr aus, und wieder wurde ihr unerträglich heiß. Es war also doch nicht die Decke gewesen, dachte sie, sondern Dominic! Sie war immer überzeugt gewesen, Furcht müsse mit Kälte verbunden sein, und doch mußte es Furcht sein, was ihr Blut zum Kochen brachte!

Schließlich war es nur natürlich, einen Mann zu fürchten, der sie fast entehrt hätte. Aber konnte Furcht so angenehm sein? Nein, es mußte doch etwas anderes sein, was diese eigenartigen Gefühle in ihr weckte …

Eine kleine Ewigkeit schien zu vergehen, bis endlich die Lichter von Hell's Bluff vor ihnen auftauchten.

8

»Es ist nichts Persönliches«, erklärte Will Judkins, ohne Elspeth dabei anzusehen. »Bis morgen früh können Sie bleiben. Das gibt Dominic Zeit, etwas … Passenderes für Sie zu suchen.«

Elspeth bemerkte zum erstenmal, wie hart und streng das Gesicht des Hotelbesitzers sein konnte. Es war schon fast grob zu nennen, wie er mit ihr sprach. »Ich dachte, das wäre Ihr Hotel«, entgegnete sie zögernd. »Ich werde Sie auch nicht belästigen. Silver bereitet meine Mahlzeiten zu und …«

»Ich will diesen schmutzigen Bastard nicht in meiner Küche haben«, versetzte Judkins hart. »Und meine Frau auch nicht. Dieses wilde Biest hat sie in Angst und Schrekken versetzt, als sie herunterkam, ein Messer zog und meiner Frau sagte, sie solle ihr aus dem Weg bleiben, sonst würde sie ihren Skalp an der Eingangstür wiederfinden. Seitdem weigert meine Frau sich, ihr Zimmer zu verlassen, und ich kann mich um die Küche kümmern und für unsere Gäste kochen.«

Er richtete den Blick auf das Bett, auf dem Elspeth ruhte. »Obwohl nicht viele Gäste geblieben sind, seitdem ein Halbblut und eine leichtlebige Dame mein Haus mit Beschlag belegt haben. Ich führe ein anständiges Hotel, wo Männer ihre Frauen und Kinder mitbringen können, kein Bordell ...«

»Silver *ist* nicht schmutzig!« fiel Elspeth ihm gereizt ins Wort. »Ich wette, daß sie öfter badet als Sie. Im übrigen ist sie lieb und entgegenkommend, und wenn sie Missis Judkins bedroht hat, wird Ihre Frau es wohl verdient haben.«

»Genau.« Silver stieß die halboffene Tür auf und brachte ein Tablett herein. »Sie ist ein Idiot. Sie hat mich eine ›Wilde‹ genannt, und da habe ich ihr gezeigt, daß ich mich auch so verhalten kann«, erklärte Silver spöttisch. Mit einem scharfen Blick auf Will Judkins fügte sie hinzu: »Wie ich es Ihnen zeigen werde, wenn Sie uns jetzt nicht in Ruhe lassen.«

Judkins schluckte nervös. »Mir kannst du keine Angst einjagen. Du bist nichts als eine Apachensquaw. Shamus hatte ganz recht, als er dich zu deinem Stamm zurückschickte. Ich hätte nichts anderes getan.«

Silvers Augen wurden groß. »Möchtest du mein Messer sehen, weißer Mann?« fragte sie sanft. »Eine Apachensquaw lernt damit umzugehen. Sie geben uns Frauen die Gefangenen zuerst, damit wir ihnen zeigen können, was Schmerz bedeutet, bevor der Tod für sie kommt.«

Judkins befeuchtete seine Lippen. »Es ist mein Hotel, und wenn ich sage, du gehst ...« Während er sprach, bewegte er sich langsam rückwärts auf die Tür zu. »Dann gehst du! Ich habe Freunde in Hell's Bluff. Wenn du morgen früh nicht fort bist, lasse ich dich aus der Stadt jagen.« Dann wandte er sich an Elspeth. »All das ist nicht meine Schuld, und ich habe nicht vor, Geld zu verlieren, weil Dominic Angst hat, Rina könnte eifersüchtig werden, wenn er Sie bei ihr unterbringt – wo Sie hingehören.« Er preßte die Lippen zusammen und fügte schrill und selbstgerecht hinzu: »Man kann nicht beides haben. Die Sünde hat ihren Preis ...«

»*Raus.*« Silver ging auf ihn zu. »*Sofort.*«

Ein Blick in ihr Gesicht, und schon war er verschwunden.

»Die Sünde hat ihren Preis«, wiederholte Silver angewidert. »Dabei ist es stadtbekannt, daß er jeden Samstagnachmittag bei Rina verbringt.« Elspeths verwirrte Miene veranlaßte sie zu der Frage: »Haben seine Worte dich verletzt?«

Sie stellte das Tablett neben das Bett und meinte beruhigend: »Judkins ist ein dummer Narr und ein Feigling. Er hat nur gewagt, auf diese Weise mit dir zu sprechen, weil er weiß, daß Dominic im Nugget ist. Wahrschienlich hofft er, daß du Dominic nichts davon erzählst.« Lächelnd breitete sie die Serviette vor Elspeth aus. »Es wird mir ein Vergnügen sein, zuzusehen, wie Dominic ihn umbringt.«

»Nein!« rief Elspeth entsetzt. »Das würde er nicht tun!«

Silver warf ihr einen erstaunten Blick zu. »Aber sicher. Du bist seine Frau.« Sie stellte das Tablett mit der dampfenden Suppe auf Elspeths Schoß. »Doch iß jetzt und vergiß diesen albernen kleinen Mann.«

»Ich schäme mich«, sagte Elspeth leise. »Und dabei habe ich immer gedacht, es sei mir egal, was andere Leute von mir denken.« Sie blinzelte, um die aufsteigenden Tränen zurückzudrängen. »Jetzt bin ich wohl für alle ein gefallenes Mädchen. Ich wünschte, ich wäre wie du, Silver. Es wäre einfacher für mich, wenn ich das Gerede ignorieren könnte.«

Silver schüttelte den Kopf. »Das lernt man nie«, antwortete sie leise. »Man lernt es zu akzeptieren und damit zu leben. In gewisser Weise hast du es leichter als ich, denn du kannst fortgehen, und niemand wird erfahren, was hier geschehen ist. Ich bleibe, was ich bin, wohin ich mich auch wenden mag.« Sie hob stolz den Kopf. »Und ich würde es auch gar nicht ändern. Ich bin Silver Dove Delaney, und ich werde der Welt beweisen, daß ein Halbblut das Beste von beiden Seiten in sich vereinigen kann. Das wirst du schon noch sehen.«

»Ich sehe es jetzt schon«, antwortete Elspeth sanft. »Ich bewundere dich sehr, Silver. Ich wünschte, du könntest mir ein bißchen von deiner Tapferkeit abgeben.«

»Das brauchst du gar nicht. Du wirst von Tag zu Tag kräftiger und mutiger.« Sie deutete auf die Suppenschale. »Iß jetzt und vergiß diesen Narren. Dominic wird sich um ihn kümmern, wenn er zurückkommt.«

Elspeth löffelte gehorsam ihre Hühnersuppe. »Ich will Dominic nichts davon sagen. Meinetwegen soll kein Blut vergossen werden.«

Silver runzelte die Stirn. »Aber Dominic sollte ...«

»Nein, Silver«, unterbrach Elspeth sie streng. »Das lasse ich nicht zu.«

Silver nickte ergeben. »Na schön. Es wird kein Blut vergossen. Aber iß jetzt deine Suppe. Dominic hat das Huhn besorgt, und ich habe es gekocht. Du brauchst es nur zu essen.«

»Ihr seid beide sehr gut zu mir gewesen«, sagte Elspeth lächelnd. »Es tut mir leid, daß ich immer noch im Bett liege und ihr mich pflegen müßt.«

»Bald wirst du wieder auf den Beinen sein.« Silver grinste plötzlich. »Deine Stimme ist schon viel kräftiger. Ich habe gehört, wie du den alten Judkins angeschrien hast.« Sie schaute auf das Blumenmuster von Elspeths Bettdecke und murmelte: »Danke.«

»Danke? Wofür?«

»Daß du gesagt hast, ich sei lieb. Das bin ich gar nicht.«

Elspeth spürte eine Welle der Zuneigung zu Silver. »Du warst sehr gut zu mir. Wie kannst du da sagen, du wärst nicht lieb?«

»Zuerst habe ich dich Patrick und Dominic zuliebe gepflegt. Denn trotz allem, was Shamus sagt, sind wir verwandt. Dann war es mein Stolz. Ich wollte dich heilen, damit ich sagen konnte: ›Na bitte, schaut her – das habe ich geschafft.‹ Apachin oder Delaney ... ich habe sie geheilt.«

»Und jetzt?«

»Jetzt sind wir Freundinnen, glaube ich«, sagte Silver scheu. »Ich hatte nie eine Freundin außer Rising Star. Es ist ganz merkwürdig.«

»Ja.«

Das war es für Elspeth auch. Sie war ein einsames Kind

gewesen, und Freundschaft war ihr so fremd wie diesem wilden Mädchen, das sich nun weigerte, sie anzusehen. »Ja, ich glaube, du hast recht. Wir sind Freundinnen, Silver.«

Silver atmete tief aus, und erst jetzt merkte Elspeth, daß das Mädchen den Atem angehalten hatte. Sie lächelte strahlend, und Elspeth schnappte nach Luft. Wie schön Silver war, wenn sie lächelte!

»Ich gehe jetzt und lasse dich essen. Ich darf meine Freundin doch nicht verhungern lassen«, bemerkte Silver lächelnd. »Wer weiß, wann ich eine neue finde?«

Ohne auf eine Antwort zu warten, glitt sie aus dem Raum.

Elspeth aß, dann schloß sie erschöpft die Augen. Silver hatte ihr erzählt, daß Dominic im Hotel übernachtete und nicht bei Rina, wie es anscheinend für ihn üblich war. Erstaunlicherweise empfand Elspeth dieses Wissen als ausgesprochen beruhigend …

»Dieser Heuchler!« sagte Dominic empört. »Ich hätte mir denken können, daß er zu ihr hinaufschleichen und sie nervös machen würde. Er hat nur gemeckert und gezetert, seit ich Elspeth ins Hotel zurückgebracht habe.« Er wandte sich ab. »Ich kümmere mich darum.«

»Laß das sein.«

Dominic drehte sich zu Silver um. »Wie bitte? Ich habe ihr versprochen, daß sie hier in Sicherheit ist und ihre Ruhe haben wird. Ich werde diesem selbstgerechten Heuchler das Maul stopfen.«

»Ich mußte ihr versprechen, daß kein Blut vergossen wird«, erwiderte Silver lächelnd. »Aber ich habe nicht gesagt, daß ich es dir nicht erzählen würde. Es dürfte reichen, wenn du dich meinen Drohungen anschließt, und in ein paar Tagen, wenn sie etwas kräftiger geworden ist, können wir sie an einen anderen Ort bringen.«

»So?« entgegnete Dominic bitter. »Wohin denn, wenn ich fragen darf?«

»Darüber machen wir uns später Gedanken.« Silver

schwieg. »Sie möchte dich sehen. Ich nehme an, sie wird dir sagen, daß sie fort will.«

»Zweifellos«, meinte Dominic gepreßt. Er wollte Elspeth nicht sehen. Seit jener Nacht, als er sie hierhergebracht hatte, erfüllte ihn ein Fieber, das ihn nicht zu Ruhe kommen ließ, und er hatte nicht vor, seine Lage zu verschlimmern. In jener Nacht hatte er Elspeth nicht angerührt, aber wer konnte wissen, wie lange seine Beherrschung noch vorhielt? Es war seine Schuld, daß Elspeth schwach und hilfsbedürftig war, und doch war er versucht, ihre Schwäche auszunutzen. Nichts von der Zärtlichkeit, die er in der Nacht des Unfalls für sie empfunden hatte, war zurückgeblieben; es war nichts als Verlangen, was ihn jetzt beherrschte.

»Nun?« fragte Silver. »Wirst du zu ihr gehen?«

»Es wäre besser, wenn ich es nicht täte.«

Silver zog die schmalen Brauen hoch. »Hast du Angst, ihren Ruf zu schädigen? Das ist längst passiert. Dafür hast du gesorgt.«

Dominic zuckte zusammen. »Mußt du unbedingt den Finger in die Wunde legen? Aber du hast natürlich recht. Ihr guter Ruf ist hin. Doch das ist nur ein Grund mehr, ihr nicht noch mehr zu nehmen.«

Silver betrachtete ihn. »Du sagtest, du hättest nicht mit ihr geschlafen. Das finde ich sehr merkwürdig. Dein Verlangen nach ihr ist dir deutlich anzumerken, und du bist weiß.«

»Nicht alle weißen Männer nehmen sich, wonach es sie verlangt.«

»Mein Vater hat es getan«, entgegnete Silver bitter. »Und ich glaube, du hattest es bei Elspeth auch vor, oder?«

»Ja.«

»Dann erzähl mir nichts über weiße Männer.« Sie machte eine Pause. »Allerdings solltest du wissen, daß Elspeth jetzt meine Freundin ist. Ich lasse nicht zu, daß du sie verführst ... es sei denn, sie wünschte es selber.« Sie nickte ihm zu. »Geh jetzt zu ihr. Der Gedanke an mein Messer und meine Worte wird genügen, damit du ihr nicht mehr raubst als ein paar Minuten ihrer Zeit.«

Dominic empfand leichten Ärger, vermischt mit Erleichterung und Belustigung. Er hatte Silver als Beschützerin für Elspeth hergebracht, aber natürlich nicht damit gerechnet, daß sie sie vor *ihm* beschützen würde. Aber wer in Hell's Bluff könnte schon eine größere Gefahr für sie darstellen? fragte er sich grimmig. »Na schön, du kleiner Puma, ich gehe zu ihr.« Er wandte sich zur Treppe. »Aber halt dein Messer bitte in sicherer Entfernung von mir, bis du siehst, daß es nötig ist.«

Als er Elspeth vor dem Fenster stehen sah, begriff er, daß sie den Schutz, den Silvers Messer darstellte, brauchen würde. Sie wirkte unglaublich zart und verletzlich in ihrem blauen Morgenrock, und als er den Raum betrat, stieg ihr eine leichte Röte in die Wangen. Sie trug wieder die verdammte Brille, fiel ihm auf. Es war das erste Mal, daß sie sie seit jener Nacht in der Hütte aufgesetzt hatte, und sicher trug sie sie jetzt nur, um sich dahinter zu verbergen. Judkins, dachte er verärgert. Der Schuft hatte sie verletzt, und die Brille war das Schutzschild, mit dem sie sich wappnete.

Sie lächelte zaghaft. »Danke, daß du gekommen bist. Ich muß mit dir reden.«

Er schloß die Tür hinter sich und wünschte, er hätte sie offengelassen. Die intime Atmosphäre des Raumes war zuviel für ihn. Er räusperte sich umständlich. »Darfst du schon aufstehen?«

»O ja, ich stehe jeden Tag ein bißchen auf. Ich bin schon viel kräftiger. Bald werde ich ganz gesund sein.« Sie befeuchtete die Lippen, und er schaute fasziniert zu, während das allmählich schon vertraute Ziehen in seinen Lenden begann.

»Das ist es, was ich mit dir besprechen wollte«, fuhr sie etwas atemlos fort. »Es besteht kein Grund für mich, noch länger hierzubleiben. Es kostet mich zuviel Geld, und ich wäre genauso gerne in der Hütte.« Wieder strich sie mit der Zungenspitze über ihre Lippen. »Viel lieber sogar. Die frische Luft wäre gesünder für mich und ... Was siehst du mich so an?« Sie berührte unsicher ihre Wange. »Habe ich Schmutz im Gesicht.«

Mühsam wandte er den Blick ab. Gott, er mußte hier fort! »Nein, ich dachte gerade nur, daß du schon sehr viel besser aussiehst als vor einigen Tagen.« Er versuchte, sich auf ihre Worte zu konzentrieren. »Das Geld ist kein Problem. Ich verdiene im Nugget genug, um unsere Hotelrechnung zu begleichen. Und Judkins belästigt dich nicht mehr, das kann ich dir versichern.«

»Silver hat es dir erzählt«, sagte Elspeth stirnrunzelnd. »Das sollte sie nicht. Wie meinst du das, er ... Du hast ihn doch nicht ...«

»Getötet?« unterbrach Dominic sie. »Nein, und dazu wird es auch nicht kommen. Bei Männern wie ihm wirken Drohungen so gut wie Gewalt.« Er lächelte bitter. »Trotz allem, was du gehört haben magst, ist es für mich nicht einfach, ein Leben auszulöschen.«

»Aber ich kann nicht bleiben. Mister Judkins will es nicht.«

»Und wo soll ich dich unterbringen? Bei Rina vielleicht?«

»Nein ... ich habe dir gesagt, daß ich gern in der Hütte wäre.«

»Dort wären wir allein«, entgegnete er hart. »Silver würde irgendwann ausreiten oder spazierengehen, und ohne ihr Messer im Rücken könnte ich ...«

Er brach ab. Elspeth starrte ihn verwundert an. »Ich verstehe nicht, was du meinst.«

»Ich glaube, das wirst du gleich merken.« Er kam langsam auf sie zu. »Weißt du noch, was ich mit dir gemacht habe, bevor du in den Abgrund gestürzt bist?«

»Ja.« Ihre Stimme war nur ein Flüstern.

Er war ihr jetzt so nahe, daß er den leichten Blumenduft ihres Haares wahrnahm. »Ich würde es wieder tun.«

»Mich entehren?«

»O nein, lieber Gott, das hoffe ich nicht.« Er berührte den wild klopfenden Puls an ihrer Kehle. »Aber ich würde versuchen, dich zu verführen.« Seine Fingerspitzen glitten über den Rand ihrer Brille. »Warum trägst du sie wieder?«

Sie errötete. »Ich habe doch gesagt, daß ich sie brauche.«

»Ja, das stimmt.« Er legte seinen Daumen auf die zarte Haut hinter ihrem Ohr und begann sanft zu reiben.

»Ich brauche sie wirklich. Außerdem kann sie meinem Aussehen gar nicht schaden.«

»Dann trag sie in Gottes Namen. Die Vorstellung, der einzige Mann zu sein, der weiß, was sich dahinter verbirgt, ist gar nicht so schlecht.«

Warum wollte sie nicht begreifen, wie verführerisch sie auf ihn wirkte? Ihre Naivität war nicht nur idiotisch, sondern auch gefährlich. Und doch war es eine Verblendung, die teilweise zu verstehen war. Aus den Bemerkungen, die sie im Fieberwahn von sich gegeben hatte, war ein klares Bild von ihrer Kindheit und ihrem Vater entstanden. Es war erstaunlich, daß sie *überhaupt* Selbstvertrauen als Mensch oder Frau besaß.

»Deine Brille ist wie der Schleier einer Haremsdame.« Er zupfte sanft an ihrem Ohrläppchen. »Aber du solltest bedenken, daß jeder Mann das größte Vergnügen daraus bezieht, Hindernisse zu beseitigen.«

Es erinnerte Elspeth daran, wie er sie in der Nacht ihres Unfalls ausgezogen hatte. Sie schluckte. »Wirst du mich jetzt verführen?«

»Darauf kannst du Gift nehmen.«

»Warum?«

»Weil es normal ist zwischen einem Mann und einer Frau.«

Sie legte den Kopf schräg. In ihren Augen erwachte Neugier. »Bei jeder Frau?«

»Nein, nicht bei ...« Er brach ab, als ihm etwas bewußt wurde, was er bisher mühsam unterdrückt hatte. Es gab keine andere Frau für ihn als Elspeth. Der Gedanke schokkierte ihn, erfüllte ihn mit Ärger. Elspeth konnte er nicht haben. Aber würde er je wieder fähig sein, eine andere Frau zu begehren, wenn Elspeth fort war? Die kleine Hexe hatte ihn verzaubert, und dieser Wahnsinn mußte aufhören. Er ließ die Hand sinken und sagte absichtlich kühl: »Bei Nacht sind alle Katzen grau.«

Sie zuckte verletzt zusammen. Dann hob sie stolz das Kinn. »Danke für die Erklärung. Ich glaube, du hast recht.

Ich sollte wirklich in Hell's Bluff bleiben. Ich möchte mit niemandem verwechselt werden, nicht einmal im Dunkeln.« Ihre Wangen waren scharlachrot. »Und ich wünsche nicht mit dir allein zu sein.«

Ihre Reaktion verärgerte ihn, so unverständlich es auch war. »Du scheinst Kantalan vergessen zu haben«, sagte er gedehnt. »Du warst bereit, alles für mich zu tun, wenn ich dich nur hinführte. Vielleicht war meine Ablehnung zu überstürzt; vielleicht könnten wir uns doch noch ... einigen. Oder hast du es dir inzwischen anders überlegt?«

Sie starrte ihn betroffen an. »Du hast gar nicht vor, mich nach Kantalan zu führen. Du willst mich nur verletzen und beschämen. Warum tust du das?«

Sie hatte recht. Er benutzte ihre Kindheitsträume, um sich für seine Enttäuschung zu rächen.

»Weil ich nun einmal so bin«, entgegnete er müde, schon auf dem Weg zur Tür. »Ich schlage um mich und merke nicht einmal, wer mir dabei im Weg steht. Vielleicht solltest du in Zukunft daran denken.«

Er ging rasch hinaus und ließ die Tür hinter sich zufallen.

In der Halle blieb er stehen und schloß gequält die Augen. Verdammt, er würde es nicht zulassen! Es war nicht fair, von einer solchen Besessenheit geplagt zu werden. Erst jetzt kam ihm auch zu Bewußtsein, daß er Rina seit zwei Wochen gemieden hatte und nicht zu ihr gegangen war, um das Feuer zu löschen, das Elspeth in ihm entzündet hatte. Grimmig ballte er die Fäuste. Nein, er würde sich nicht von Elspeth MacGregor abhängig machen. Er brauchte sie nicht, und er *begehrte* sie nicht! Bald war sie fort, und dann mußte er sein Leben wieder aufnehmen. Die sinnlichen Bande zu ihr mußten zerschnitten werden, bevor sie zu stark wurden ...

Er öffnete die Augen und ging auf die Treppe zu.

Silver begegnete ihm auf halbem Weg. Ein Blick auf sein Gesicht, und ihr Lächeln verblaßte. »Geht es Elspeth gut?«

»Woher soll ich das wissen?« sagte er unfreundlich, ohne Silver anzusehen. »Ich kann nicht mein Leben damit verbringen, mich zu fragen, ob Elspeth MacGregor zufrieden ist oder nicht. War es nicht das, was du wolltest?«

Silver nickte langsam. »Ich dachte, das wollten wir beide.«

Er wollte nichts anderes, als die katzenäugige Verführerin in dem Zimmer, das er gerade verlassen hatte, zu besitzen. Doch er hatte nicht vor, von ihrem Zauber eingefangen zu werden.

Als er an Silver vorbeiging, spürte er ihren Blick auf dem Rücken.

»Wo gehst du hin?« fragte sie sanft.

Er schaute sich nicht um. »Zu Rina.«

9

»Warum zerreißt du die Serviette?« fragte Elspeth erstaunt.

»Damit du dir die Ohren damit verstopfen kannst«, antwortete Silver gelassen.

»Was?« fragte Elspeth verblüfft.

»Heute nacht wird einiges geschehen, was du nicht zu hören brauchst. Ich bitte dich, unter keinen Umständen aufzustehen und ans Fenster zu treten.«

»Aber warum denn nicht?«

»Weil heute nacht ein Mann aufgehängt wird.«

Elspeths Augen weiteten sich vor Entsetzen. »Eine Hinrichtung? Ist jemand zum Tode verurteilt worden?«

»Hell's Bluff ist eine Stadt ohne Gesetz. Es sind die Bürger dieser Stadt, die die Schuldigen bestrafen. So wird es gemacht, wenn kein Richter in der Nähe ist.«

Silvers Stimme klang gelassen und ruhig, und gerade das erhöhte Elspeths Entsetzen. »Wann?«

»Bald. Der Mann wurde heute morgen gefaßt, und heute abend wird ihm im Nugget der Prozeß gemacht.«

»Der Prozeß?« entgegnete Elspeth hoffnungsvoll. »Dann stellt sich vielleicht heraus, daß er unschuldig ist, und er wird doch nicht gehängt.«

Silver zuckte mit den Schultern. »Er wurde auf einem gestohlenen Pferd erwischt und hatte sich damit sogar gebrüstet. Er ist ein sehr dummer Mann und wird bestimmt gehängt.«

Elspeth hob die Hand. »Warte. Ich verstehe nicht ... Sie wollen einen Menschen hängen, weil er ein *Pferd gestohlen* hat?«

Silver warf ihr einen überraschten Blick zu. »Klar, das ist ein schlimmes Verbrechen. Pferdediebe werden immer gehängt.«

»Ich dachte, er hätte jemanden getötet.« Elspeth wurde übel. In Asien hatte sie von ähnlichen Gesetzen gehört, doch nie geglaubt, daß es so etwas auch in Amerika geben könnte. »Das ist barbarisch, Silver.«

»Einem Mann sein Pferd zu stehlen, kann genauso schlimm sein, wie ihn zu töten, Elspeth.« Sie legte lauschend den Kopf schief. »Steck dir den Stoff in die Ohren! Ich glaube, sie kommen.«

Elspeth dachte nicht daran, diesen kindischen Befehl zu befolgen und sprang empört auf. Vom Fenster aus schaute sie auf die noch stille Straße hinab, auf der eine alte Eiche stand, die für diesen Abend in einen Galgen verwandelt worden war. Aus der Ferne erklang Stimmengewirr und ... *Gelächter.*

»Mein Gott – können wir es nicht verhindern?« flüsterte Elspeth bestürzt.

»Nein, der Russe ist schuldig. Er muß bestraft werden.«

»Aber das ist ...« Elspeth brach ab und umklammerte die Gardine. »Der *Russe*?«

»Der Pferdedieb ist ein Russe. Sein Name ist André Marzo... irgendwas.« Silver zuckte mit den Schultern. »Den Rest habe ich vergessen.«

»Marzonoff. André Marzonoff«, sagte Elspeth heiser. Der plumpe, tolpatschige André, der so eifrig Anerkennung in Hell's Bluff gesucht hatte, sollte nun von diesen Leuten ermordet werden? »Nein!« schrie Elspeth schrill auf und drehte sich abrupt zu Silver um. »Nein, er konnte es nicht wissen. Sie dürfen ihn nicht hängen. Wir müssen es verhindern.«

Silver schien verwirrt. »Kennst du ihn?«

»Natürlich. Er ist kein Verbrecher. Er wollte nur wie die anderen hier sein. Er wollte von ihnen bewundert werden. Verstehst du das nicht? Er dachte wahrscheinlich, ein Pferd zu stehlen, würde ihn in ihren Augen zu einem Helden machen. Er konnte ja nicht ahnen, daß sie ihn dafür aufhängen würden!«

Das Stimmengewirr kam näher, und Elspeth wurde von Panik ergriffen. »Wir müssen ihnen alles erklären. Sie dürfen keinen Unschuldigen hängen.«

»Er ist nicht unschuldig. Er hat das Pferd gestohlen.«

»Aber ich wette, er hatte keine Ahnung, was es bedeutet. Er dachte sicher, es machte ihn ...« Tränen glitzerten in Elspeths Augen. »Er ist den weiten Weg aus seinem Heimatland gekommen, um etwas zu finden, was es dort nicht gab, und jetzt soll er *sterben*?« Elspeth schüttelte den Kopf. »Ich muß etwas unternehmen!«

»Geh zurück ins Bett«, meinte Silver besänftigend. »Ich hole Dominic. Vielleicht kann er ihn retten. Die Leute in dieser Stadt fürchten ihn genug, um auf ihn zu hören.«

»Ich gehe nicht ins Bett.« Elspeth sah den Schein mehrerer Fackeln, und dann kamen einige Männer in Sicht. »Beeil dich«, flüsterte sie. »Weißt du, wo Dominic ist?«

»Bei Rina.« Silver lief bereits zur Tür. »Halt dich von dem Fenster fern, bis ich zurückkomme, hörst du?«

Dann war sie fort.

Halt dich von dem Fenster fern. Silvers Warnung klang ausgesprochen rätselhaft. Warum? Hatte sie Angst, Elspeth könnte etwas sehen, was sie entsetzen würde? Weil Dominic vielleicht nicht rechtzeitig eintreffen würde? Rinas Haus lag auf der anderen Seite der Stadt, und das bedeutete mindestens zehn Minuten für den Hinweg und noch einmal zehn für den Rückweg, falls Silver Dominic sofort erreichte. Falls sie ihn überhaupt fand. Er mußte mit Rina oder einem ihrer Mädchen in einem dieser Schlafzimmer sein. Warum sonst wäre er heute abend zu ihr gegangen? *Nachts sind alle Katzen grau.*

Elspeth vergaß Dominic und alles andere, als sie André Marzonoff auf der Straße sah. Er saß mit hinter dem Rücken gefesselten Händen auf einem Pferd und wurde von einer Menschenmenge auf den Platz geführt. Mitleidig stellte Elspeth fest, daß er den grauen Anzug trug, den er an jenem Abend im Nugget angehabt hatte. Auf der Straße drängten sich Goldgräber, Cowboys und Händler. Sogar einige Frauen in bunten Satinkleidern waren gekommen, um dem Schauspiel beizuwohnen. Es mußten Barmädchen aus dem Nugget sein. Mehrere Männer trugen Fackeln, und als sie näherkamen, sah Elspeth voller Entsetzen, daß sie lachten und scherzten, als führten sie einen Helden heim, statt einen Mann einem schrecklichen und unverdienten Tod zu überantworten.

André war nun fast direkt unter ihr, und sie konnte sein Gesicht erkennen.

Verwirrung zeichnete sich darauf ab. Kein Entsetzen, wie sie erwartet hatte. Nur das Erstaunen und die Fassungslosigkeit eines verwirrten Kindes.

Nein, es *durfte* nicht geschehen. Elspeth konnte es nicht zulassen.

Sie wandte sich hastig vom Fenster ab und eilte zum Schrank. Minuten später hatte sie ihr schwarzes Kleid über ihr Nachthemd gezogen und rannte zum Fenster zurück, ohne sich Zeit zu nehmen, ihre Halbstiefel anzuziehen. Sie schwang die Beine über den Fensterrahmen und ließ sich auf das Dach der Veranda gleiten. Dann warf sie einen raschen Blick hinunter. Das Blut gefror in ihren Adern. Die blutgierige Meute hatte den Galgen schon erreicht!

Dann war Elspeth endlich auf der Straße und rannte über den harten Schlammboden. Einmal stolperte sie, rappelte sich jedoch schnell auf und rannte weiter.

Gott sei Dank – der Mob schien es nicht eilig zu haben.

Ein Seil wurde unter Gelächter und Gerede über einen niedrigen Ast geworfen, und dann befestigte jemand die Schlinge um Andrés Hals.

Elspeth hatte den Rand der Menschenmenge erreicht und begann sich hindurchzudrängen. »Aufhören! Schluß damit!« Aber niemand hörte sie. Ihre Stimme war zu schwach. »Lassen Sie das!« schrie sie, so laut sie konnte.

Plötzlich war sie durch, hatte fast den inneren Rand des Kreises erreicht. Die Menschenmenge bewegte sich, und Elspeth wurde hart gegen die große Eiche geschleudert. Ein stechender Schmerz fuhr durch ihren Kopf, und einen Moment lang wurde ihr schwarz vor Augen. Dann klärte ihre Sicht sich wieder, und sie sah, warum die Menge sich geteilt hatte. Sie beobachteten einen großen, bärtigen Mann mit einer kleinen Axt, der Zweige von den Büschen in der Nähe der Eiche abhackte.

Elspeth erkannte einige Gesichter, aber wer von ihnen würde ihr schon helfen? Will Judkins ... Charlie Bonwit, der Schmied ... die blonde Bardame aus dem Nugget ... Alle starrten André fasziniert und voller Erwartung an. Sie alle *wollten*, daß es geschah.

»Was, zum Teufel, machen Sie denn hier?«

Ben Travis!

Voller Eifer wandte sie sich an ihn. »Ben, sagen Sie ihnen, sie sollen aufhören. Es ist ein Irrtum.«

»Es ist kein Irrtum. Der Mann ist schuldig«, entgegnete Ben hart. »Machen Sie, daß Sie hier fortkommen. Gehen Sie zu Dominic zurück.«

»Dominic ist bei Rina«, antwortete Elspeth leise.

Für einen Moment flackerte Mitleid in Bens harten Augen auf. »So schnell?« Dann wandte er beinahe verlegen das Gesicht ab. »Nun ja, er liebt die Abwechslung. Das hätte Ihnen jemand sagen sollen, bevor Sie mit ihm davonliefen.« Seine Hand schloß sich um ihren Arm. »Gehen Sie zum Hotel zurück. Manchmal werden die Leute etwas wild bei einer Hinrichtung. Niemand kann sagen, was noch alles daraus entstehen wird.«

Der bärtige Mann hatte aufgehört, den Busch mit der Axt zu bearbeiten und ging mit einem Zweig in der Hand auf André zu.

»Nein!« kreischte Elspeth. »Lassen Sie es nicht zu!« Sie warf sich vor und versuchte den Bärtigen aufzuhalten.

»Sind Sie verrückt geworden?« Ben riß sie am Arm zurück und hielt sie fest. »Die Menge würde Sie zerreißen!«

Elspeth wehrte sich verzweifelt. »Lassen Sie mich los«, schluchzte sie. »Ich muß ...« Sie brach ab, als ihr Blick plötzlich Andrés begegnete.

Er war nur wenige Schritte entfernt und schaute ihr fest in die Augen. Sein Gesicht war leichenblaß, sein Blick verriet noch immer Fassungslosigkeit und Verwirrung. Aber nun war auch Entsetzen darin erwacht – und während Elspeth ihn anschaute –, rollten zwei dicke Tränen seine Wangen hinunter.

»Sagen Sie Nicholas nicht, daß ich Angst hatte!« rief er ihr flehend zu. »Sagen Sie keinem, daß ich geweint habe. Sagen Sie ...« Seine letzten Worte gingen in dem Aufschrei der Menge unter, als der Zweig durch die Luft sauste und auf den Hinterbacken des Pferdes aufklatschte. Das Pferd machte einen Sprung.

Elspeths gellender Schrei zerriß die Stille.

Silver rannte die Eingangsstufen hinauf, riß die Tür auf und stürzte in den Salon, wo fünf nur sehr dürftig bekleidete Damen auf den verschiedenen Sofas und Sesseln herumlungerten. »Wo ist Dominic?« fragte Silver keuchend.

»Beschäftigt«, antwortete eine rothaarige Frau lächelnd. »Sehr sogar, selbst für ihn. Er will nicht gestört werden.«

Ein kleines Messer erschien in Silvers Hand. »Wo ist er?« wiederholte sie drohend.

Das Lächeln der Rothaarigen verblaßte. »Bei Rina. Oben. Zweite Tür links.«

Silver rannte die Stufen hinauf, riß die Tür zu Rinas Zimmer auf und starrte ungeduldig auf den nackten Mann, der auf dem Bett saß – und auf die ebenso nackte Frau, die auf dem Boden vor ihm kniete.

»Du hast keine Zeit dazu. Zieh dich an und komm mit. Elspeth braucht dich.« Silver ging auf Rina zu, packte sie an ihrem langen Haar und zog ihren Kopf von Dominics Schoß zurück. »Beeil dich, Dominic, es bleibt uns nicht viel Zeit.«

»Ha!« knurrte Dominic. »Ich skalpiere dich, Silver, wenn du nicht sofort verschwindest. Mach, daß du ...« Er brach ab und schüttelte den Kopf, um die Benommenheit zu vertreiben, die von zuviel Brandy herrührte. »Elspeth? Was ist los mit Elspeth?«

Silver nickte, während sie Dominics Kleider aufsammelte und ihm zuwarf. »Du mußt die Hinrichtung aufhalten. Elspeth macht sich große Sorgen um den Mann.«

»Welche Hinrichtung?« Dominic begann sich anzuziehen.

»Ich habe dir doch davon erzählt.« Rina griff nach einem gelben Morgenrock. »Der Pferdedieb.« Sie maß Silver mit einem kalten Blick. »Ich lasse mich nicht gerne unterbrechen, Indianerin.«

Silver erwiderte ihren Blick giftig. »Ich habe Ihnen nichts genommen, was nicht zu ersetzen wäre. Suchen Sie sich einen anderen Mann für Ihr Vergnügen. Ich brauche Dominic.« Sie bückte sich, hob Dominics Stiefel auf und warf sie ihm zu. Dann wandte sie sich ab. »Suchen Sie den anderen Stiefel, während ich seinen Pistolengurt hole.«

Rina zögerte, dann spielte ein widerstrebendes Lächeln um ihre Lippen. Sie wandte sich ab und begann unter dem Bett zu suchen.

»Was hat Elspeth mit einem Pferdedieb zu tun?« herrschte Dominic Silver an.

»Sie sagt, sie kennt den Russen, und es wäre ein Irrtum, ihn zu hängen.«

»Ein Russe?« Dominic kannte nur einen Russen in Hell's Bluff. André Marzonoff. »Marzonoff ist der Pferdedieb?«

Silver nickte und reichte ihm seinen Gürtel. »Wenn du die Hinrichtung nicht verhinderst, wird Elspeth es selbst versuchen.«

»Du liebe Güte!« Wie er Elspeth kannte, würde sie es tun. »Warum hast du sie allein gelassen?«

»Wenn du nicht hier gewesen wärst, hätte ich sie nicht allein zu lassen brauchen«, entgegnete Silver schroff. »Warum bist du nicht gekommen, als du von der Hinrichtung hörtest? Selbst wenn Elspeth den Mann nicht gekannt hätte, wäre es nicht gut für sie gewesen, so etwas zu sehen.«

»Ich hatte vergesse, daß man den Baum vom Hotel aus sehen kann. Wahrscheinlich dachte ich ...«

»An Alkohol und Frauen«, warf Silver kalt ein.

Sie hat recht, dachte Dominic beschämt.

»Hier ist der Stiefel. Noch etwas, Indianerin?« fragte Rina kühl.

»Ja. Er braucht ein Pferd. Zu Fuß schafft er es nicht mehr.«

Rina ging zur Tür. »Ich lasse Li Tong meine Stute satteln.«

Dominic zerrte den anderen Stiefel über seinen Fuß. »Wieviel Zeit haben wir noch?«

»Das kommt darauf an, wie eilig sie es haben, ihn aufzuknüpfen. Aber lange wird Elspeth nicht mehr warten.«

Dominic spürte, wie kalte Panik über seinen Rücken strich, und ging rasch zur Tür. »Komm!« Er rannte die Treppe hinunter und auf die Straße. Li Tong hielt die Stute schon bereit, und Dominic sprang in den Sattel und zog Silver mit sich.

Silver klammerte sich an ihm fest, als er in gestrecktem Galopp durch die Straßen preschte. Wieviel Zeit mochte vergangen sein, seit sie das Hotel verlassen hatte? Ob Elspeth ...

Ein gellender Schrei durchbrach die Stille.

Dominic versteifte sich. »Elspeth«, flüsterte er. Wie oft hatte er nachts, wenn sie unter ihren Alpträumen litt, einen solchen Schrei von ihr vernommen? Aber jetzt waren es keine Träume, die sie bedrohten, sondern die harte Wirklichkeit.

Als sie um die Ecke bogen, tauchte direkt vor ihnen der Galgenbaum auf. Dominic hörte einen zweiten Schrei und wußte, daß es vorbei war, noch bevor er den leblosen Mann am Seil baumeln sah. Zu spät.

Die Menge begann sich zu zerstreuen. Keiner schaute den anderen an, aber das war bei fast allen Hinrichtungen so, die Dominic gesehen hatte. Zuerst die Erregung, dann das leise, beinahe beschämte Auseinandergehen, als wäre die Handlung damit ungeschehen zu machen.

Besorgt ließ er seinen Blick über die Menge gleiten. »Ich sehe sie nicht. Aber sie muß hier sein. Ich habe sie schreien gehört.«

»Da.« Silver streckte die Hand aus. »Beim Baum.«

Dominic sah einen Schimmer hellbraunen Haars und trieb die Stute auf den Baumstamm zu.

Elspeth stand unter der Eiche und starrte mit blinden Augen zu der grotesken Gestalt hinauf, in die sich André Marzonoff verwandelt hatte. Ben Travis war an ihrer Seite und sprach auf sie ein. Aber sie antwortete nicht und ignorierte ihn, als sei er gar nicht da.

Dominics Herz setzte einen Schlag aus, als er ihr Gesicht sah. Sie war leichenblaß im hellen Mondschein, und ihr schmaler Körper schwankte leicht. Er brachte die Stute vor ihr zum Stehen, aber er wußte nicht, was er sagen sollte. Was *konnte* er schon sagen? »Elspeth, es tut mir leid. Es tut mir *so* leid.«

Sie hörte nicht zu. »Er hat sich geschämt, weil er Angst hatte«, flüsterte sie. »Sogar ganz zum Schluß. Er wollte wie Nicholas sein – wie du, Dominic. Er hat sogar versucht, deine Kleidung nachzuahmen. Du spieltest Poker, er spielte Poker. Du stahlst eine Frau, er stahl ein Pferd.« Dicke Tränen rollten über ihre Wangen. »Ich bin sicher, daß er nicht den Unterschied erkannte. Er wollte nur so sein wie du. Warum konnten sie das nicht begreifen?«

Dominic hatte das Gefühl, in Stücke gerissen zu werden. Er glitt aus dem Sattel, gab Silver die Zügel, und ging auf Elspeth zu. Er hätte sie gern in die Arme genommen, sie getröstet, aber er konnte nur dastehen und sie anstarren. »Ich weiß es nicht«, antwortete er heiser. »Ich glaube, manchmal handeln wir etwas übereilt.«

»Sie wollten nicht auf ihn hören. Er hätte zehnmal den Preis des Pferdes bezahlen können.«

»Darum geht es nicht«, warf Ben Travis ein. »Er hatte es gestohlen.« Dann wandte er sich an Dominic. »Bring sie fort. Ich konnte sie nicht überreden, in ihr Hotel zurückzukehren.«

Elspeths Blick ruhte noch immer auf dem Gehängten. »Er will André nicht herunterholen. Er will ihn die ganze Nacht dort hängenlassen.«

»Du kennst die Regeln, Dominic. Die Leiche muß vierundzwanzig Stunden hängenbleiben.«

»Schneide ihn ab, Ben.«

Ben schüttelte den Kopf. »Ich nicht. Wir haben eine Regel festgelegt und müssen uns daran halten. Nur so können Gesetze funktionieren.«

»Gesetz«, flüsterte Elspeth verwundert. »Welches Gesetz?«

»Unser Gesetz. Es ist vielleicht nicht perfekt, aber alles, was wir haben«, erklärte Ben. »Und es ist besser als gar kein Gesetz. Ich habe gesetzlose Städte gesehen, und du auch, Dom.«

»Hol ihn runter.«

Ben schüttelte den Kopf. »Ich werde nicht ...«

Ein Schuß unterbrach seine Worte. Das Seil riß mitten durch, und Andrés lebloser Körper stürzte auf den Boden. Dominic steckte den Colt ins Halfter zurück. »Jetzt brauchst du es nicht mehr zu tun, Ben. Hol nur den Totengräber, damit er bestattet wird.« Er machte eine Pause. »Heute nacht noch. Sag Jake, daß ich es bezahle und kein Schaufensterbegräbnis will – sonst folgt er Marzonoff nämlich.«

»Das wird den Jungens nicht gefallen«, meinte Ben besorgt, fügte jedoch nach einem Blick auf Dominic rasch hinzu: »Schon gut, schon gut, sei nicht so empfindlich.«

»Was meinst du mit ›Schaufensterbegräbnis‹?« fragte Elspeth.

»Nach einer Hinrichtung stellt Jake den Sarg in seinem Schaufenster aus«, antwortete Ben abwesend. »Und dann ...«

»Halt den Mund«, sagte Dominic scharf. »Mein Gott, Ben, gehst du jetzt endlich?«

Der ältere Mann wirkte verlegen. »Ich meinte es nicht böse. Aber ich gebe zu, daß es ein bißchen hart klingt.«

»Es ist die reinste Barbarei«, flüsterte Elspeth. »Ungeheuerlich. Ich kann es nicht verstehen. Als ich herkam, waren alle so nett – und heute nacht ... Jetzt ist alles ganz anders.«

»Bring sie ins Hotel zurück«, befahl Silver hart. »Sie kann sich kaum noch auf den Beinen halten. Ich bleibe bei dem Russen, bis Jake kommt.«

»Elspeth«, meinte Dominic sanft, »Silver hat recht. Komm mit. Hier kannst du nichts mehr tun.«

»Mehr? Ich konnte *überhaupt* nichts tun. Ich war völlig hilflos. Weißt du, wie ich mich gefühlt habe? Mir fehlte die Kraft, sie zu überzeugen. Ein Mann mußte sterben, weil ich nicht stark genug war, es zu verhindern.« Elspeths Stimme zitterte vor Empörung. »Niemand hat das Recht, so schwach zu sein. Nicht, wenn es um ein Menschenleben geht. *Du* hättest sie aufhalten können, Dominic. Und Silver auch.«

»Mach dir keine Vorwürfe. Du warst sehr krank«, entgegnete Dominic sanft. »Du hast getan, was du konntest.«

»Ich hätte stärker sein müssen.« Sie schloß die Augen. »Ich *werde* stärker sein. So etwas darf nicht noch mal passieren.« Sie schwankte plötzlich und schaute hilfesuchend zu Dominic auf. »Ich ... ich glaube ... ich ...« Ein unsicherer Schritt, und sie lag in seinen Armen.

Dominic hörte einen leisen Schrei von Silver. Dann stand sie neben ihm. »Ist sie ohnmächtig geworden?«

Dominic nickte und hob Elspeth auf die Arme, wie betäubt von dem schrecklichen Gefühl, versagt und sie enttäuscht zu haben. »Vielleicht ist es besser so.« Er räusperte sich. »Mein Gott, ich hatte mich schon gefragt, wie sie so lange ausgehalten hat. Wir müssen sie fortbringen, bevor sie wieder zu sich kommt.«

Silver nickte. »Ins Hotel?«

Dominic schüttelte den Kopf. »Nein. Hol ihre Sachen und warte vor dem Hotel auf mich. Ich besorge uns inzwischen einen Wagen.«

Silver nickte. »Willst du zur Hütte zurück?«

Dominic schüttelte den Kopf. »Wir fahren nach Killara.«

10

Die ersten Strahlen der Morgensonne warfen ihren blassen Schein auf das rote Ziegeldach, das seiner Mutter nie gefallen hatte, wie Dominic sich erinnerte, weil es ihr zu spanisch war. Aber er liebte das Haus. Es war das Herz von Killara. Sein Zuhause.

Dominic drehte sich zur Ladefläche des Wagens um, wo Silver neben Elspeths reglosem Körper kauerte. »Wir sind fast da. Ist sie noch immer bewußtlos?«

»Ja. Wirst du mit ihr auf Killara bleiben?«

Dominic zögerte. »Nein«, sagte er dann. »Nur ein paar Tage, dann reite ich nach Hell's Bluff zurück. Du kannst dich um sie kümmern. Hier auf Killara braucht sie mich nicht.«

»Das stimmt.« Silver dachte nach. »Aber ich bin hier nicht willkommen, und wenn der alte Mann mich nicht hier haben will, kann ich auch nicht bleiben.«

»Dann wird Rising Star sich um sie kümmern. Es sind schließlich genug Frauen im Haus, die Elspeth pflegen können.«

»Wie kommst du darauf, daß *sie* bleiben wird? Sie ist deine Frau, und eine Frau gehört zu ihrem Mann.«

Seine Frau. Die Worte lösten die gleiche bittersüße Sehnsucht in ihm aus wie der Anblick von Killara. »Ich begreife dich nicht, Silver. Gestern hast du mich noch mit dem Messer bedroht, falls ich …«

»Ich wollte nicht, daß du mit ihr schläfst, wenn *sie* es nicht wollte«, unterbrach Silver ihn ruhig. »Aber das heißt noch lange nicht, daß ich dich nicht als ihren Mann betrachte. Warum lachst du?«

»Ich dachte gerade, daß du ein ziemlich loses Mundwerk hast für eine Frau.«

»Weil ich die gleichen Worte benutze, die ich von euch Männern höre?«

»Silver, eine Frau kann nicht ...«

»Eine Frau kann alles, wenn sie stark genug ist.«

»Wenn sie stark ist ...«, erklang Elspeths leise Stimme.

Dominic drehte sich um und sah, daß ihre Augen offen waren und sie ins Tal hinunterschaute. Eine Welle der Erleichterung durchflutete ihn. »Guten Morgen«, sagte er. »Wir hatten uns schon gefragt, wann du endlich aufwachen würdest.«

»So?« Elspeth schloß von neuem die Augen. »Wo bin ich? Auf einem Wagen, nicht? Wohin fahren wir?«

»Nach Killara. Ich dachte, das wäre dir lieber als Hell's Bluff.«

»Ja«, flüsterte sie, »o ja«, und dachte an Andrés leblosen Körper am Galgen. Alles war ihr lieber als diese alptraumhafte Stadt, wo Freundlichkeit nur Grausamkeit verbarg und nichts so war, wie es sein sollte. »Es war entsetzlich. Diese Ungeheuer!«

»Nein, es sind nur Leute wie du und ich«, widersprach Dominic ruhig. »Einige von ihnen sind sogar Freunde von mir. Sie taten nur, was sie für richtig hielten, und dafür muß ich sie respektieren.«

Elspeth warf ihm einen empörten Blick zu. »Respektieren? Wie kannst du sie respektieren? Ich habe ihre Gesichter gesehen. Es hat ihnen *Spaß* gemacht.«

»Einigen vielleicht. Aber den meisten nicht. Das kannst ...«

Elspeth richtete sich zornig auf. »Es war eine Sünde! André war ...«

»Schuldig«, warf Dominic traurig ein. »Wir leben hier in einer Welt, die keine Grautöne zuläßt, Elspeth. Ich fürchte, die Gründe sind nicht wichtig, wenn ein Verbrechen begangen worden ist.«

»Du verteidigst sie!« flüsterte sie bestürzt. »Wahrscheinlich wärst du auch unter den Zuschauern gewesen, wenn du nichts Besseres zu tun gehabt hättest.«

»Nein, ich hoffe nicht. Ich hoffe, ich hätte André Marzonoff angehört und versucht, die Leute zur Vernunft zu bringen.« Er preßte die Lippen zusammen. »Aber ich möchte dich nicht belügen. Er war nicht der erste Mensch, den ich hängen sah.«

Silver schüttelte den Kopf. »Wie dumm von dir, so etwas zu sagen. Vielleicht hat der Alte recht, und du bist doch nicht mein Onkel. Ein solches Spatzenhirn möchte ich nicht zu meinen Verwandten zählen.«

»So?« entgegnete Dominic spöttisch. »Hätte ich es denn lieber abstreiten sollen? Du weißt verdammt gut ...« Er brach ab und fuhr, an Elspeth gewandt, etwas ruhiger fort: »Ben Travis hat recht. Unsere Gesetze sind nicht die besten, aber andere haben wir leider nicht. Erzähl mir also nichts von Ungeheuern. Du würdest sie nicht einmal erkennen, wenn du sie vor dir hättest. Ich hingegen schon. Ich weiß, wie sie schwitzen und winseln, wenn sie geschnappt werden. Schließlich habe ich einige von ihnen aufgeknüpft.«

»Und erschossen, vermute ich«, sagte Elspeth schroff. »Bist du eigentlich stolz auf die Morde, die du begangen hast?«

Silver schnappte nach Luft und warf einen besorgten Blick auf Dominics Gesicht. Zorn zeichnete sich darauf ab, kalte Wut. Aber er sagte nur sehr beherrscht: »Ich bin kein Mörder. Bis ich dich kennenlernte, habe ich nie das Verlangen gespürt, jemandem den Hals umzudrehen. Ich bin ziemlich sicher, daß du sogar einen Priester dazu bringen könntest, die Zehn Gebote zu vergessen.«

»Paß auf den Weg auf, Dominic«, sagte Silver rasch. »Und du sei jetzt still, Elspeth. Es ist nicht mehr weit. Ruh dich aus.«

»Da ist sie.« Silvers Stimme klang seltsam angespannt, als der Wagen über die groben Pflastersteine der Einfahrt rollte. »Ich hätte mir denken können, daß sie schon auf ist.«

Elspeth richtete sich neugierig auf. »Wer?«

»Die alte Dame – Dominics Mutter. Malvina Delaney.«

Sie stand im Schatten der großen, reichgeschnitzten Eingangstür und trat auf den Hof hinaus, als sie den Wagen näherkommen sah. Elspeth schätzte sie auf etwa sechzig Jahre, doch ihr Haar war immer noch mehr rot als grau und ihr grobknochiges Gesicht eher apart als schön. Sie war groß und schlank und trug ein schlichtes, der Mode entsprechendes violettes Kleid.

»Es wurde auch langsam Zeit, daß du zur Besinnung kamst, Dominic«, sagte Malvina Delaney trocken. »Du hättest das Mädchen gleich zu mir bringen sollen, nachdem der Unfall passiert war, anstatt Silver zu holen. Ich wollte Patrick schicken, um euch zu holen, als er mir alles erzählt hatte, aber er weigerte sich, Killara zu verlassen.«

Silver versteifte sich. »Es bestand kein Grund, sie hierherzubringen. Ich habe sie gut gepflegt. Besser, als ihr es gekonnt hättet«, meinte sie hochmütig. »Wir brauchen euch nicht.«

»Warum seid ihr dann jetzt hier?« entgegnete die alte Dame belustigt. »Oder seid ihr nur auf der Durchreise?«

Dominic stieg vom Bock. »Sei still, Silver.« Er trat vor seine Mutter. »Wir mußten Hell's Bluff verlassen. Es ist etwas passiert, was Elspeths Aufenthalt dort unmöglich machte.«

Malvina betrachtete Elspeth prüfend. »Ist sie schwanger?«

»Nein.«

Malvina wirkte zunächst ein bißchen skeptisch und dann enttäuscht. »Patrick sagte, du hättest sie nicht angerührt, aber ich dachte ...« Sie zuckte mit den Schultern. »Sie muß kränker sein, als Patrick glaubte.«

»Du meinst, eine Frau könnte mir nur auf dem Totenbett entkommen, was?« warf Dominic ein. »Nun ja, eine Mutter wird ihren Sohn wohl kennen.«

Malvina nickte bedächtig. »Ich kenne dich.« Sie umarmte Dominic. »Willkommen zu Hause.« sagte sie heiser. »Aber erwarte bitte nicht, daß wir ein fettes Kalb für dich schlachten. Wir hatten auch so schon Schwierigkeiten genug, genug Rinder für einen Trail zusammenzustellen.«

Dominic drückte sie fest an sich. »Patrick erzählte mir,

Dad hätte die Herde von der Südweide verkauft und das Land in White Sulphur, um meine Begnadigung bezahlen zu können. Es ist ein Wunder, daß ihr mich überhaupt noch euren Grund und Boden betreten laßt.«

»Patrick redet zuviel.« Malvina trat einen Schritt zurück und ließ die Arme sinken. »Es war Shamus' Entschluß. Er wollte, daß du frei bist, um nach Hause zu kommen.« Ihr Blick glitt zu Elspeth. »Sie ist ein bißchen blaß und dünn, aber wenn du sie haben willst, werden wir sie schon wieder aufpäppeln, bis ...«

»Hier scheint ein Mißverständnis zu herrschen«, unterbrach Elspeth die alte Dame schnell und straffte instinktiv die Schultern. »Ich danke Ihnen für Ihre Gastfreundschaft, Missis Delaney, aber ich werde nur wenige Tage bleiben.«

Malvina Delaney musterte sie kühl. »Wir halten hier nichts von Förmlichkeit. Ich bin Malvina, und meine Jungen verstehe ich im allgemeinen recht gut. Dominic hat deinetwegen einige Schwierigkeiten auf sich genommen, und das tut er nur, wenn er Gründe dazu hat. Es könnte dir Schlimmeres passieren, als ihn zum Mann zu nehmen.«

»Das reicht.« Dominic schüttelte den Kopf. »Wenn du Elspeth in Verlegenheit bringst, kann ich sie nicht hierlassen.«

Malvinas Augen weiteten sich überrascht. »Das habe ich gar nicht vor, Dom. Im Gegenteil, ich werde es ihr hier so angenehm wie möglich machen. Ich habe sogar vor, Brianne aus ihrem Zimmer ausziehen zu lassen, damit Elspeth es haben kann«, sagte sie voller Eifer. »Warum bringst du sie nicht hinauf, Dominic, während ich Rosa Bescheid sage, damit sie das Bett bezieht?«

Dominic musterte sie zweifelnd. »Wir brauchen einen Platz für Silver. Sie bleibt bei Elspeth, bis es ihr besser geht.«

Etwas flackerte in Malvinas Augen auf, dann war es fort. »Sie kann bei Rising Star schlafen. Joshua und Patrick sind in Shamrock und helfen Cort und Sean beim Bau der neuen Scheune.«

»Was ist aus der alten geworden?« fragte Dominic.

Malvina lächelte grimmig. »Das war Annes Junge, William. Er hatte heimlich in der Scheune geraucht und sie dabei in Brand gesetzt. Aber wenigstens brachte er die Pferde in Sicherheit, bevor sie in Flammen aufging.«

Dominic pfiff leise. »Ich wette, Dad hat ihm bei lebendigem Leibe die Haut abgezogen!«

»Er ist mit einer Tracht Prügel davongekommen, weil Brianne Mitleid mit ihm hatte und Shamus für William um Gnade bat. Seitdem ist sie jeden Tag drüben und sorgt dafür, daß er keinen Unsinn macht, während die Männer eine neue Scheune bauen.«

Silver sah Elspeths verwirrten Gesichtsausdruck und warf erklärend ein: »Anne ist die Frau von Desmond Delaney, Dominics älterem Bruder. Desmond wollte ein eigenes Heim haben, und Shamus baute ihnen ein Blockhaus am San Pedro River und gab ihnen eine Rinderherde, mit der sie die Shamrockzucht begannen. Dann, als Desmond im Krieg gefallen war, schickte Shamus Cort und Sean zu Anne, damit sie ihr halfen, William aufzuziehen.« Sie lächelte grimmig. »Er ist ein echter Wildfang, und sie hat alle Hände voll mit ihm zu tun.«

»Dann ist William also dein Cousin?« sagte Elspeth neugierig.

Silver zögerte und warf Malvina einen fragenden Blick zu. Dann lächelte sie trotzig. »Ja, er ist mein Cousin. Du hättest *mich* nach Shamrock schicken sollen, alte Frau. Wer kann besser mit einem Wildfang umgehen als eine Wilde?«

Malvina ging nicht auf die Herausforderung ein. »Sean und Cort kommen sehr gut ohne dich zurecht.« Dann wandte sie sich an Dominic. »Shamus ist in der Bibliothek. Er wird dich sehen wollen, wenn ihr euch fertig eingerichtet habt.«

Dominic nickte. »Ich ihn auch.« Er hob Elspeth aus dem Wagen und trug sie auf das Haus zu.

»Ich kann laufen«, protestierte sie und schnappte erschrocken nach Luft, als sie seinen Blick sah. Es war der gleiche Blick wie gestern, verlangend und erfüllt von einer versengenden Hitze, die sie plötzlich in allen ihren Gliedern zu spüren glaubte. Aber dann erinnerte sie sich daran, was er danach gesagt hatte: *Bei Nacht sind alle Katzen grau*, und dann war er zu Rina gegangen, um seine Gelüste zu befriedigen. Und doch ... trotz allem sehnte Elspeth sich mit jeder Faser ihres Körpers nach seiner Berührung.

Dominic sah das leise Funkeln in ihren Augen und fragte sich, ob es Erregung bedeuten mochte oder Furcht. Die Antwort war nicht von Bedeutung – sein ganzer Körper reagierte, als habe sie ihn gestreichelt. Nur mit Mühe konnte er seinen Blick von ihren Augen abwenden, als er mit dem Fuß die Tür aufstieß und Elspeth in die Halle trug.

Malvina folgte ihnen. »Patrick hatte recht«, murmelte sie triumphierend. »Er begehrt sie wirklich!«

»So?« zischte Silver. »Es gibt keine einzige Frau im ganzen Bordell von Hell' Bluff, die Dominic *nicht* begehrt hätte.«

»Nicht so.« Malvina schüttelte den Kopf. »Bei dieser hier ist es anders. Im übrigen spricht eine anständige Frau nicht von solchen Häusern, Silver, das solltest du dir merken.«

Silver starrte sie aufsässig an. »Aber ich bin keine anständige Frau, nicht wahr, Malvina? Wir wissen beide, was ich bin, oder?«

Malvina schaute Silver an. Für einen Moment erschienen ein mitleidiger Blick und eine Spur von Bedauern in ihren Augen. Dann war es verflogen. »Nur weil du eine Wilde bist, brauchst du dich noch lange nicht wie eine zu benehmen. Du hast eine anständige Erziehung genossen, und Rising Star wäre sehr empört, dich reden zu hören wie einen Gassenjungen«, antwortete sie streng. »Wenn du auf Killara bleiben willst, um das Mädchen zu pflegen, dann hüte deine Zunge. Brianne schnappt auch so schon genug schlimme Worte von den Männern auf.«

Silver bemühte sich um eine ausdruckslose Miene. Warum ließ sie sich von den Worten der alten Dame verletzen? Sie hatte weder Malvina noch irgendeinen anderen der Delaneys nötig. »Ich sage, was ich will. Glaubst du, es interessiert mich, was du denkst? Ich wäre nicht hier, wenn

Elspeth mich nicht brauchte, und sobald sie gesund ist, verschwinde ich wieder.«

»Das wäre vielleicht nicht unklug. Du hast dich nie wohl gefühlt auf Killara.«

»Niemand hat mich gefragt, ob ich hier sein wollte«, versetzte Silver trotzig. »Ich bin keine Hure, aber ich mache auch niemanden zur Hure, um meine eigenen Pläne zu verfolgen.«

»Was soll das denn heißen?« fragte Malvina bestürzt.

Silver schaute über die Schulter zurück. »Ich habe dein Gesicht gesehen, als du merktest, daß Dominic Elspeth begehrt. Du glaubst, du könntest sie dazu benutzen, ihn auf der Ranch zu halten.«

»Das ist ja lachhaft! Ich würde nie ...« Doch unter Silvers verächtlichem Blick verstummte sie. »Aber warum eigentlich nicht? Er *gehört* hierher. In den letzten zehn Jahren war Dominic höchstens fünfmal auf Killara. Shamus und ich sind lange genug ohne ihn ausgekommen. Wenn das Mädchen ihn hier festhalten kann, warum sollte er sie dann nicht haben? Er ist ein feiner Mann, und es besteht kein Grund für sie, ihn abzuweisen. Sie will ihn genauso zwischen ihren Beinen haben, wie er dort liegen will. Das hast du auch gesehen, so gut wie ich.«

Silver nickte. »Ja. Aber sie weiß es noch nicht. Sie hat nichts als Träume von versunkenen Städten im Kopf.« Silver lächelte kalt. »Und bis sie nicht selber merkt, daß sie Dominic begehrt, wirst du ihn nicht in ihr Bett drängen, alte Frau. Dafür werde ich schon sorgen.«

»So?« Malvina lächelte nachsichtig. »Dominic muß zu der Einsicht gebracht werden, daß sein Platz hier auf Killara ist. Nur hier ist er vor Durbin sicher. Stell dich mir nicht in den Weg, Silver. Ich kann mir keine Großmut leisten.«

»Großmut?« Silver lachte unfroh. »Ich kann mich nicht entsinnen, je Großmut von dir empfangen zu haben.«

»Nein?« Malvinas Lächeln verblaßte, sie wirkte plötzlich alt und müde. »Vielleicht hast du recht. Ich habe anfangs versucht, nett zu dir zu sein, aber du warst ein schwieriges Kind, und die Situation war ... kompliziert.«

»Ja? Das kann ich mir vorstellen.« Silver wandte sich ab. »Gut, daß ich nie auf deine Großmut angewiesen war.« Sie ging rasch zur Tür. »Ich habe nie etwas für dich oder deine kostbare Familie empfunden«, fügte sie mit erstickter Stimme hinzu. »Nie. Keine Sekunde lang.«

Dann schlug die Tür hinter ihr zu.

»Ein phantastisches Haus!« sagte Elspeth atemlos, während sie den riesigen, handgeschmiedeten Leuchter an der Eingangshallendecke betrachtete. »Ich verstehe nicht, warum du nicht hier leben willst. Es ist wunderschön hier. Sehr spanisch. Ein wahrer Palast«, wiederholte Elspeth mit unsicherem Lachen. »Dein Vater scheint ein überaus ehrgeiziger Mann zu sein. Will er auch ein Königreich – passend zum Palast?«

Dominic schaute sie verwundert an. »Selbstverständlich! Etwas anderes hat er nie gewollt. Deshalb verließ er Irland und kam nach Amerika. In Irland konnte er nur bleiben, was er war – ein Schmuggler, und meine Mutter wäre nie über ihre Stellung als Dienstmädchen hinausgewachsen. Als Dad sie heiratete, versprach er, ihr eines Tages einen Palast zu bauen, wo sie über Land herrschen konnte, so weit und reich wie ganz Irland.«

»Und sie glaubte ihm?«

»Du kennst Dad noch nicht. Er ist kein Mann, der leichtfertig etwas verspricht. Killara ist noch nicht so groß wie Irland.« Er kniff die Lippen zusammen. »Als erstes müssen wir das Land zurückgewinnen, das Dad letztes Jahr verkauft hat, und vielleicht sollten wir in Texas noch etwas hinzukaufen. Es gibt hier nicht genug Weideflächen für all die Herden, die wir haben werden, sobald die Eisenbahn gebaut ist. Unsere Herden sind jetzt kleiner, als sie sein sollten, und die Rinder verlieren zuviel Fett auf dem langen Weg zu den Märkten.« Er runzelte die Stirn. »Vielleicht – wenn einer meiner Claims fündig wird, könnte ich ...« Er brach ab und schaute Elspeth an. »Warum lachst du?«

»Ich dachte gerade, daß dein Vater nicht der einzige ist, der in Königreichen denkt«, meinte sie belustigt.

Dominic nickte sinnend. »Da magst du recht haben. Mein Vater und ich sind aus dem gleichen Holz geschnitzt. Der einzige Unterschied ist, daß er aufbaut und ich zerstöre.«

»Wie meinst du das?« So hatte sie ihn noch nie erlebt in den letzten Wochen. Dieser Eifer und diese innere Erregung, wenn er von Killara sprach, waren ihr völlig neu an ihm. Aber auch die Bitterkeit und die Qual, die jetzt sein Gesicht verriet, hatte sie noch nie bei ihm erlebt.

Er zuckte mit den Schultern. »Laß nur. Es ist nicht wichtig.« Er ging rasch über den breiten, mit dicken Teppichen ausgelegten Korridor. »Ich denke, Briannes Zimmer wird dir gefallen. Sie war das erste Mädchen, das in der Familie geboren wurde, und wird von allen sehr verwöhnt. Wenn Killara ein Königreich ist, dann ist Brianne seine Prinzessin.«

»Sie hat Glück. Es muß schön sein, zu einer solch großen und innig verbundenen Familie zu gehören«, bemerkte Elspeth in wehmütigem Ton. »Ich hoffe, sie ist mir nicht böse, daß ich sie aus ihren *Gemächern* vertrieben habe.«

»So ist Brianne nicht. Das einzige, was sie stört, ist Langeweile. Jede Veränderung ist ihr nur recht. Es würde mich nicht überraschen, wenn sie Dad jetzt überredete, eine Nacht bei ihren Freundinnen im mexikanischen Dorf übernachten zu dürfen.«

»Dorf? Ich habe auf dem Weg kein Dorf gesehen.«

Dominic öffnete eine Tür. »Es liegt hinter dem Hügel, in der Nähe des Familienfriedhofs. Dad wollte es in der Nähe haben, damit die *Vaqueros* sofort herüberkommen, wenn sie gebraucht werden, und doch weit genug entfernt, damit wir unsere Ruhe haben.«

Dominic trug Elspeth zu einem großen Himmelbett aus hellem Rosenholz. Baldachin und Bettüberwurf bestanden aus flaschengrünem Samt, der dicke Teppich auf dem Boden war aus weicher heller Wolle, und auf der mit zierlichen Rosen bedruckten Tapete hing ein riesiger, goldgerahmter Spiegel.

Ein Zimmer, das einer Prinzessin würdig ist, dachte Elspeth und verglich es insgeheim mit dem nüchternen, karg möblierten Raum in ihrem Heim in Edinburgh.

Dominic legte sie aufs Bett und trat zurück. »Silver wird gleich kommen. Brauchst du noch irgend etwas, bevor ich gehe?« erkundigte er sich betont höflich.

Elspeth empfand Enttäuschung. Eben noch hatte sie sich ihm näher geglaubt als je zuvor, und nun errichtete er wieder Barrieren zwischen ihnen. Das eben noch so anheimelnde Zimmer war nun kalt und fremd, und der Mann vor ihr war auch ein Fremder. »Nein, danke«, antwortete sie mühsam lächelnd. »Deine Mutter sagte, dein Vater wollte dich sehen. Ich möchte dich nicht aufhalten.«

Er schien zu zögern. Dann setzte er sich neben sie aufs Bett. »Ein paar Minuten länger können nicht viel schaden.«

»Nein, wirklich, ich ...«

»Ich bleibe«, sagte er flach. »Meine Mutter hat recht, du bist blaß wie der Tod. Ich dachte, es würde dir besser gehen, sobald du Hell's Bluff verlassen hattest. Aber so ist es nicht, oder?«

Sie schüttelte den Kopf. »Ich muß ständig daran denken«, flüsterte sie. »Ich sehe es vor mir ... Du warst da. Du hast es auch gesehen.«

Er nickte. »Ich kann dir nicht versprechen, daß du es je vergessen wirst, aber die Erinnerung daran wird verblassen. Bis dahin mußt du dich bemühen, an etwas anderes zu denken.« Er lächelte mit erstaunlicher Sanftheit. »Soll ich dir erzählen, wie es meinem Vater gelang, meiner Mutter ihren Palast zu schenken?«

Elspeth nickte. »Gern.«

»Vor sechzehn Jahren hätte mein Vater sich nicht erlauben können, mehr als nur ein Zelt zu errichten. Unsere Hütte war dreimal von den Apachen niedergebrannt worden, und jedesmal, wenn wir wieder eine anständige Herde beisammen hatten, überfielen die Indianer uns von neuem und raubten uns alles. Dann gelang es Dad, eine Herde zum Markt zu bringen und er beschloß, daß er nun etwas unternehmen mußte.«

Dominic lächelte wehmütig. »Wir überquerten den Rio Grande und ritten bis tief nach Mexiko hinein, an einen Ort namens San Felipe. Dad hatte gehört, daß die Gegend von einer schrecklichen Dürre heimgesucht wurde und die Rinder nur noch aus Haut und Knochen bestanden. Aber dafür waren sie billig.« Jetzt grinste er ganz offen. »Sehr, sehr billig. Keiner von uns sprach damals mehr als ein paar Worte Spanisch, doch es gelang Dad, sich verständlich zu machen. Er kaufte alle verfügbaren Tiere auf und bot sämtlichen Männern des Dorfes an, nach Killara zu kommen und für uns zu arbeiten. Er versprach ihnen Lohn und Land, auf dem sie ihre Häuser errichten konnten, und eine Schule für ihre Kinder.«

Dominic machte eine kurze Pause. »Sie hatten nichts zu verlieren, aber alles zu gewinnen. Sie akzeptierten Dad als ihren *Patron* und halfen uns, das Vieh nach Killara zurückzutreiben. Dann kehrten wir um und holten ganz San Felipe nach Killara.« Er verzog das Gesicht. »Es war schwieriger, als die verdammten Longhorns zu treiben! Sie schleppten alles mit, ihren gesamten Hausrat, ihre Großmütter, Babies, Hühner und Gänse.« Dominic schüttelte den Kopf. »Und die Maulesel. Mein Gott, wie ich diese Biester haßte! Es gibt keine schlimmeren Satansbraten auf der Welt als Maulesel. Ich war damals erst vierzehn, doch ich kam mir vor wie neunzig, als wir endlich wieder auf Killara waren.«

Elspeth lächelte. Sie konnte sich den jungen Dominic in diesem gewaltigen Treck aus Mensch und Vieh gut vorstellen. »Du hast dich gut gehalten«, neckte sie ihn. »Du siehst höchstens aus wie dreißig.«

»Weil ich damals darauf geachtet habe, nicht in die Nähe dieser langohrigen Ungeheuer zu kommen.« Dominic schaute auf Elspeths schmale Hand auf dem grünen Samt und machte Anstalten, sie zu berühren. Doch dann legte er seine Hand nur eben ihre. »Mein Vater sagte den mexikanischen *Vaqueros*, daß sie – wenn sie ihm ein großes Haus für seine Frau bauten – sich nie wieder Sorgen um einen Platz zum Leben und um ihren Unterhalt zu machen brauchten.

Mein Bruder Donal fand sogar eine Frau dort unten, was verdammt gut war, denn wenn wir Manuela nicht zum Übersetzen gehabt hätten, wäre das Haus vielleicht doch nie zustande gekommen.«

Dominic lachte. »Es ist wohl auch auf sie zurückzuführen, daß es wie eine Hazienda aussieht. Sie war die Tochter eines spanischen Edelmannes, der zu Besuch in San Felipe war, als Donal ihre Bekanntschaft machte. Ich glaube, sie war nie sehr begeistert von den *Gringos* in ihrer Verwandtschaft und reiste, als Donal starb, unverzüglich zurück nach Spanien, um bei ihrer nobleren Verwandtschaft dort zu leben.« Sein Lächeln verblaßte. »Doch sie hatte kein Recht, ihren Sohn mitzunehmen. Lion war ein Delaney und gehörte nach Killara.«

Elspeth betrachtete Dominic erstaunt. »Du liebst sie alle sehr, nicht wahr? Jeden einzelnen Delaney auf dieser Erde.«

»Sie sind meine Familie«, sagte er schlicht. »Meine Blutsverwandten. Wir sind uns nicht immer in allem einig, aber unser Blut verbindet uns. Wir gehören zueinander und sind alle ein Teil von Killara.«

Wieder verspürte Elspeth leisen Neid. Sie schaute auf Dominics große, braune Hand auf dem Bett und fragte sich, warum er sie nicht auf ihre gelegt hatte. Sie hätte den Trost jetzt brauchen können ... Aber wäre es ein Trost gewesen? Ein merkwürdiges Prickeln überzog ihre Haut, als sie an Dominics lange, sensible Finger dachte, wie sie sie gestreichelt hatten und ... Ihre Wangen röteten sich, und sie bemühte sich, etwas zu sagen. »Du kannst dich glücklich schätzen. Nicht alle Familien verstehen sich so gut.«

Dominic ließ seine Hand über den Samt gleiten und verglich ihn insgeheim mit Elspeths Haut. Der Gedanke löste ein beinahe schmerzhaftes Ziehen in seinen Lenden aus und raubte ihm den Atem. Er räusperte sich, aber seine Stimme klang dennoch heiser. »Ich weiß. Du hast recht, ich habe Glück gehabt.«

»Du kannst jetzt gehen, Dominic.« Silver war in der Tür erschienen. »Dein Vater will dich sehen.«

»Ja, geh nur, Dominic, und mach dir keine Sorgen um mich. In ein paar Tagen wird es mir wieder so gut gehen, daß ich mich auf den Weg nach Kantalan machen kann.«

»So?« entgegnete Dominic höhnisch. »Allein? Wie willst du das denn machen?«

»Ich werde die zweite Person suchen, mit der Weißer Büffel über Kantalan gesprochen hat, und sie fragen, wie ich hinkomme. Vielleicht könnte Silver mich in ihr Dorf begleiten und Weißer Büffel überreden, mit mir zu sprechen.« Elspeth warf Silver einen bittenden Blick zu. »Falls es nicht zuviel verlangt ist.«

»Weißer Büffel lebt nicht mehr«, sagte Silver. »Ruhiger Donner ist jetzt unser Medizinmann.«

»Oh!« meinte Elspeth betroffen, dann hellte sich ihre Miene auf. »Dann könnte ich vielleicht mit ihm reden. Die Legende wird von Medizinmann zu Medizinmann weitergegeben.«

Dominic runzelte die Stirn. »Lieber Himmel, Elspeth, du kannst nicht einfach in ein Apachenlager reiten und anfangen, Fragen zu stellen. Geronimo ...«

»Ich habe ihnen nie etwas Böses getan«, wandte Elspeth ein. »Warum sollten sie mir dann etwas antun? Wirst du mich hinführen, Silver?«

Silver lachte ausgelassen. »Warum nicht? Ich habe ohnehin keine Lust, in diesem Haus zu bleiben.«

Dominic war versucht, Silver übers Knie zu legen, doch gleichzeitig empfand er Mitleid mit ihr, weil er wußte, wie sie litt. Es war ihr anzusehen, daß seine Mutter sie mit irgendeiner Bemerkung verletzt hatte. Deshalb sagte er nichts.

»Gut, dann ist es entschieden«, meinte Elspeth. »Vielen Dank, Silver. Ich werde ...«

»Nein!« fuhr Dominic gereizt dazwischen. »Wenn du glaubst, ich ließe dich hier fort und allein auf deiner aussichtslosen Jagd nach einer versunkenen Stadt, dann irrst du dich!«

Elspeth musterte ihn verwirrt. »Warum regst du dich so

auf? Du solltest froh sein, daß ich es aufgegeben habe, dich um deine Begleitung zu bitten. Du brauchst dir jetzt nicht mehr den Kopf über mich zu zerbrechen.«

»Ach nein?« *Froh* sollte er sein? Er hätte sie mit Freuden erwürgen können! Was fiel ihr ein, ihn ganz einfach aus ihrem Leben zu streichen? Wußte sie denn nicht, daß sie zu ihm gehörte ... Der Gedanke verblüffte ihn so, daß er ihn augenblicklich abschüttelte. Es war einfach lächerlich. Er stand auf. »Das erleichtert mich ungemein. Ich habe nämlich wirklich keine Zeit, mich um eine Wahnsinnige zu sorgen.« Mit raschen, ärgerlichen Schritten ging er zur Tür. »Du kannst tun, was du willst.«

»Danke«, sagte Elspeth laut und klar. »Das werde ich.«

11

Elspeth erwachte aus einem sehr verworrenen Traum und riß erstaunt die Augen auf, als sie die fremde Frau sah, die neben ihrem Bett saß. Doch merkwürdigerweise verspürte sie weder Unbehagen noch Überraschung bei ihrem Anblick. »Hallo«, flüsterte sie.

»Hallo.« Die Stimme der Frau war weich wie Honig, und ein bezauberndes Lächeln verschönte ihr dunkles Gesicht. »Verzeihen Sie mir, daß ich so einfach eingedrungen bin. Ich bin Rising Star, die Frau von Dominics Bruder Joshua.«

Elspeth richtete sich auf. »Ich freue mich sehr, Sie kennenzulernen«, sagte sie aufrichtig.

Die Frau vor ihr mußte Ende Zwanzig oder Anfang Dreißig sein und war so verschieden von Silver wie die Sonne vom Mond. Ihr fehlte die Lebhaftigkeit, die ihre Nichte auszeichnete, aber dafür strahlte sie eine unglaubliche Ruhe aus, wie sie aufrecht im Sessel saß. Ihre schlanke Gestalt steckte in einem weiten, weißen Kleid, das den Umfang ihres hochschwangeren Leibes jedoch nicht verbergen konnte. Ihr schmales Gesicht mit den hochangesetzten Wangenknochen wurde von großen dunklen Augen beherrscht, die Humor und Wärme ausstrahlten, und ihr Lächeln war wirklich reizend. Ihr glänzendes dunkles Haar war straff zurückgekämmt und zu einem strengen Knoten gebunden.

»Dominic war bei mir«, erzählte Rising Star lächelnd. »Er kam mir sehr verärgert vor. Ich wüßte gern, wie Sie das erreicht haben. Das letzte Mal, als ich ihn die Beherrschung verlieren sah, war er noch ein kleiner Junge.« Ihr Lächeln verblaßte. »Er bat mich, Ruhiger Donner eine Botschaft zu senden und ihn aufzufordern, ihnen jede Hilfe zu verweigern.«

»Das ist nicht fair!« entgegnete Elspeth entrüstet. »Wenn er mir schon nicht selber helfen will, braucht er mir wenigstens keine Steine in den Weg zu legen.«

»Das stimmt«, gab Rising Star zu. »Aber Dominic sieht nicht ein, daß es Dinge in unserem Leben gibt, die nicht zu ändern sind, so sehr wir uns auch bemühen. Er glaubt, die Prophezeiung würde sich nicht erfüllen, wenn er die Existenz von Kantalan abstreitet.«

»Wissen *Sie* etwas über Kantalan?« rief Elspeth erregt. »Und was meinen Sie mit ›Prophezeiung‹?«

Rising Star schaute Elspeth nicht an. »Dominic möchte nicht, daß Sie etwas davon erfahren. Aber das ist falsch. Ich habe ihm gesagt, ich würde Ihnen keine Hindernisse in den Weg legen und Ihnen vielleicht sogar alles erzählen. Dann kann sich jeder selbst entscheiden.« Sie schüttelte müde den Kopf. »Obwohl uns am Ende vielleicht gar keine Wahl bleiben wird. Weißer Büffel sagte, der Weg sei ganz klar vorgeschrieben.«

»Die Prophezeiung!« flüsterte Elspeth. Nach all diesen Jahren schien sie ihrem Ziel ganz nahe zu sein. »Wissen Sie, wo Kantalan liegt?«

»Ja.« Rising Star schwieg eine Weile. »Ich weiß seit meinem vierzehnten Lebensjahr über Kantalan Bescheid. Nach dem Ritual meiner Einführung zur Frau nahm Weißer Büffel mich in sein Zelt mit und erzählte mir von der Prophezeiung.«

Elspeth hielt unbewußt den Atem an, aus Angst, irgend etwas zu sagen, was Rising Star vom Sprechen abhalten konnte.

»Was wissen Sie über Kantalan?« fragte die Indianerin.

Elspeth befeuchtete ihre Lippen. »Es ist eine architektonisch wunderbare Stadt wie Babylon, deren Bewohner den Frieden liebten und zivilisierter waren als die alten Griechen. Sie besaßen ein erstaunliches Wissen und beteten Ra, den Sonnengott, an wie die Ägypter. Sie liebten alles Schöne – Kunst, Musik und ...« Sie brach ab. Wie sollte sie es in Worte fassen? »Es war ein Paradies«, schloß sie schlicht.

Rising Star schüttelte den Kopf. »Nein, Kantalan war nicht makellos. Es war kein Paradies.«

»Sie müssen sich irren!« rief Elspeth lauter als beabsichtigt. »Die Legende sagt, es sei eine perfekte Stadt gewesen.«

»Eine Stadt kann nur so perfekt sein wie ihre Bewohner, und Menschen sind nie perfekt.« Rising Stars Lippen wurden schmal. »Wir bemühen uns darum, aber unsere Perfektion – oder unser Mangel daran – existiert nur in den Augen des Betrachters.«

Ein gequälter Ton klang in ihrer Stimme mit, und Elspeth hatte plötzlich das Gefühl, als bezöge Rising Star sich nicht nur auf Kantalan, sondern auch auf etwas ausgesprochen Persönliches.

Dann schüttelte sie den Kopf und bemühte sich zu lächeln. »Vor vielen hundert Jahren kam ein junger Mann namens Cadra in unser Dorf. Er war sehr seltsam und kostbar gekleidet und trug eine Kette aus Silber und Türkisen um den Hals. Der junge Mann wußte über viele merkwürdige und wunderbare Dinge zu berichten. Unsere weisen Männer waren wie Kinder neben ihm. Sie hätten ihn zu einem Gott erhoben, aber das wollte er nicht. Er sagte, seine

Herrin habe ihn hergeschickt, damit er von Kantalan erzählte und den Weg für die Vier bereitete, die kommen sollten. Cadra wurde zum Medizinmann unseres Stammes ernannt und lebte bei meinem Volk, bis er starb. Er hat sich nie eine Frau genommen, und einige sagten, seine Liebe zu der *clairana,* die er in Kantalan zurückgelassen hatte, sei so groß, daß für niemand anderen mehr Platz in seinem Herzen war.

»*Clairana?*« wiederholte Elspeth. Das Wort war ihr unbekannt und doch merkwürdig vertraut. »War es der Name seiner Herrin?«

»Nein, ihr Titel. Sayan war die Hohepriesterin von Kantalan, die Wächterin der Flammen. Sie hatte Visionen von allem, was kommen sollte, und bewahrte ihr Volk vor Katastrophen und Unglücken. Sie war die angesehenste Frau in Kantalan, und die Priester des Ra waren sehr zufrieden mit ihr.«

Rising Star lächelte verschmitzt. »Warum hätten sie es auch nicht sein sollen? Sie sonnten sich in ihrem Glorienschein und begannen mit der Zeit, ihn als ihren eigenen anzusehen. Doch dann machte ihre sonst so fügsame Sayan einen Fehler. Sie verliebte sich in einen jungen Soldaten und gab sich ihm hin. Doch das war einer Hohepriesterin streng verboten. Sie hatte unberührt zu bleiben. Die Priester nahmen ihr ihre Stellung als *Clairana* und erklärten ihrem Volk, es sei Ra selbst gewesen, der ihr die Macht genommen hätte.«

»Aber das stimmte nicht.« Es war eine Feststellung, keine Frage. Elspeth hatte das merkwürdige Gefühl, jedes Wort zu kennen, das Rising Star aussprechen würde.

»Nein, es stimmte nicht, aber keiner wollte es ihr glauben.« Rising Star runzelte die Stirn. »Ich habe mich oft gefragt, wie sie es ertragen hat. Ich weiß nicht, ob es mir an ihrer Stelle gelungen wäre.«

»Sie war stolz. Sie war die *clairana.*«

Die Indianerin nickte. »Ja, das hat ihr sicher geholfen. Aber als sie ihre letzte Vision sah, muß sie am Unglauben der Priester fast verzweifelt sein.«

Die letzte Vision. Die heiligen Flammen, die im Tempel brannten. Der duftende Weihrauch, der langsam aus ihrer Hand ins Feuer glitt und blaue Funken auslöste und die Wahrheit in den Flammen zeigte. Elspeth schloß die Augen und sah das alles vor sich wie eine längst vergangene Erinnerung. Sie glaubte, die junge *clairana* zu sehen, wie sie betroffen in die Flammen starrte ...

»Kantalan liegt in einem von hohen Bergen umgebenen Tal. Der höchste Berg ist als ›Kind der Sonne‹ bekannt und ein Vulkan. Die Bewohner der Stadt hatten sich an sein ständiges Grollen und an die schwachen Erdbewegungen gewöhnt. Das Kind der Sonne war Ras Sohn, und daher liebten sie den Berg. Aber Sayan, die *clairana,* sah bei ihrer letzten Vision den Ausbruch giftigen schwarzen Rauchs aus dem Vulkan voraus, der die Stadt einhüllte und jedes lebende Wesen ersticken würde. Sie ging zu den Priestern und flehte sie an, alle Stadtbewohner fortzuschicken, bis die Gefahr vorüber war.«

»Aber sie lachten sie nur aus.« Elspeth glaubte die Priester vor sich zu sehen, ihre kahlgeschorenen Köpfe, ihre zornigen, abweisenden Gesichter ... »Sie dachten, sie wollte nur ihre Stellung in der Stadt zurückgewinnen. Sie schimpften Sayan eine Hure und jagten sie fort.«

»Ja.« Rising Stars Stimme klang überrascht. »Doch Sayan beschloß zu bleiben und das Schicksal ihres Volkes zu teilen. Nur Cadra, ihren Diener, schickte sie fort, nach Norden.«

»Und sie starb mit Kantalan und Dalkar.«

»Dalkar?« fragte Rising Star verblüfft.

»Ihr Liebster.« Elspeth öffnete mühsam ihre seltsam schweren Lider. Es dauerte einen Moment, bis sie sich aus jener uralten Zeit lösen konnte, die so unglaublich real erschien. »Sie sagten, sein Name sei Dalkar gewesen.«

»Habe ich das gesagt?« Rising Star musterte sie voller Unbehagen. »Nun ja, so muß es gewesen sein. Vielleicht hatte ich den Namen vorübergehend vergessen.« Sie stand auf und schien für einen Moment sehr betroffen. Dann kehrte ihre ruhige Gelassenheit zurück. »Für den Augenblick habe ich Ihnen genug erzählt. Wir sprechen später weiter. In einer Stunde wird das Essen serviert. Ich schicke ihnen Silver, damit sie Ihnen beim Anziehen hilft.«

»Warten Sie!« rief Elspeth verzweifelt. »Sie haben mir noch nichts über die Prophezeiung gesagt.«

Rising Star blieb stehen. Sie wirkte sehr gespannt, und zuerst glaubte Elspeth, sie würde nichts mehr sagen. Aber dann drehte sie sich zu ihr um und lächelte etwas gezwungen. »Ich wollte vor Ihnen fliehen. Ich bin kein sehr mutiger Mensch. Nach all diesen Jahren sollte man denken, ich sei an die Vorstellung gewöhnt ...« Sie befeuhtete ihre Lippen. »Sayan sah noch etwas in den Flammen. Sie sagte zu Cadra, Kantalan würde jahrhundertelang verlassen sein, fast, als sei die Zeit stehengeblieben. Doch dann würden vier Menschen durch seine Straßen schreiten. Wenn dieser Tag käme, würde das Kind der Sonne von neuem grollen, Feuer spukken und Kantalan für immer unter seiner Asche vergraben, als hätte es nie existiert.«

Sie machte eine Pause. »Sie sagte, vier Menschen kämen nach Kantalan, und vier würden dorthin zurückkehren, woher sie gekommen waren. Und doch würden zwei sterben, wenn Kantalan in Schutt und Asche versinkt.«

»Das ergibt doch keinen Sinn!«

Rising Star zuckte mit den Schultern. »Ich weiß auch nicht, was es zu bedeuten hat.«

»Glauben Sie daran?«

Die Indianerin zögerte. Dann lächelte sie traurig. »Manchmal ja. Man lehrte mich, daß jeder Mensch ein Schicksal hat. Was können Sie sonst von einer abergläubischen Wilden erwarten?«

Elspeth hörte die gleiche Bitterkeit aus Rising Stars Worten wie bei Silver. »Glauben sie, daß Gefahr in Kantalan lauert?«

Rising Star strich müde über ihre Stirn. »Oh, ich weiß nicht. Gefahren gibt es überall. Sie müssen Ihre Entscheidung selber treffen. Wenn Sie wirklich hingehen wollen, zeichne ich Ihnen eine Karte auf nach jener, die Weißer Büffel mir gegeben hat.«

»Danke, das wäre schön«, antwortete Elspeth zögernd. Eigentlich hätte sie jetzt glücklich sein müssen, aber es fiel ihr schwer, das kalte Unbehagen abzuschütteln, das Rising Stars Erzählung in ihr ausgelöst hatte. »Besitzt Dominic auch eine solche Karte?«

»Natürlich. Weißer Büffel war ein heiliger Mann. Er wußte, daß Dominic einer der Vier war, die einmal die Straßen von Kantalan beschreiten würden.«

Elspeths Augen wurden groß. »Soll das heißen, daß Sie ...?«

Risings Stars Lippen zuckten. »O ja. Vom Augenblick meiner Geburt an wußte Weißer Büffel, daß mein Schicksal sich in Kantalan erfüllen würde.« Sie wandte sich ab und öffnete die Tür. »Jetzt sind wir schon drei. Es fehlt nur noch einer. Das Muster beginnt sich zu vollenden.« Sie schaute über die Schulter zurück. »Dominic war nie sicher, ob er die Prophezeiung glauben sollte oder nicht, aber Sie haben ihn veranlaßt, von neuem darüber nachzudenken. Sind Sie ganz sicher, daß Sie das wollen?«

Elspeth schüttelte den Kopf. »Ich habe ihm gesagt, daß er mich nicht zu begleiten braucht. Es wäre schrecklich, wenn ich verantwortlich wäre für ...« Sie brach verwirrt ab. »Es ist zu schrecklich, um wahr zu sein. Legenden verändern sich im Laufe der Zeit. Die Prophezeiung ist vielleicht nichts als abergläubisches Gerede. Ich muß darüber nachdenken.«

Rising Star nickte. »Ja, das müssen wir alle. Der weiße Mann glaubt, die Menschen könnten ihr Schicksal selbst bestimmen. Vielleicht war Weißer Büffel nur ein dummer alter Mann. Keiner von uns *braucht* nach Kantalan zu gehen, nicht wahr?«

Die Indianerin lächelte. »Wir werden uns beim Essen nicht sehen. Wenn Joshua nicht da ist, nehme ich meine Mahlzeiten lieber in meinem Zimmer ein. Lassen Sie es mich wissen, wenn Sie die Karte haben wollen. Aber es wäre sicher nicht falsch, einige Tage abzuwarten und in Ruhe darüber nachzudenken, oder?«

Sie wartete keine Antwort ab, sondern schloß leise die Tür hinter sich.

»Du bist so still«, bemerkte Silver, während sie Elspeths langes Haar bürstete. »Hat die Erzählung meiner Tante dich verstört?«

»Ja.« ›Verstört‹ war ein zu schwaches Wort, um den inneren Aufruhr zu beschreiben, der Elspeth beherrschte. »Rising Star hat mich sehr nachdenklich gestimmt.«

»Es war mir nicht bekannt, daß sie etwas von Kantalan weiß, sonst hätte ich es dir gesagt. Und ich begleite dich auch, wenn du willst.« Silver lächelte bitter. »Hier hält mich sowieso nichts.«

Elspeth wurde von einer warmen Welle der Zuneigung erfaßt. »O Silver, das wäre ...« Dann brach sie ab. Wenn Sayans Prophezeiung stimmte, konnte die Reise sehr gefährlich werden. Sie nahm Silver die Bürste aus der Hand. »Wir werden sehen. Bis dahin brauchst du mich nicht wie einen Invaliden zu behandeln. Ich bin schon fast wieder gesund.«

Elspeth stand auf, um ihr schwarzes Kleid anzuziehen, das Silver waschen und bügeln hatte lassen. »Warum trägst du eigentlich immer schwarz?« fragte das Indianermädchen verwundert.

»Weil ich um meinen Vater trauere.«

Silver schüttelte den Kopf. »Ich habe dich schreien und weinen gehört, wenn du von diesem Mann träumtest. Du trauerst gar nicht um ihn. Warum belügst du mich?«

»Natürlich trauere ich. Er war mein Vater.« Elspeth brach ab. Silver hatte recht. Als Elspeths Vater gestorben war, hatte sie nichts als Erleichterung empfunden und ein leises Bedauern über die Liebe, die sie hätte verbinden können. »Du bist sehr klug, Silver«, sagte sie leise. »Du hast recht, ich trauere gar nicht um ihn.«

Silver lachte hell und nahm Elspeth das schwarze Kleid aus der Hand. »Dann werden wir etwas Hübscheres für dich finden. Damit du wie eine Lerche aussiehst statt wie eine Krähe.«

»Es wird mir nichts anderes übrigbleiben, als auch weiterhin wie eine Krähe herumzulaufen, da ich nur schwarze Sachen aus Edinburgh mitgebracht habe.«

»Ich werde Rising Star bitten, dir etwas zu leihen.« Silver war schon an der Tür. »Da sie schwanger ist, kann sie ihre schönen Kleider nicht mehr anziehen. Steck dir das Haar auf, Elspeth. Ich bin gleich zurück.«

Elspeth starrte ihr verblüfft nach. Wie üblich hatte Silver auch diesmal die Angelegenheit in ihre eigenen Hände genommen, ohne Elspeths Zustimmung abzuwarten. Und tatsächlich kam sie fünf Minuten später mit einem bezaubernden Kleid aus weißem, spitzenbesetztem Musselin zurück, das Elspeth paßte, als wäre es für sie gemacht.

»Ich sehe ganz anders aus«, sagte sie verwundert, als sie das Kleid angezogen hatte und sich im Spiegel betrachtete.

Silver nickte zufrieden. »Wie eine Lilie.«

Elspeth lachte. Sie hatte sich schon lange nicht mehr so jung und unbeschwert gefühlt. Lächelnd drehte sie sich zu Silver um, die noch immer ihren weiten Rock trug, die Ledertunika und die bestickten Mokassins. »Wirst du dich nicht umziehen?«

»Wozu? Ich bin sauber, und mein Haar ist gekämmt. Wenn es ihnen nicht gefällt, können sie mich zum Essen zu Rosa und Ricardo in die Küche schicken.« Ein spitzbübisches Funkeln erschien in ihren Augen. »Wollen wir sehen, ob sie es tun?«

Silver hofft, daß Shamus Delaney auf ihre Herausforderung reagiert, dachte Elspeth verblüfft. Sie scheint sich geradezu auf eine Auseinandersetzung zu freuen! »Du siehst immer hübsch aus«, meinte sie stirnrunzelnd. »Ich bin sicher, daß es in Ordnung ist.«

»Wir werden sehen.« Silver nahm Elspeths Arm mit einer Geste, die Mut und Trotz verriet. Dann schien ihr etwas einzufallen. »Du hast deine Brille vergessen. Soll ich sie holen?«

Elspeth nickte schon, aber dann sagte sie rasch: »Nein. Ich brauche sie nicht.«

Shamus Delaney erwartete sie am Fuß der breiten Treppe. Sein Lächeln war herzlich, warm und verriet einen Charme, der Elspeth an seinen Enkel Patrick erinnerte. »Ah ... herzlich willkommen, Miss MacGregor.« Seiner tiefen Stimme haftete ein ausgeprägter irischer Akzent an. »Ich freue mich, daß Sie zum Essen erschienen sind. Ich konnte es kaum erwarten, Sie kennenzulernen. Ich bin Shamus Delaney, und es ist eine unerwartete Ehre für uns alle, Sie hier auf Killara zu haben.«

»Es war sehr freundlich von Ihnen, mich aufzunehmen.« Ihre kleine Hand verschwand fast in seiner großen. »Ich werde mich bemühen, Ihnen nicht länger als unbedingt nötig zur Last zu fallen.«

»Unsinn. Malvina wäre sehr enttäuscht, wenn Sie fortliefen, bevor sie Gelegenheit bekommt, Sie besser kennenzulernen, und ich bin entschlossen, Sie nicht eher fortzulassen, bis Sie alles auf Killara gesehen haben.« Seine auffallenden blauen Augen zwinkerten heiter. »Ich bin stolz wie ein Pfau auf meine Ranch. Wir haben alles, was man sich in Arizona nur wünschen kann. Ihr Edinburgh wird in Ihrer Erinnerung verblassen, wenn Sie erst alles gesehen haben.«

Elspeth spürte, wie sie dahinschmolz unter dem mühelosen Charme des alten Mannes. Alt? Nein, der Ausdruck paßte nicht auf Shamus Delaney. Obwohl er in den Siebzigern sein mußte, hielt er sich sehr gerade, und sein Körper war so kräftig und muskulös wie der eines Vierzigjährigen. Er trug einen schwarzen Anzug mit Weste, ein weißes Hemd und eine graue Krawatte, und sein volles weißes Haar glänzte im Schein der Kerzen des großen Leuchters an der Zimmerdecke.

»Sie können mit Recht stolz auf Killara sein. Es ist ein wunderschönes Haus.«

Er ließ Elspeths Hand sinken. »Malvina hat gute Arbeit geleistet, nicht wahr?« sagte er sanft. »Sie liest all diese eleganten Magazine und Bücher, am liebsten Miss Beetles Buch über Hausgestaltung. Sie sagt, alle feinen Damen lesen es.«

»Ich fürchte, ich habe noch nie davon gehört. Aber ich bin auch noch nicht lange in Amerika.«

»Das macht nichts. Malvina kann es Ihnen borgen. Aber

kommen Sie jetzt. Meine Frau wartet im Salon. Sie möchte vor dem Essen noch ein kleines Klavierkonzert für uns geben. Wir werden Sie heute abend ganz für uns haben. Dominic ist zu seinen Brüdern auf die Ranch gefahren, und meine wilde Enkeltochter ist noch nicht zurückgekehrt.« Shamus unterbrach sich und schaute Elspeth sinnend an. »Ich hoffe, es macht Ihnen nichts aus, daß Dominic nicht da ist. Sie müssen gute Freunde geworden sein in letzter Zeit.«

Elspeth war ungemein erleichtert, Dominic an diesem Abend nicht sehen zu müssen. Ihre Gefühle ihm gegenüber waren noch zu verworren. »Er war sehr freundlich zu mir«, antwortete sie gestelzt. »Und es ist immer interessant, neue Menschen kennenzulernen.«

Shamus nickte, dann fiel sein Blick auf Silver, die sich im Hintergrund gehalten hatte. »Du weißt, daß Malvina dich nicht in dieser Aufmachung am Tisch haben will, Silver. Geh und zieh dir etwas anderes an.«

Elspeth drehte sich zu Silver um. »Nein!« entgegnete das Mädchen kalt.

Ein müder Ausdruck huschte über Shamus' Gesicht, bevor es sich gereizt verhärtete. »Dann wird Rosa dir dein Essen hinaufbringen. Wir Delaneys bedienen keine Wilden im Speisezimmer.«

»Nein, ihr bedient sie lieber im Bett.« Silvers Augen blitzten wie geschliffener Stahl. »Wie mein Vater meine Mutter. Nur hat er sich nie die Mühe gemacht, sie in ein Schlafzimmer zu bringen. Eine Decke auf dem Boden war gut genug für eine ...«

»Halt dein loses Mundwerk im Zaum!« fuhr Shamus auf. »Ich lasse mir deine Frechheiten nicht gefallen.«

Elspeth hielt es nicht mehr aus. Beide Delaneys waren gefangen in ihrem Zorn und Schmerz.

»Nein!« Sie drehte sich um und lief die Treppe zu Silver hinauf, wo sie beschützend den Arm um das Mädchen legte. »Ich glaube, ich fühle mich nicht wohl, Mister Delaney. Ich gehe lieber in mein Zimmer. Komm mit, Silver.«

»Was?« Shamus' Gesicht zeigte zunächst Überraschung,

dann Ärger, und schließlich widerwillige Bewunderung. Er verzog den Mund. »Ich nehme an, es würde nicht viel nützen, wenn Silver uns ins Speisezimmer begleitet?«

Elspeth nickte ernst. »Doch, Mister Delaney. In Silvers Nähe geht es mir immer besser. Sie können sich glücklich schätzen, sie zu Ihrer Familie zu zählen.«

Es war als Herausforderung gedacht, aber Shamus ging nicht darauf ein. »Ja, ich hatte sehr viel Glück mit meiner Familie.« Er vermied es, Silver anzusehen, als er sich vor ihnen verbeugte. »Kommen Sie. Malvina wartet schon.«

Elspeth hielt Silvers Arm fest umklammert, als sie das Mädchen die Treppe halb hinunterzog, halb schob. »Wir kommen. Ich liebe Musik.«

»Du hast die alte Dame noch nicht spielen hören«, flüsterte Silver ihr zu. »Danach wirst du wünschen, in deinem Zimmer geblieben zu sein und dir die Ohren zugestopft zu haben.«

In der nächsten Dreiviertelstunde sollte Elspeth begreifen, was Silver damit gemeint hatte. Malvina verstand es, dem alten Klavier die schrecklichsten, unharmonischsten Töne zu entlocken, die Elspeth je gehört hatte. Aber das Erstaunlichste daran war, daß ihr Mann mit geschlossenen Augen dasaß und verzückt zu lauschen schien. Als Malvina endlich ihr Spiel beendete und sich mit einer leichten Verbeugung zu ihnen umdrehte, klatschte er begeistert und lächelte sie mit einem Blick an, der tiefes Verständnis und sehr viel Liebe verriet.

»Wunderbar, mein Liebling«, sagte er zärtlich. »Du wirst immer besser, je öfter ich dich spielen höre.«

Malvina errötete vor Freude, als sie aufstand. »Ich dachte mir, daß es dir gefallen würde, Shamus«, antwortete sie leise. Dann schaute sie Elspeth fragend an.

Du liebe Güte, was soll ich dazu sagen? dachte diese entsetzt. »Ein sehr hübsches Stück. In einer solchen Interpretation habe ich es noch nie gehört.«

Vom Fenster her, wo Silver saß, erklang ein spöttisches Kichern. Aber Malvina ignorierte das Indianermädchen und sagte nur: »Manche Leute haben kein Ohr für Musik.« Sie warf einen Blick auf die geschnitzte Uhr auf dem Kaminsims. »Es wird spät. Wir werden nicht auf Brianne warten. Laßt uns zum Essen gehen.«

Shamus reichte Elspeth galant den Arm. »Malvina würde Brianne gern das Klavierspielen beibringen, aber die Kleine hat keine Geduld dazu. Sie ist lieber im Mexikanerdorf oder reitet mit den Cowboys über die Felder. Wissen Sie, was sie sich zu ihrem vierzehnten Geburtstag wünschte? Einen neuen Sattel! Malvina wollte sie nach St. Louis schicken, damit sie sich neue Kleider kaufen konnte, aber Brianne wollte davon nichts hören. Sie ist nicht bereit, Killara zu verlassen.« Zuneigung und Stolz klangen in seiner Stimme mit. »Sie ist eben eine echte Delaney.«

Elspeth wurde immer neugieriger auf Brianne Delaney, dachte jedoch gleichzeitig, wie taktlos die Bemerkung des alten Shamus war. *Eine echte Delaney.* Wie konnte er so etwas sagen vor Silver, der er die Mitgliedschaft in dieser Familie verweigerte? Es war unbegreiflich für sie, wie jemand so charmant und dann wieder derart brutal und rücksichtslos sein konnte.

Kurze Zeit später war Elspeth in der Lage, ihre Neugierde auf die *Prinzessin* der Familie zu befriedigen. Brianne Delaney erschien im Speisezimmer, als sie gerade ihr Dinner beendeten.

Das laute Zuschlagen der massiven Eingangstür ging ihrem Erscheinen voraus, das leichte Klappern ihrer Stiefelabsätze auf dem Kachelboden in der Halle, gefolgt von einer hellen, atemlosen Stimme: »Ich weiß, daß ich zum Essen zu Hause sein wollte, aber William wollte mir einen Teich zeigen, den er entdeckt hatte. Und als wir nach Shamrock zurückkamen, war Dominic da, und ich mußte doch mit ihm reden, nicht wahr? Ihr wißt ja, daß ich ihn seit letztes Jahr nicht mehr gesehen habe.«

Ein schlankes, zartes Mädchen in einem braunen Reitdreß

und weißer Bluse erschien in der Tür. Sie blieb stehen, um Atem zu holen, und Elspeth nahm die Gelegenheit wahr, sie zu betrachten. Briannes rotbraunes Haar war zu einem dikken Zopf geflochten, sie hatte lebhafte grüne Augen und ein bezauberndes Gesicht mit klassischen Zügen, deren Strenge durch die wenigen goldenen Sommersprossen aufgelockert wurden, die ihre aristokratische Nase zierten. Brianne Delaney mochte die *Prinzessin* der Delaneys sein, aber das änderte nichts daran, daß sie mit beiden Füßen fest auf der Erde stand. Sie wirkte ausgesprochen warmherzig und viel zu vital und lebhaft, um einen unnahbaren Eindruck zu erwecken.

Briannes Augen hellten sich vor Neugier auf, als sie Elspeth entdeckte, und sie eilte mit ausgestreckter Hand auf sie zu. »Guten Abend! Ich bin Brianne Delaney, und Sie müssen Elspeth MacGregor sein. Patrick hat mir sehr viel Interessantes über Sie erzählt.« Ihr Händedruck war so fest und warm wie der ihres Großvaters. »Ich wollte London und Edinburgh schon immer gern einmal kennenlernen, seit Rising Star Patrick und mich überredete, mit ihr Geographie zu studieren.«

»Wir konnten dich ja nicht einmal nach St. Louis locken«, warf Malvina trocken ein.

»Eines Tages«, versetzte Brianne lachend. »Ich habe Zeit genug.« Sie wandte sich an Silver, die neben Elspeth saß, und zwinkerte ihr zu. »Nicht wahr, Silver? Es besteht keine Eile, Killara zu verlassen, wenn es hier soviel zu tun und zu sehen gibt.«

Silver erwiderte ihr Lächeln offen und frei, schien Brianne die bevorzugte Behandlung ihrer Großeltern in keiner Weise zu verübeln.

»Du kommst zu spät zum Dinner«, sagte Malvina. »Du kannst jetzt höchstens noch in der Küche einen Bissen essen.«

Brianne nickte. »Rosa wird mir schon etwas zurechtmachen.«

»Und sicher etwas Besseres als für uns«, warf Shamus

spöttisch ein. »Sie will bestimmt nicht, daß ihre *pequena* hungrig schlafen geht.« Dann verblaßte sein Lächeln. »Ist Patrick mit dir zurückgeritten?«

Brianne verneinte. »Cort sagte, er habe Shamrock fünf Minuten nach Dominics Ankunft verlassen.«

Shamus runzelte die Stirn. »Ich dachte, er hätte seine alberne Wut auf Dominic inzwischen überwunden. Es sieht Patrick gar nicht ähnlich, so lange zu grollen.«

Brianne vermied es, ihren Großvater anzusehen. »Laß ihm Zeit. Er wird Dominic nicht abreisen lassen, ohne die Sache mit ihm zu klären.« Sie wandte sich wieder Elspeth zu. »Wie wäre es, wenn ich Rosa ein Tablett in Rising Stars Zimmer bringen ließe? Dann könnten wir uns zusammensetzen und über Edinburgh sprechen und Ihre Reise und ...«

»Miss MacGregor war krank«, warf Shamus rasch ein und wandte sich entschuldigend an Elspeth. »Lassen Sie sich von unserer kleinen Zigeunerin nicht belästigen.«

»Ich bin nicht müde.« Und das stimmte sogar, stellte Elspeth zu ihrer Überraschung fest. »Ich würde mich sehr gern noch ein Weilchen unterhalten. Obwohl das Leben hier sicher viel interessanter ist als alles, was ich Ihnen je erzählen könnte. Ich habe ein sehr ruhiges Leben geführt.«

Brianne lachte leise. »Nach allem, was ich von Patrick hörte, sind Sie für diese Monotonie in letzter Zeit reichlich entschädigt worden.« Sie wandte sich zur Tür. »Lassen Sie mir zehn Minuten Zeit, um mit Rosa zu sprechen und mir den Pferdegeruch abzuwaschen. Dann sehen wir uns in Rising Stars Zimmer.«

»Elspeth schläft in deinem Zimmer, weil es das beste ist«, rief Malvina ihr nach. »Du wirst mit einem der Gästezimmer vorlieb nehmen müssen.«

»Ich schlafe in der Bibliothek«, antwortete Brianne lachend. »Ich liebe den Geruch von diesem Raum.«

12

Es war dunkel in der Halle, als Dominic das Haus betrat, und jetzt ärgerte er sich, so lange für den Ritt von Shamrock nach Killara gebraucht zu haben. Er hatte vorgehabt, Elspeth noch zu sehen, aber jetzt war es schon fast Mitternacht. Den ganzen Tag schon quälte ihn die Sorge, ob Rising Star Elspeth verraten hatte, daß sie eine Karte mit dem Weg nach Kantalan besaß, und nun mußte er bis zum Morgen warten, um es herauszufinden. Leise schloß er die Tür hinter sich und begann die Treppe hinaufzugehen.

Eine Tür in der Halle öffnete sich. »Dominic?«

»Ja, Dad?«

»Komm herein und trink etwas mit mir, bevor du schlafen gehst. Was macht der Bau der Scheune?«

Dominic drehte sich um und ging auf das Herrenzimmer zu. »Er müßte morgen beendet sein. Josh bat mich, dir zu sagen, daß er in die Berge reiten und nach verirrten Rindern suchen will, bevor er zurückkommt.«

Shamus nickte zufrieden. »Das ist gut.« Er ging zu dem großen Ledersessel neben dem Kamin und setzte sich hinein. »Auf Joshua kann ich mich verlassen. Er ist ein guter, verläßlicher Mann.« Er nahm sein halbgefülltes Glas Bourbon. »Hol dir einen Drink und laß uns reden.«

Dominic lächelte, als er sich einen Whiskey einschenkte. Diese Bitte um eine Unterredung kam nicht unerwartet. Bei jedem seiner Besuche auf Killara nahm sein Vater ihn beiseite und versuchte ihn zum Bleiben zu bewegen.

»Ich weiß nicht, wie lange ich Cort und Sean noch auf Shamrock lassen kann«, erklärte der alte Mann seufzend. »Sie tragen sich mit dem Gedanken an Pferdezucht, aber Killara ist schließlich unser Hauptbesitz, und eigentlich bräuchte ich sie hier.«

Dominic lächelte. »Du hast Josh. Wie du schon sagtest, ist

er ein zuverlässiger Mann, dessen ganzes Leben Killara ist. Einen besseren Mann kannst du dir gar nicht an deiner Seite wünschen.«

»O doch, das könnte ich.« Shamus maß Dominic mit einem scharfen Blick. »Ich könnte dich an meiner Seite haben.«

Dominic stählte sich innerlich gegen den bittenden Ton, der in der Stimme seines Vaters lag. »Nein, mich kannst du nicht haben. Und du brauchst mich auch gar nicht, solange Josh bei dir ist.«

»Doch, ich brauche dich«, knurrte Shamus. »Die anderen Jungen sind schon in Ordnung, aber es fehlt ihnen dein Ehrgeiz. Sie würden Shamrock und Killara in Ordnung halten, aber nie nach mehr streben. Aber du ... schon als kleiner Junge hattest du den gleichen Hunger nach Macht wie ich. Zusammen könnten wir das ganze Gebiet erobern«, sagte er beschwörend. »Verdammt, Dominic, die ganze Welt!«

Dominic lachte. »Du meinst, ich bin ein ebenso gieriger Mensch wie du?«

»Ein bißchen Gier schadet keinem; so entstehen Königreiche. Ich habe dir mit Killara und Shamrock eine solide Grundlage verschafft. Warum willst du nicht erkennen, was alles daraus zu machen wäre?«

Die Versuchung war groß ... Was sein Vater ihm anbot, war genau das, wonach Dominic sich schon seit Jahren sehnte, doch er wußte auch, daß er es nicht annehmen konnte. »Du hast Patrick«, sagte er leise.

Sein Vater schnaubte ungeduldig. »Patrick ist zu jung. Es wird noch Jahre dauern, bis er übernehmen kann. Sean und Cort sind mehr an Pferdezucht interessiert als an Rindern. Gott weiß, wann Falcon wiederkommt. Er liebt Killara, aber seit Beginn des Krieges war er nur einen Monat hier. Joshua ist zuverlässig, aber ...«

»Ich *kann* es nicht«, sagte Dominic gequält. »Glaubst du, ich würde nicht auch gern nach Hause kommen? Gott, ich würde meine Seele dafür opfern, wenn ich ...« Er brach ab und holte tief Luft. »Es geht nicht.«

»Warum?« beharrte sein Vater. »Ich habe deine verdammte Begnadigung bezahlt! Du bist jetzt ein freier Mann.«

»Nein, das bin ich nicht.« Dominic nahm einen tiefen Zug aus seinem Glas. »Durbin könnte seine Männer herschikken, und dann wärt ihr alle in Gefahr.«

»Glaubst du, ich wüßte meine Familie nicht zu schützen?« herrschte Shamus ihn an. »Dieses Land gehört *mir*, und das wird jeder, der hierherkommt, sehr schnell merken.«

»Nein! Das Risiko ist zu groß. Ich weiß, was passieren kann. Ich habe es mit eigenen Augen gesehen.«

»So? Was denn?« fragte Shamus scharf.

Dominic holte tief Luft und lehnte sich im Sessel zurück. Er hatte geahnt, daß sein Vater irgendwann so lange bohren würde, bis er Dominics Widerstand auf den Grund gegangen war.

»Vor zwei Jahren war ich in Virginia City«, begann er langsam zu erzählen. »Dort habe ich ein bißchen gespielt und dabei nicht schlecht verdient. Ich war acht Jahre auf der Flucht, und es gab Zeiten, wo ich mir gewünscht hätte, sie würden mich erwischen, damit es endlich vorbei war. Ich war es leid, ständig auf der Flucht zu sein und nie lange genug an einem Ort bleiben zu können, um Freunde zu gewinnen.«

Dominic machte eine Pause. »In Virginia machte ich in einem Saloon die Bekanntschaft eines jungen Farmers. Sein Name war Sam Bergstrom, und ich glaube, er war der einzige Mensch in der Stadt, der es nicht auf Reichtum abgesehen hatte. Er wollte nur genug Geld zusammenbekommen, um sich eine Farm zu kaufen und seine Eltern aus Schweden herüberkommen zu lassen. Er war noch ein halbes Kind, nicht älter als Patrick. Ich mochte ihn sehr, und wir wurden gute Freunde.« Dominics Hand umklammerte sein Glas. »Für eine Zeitlang machte seine Freundschaft mir das Leben fast erträglich.«

»Nur für eine Zeitlang?« warf Shamus leise ein.

Dominic nickte. »Es war dumm von mir. Ich hätte das

Risiko nicht eingehen dürfen. Eines Tages tauchten zwei Kopfgeldjäger in der Stadt auf, aber da sie nicht gut genug waren, um mich offen herauszufordern, stellten sie mir eine Falle.« Ein bitterer Zug erschien um seinen Mund. »Sie ließen mir eine Nachricht zukommen – ich sollte mich bei einer verlassenen Hütte außerhalb der Stadt einfinden, sonst würden sie Sam erledigen.«

Dominic stürzte den restlichen Bourbon in seinem Glas auf einen Zug herunter. »Sie hatten in der Stadt gehört, daß Sam mein Freund war und beschlossen, ihn als Köder zu benutzen. Sie erwarteten mich auf dem Weg zur Hütte, aber damit hatte ich gerechnet, und es gelang mir, zu entkommen. Wie gesagt, sie waren nicht sehr klug. Als ich die Hütte erreichte, fand ich Sam.« Dominic sprach unwillkürlich schneller, als wollte er die Erzählung so rasch wie möglich beenden. »Sie hatten ihn mit einem Kopfschuß getötet, vermutlich schon, bevor sie diese Nachricht schrieben.« Dominic schloß die Augen. »Er war erst neunzehn, Dad.«

»Hast du sie getötet?«

»Ja.« Dominic öffnete die Augen. »Und es war kein leichter Tod für sie. Es war das erste Mal, daß ich Befriedigung dabei verspürte, ein Menschenleben auszulöschen.« Er setzte sein Glas ab. »Obwohl es nicht viel nützte. Sam war tot, und es gab nichts, was ihn zurückbringen konnte.«

Shamus schwieg einen Moment. »Es ist nicht die gleiche Situation, Dominic. Der Junge war hilflos, er war kein Delaney. Wir wissen uns zu schützen«, erklärte er mit grimmigem Lächeln. »Ich würde gern sehen, wie jemand herkommt und versucht, dir etwas anzutun.«

Dominic schüttelte den Kopf. »Ich nicht, Dad, und es wird auch nicht passieren.« Er stand auf. »Ich gehe ins Bett. Gute Nacht, Dad.«

»Ich gebe nicht auf, Dominic.«

»Ich weiß.« Dominic kannte die Beharrlichkeit seines Vaters, sie gehörte zu den Charakterzügen, die er am meisten an ihm bewunderte. »Ich auch nicht. Deshalb reite ich morgen nach Hell's Bluff zurück.«

Shamus lächelte. »Na schön – aber vergiß nicht, daß ich alle Asse in der Hand habe, Dominic. Weißt du eigentlich, wieviel die Richter für deine Begnadigung verlangten?«

Dominic blieb betroffen stehen.

»Ich mußte eine Hypothek auf Killara aufnehmen«, sagte Shamus leise, ohne Dominic dabei anzusehen. »Eine beträchtliche Hypothek.«

»O Gott!« flüsterte Dominic.

Shamus stand auf. »Wir könnten Killara verlieren, und deshalb müssen wir alle für seine Erhaltung kämpfen.« Als er Dominics Bestürzung sah, lächelte er zufrieden. »Das solltest du bedenken, bevor du uns wieder verläßt, mein Sohn.«

Shamus ging zur Tür, aber dort drehte er sich noch einmal um. »Warum zeigst du deiner Miss MacGregor morgen nicht die Ranch? Sie ist mir sehr sympathisch, und ich glaube, sie würde auch gut zu dir passen.«

Dominic nickte müde. »Ja.«

Sein Vater lächelte. »Frauen sind eigenartige Wesen. Manchmal wissen sie nicht so recht, was sie eigentlich wollen. Wußtest du, daß unser Erstgeborener, Rory, schon drei Monate unterwegs war, als Malvina und ich vor den Altar getreten sind?«

Es war völlig klar, was Shamus andeuten wollte – Dominic brauchte keine Einmischungen oder Vorwürfe seitens seiner Familie zu befürchten, falls er beabsichtigte, Elspeth im Hause seines Vaters zu verführen. Die Erkenntnis erfüllte Dominic mit prickelnder Hitze, aber er bemühte sich um einen gleichgültigen Ton, als er erwiderte: »Nein, das wußte ich nicht.«

Shamus lachte leise. »Nun, dann wurde es allmählich Zeit, daß du es erfuhrst. Gute Nacht, mein Sohn.«

Dominic folgte seinem Vater langsam und nachdenklich die Treppe hinauf. Er hatte gerade den oberen Korridor erreicht, als er eine weißgekleidete Gestalt aus Rising Stars Zimmer kommen sah. Verwundert stellte er fest, daß es Elspeth war – in einem weißen Musselinkleid!

Sie bemerkte ihn im gleichen Moment und blieb wie angewurzelt stehen. Ihre Augen schimmerten fast golden im Schein der Kerze, die sie trug. »Hallo«, sagte sie atemlos. »Ich hoffe, deinen Brüdern geht es gut. Hattest du einen schönen Tag?«

»Ja.« Er maß sie mit einem verlangenden Blick. Es war das erste Mal, daß er sie nicht in Schwarz sah, und ein erheblicher Schock für ihn. Sie wirkte so verändert ... »Du siehst anders aus.«

Elspeth lächelte. »Ja, das habe ich Silver auch gesagt. Ein hübsches Kleid, nicht wahr? Ich beschloß, daß ich lange genug getrauert hatte, und Rising Star war so nett, mir dieses Kleid zu leihen.«

»Sehr hübsch.« Er löste seinen Blick von ihren weiblichen Kurven, die sich unter dem dünnen Stoff abzeichneten, und sah Elspeth ins Gesicht. »Hast du mit Rising Star gesprochen?«

»Ja. Brianne, Silver und ich haben den Abend bei ihr verbracht. Es war sehr schön.« Sie runzelte die Stirn. »Ich mag Rising Star und Silver sehr und begreife nicht, warum deine Eltern Silver nicht akzeptieren wollen.«

»Sie haben keine guten Erfahrungen mit den Apachen gemacht«, antwortete Dominic. »Vom ersten Tag an, als sie nach Killara kamen, mußten sie um ihr Land und ihre Rinder kämpfen.« Ein Schatten fiel über sein Gesicht. »Brandstiftung, Morde, Überfälle. Mein Bruder Rory und seine Frau starben bei einem dieser Überfälle. Es gab Zeiten, wo niemand wußte, ob wir den nächsten Tag erleben würden. Meine Brüder und ich wuchsen in dem Bewußtsein auf, daß die Apachen unsere Feinde waren. Doch als wir aus San Felipe zurückkamen, wurde meinem Vater klar, daß er den Kriegszustand beenden mußte, wenn er seine Herden behalten wollte, und deshalb machten wir einen Besuch im Apachenlager, um Frieden mit ihnen zu schließen.«

»Aber Joshua hat Rising Star geheiratet!« wandte Elspeth ein. »*Er* wird ihre Leute doch bestimmt nicht als Feinde betrachten.«

Ein merkwürdiger Ausdruck huschte über Dominics

Gesicht. »Du hast Rising Star gesehen. Sie ist sehr schön, und Josh wurde ein bißchen unvernünftig, als er sie sah.«

»Soll das heißen, er liebt sie nicht?«

»Nein, er liebt sie schon, aber es gibt da ein paar Probleme …« Er brach ab. »Hör mal, Joshuas Ehe geht mich nichts an.«

»Warum hat dein Vater die Hochzeit überhaupt gestattet?«

»Weil Rising Star eine Häuptlingstochter war und Shamus wußte, daß eine Verbindung mit ihr dauerhaften Frieden bringen und Killara schützen würde.«

Elspeth starrte ihn an. »Um Killara zu *schützen*. Wie denkt Rising Star darüber, nur Mittel zum Zweck gewesen zu sein?«

Dominic runzelte die Stirn. »Sie wollte Josh haben. Niemand hat sie zu dieser Ehe gezwungen. Josh und Boyd standen sich sehr nahe, und es war schlimm, daß Boyd so kurz nach Rising Stars und Joshuas Hochzeit von Sonnenadler getötet wurde. Es erschwerte unsere Lage sehr.«

»Ganz besonders jedoch für Silver«, warf Elspeth ein. »Nichts davon war ihre Schuld, und doch habt ihr alle sie dafür büßen lassen. Warum hast du dich nicht für sie eingesetzt, Dominic?«

»Weil ich nicht hier war, verdammt!« entgegnete er gereizt. »Ich war mit meinem eigenen Krieg beschäftigt. Außerdem dachte ich genau wie meine Familie – bis ich herausfand, daß weiße Männer genauso große Schufte sein können wie Indianer. Es war eine ausgesprochen interessante Entdeckung für mich.«

»Trotzdem finde ich, daß sich jemand für sie einsetzen sollte«, beharrte Elspeth trotzig.

»Ich tue, was ich kann«, versetzte Dominic. »Willst du jetzt nicht lieber ins Bett gehen? Du mußt doch sehr müde sein.«

Elspeth hob ungeduldig die Schultern. »Es geht mir schon viel besser.«

Dominic zögerte. »Hat Rising Star mit dir über Kantalan gesprochen?«

»Ja.« Ärger flackerte in Elspeths Augen auf. »Es war nicht nett von dir, sie zu bitten, mir ihre Hilfe zu verweigern, aber darüber will ich heute abend nicht mehr sprechen. Ich gehe jetzt ins Bett, schlafe mich aus, und morgen früh können wir darüber reden.«

Dominic schaute ihr nach, wie sie hocherhobenen Hauptes über den Korridor ging, und fühlte sich wie ein gescholtener kleiner Junge. Und doch machte es ihm der Zauber, den sie auf ihn ausübte, schwer, ihr nicht zu folgen. Sie wirkte so anders heute abend, so lebendig und blühend ...

Und plötzlich beschloß er, seine Abreise von Killara noch ein paar Tage zu verschieben.

Das Licht in Shamus' Zimmer erlosch.

Ramon Torres lehnte sich an den Koppelpfosten und nahm einen tiefen Zug aus der dünnen braunen Zigarette, die zwischen seinen Lippen steckte. Er hatte geduldig abgewartet, bis ein Licht nach dem anderen ausging, und nun lag das große Haus in völliger Dunkelheit.

In einer Stunde würden alle schlafen, und dann mußte er einen Weg finden, sich Zutritt zu verschaffen. Über Rosa hatte er erfahren, in welchem Zimmer Dominic Delaney schlief. Er konnte seine Stiefel ausziehen und auf leisen Sohlen durch die Gänge schleichen. Niemand würde ihn hören. Seine Navajomutter hatte ihn gelehrt, sich lautlos anzuschleichen. Die Frage war nur, ob es ihm gelingen würde, Dominic zu überrumpeln. Der Sohn des alten Shamus war ein äußerst gefährlicher Mann; seine Instinkte waren durch Jahre der ständigen Flucht geschärft.

Torres lächelte in der Dunkelheit. Dominic war der Gejagte, er der Jäger. Sollte er ihn heute nacht erledigen? Wenn ja, mochte es nötig sein, auch alle anderen im Haus zu töten, damit es keine Zeugen gab. Fünf Frauen und den alten Shamus. Die Frauen waren kein Problem. Ein Messer zwischen ihre Rippen, während sie schliefen. Es war eine Schande, daß er auch Rosa erledigen mußte. Außer mit Informationen hatte die rundliche Witwe ihn in den letzten Monaten mehrfach mit körperlichen Freuden versorgt ...

Shamus und sein Sohn würden nicht so leicht zu beseitigen sein. Beide besaßen den Instinkt eines Kriegers und waren bestimmt nicht leicht zu überrumpeln. Torres war ziemlich sicher, daß Durbin gegen die zusätzlichen Morde keine Einwände erheben würde, aber er bezweifelte, daß er deshalb seinen Preis erhöhen würde. Vielleicht war es doch besser, abzuwarten, bis sein Opfer allein war ...

Torres verspürte herbe Enttäuschung und warf ärgerlich die Zigarette weg. Düster schaute er zu dem großen Haus hinüber und fühlte sich versucht, jegliche Vorsicht in den Wind zu schlagen und Dominic jetzt gleich zu töten. Es dürstete Ramon nach Blut wie immer, wenn sein Opfer ihm zum Greifen nahe war. Im allgemeinen verstand er dieses Gefühl zu beherrschen, aber diesmal fiel es ihm nicht leicht. Er hatte lange warten müssen, bis sein Opfer auftauchte, und nun drängte es ihn danach, die Sache zu Ende zu bringen.

Du darfst nichts überstürzen, ermahnte er sich. Rosas Information zufolge hatte er drei Tage Zeit, um seinen Auftrag zu erfüllen. Dann würde er um fünftausend Dollar reicher sein, konnte nach Mexiko reiten und sich eine schöne Zeit machen. Lange würde das Geld nicht reichen, aber das war vielleicht ganz gut. Wenn das Geld zu Ende war, bedeutete das den Anfang einer neuen Jagd und damit die düstere Erregung, die eine solche Jagd immer mit sich brachte. In letzter Zeit war ihm bewußt geworden, daß es mehr die Jagd an sich war, die ihn interessierte, als die Wochen verschwenderischen Lebens, die darauf folgten. Ramon lachte leise, als er sich abwandte und zu seinem Pferd hinüberging.

Nicht jeder Mann besaß das Glück, seine Arbeit so zu genießen, wie er es tat. Ja, er konnte sich ausgesprochen glücklich schätzen.

13

Patrick stürmte mit wütender Miene aus dem Herrenzimmer und hielt auf die Tür zu.

»Warte, Patrick!«

»Elspeth.« Er blieb stehen und drehte sich nach ihr um. Sein Stirnrunzeln verschwand, als er sah, daß sie einen blauen Reitrock trug, braune Stiefel und eine weiße Bluse. »Wo ist die Krähe geblieben?« erkundigte er sich lächelnd. »Du siehst fast aus wie Brianne in dieser Aufmachung.«

Elspeth verzog das Gesicht. »Kein Wunder. Es sind ihre Sachen. Rising Star, Silver und Brianne haben sich gestern abend zusammengetan, und jetzt besitze ich eine neue Garderobe«, berichtete sie lächelnd. »Ich freue mich, dich zu sehen, Patrick. Wie geht es dir?«

»Gut. Dich brauche ich wohl nicht zu fragen, wie du dich fühlst. Du siehst hervorragend aus. Ein bißchen blaß vielleicht, aber das wird sich auch bald geben.« Er schaute auf ihre Stiefel hinunter. »Willst du ausreiten?«

Sie nickte. »Ich werde es versuchen. Es ist besser, wenn ich reiten lerne, bevor ich mich auf den Weg nach Kantalan mache.« Plötzlich hellte ihr Gesicht sich auf. »Wärst du so lieb, mich in den Stall zu begleiten und mir zu helfen, ein Pferd zu satteln? Danach belästige ich dich nicht mehr.«

»Du belästigst mich nicht.« Er öffnete die Tür und ließ Elspeth vorangehen. »Ich wollte ohnehin zur Koppel. Großvater sagte, Dominic wäre dort und schaute sich die neue Stute an, die Cort Brianne mitgebracht hat.«

Elspeth warf ihm einen verstohlenen Blick zu. »Du scheinst dich nicht zu freuen, ihn zu sehen. Silver sagte mir, er hätte dich aus der Hütte fortgeschickt.«

»Er hat mich nicht *fortgeschickt*«, entgegnete Patrick verletzt. »Ich bin aus eigenem Antrieb gegangen.« Er lächelte. »Dominic kann sehr überzeugend sein, wenn er etwas erreichen will.« Dann verdüsterte sich sein Gesicht. »Wie Großvater, der mir heute morgen befahl, mich mit Dominic auszusöhnen und ihm seinen Aufenthalt hier so angenehm wie möglich zu machen.«

»Wirst du es tun?«

»Ja«, sagte er grollend. »Ich hätte es ohnehin getan, aber ich lasse mich nicht gern zu etwas drängen.«

»Das verstehe ich gut.« Elspeth deutete auf ein kleines Gebäude in der Nähe des Hauses. »Ist das eine Kapelle?«

Patrick nickte. »Sie wurde auf Manuelas Wunsch gebaut. Sie ließ sich sogar ihren eigenen Priester aus San Felipe kommen und wollte ihn auf Killara einquartieren, doch das erlaubte Großvater nicht. Er baute Pater Benedict ein Haus im Dorf und ließ ihn sonntags für die Vaqueros und ihre Familien Messen lesen. Aber das war auch alles, wozu er sich überreden ließ.«

»Das war doch sehr großzügig von ihm!«

»Oh, Großvater kann schon großzügig sein«, meinte er stirnrunzelnd. »Wenn er nicht gerade seine verdammt ...« Er brach ab und fügte etwas lahm hinzu: »Seine schwierige Phase hat.« Patrick versteifte sich. »Da ist Dominic.«

Elspeth folgte seinem Blick. Dominic hockte auf dem Koppelgatter und betrachtete eine rotbraune Stute. Als er etwas zu dem Vaquero neben ihm sagte, lachte dieser schallend. Seinem Gesichtsausdruck nach zu schließen und so liebevoll, wie er Dominic betrachtete, muß es sich um einen langjährigen, vertrauten Angestellten handeln, dachte Elspeth.

Dann drehte Dominic sich um und sah sie und Patrick auf sich zukommen. Sein Lächeln verblaßte. »Hallo, Elspeth.« Er neigte den Kopf. »Patrick.«

Patrick war ebenso förmlich wie er. »Willkommen zu Hause, Dom.« Er schaute von seinem Onkel zu der Stute hinüber. »Wie findest du sie?«

»Sie ist schnell, aber ich hörte, daß die Pferde aus Kentucky nicht das Durchhaltevermögen besitzen, das wir hier brauchen, und daß sie dazu neigen, etwas zu temperamentvoll zu sein.« Er schaute Patrick in die Augen. »Du weißt, daß Fehler auf Killara sehr übelgenommen werden können.«

Patrick betrachtete ihn, und plötzlich erhellte ein Lächeln sein Gesicht. »Das würde ich nicht sagen. Im allgemeinen wird *ein* Fehler immer verziehen – solange er keine Wiederholung findet.«

Die Hand wurde ausgestreckt und angenommen, dachte Elspeth belustigt, und weder Patricks noch Dominics Stolz hatten darunter leiden müssen.

»Ich habe Brianne gebeten, mich ihre Stute reiten zu lassen, aber sie ist verdammt selbstsüchtig.« Patrick warf Elspeth einen auffordernden Blick zu. »Vielleicht hast du mehr Glück.«

Elspeth musterte das temperamentvolle Pferd besorgt. »Nein, ich möchte kein Pferd reiten, das Brianne gehört. Außerdem kommt die Stute mir sehr ... groß vor.«

»Du willst ausreiten?« warf Dominic verwundert ein. »Du kannst doch gar nicht reiten! Wo ist Silver?«

»Bei Rising Star. Ich dachte, es würde Zeit, das Reiten ...«

»Ist Rising Star krank?« fiel Patrick ihr besorgt ins Wort.

»Nein, aber ich weiß, daß sie nur selten zusammenkommen, und da wollte ich nicht stören.« Sie wandte sich an Patrick. »Würdest du mir ein Pferd aussuchen?«

»Vielleicht die Graue«, warf der Vaquero ein, der vorher mit Dominic gesprochen hatte. »Nina ist schon sehr alt und wird der Señorita nichts tun«, fügte er mit freundlichem Lächeln hinzu. »Soll ich sie für Sie satteln?«

»Ja, bitte.« Elspeth erwiderte das Lächeln des Mexikaners dankbar. Er war von mittlerer Größe und trug schwarze Drillichhosen und ein hellblaues Baumwollhemd. Ein blaues Stirnband hielt sein schwarzes Haar zurück, das ihm fast bis auf die Schultern fiel. Seine großen dunklen Augen strahlten vor Eifer und Wärme. »Das wäre sehr freundlich von Ihnen, Señor ...?«

»Ramon Torres«, stellte Patrick den Vaquero vor. »Und das ist Señorita MacGregor, Ramon.« Er schaute noch einmal zu der grauen Stute hinüber, die Ramon vorgeschlagen hatte.

»Ich glaube, sie wäre richtig für Elspeth. Fang sie ein, Ramon.«

»Si.« Ramon nickte und nahm ein Lasso vom Pfosten, bevor er auf die Koppel zu den Pferden ging.

»Das gefällt mir nicht, Patrick«, sagte Dominic gepreßt.

Patrick musterte ihn erstaunt. »Ramon hat recht. Die alte Graue ist das sanfteste Pferd auf der ganzen Ranch. Elspeth braucht nichts anderes zu tun, als sich festzuhalten.«

»Er ist sehr geschickt, nicht wahr?« sagte Elspeth mit einem bewundernden Blick auf Ramon, der die graue Stute mühelos eingefangen hatte.

Dominics mürrischer Blick richtete sich auf den Mexikaner. »Ist er schon lange auf Killara, Patrick? Als ich das letzte Mal hier war, kümmerte der alte Tomás sich um die Pferde.«

»Ungefähr drei Monate. Wir brauchten eigentlich niemanden, aber Ramon versteht mit Pferden umzugehen, deshalb haben wir ihn eingestellt. Und das war gut, denn zwei Wochen später fanden wir Tomás mit gespaltenem Schädel im Stall. Wir vermuten, daß er vom Heuschober gestürzt und mit dem Kopf auf dem Amboß aufgeschlagen ist.« Ein Schatten fiel über sein Gesicht. »Ich mochte Tomás sehr gern.«

»Kennst du Ramon nicht?« fragte Elspeth. Merkwürdig. Sie war ganz sicher, den Ausdruck auf dem Gesicht des Mexikaners richtig interpretiert zu haben, als er mit Dominic sprach. Es hatte so ausgesehen, als schätzte er Dominic sehr. »Ich dachte, er müsse schon sehr lange auf Killara sein.«

Dominic und Patrick schauten sie überrascht an.

»Wie kommst du denn darauf?« fragte Dominic.

Elspeth runzelte die Stirn. »Ich weiß nicht. Er schaute dich so ... so liebevoll an.«

Patrick lachte schallend. »Diese Art von Zuneigung erweckt Dominic im allgemeinen nicht bei Männern, Elspeth. Vielleicht sollten wir uns einmal für Ramons Vorlieben interessieren ...«

»Ich verstehe nicht«, sagte Elspeth verwirrt.

Dominic warf Patrick einen scharfen Blick zu. »Natürlich nicht, aber ich bin sicher, daß Patrick es gern erklären wird.«

Patrick schien verlegen. »Entschuldige, es ist mir so herausgerutscht.« Sein Blick ging zu Ramon Torres, der die graue Stute aus der Koppel führte. »Komm, ich hole dir Briannes alten Sattel aus der Scheune. Er ist leichter und bequemer für dich als die anderen.«

Damit scheint das Thema für sie erledigt zu sein, dachte Elspeth enttäuscht. Beide hatten sie ausgelacht, aber sie war ganz sicher, sich nicht geirrt zu haben. Ramon hatte Dominic wirklich mit sehr viel Zuneigung im Blick betrachtet. »Danke, das wäre schön. Ich möchte auf keinen *Mann* angewiesen sein.«

Patrick lachte. »Nein, Madam. Das glaube ich gern.«

Elspeth lächelte widerstrebend. Patrick mochte ein Teil der allgemeinen männlichen Verschwörung sein, aber wenigstens bemühte er sich, ihr zu helfen. »In welche Richtung soll ich reiten, damit ich mich nicht verirre?«

»Solange du im Tal bleibst, brauchst du keine Angst zu haben. Man kann das Haus praktisch von überallher sehen.« Patrick runzelte die Stirn. »Aber halte dich bitte vom mexikanischen Dorf fern. Die Vaqueros trinken manchmal ein bißchen zuviel Mescal.«

»Du willst sie wirklich allein losreiten lassen?« fragte Dominic entrüstet. »Was hast du eigentlich im Kopf?«

»Großvater bat mich, nach Shamrock zurückzukehren und dort zu helfen«, entgegnete Patrick mit unschuldiger Miene. »Du bist hier der einzige, der nichts zu tun hat. Warum begleitest du Elspeth nicht?«

»Es braucht mich keiner zu begleiten. Ich habe dir gesagt ...« Sie brach ab, als sie Dominics Blick sah. Seine graublauen Augen funkelten, aber diesmal nicht vor Zorn, sondern vor Verlangen, und die Spannung, die von ihm ausging, war fast spürbar.

»Warte hier auf mich«, befahl er rauh. »Ich sattele nur mein Pferd. In zehn Minuten bin ich wieder da.«

»Du hattest recht, das Traben ist viel schmerzhafter«, sagte Elspeth.

»Was?« Dominic drehte sich mit abwesender Miene um, und Elspeth spürte Ärger in sich erwachen. Es war das erste Wort, das er seit ihrem Aufbruch vor einer Stunde mit ihr gesprochen hatte, und spiegelte perfekt die düstere Stimmung wider, die ihn zu beherrschen schien. Dann hätte ich auch allein ausreiten können, dachte Elspeth verärgert. »Du hast mir einmal gesagt, das Traben sei viel unangenehmer als ein schneller Galopp. Das kann ich nun bestätigen.«

»Ja, ich erinnere mich.« Er hatte ihr auch gesagt, daß ihr nächster gemeinsamer Ritt angenehmer werden würde, aber das stimmte nicht. Die Spannung, die ihn innerlich beherrschte, war schon fast unerträglich, und daß er in der Nacht zuvor keinen Schlaf gefunden hatte, trug auch nicht gerade dazu bei, seine Stimmung zu verbessern. Er hatte sich ruhelos im Bett gewälzt und immer wieder an Elspeth gedacht, die im Nebenzimmer lag, nur durch eine Wand von ihm getrennt. »Möchtest du anhalten und dich ausruhen?« fragte er.

Elspeth warf einen Blick auf das rote Ziegeldach des Hauses unten im Tal. Von dieser Hügelkuppe aus wirkte es klein und weit entfernt. Zu weit, um den Schmerz in ihrem Rükken bis zur Heimkehr zu ertragen. »Ja, wenn es dich nicht stört. Ich weiß, daß ich dich schon wieder belästigt habe und ...«

»Es *stört* mich nicht, verdammt!« unterbrach er sie schroff. »Du hättest mir sagen sollen, daß du eine Pause machen willst.« Er saß ab und kam zu ihrem Pferd hinüber. »Der Ausritt war keine gute Idee, das habe ich dir ja gleich gesagt.«

»Doch, das war es«, widersprach sie beleidigt. »Es hat mir Spaß gemacht, und daß ich müde werde, ist ganz normal. Aber du hättest mich nicht zu begleiten brauchen, und von mir aus kannst du jetzt zurückreiten und ...«

»*Sei still.*« Er zog sie unsanft aus dem Sattel. »Du wolltest dich doch ausruhen, oder?« Er stellte sie auf die Beine, nahm die Zügel der Stute und wandte sich ab. »Dann tu das auch.«

Sie schaute zu, wie er beide Pferde in einiger Entfernung an einen Baum band. Dann kam er zurück, eine braune Satteldecke auf dem Arm und mit so verschlossenem Gesicht, daß sie nichts zu sagen wagte.

Er breitete die Decke aus. »Setz dich.«

Sein befehlender Ton ging Elspeth allmählich auf die Nerven, aber andererseits fiel ihr kein vernünftiger Einwand ein. Sie *war* müde, warum sollte sie sich dann nicht hinsetzen?

Vielleicht war er so mürrisch, weil es ihn ärgerte, seine wenige kostbare Zeit mit ihr verschwenden zu müssen, anstatt sie mit seiner Familie zu verbringen? Elspeth mußte zugeben, daß sie ihn in letzter Zeit schon genug beansprucht hatte.

Sie warf ihm einen prüfenden Blick zu. Er hockte vor einem Baumstamm, hatte den Hut tief in die Stirn gezogen und schien zu schlafen. Sein Anblick verwirrte sie, und unwillkürlich fuhr sie mit der Zungenspitze über ihre Lippen.

»Laß das!«

»Wie bitte?« fragte sie verblüfft.

Dominic schnappte nach Luft und verschränkte die Hände so fest, daß die Fingerknöchel weiß hervortraten. »Nichts.« Er schloß die Augen. »Sprich mit mir.«

»Was soll ich denn sagen?« entgegnete sie verwundert.

»Was du willst.« Hauptsache, du bringst mich zum Denken und lenkst mich von meinen Gefühlen ab, dachte Dominic verzweifelt, denn er spürte, daß er am Rande seiner Beherrschung angelangt war.

»Soll ich dir etwas über Kantalan erzählen?«

»Warum nicht? Auch Träume können interessant sein.«

»Es ist kein Traum. Denn wenn es das gewesen wäre, hätte ich nie die Kraft besessen, all die Auseinandersetzungen mit meinem Vater durchzustehen.«

»Ich dachte, er hätte an die Existenz von Kantalan geglaubt?«

»So war es auch.« Elspeth strich mit abwesender Miene

über ihren Rock. »Und darum ging es nicht. Es handelte sich um den Ursprung der Stadt, den mein Vater nicht ...« Sie holte tief Luft. »Er sagte, ich sei eine Närrin, ein dummes Kind, das nie seine Intelligenz oder Einsicht erlangen würde.« Sie zupfte nervös an ihrem Rocksaum. »Vielleicht hatte er recht, was mich betraf, aber im Hinblick auf Kantalans Entstehung irrte er sich, da bin ich ganz sicher. Kantalan wurde nicht von den Tolteken erbaut, es war eine eigene, separate Kolonie. Alle Hinweise waren da, aber mein Vater weigerte sich einfach, sie zu sehen.«

»Kolonie?« Dominic öffnete die Augen.

»Hast du je von einem Ort namens Atlantis gehört?«

Er zögerte einen Moment. »Ich glaube nicht.«

»Atlantis war eine Insel, der Geburtsort der Zivilisation. Ein mächtiges Erdbeben zerstörte die Insel und versenkte sie auf den Grund des Meeres. Es wird behauptet, es sei nur eine Fabel, die Plato sich ausgedacht hatte, aber ich glaube, daß es Atlantis gab.« Sie machte eine Pause. »Und ich bin überzeugt, daß Kantalan eine seiner Kolonien war.«

Elspeth wartete, als rechnete sie mit Widerspruch. Als Dominic nichts sagte, fuhr sie rasch fort: »Oh, ich weiß, daß Atlantis im Mittelmeer lag und Kantalan eine halbe Welt entfernt ist, aber es bestehen zu viele Ähnlichkeiten, um eine Verbindung beider Städte abstreiten zu können. Es gibt nichts, was mich davon überzeugen könnte, daß Kantalan nicht von Atlantis abstammt.«

»Ich widerspreche dir nicht, Elspeth. Ich höre zu.«

Und tatsächlich betrachtete er sie mit derart eindringlichem Blick, daß ihr Herz schneller schlug und ihr Mund plötzlich wie ausgetrocknet war. »Es tut mir leid. Wahrscheinlich bin ich es gewöhnt, meine Theorie verteidigen zu müssen.« Unwillkürlich befeuchtete sie von neuem ihre Lippen und glaubte, ein Geräusch zu hören, als ob Dominic aufgestanden wäre. Aber als sie zu ihm hinüberschaute, saß er noch genauso still da wie zuvor. »Es ist alles so klar für mich. Es gibt so viele Übereinstimmungen.«

»Und die wären?«

»Die Legende von Kantalan berichtet von seinen großen Pyramiden, und Atlantis besaß auch Pyramiden. Beide Zivilisationen beteten Ra an, den Sonnengott. Atlantis hatte vier Flüsse, die die Stadt in Viertel aufteilten, und Kantalan besitzt angeblich auch vier Flüsse, die mitten in der Stadt ein Kreuz formen. Die Legende spricht von einem großen Erzblock im Tempel des Ra, der magische Eigenschaften besessen haben soll. Welche andere Zivilisation hätte ein derartiges Wunder schaffen können? Ach, da ist noch so viel ... ich glaube, daß die Ägypter, die Tolteken, Mayas und Inkas ebenfalls Kolonien waren, die sich nur auf andere Art entwickelten. Vielleicht bewahrte Kantalan seine starken Ähnlichkeiten mit dem Mutterland durch seine isolierte Lage. Ich hoffe, daß es so ist. Kannst du dir vorstellen, dort zu sein und eine Stadt zu studieren, die das Ebenbild von Atlantis ist?«

»Nein, das kann ich nicht.«

»Ich schon.« Ihre Augen funkelten vor innerer Erregung, und ihre Brüste hoben und senkten sich bei jedem Atemzug. »Ich kann mir gut vorstellen, durch Kantalans Straßen zu schlendern, die Statuen der Zehn Könige zu betrachten, die Paläste zu betreten und ihre Decken aus Elfenbein und die goldenen Wände zu bewundern. Ich kann mir die vier Flüsse vorstellen, die ein Kreuz bilden und die ...«

»Hör auf!« Plötzlich war er neben ihr und stieß sie auf die Decke zurück. Er hatte seinen Hut abgenommen, und nun sah Elspeth, was er verborgen hatte. Sie schnappte nach Luft, als eine alles versengende Hitzewelle durch ihren Körper fuhr. Dominics Atem kam flach und unregelmäßig, und der Puls an seiner Kehle klopfte zum Zerspringen. »Ich kann mir nichts von all dem vorstellen. Ich weiß nichts über Kantalan oder Atlantis. Und ich will es auch gar nicht wissen. Ich will nur dich.« Leidenschaftlich preßte er die Lippen auf ihren Mund, zog sie beinahe verzweifelt an sich und verschränkte seine Hände in ihrem Haar, während er sich auf sie rollte. Elspeth stockte der Atem unter seinen heißen Küssen, und das Denken fiel ihr auf einmal schwer.

»Nein«, murmelte sie mühsam. »Ich will das nicht.«

»Doch, du willst es«, flüsterte Dominic. »Genausosehr wie ich.« Seine Zungenspitze drang zwischen ihre Lippen und begann ein aufregendes Spiel, während er Elspeth an sich drückte und aufreizend langsam seine Hüften kreisen ließ.

Ein erregendes Prickeln erfaßte ihren Körper. Vielleicht hat er recht, dachte sie benommen. Vielleicht will ich es auch. Es war schwer zu entscheiden, während die Hitze, die sie erfaßte, immer stärker wurde und Dominics geschickte Finger am Verschluß ihrer Bluse nestelten und ihr Mieder öffneten. Sie mußte ihn aufhalten ...

Ihre Brüste waren heiß und geschwollen wie in jener Nacht, als sie von der Hütte nach Hell's Bluff zurückgeritten waren. In hilfloser Faszination schaute Elspeth zu Dominic auf. Seine sonnengebräunte Haut war gerötet, seine Lippen leicht geöffnet und zu einem sinnlichen Lächeln verzogen. Langsam zog er ihr Mieder herab und betrachtete sie stumm. Und da geschah etwas Merkwürdiges. Elspeth spürte verwundert, wie ihre Brustspitzen sich langsam aufrichteten, und hatte plötzlich das dringende Bedürfnis, diesem Mann, der sie so verlangend anstarrte, ihre Brüste anzubieten. Aber das war nicht nötig, denn schon senkte er den Kopf und preßte aufstöhnend seine heißen Lippen darauf.

»Das habe ich mir in den letzten Wochen tausendmal gewünscht«, flüsterte er heiser. »Ich wollte dich ausziehen und dich ansehen.« Seine große Hand schloß sich um ihre linke Brust und preßte sie leicht zusammen, bis die rosige Spitze steil und hart hervortrat. »Ich wollte sie für mich zum Erblühen bringen.« Dann schlossen sich seine Lippen um die zarte Knospe, und er küßte sie so andächtig, als handele es sich um eine unglaublich zarte Blume.

Elspeth glaubte zu vergehen vor Hitze – sie spürte sie in ihren Adern, ihren Fußsohlen und in der Luft, die in ihre Lungen drang. Mit einem leisen Schrei drängte sie sich ihm entgegen.

Dominic murmelte zärtliche Worte, während seine Zunge

die rosige Knospe liebkoste, die er zum Erblühen gebracht hatte. »Ich möchte wissen, daß ich dich nur zu berühren brauche, damit das geschieht.« Seine Hand glitt an ihrem Körper hinunter. »Spreiz die Beine, meine Liebste. Ich möchte dich auch dort berühren.« Seine warme Handfläche massierte sanft die empfindsame Stelle zwischen ihren Schenkeln. Die Empfindungen, die er damit bei Elspeth auslöste, waren so köstlich, so verwirrend, daß ihr der Atem stockte und sie den leichten Stoff zwischen seiner Hand und ihrer Haut als unerträgliches Hindernis empfand. »Ich träume von dir, weißt du das? Ich träume, daß ich diese wunderschöne Körperstelle von dir anschaue, und dann glaube ich mich zu entsinnen, wie sie sich angefühlt hat unter meiner Hand.«

Elspeth wehrte sich nicht, vielleicht, weil sie es selber wünschte. Oder weil sie Dominic das schenken wollte, was die anderen Frauen ihm gegeben hatten. *Bei Nacht sind alle Katzen …*

»Nein!« Sie entzog sich ihm abrupt und rollte sich auf die andere Seite der Decke. »Du irrst dich, ich bin nicht wie …« Tränen rannen plötzlich über ihre Wangen. »Warum tust du das?«

»Warum?« Er hob den Kopf. Seine Augen blitzten. »Weil ich sonst verrückt werde.« Sein Gesicht war verzerrt vor Spannung. »Hör um Himmels willen auf zu weinen.« Er ballte die Fäuste, als müsse er sich gewaltig beherrschen. »Ich habe dir nicht wehgetan.«

Sie war nicht sicher, ob das stimmte. Ein schmerzhaftes Gefühl der Leere pochte zwischen ihren Schenkeln, und ihr Herz fühlte sich an, als steckte ein Messer darin … Elspeth richtete sich auf, zog ihr Mieder hoch und knöpfte rasch ihre Bluse zu. Verwirrt ging sie mit dem Handrücken über ihre Augen. »Ich weiß.«

»Dann hör auf zu weinen.« Dominic stand auf und zog sie grob auf die Beine. »Du hast dich lange genug ausgeruht. Wir reiten zum Haus zurück.« Er setzte seinen Hut auf und ging zu den Pferden.

»Warum bist du böse auf mich?« rief sie ihm nach und schlang die Arme um ihren Körper, um ihr Zittern zu unterbinden. »Es ist nicht meine Schuld, daß du ohne deine Hetäre auskommen mußt.«

Dominic sagte nichts. Er band die Pferde los und führte sie auf den Pfad zurück.

»Es ist unvernünftig von dir, mir böse zu sein, weil ich mich gewehrt habe. Du bist kein Gentleman, Dominic.«

Für einen Moment blitzte Ärger in seinen kühlen Augen auf. »Da hast du recht. Ich bin kein Gentleman, ich bin ein Narr. Ich habe mich benommen wie ein Trottel, still vor mich hingeseufzt, aus Angst zu sprechen, und dich begehrt, ohne zu wagen, dich zu berühren.« Er legte seine Hände um ihre Taille und hob sie auf das Pferd. »Aber das ist vorbei, Elspeth.«

Sie schaute auf ihn hinab. Ihr langes Haar fiel ihr wir ein Schleier aus gesponnenem Gold auf die Schultern; ihre Augen waren grün wie der Fichtenwald, der sie umgab. »Was meinst du damit?« flüsterte sie verwirrt.

»Daß du mich in einen Schwächling verwandelt hast.« Er lächelte schwach. »Irgendwann im Laufe unserer Bekanntschaft habe ich aufgehört, Dominic Delaney zu sein und bin Elspeth MacGregors Laufbursche geworden. Aber das hört jetzt auf, Elspeth.«

»Ich habe nicht versucht, dich zu ändern«, entgegnete sie trotzig. »Obwohl es dir sicher nicht geschadet hätte.«

»Vielleicht brauchtest du es gar nicht zu versuchen. Mein Schuldbewußtsein dürfte dir diese Arbeit abgenommen haben. Ich dachte, ich hatte die Ketten, die mich hielten, endlich zerschlagen, aber du hast neue geschmiedet, die mich in deiner Nähe halten.« Sein Lächeln verwandelte sich, und plötzlich sah Elspeth wieder die draufgängerische, tollkühne Schönheit, die ihr schon damals, an jenem ersten Abend im Hotel, an Dominic aufgefallen war. »Es ist vorbei. Ich habe Patrick einmal gesagt, daß ich der Sohn meines Vaters bin. Daran solltest du denken, meine Süße. Dad und ich pflegen uns zu nehmen, was wir wollen. Über die Folgen machen wir uns später Sorgen.«

Er wandte sich ab und stieg in den Sattel. »Ich hätte dich jetzt nicht zu gehen lassen brauchen. Aber damit sind wir quitt. Jetzt schulde ich dir nichts mehr.« Er wendete sein Pferd.

»Das nächste Mal wirst du mir nicht entkommen. Schließ deine Tür heute abend ab. Sorg dafür, daß du keine Minute mit mir allein bist. Glaub nichts, was ich sage.« Er warf ihr über die Schulter einen spöttischen Blick zu. »Auf diese Weise wirst du dir deine Jungfräulichkeit vielleicht noch vierundzwanzig Stunden bewahren können.« Er drehte sich um und gab seinem Pferd die Sporen. »Aber das ist ziemlich unwahrscheinlich, Elspeth.«

Ramon Torres seufzte enttäuscht und steckte die lange Flinte in die Gewehrtasche zurück. Er bestieg Chiquita, wendete und trieb die Stute zu einem halsbrecherischen Galopp an. Er mußte Killara unbedingt erreichen, bevor Dominic Delaney zurückkam. Gut, daß er die Gegend inzwischen kannte! Insgeheim beglückwünschte er sich zu der klugen Voraussicht, mit der er wochenland das Gelände ausgekundschaftet hatte.

Er hätte wirklich schießen sollen, aber wie konnte er ahnen, daß Dominic aufhören würde, bevor er in die kleine *gringa* eingedrungen war? Die Enttäuschung darüber nagte noch immer an Ramon. Er hatte sich so darauf gefreut, sein Opfer beim Beischlaf zu beobachten, seine Bewegungen zu verfolgen, während Dominic nicht ahnte, wie nahe er dem Tode war und nichts wußte von der Macht, die er, Ramon, über ihn besaß. Es war eine derart lustvolle Vorstellung für Ramon, daß er ein quälendes Ziehen in seinen Lenden verspürte.

Aber dann huschte ein verschlagenes Grinsen über sein Gesicht. Vielleicht war es gar nicht so schlecht, es noch nicht getan zu haben. Dominic Delaney schien die kleine *gringa* zu begehren, und wenn es Ramon auch völlig unverständlich war, warum Dominic aufgehört hatte, als sie sich wehrte, mochte es von Vorteil für Ramons Pläne sein. Es gab keinen mächtigeren Köder auf Erden als ein läufiges Weibchen und keinen erregenderen Mord als an einem Mann, der das Leben in seiner ganzen Fülle genoß …

14

»Ich bin es leid, eine Weiße zu sein!« rief Silver, als sie in Rising Stars Zimmer stürmte. »Elspeth braucht mich jetzt nicht mehr. Ich kehre zu meinem Stamm zurück. Warum kommst du nicht mit?«

Rising Star schüttelte ernst den Kopf. »Nein, Silver. Mein Platz ist hier. Bei meinem Mann und meinem Kind.« Mit einer zärtlichen Bewegung strich sie über ihren umfangreichen Bauch.

»Dein Kind!« entgegnete Silver zornig. »Meinst du, sie würden es anders behandeln als dich und mich? Du bist blind, wenn du das glaubst.«

»Du irrst dich, Silver. Joshua würde nie zulassen, daß sein Kind wie ein Außenseiter behandelt wird«, widersprach Rising Star ruhig. »Er freut sich sehr auf das Baby.«

»Hat er dir das gesagt?«

»Nein, aber ich weiß es. Es ist ganz natürlich für einen Mann, ein Kind zu wollen. Wenn es mir schon früher gelungen wäre, ihm einen Sohn zu schenken, hätten wir weniger …« Sie brach ab. »Es wird alles besser werden, sobald das Kind geboren ist.«

»Woher willst du das wissen?« entgegnete Silver trotzig. »Wenn es nicht so ist, wirst du dann hierbleiben und mit Leuten alt werden, die auf dich herabsehen?«

»Joshua behandelt mich nicht wie sie. Wir lieben uns.«

»Was ist das für eine Liebe, bei der du von Jahr zu Jahr trauriger und stiller wirst? Joshua sollte sich endlich dafür einsetzen, daß sie dich als Mitglied der Familie anerkennen!«

Rising Star schüttelte betrübt den Kopf. »Ich kann nicht erwarten, wie eine Delaney behandelt zu werden, bis ich wirklich eine bin. Das Kind wird mir helfen. Joshua wird ...«

»Er ist so kalt zu dir«, unterbrach Silver sie zornig. »Es ist keine Verbundenheit zwischen euch zu spüren. Er wird sich nicht ändern, weil ...« Sie brach ab, als sie die Qual auf Rising Stars schönen Zügen sah, murmelte etwas und ließ sich vor ihrer Tante auf die Knie nieder, um sie in die Arme zu nehmen. »Es tut mir leid. Ich war so verärgert, daß ich nicht wußte, was ich sagte. Ich wollte dich nicht verletzen.«

»Ich weiß.« Rising Star strich Silver zärtlich über das glänzende schwarze Haar. »Aber du irrst dich, Silver. Joshua liebt mich. Es ist nicht einfach für ihn, mit mir verheiratet zu sein.«

»Wieso? Du gibst alles und nimmst nichts. Du bist so geworden, wie sie dich haben wollten. Sie wollten keine unwissende Wilde in ihrem Haus, deshalb hast du studiert und bist gelehrter geworden als sie alle miteinander. Du hast deine bequemen Indiandersachen abgelegt und trägst nun Kleider, die einengen und unnatürlich steif sind. Du sprichst leise und bist zu allen freundlich.« Silver hob den Kopf und lächelte schwach. »Sogar zu mir, die dir soviel Ärger macht.« Das Lächeln verblaßte. »Du bist eine großartige Frau, und keiner sieht es. Es wäre besser für dich, mit mir zurückzugehen. Ich würde mich auch sehr gut um dich kümmern«, versprach sie ernst.

Rising Star lachte. »Nein, Silver«, sagte sie dann ruhig, »mein Platz ist hier, bei meinem Mann. Ich liebe Joshua.«

Silver preßte die Lippen zusammen. »Wenn das Liebe ist, dann will ich nichts davon wissen. Ich werde dir zeigen ...« Sie brach ab, als ein Klopfen an der Tür ertönte. »Laß nur, ich gehe schon«, sagte sie rasch, als ihre Tante sich erheben wollte.

»Warte!« rief Rising Star besorgt. »Deine Tunika ...«

Silver schaute auf ihren halbnackten Körper herab, und ein schelmisches Lächeln erschien um ihren Mund. »Na und? Ich bin jetzt wieder eine Indianerin. Falls es Malvina oder Shamus ist, werden sie es sicher verstehen.«

»Silver, bitte ...«

Silver riß die Tür auf.

»Mein Gott, Silver, was hat das zu bedeuten?« fragte Patrick verblüfft, während er fasziniert auf ihre vollen, goldbraunen, von dunkelroten Spitzen gekrönten Brüste starrte.

»Oh!« Ihr Lächeln verschwand, und sie zog enttäuscht die Mundwinkel herunter. »Ich hatte gehofft, es wären die alte Dame oder Shamus.«

»Ich verstehe.« Patrick trat ein, nahm ihre Elchledertunika und warf sie ihr zu. »Ich verstehe nur zu gut. Aber wärst du jetzt bitte so nett und würdest mir diese Peinlichkeit ersparen?«

Silver zuckte mit den Schultern. »Das muß ich wohl.« Sie zog die Tunika über den Kopf. »Hast du Elspeth gesehen?«

Patrick nickte. »Auf der Koppel.« Sein Blick ging zu Rising Star. »Ich wollte dich nur kurz begrüßen. Wir haben uns schon mindestens eine Woche nicht gesehen.«

Rising Star lächelte erfreut. »Das ist deine eigene Schuld. Wenn du nicht ins Dorf gezogen wärst, würden wir uns jeden Tag sehen, genau wie früher.« Ihre Augen schimmerten zärtlich. »Du fehlst mir, Patrick.«

Er errötete. »Es wurde Zeit, daß ich das Haus verließ. Ich bin kein Kind mehr und ...« Er brach verlegen ab. »Wie geht es dir? Und dem Baby?«

»Dem Baby geht es gut und mir auch.« Rising Star verzog das Gesicht. »Obwohl ich froh bin, wenn alles vorüber ist. Ich bin es leid, dick und häßlich zu sein.«

»Du bist nicht häßlich«, sagte Patrick schnell.

Rising Stars Augen zwinkerten. »Du meinst, ich bin nur dick?«

»Das habe ich nicht gesagt. Es ist ganz natürlich ...«

»Daß ich dick bin«, schloß Rising Star für ihn. »Was ist los mit dir, Patrick? Ich habe es noch nie erlebt, daß dir die Worte fehlen.« Lächelnd zog sie eine Braue hoch. »War es das Wiedersehen mit Elspeth, was dich so verwirrt hat?«

Er blinzelte erstaunt. »Elspeth?«

»Nun, es wird langsam Zeit, daß du dich für eine junge Frau entscheidest. Warum versuchst du nicht ...«

»Ich muß jetzt gehen.« Er stülpte sich den Hut auf den Kopf und ging zur Tür. »Ich wollte nur sehen, wie es dir geht. Und Silver natürlich auch«, fügte er rasch hinzu.

»Selbstverständlich«, murmelte Silver spöttisch.

»Bis bald.« Die Tür fiel hinter ihm ins Schloß.

Rising Star wandte sich verwundert an ihre Nichte. »Was hat er nur? Er benimmt sich sehr merkwürdig in letzter Zeit.«

Silver starrte ihre Tante überrascht an. Es kam selten vor, daß Rising Star die Qualen nicht erkannte, die andere Menschen beherrschen mochten, aber in diesem Fall war klar, daß ihr nicht bewußt war, worunter Patrick litt. Aber es ist nicht meine Sache, sie darüber aufzuklären, dachte Silver. Rising Star hatte schon genug Probleme, ohne sich auch noch mit einer Liebe zu belasten, die sie nicht erwidern konnte. »Er ist kein kleiner Junge mehr. Du siehst ihn immer noch als das Kind, das du geliebt und unterrichtest hast. Es ist ganz natürlich, daß er sich allmählich von dir zu entfernen beginnt.«

»Das mag schon sein«, stimmte Rising Star traurig zu. »Aber er wird mir fehlen. Er war immer wie ein Sohn für mich, oder wie ein kleiner Bruder ...« Sie machte eine hilflose Handbewegung. »Wie wäre es, wenn wir einen Spaziergang machten? Ich glaube, ich brauche ein bißchen Bewegung.«

»Ja, warum eigentlich nicht?«

Dominic war bereits abgesessen und hatte Ramon sein Pferd übergeben, als Elspeth in den Hof ritt. Ohne ein Wort zu ihr oder zu Ramon, wandte Dominic sich ab und ging raschen Schritts zum Haus hinüber.

Elspeths ganzer Körper schmerzte, als sie endlich wieder auf ihren Beinen stand, und sie fragte sich, ob das je vorbeigehen mochte oder nach jedem Ritt so war.

»Du schleichst dahin wie ein Krüppel.«

Elspeth drehte sich um und sah Silver und Rising Star über den Hof kommen. »Das wundert mich nicht, Silver.« Sie öffnete die Haustür und hinkte in die Halle. »Ich begreife jetzt, warum Kutschen erfunden wurden.«

Silver lachte. »Du hättest mit mir ausreiten sollen, dann wären wir nicht so weit geritten. Nimm jetzt ein heißes Bad, und dann reibe ich dich mit einer heilenden Salbe ein. Morgen früh wirst du keine Schmerzen mehr haben.«

»Das bezweifle ich, aber ich würde dir gern glauben.« Sie schaute über die Schulter zu Rising Star zurück. »Denn ich habe den Entschluß gefaßt, mich übermorgen auf den Weg nach Kantalan zu machen. Würdest du so lieb sein, mir die versprochene Karte zu zeichnen?«

»Bist du sicher?« fragte Rising Star stirnrunzelnd.

»Ja.« Elspeth lächelte. »Und da ich die einzige bin, die nach Kantalan reisen wird, besteht keine Gefahr, daß die Prophezeiung sich erfüllen könnte. Es müssen vier Personen sein, die über die Straßen von Kantalan schreiten, nicht wahr?«

»Ja. Vielleicht hast du recht.«

»Ich brauche einen Führer.« Elspeth wandte sich an Silver. »Mein Vater sagte, die Indianer seien die besten Führer. Glaubst du, du könntest dafür jemanden finden in deinem Dorf?«

»Wozu brauchst du einen Führer, wenn ich bei dir bin?« entgegnete Silver. »Apachenmädchen werden in den gleichen Dingen ausgebildet wie die Jungen, bis sie Frauen geworden sind. Ich kann dich sicher nach Kantalan geleiten.«

»Nein, Silver, ich kann dich nicht mitnehmen. Ich bin nicht bereit, dich irgendeiner Gefahr auszusetzen.«

»Aber ich *will* dich begleiten!«

»Nein!« sagte Elspeth hart. »Wirst du mir nun einen Führer besorgen, oder muß ich nach Hell's Bluff zurückkehren, um mir dort einen zu suchen?«

»Einen besseren als mich wirst du nicht finden«, meinte Silver trotzig.

»Ich weiß«, gab Elspeth freundlich zu. »Und ich hätte auch niemanden lieber bei mir als dich. Du wirst mir fehlen, Silver.«

»Warum nimmst du mich dann nicht mit und ...«

»Nein.«

»Gut. Ich reite heute abend in mein Dorf und suche dir den besten Führer, den ich finden kann. Aber es ist ein weiter Weg. Vor morgen abend werde ich nicht zurück sein.« Silver maß sie mit einem ärgerlichen Blick. »Du bist eine sehr sture Frau.«

Elspeth wandte sich mit steifen Gliedern zur Treppe. »Ich hoffe, meine Sturheit reicht aus, mich diese Stufen hinaufzubringen.«

»Warte, ich helfe dir.« Rising Star eilte an ihre Seite.

»Ist etwas passiert?« Malvina war in der Tür zum Salon erschienen. »Hattest du einen Unfall, Elspeth?«

»Nein, ich bin nur etwas müde vom Reiten.«

Malvina lächelte nachsichtig. »Du solltest es nicht übertreiben und deine Kräfte schonen. Wir freuen uns sehr, dich bei uns zu haben. Du kannst so lange bleiben, wie du willst.«

Elspeth zögerte. »Silver reitet heute abend in ihr Dorf, um mir einen Führer zu besorgen. Ich hoffe, Killara schon übermorgen verlassen zu können.«

Malvinas Lächeln verblaßte. »Das tut mir aber leid! Wir hatten bisher kaum Zeit, uns gegenseitig kennenzulernen.«

Sie scheint aufrichtig enttäuscht zu sein, dachte Elspeth überrascht. »Vielleicht darf ich Sie noch einmal besuchen, wenn ich von meiner Reise zurückkehre«, antwortete sie freundlich. »Ich bin Ihnen sehr dankbar für Ihre Gastfreundschaft, Malvina.«

»Bist du sicher, daß du nicht länger bleiben kannst?« fragte die alte Dame bittend.

Elspeth schüttelte den Kopf. »Das ist nicht möglich.«

»Wie schade«, meinte Malvina enttäuscht. »Wenn ihr mich jetzt entschuldigen wollt – ich möchte Shamus deine Entscheidung mitteilen. Rising Star und Silver werden dir sicher Gesellschaft leisten.« Damit wandte sie sich ab und schritt eilig über den Korridor.

»Sie geht übermorgen auf diese verrückte Reise, von der Patrick uns erzählt hat.« Malvina schloß die Tür hinter sich und sah Shamus an, der in der Bibliothek am Schreibtisch saß.

»Und Dominic war gerade hier, um mir zu sagen, daß er morgen bei Tagesanbruch nach Hell's Bluff aufbricht.« Shamus lehnte sich in dem gepolsterten Ledersessel zurück. »Irgend etwas muß zwischen ihnen vorgefallen sein.«

»Aber nicht das, was wir uns gewünscht hätten. Was sollen wir jetzt tun?«

»Es wird uns schon etwas einfallen.« Shamus klappte das Rechnungsbuch zu. »Laß mich in Ruhe darüber nachdenken, Liebling.«

»Ich möchte nicht, daß er uns verläßt, Shamus«, flüsterte Malvina. »Jedesmal, wenn er Killara verläßt, habe ich Angst, daß er nicht mehr zurückkommt. Ich will nicht noch einen Sohn verlieren.«

Shamus lächelte beruhigend. »Dominic wird Killara nicht verlassen, Malvina. Und jetzt komm her zu mir und laß es uns besprechen. Es gibt nichts, was wir nicht gemeinsam regeln könnten.«

Sie durchquerte langsam den Raum und setzte sich auf einen Stuhl beim Schreibtisch. Er hatte recht, es war dumm von ihr gewesen, in Panik zu geraten. Gemeinsam würden sie auch dieses Problem lösen, wie schon so viele andere zuvor.

Shamus würde bestimmt etwas einfallen.

Es klopfte leise, aber entschieden an der Tür, und sie ging auf, bevor Elspeth Gelegenheit hatte, ›Herein‹ zu rufen.

Eine rundliche Mexikanerin Ende Dreißig stand auf der Schwelle, ein breites Lächeln im Gesicht und ein beladenes Tablett in der Hand. »Ich bin Rosa Gonzales. Señora Delaney sagte, sie wären wund vom Reiten und sollten nicht zum Essen herunterkommen. Ich habe Ihnen Suppe gebracht und ein Glas Limonade.«

Elspeth richtete sich im Bett auf und machte ein überraschtes Gesicht. »Oh, vielen Dank. Wie reizend.« Sie griff nach ihrem blauen Morgenrock und zog ihn über ihr Flanellnachthemd. »Aber es wäre nicht nötig gewesen. Ich bin nicht krank.«

Rosa trat ein und stieß die Tür mit der Schulter zu. »Es hat mir keine Mühe gemacht. Tut es jetzt weniger weh?«

Elspeth nickte. »Bevor Silver in ihr Dorf geritten ist, hat sie mich mit einer Salbe eingerieben, die den Schmerz fast ganz fortgenommen hat.« Elspeth lächelte. »Zuerst dachte ich, es sei eine Salbe aus Tierfett, aber dann roch sie doch nicht so unangenehm.«

Rosa stellte das Tablett auf einem kleinen Tisch neben dem Bett ab. »Pfefferminz und Nelken. Diese Silver versteht etwas von Kräutern. Einmal hatte ich ganz schlimme Bauchschmerzen, und sie braute mir ein Getränk, das wie tote Katze roch, aber mir die Schmerzen sofort nahm.«

»Silver ist überhaupt sehr intelligent.«

Rosa nahm die Serviette vom Tablett. »Hoffentlich ist die Suppe nicht zu heiß. Ich habe sie mit Chilischoten gewürzt.« Sie lächelte zaghaft. »Ich dachte, wenn sie Ihnen zu scharf ist, können Sie Ihren Hals mit der Limonade kühlen.«

»Ich esse gern scharfgewürzte Gerichte. Als Kind lebte ich einige Monate in Indien und habe mich dort an exotische Gewürze gewöhnt.«

Rosa wirkte erleichtert. »Das ist gut. Der Patron und die Señora möchten nämlich, daß Sie glücklich sind auf Killara. Sie wären sehr böse auf mich, wenn meine Mahlzeiten Ihnen nicht schmecken würden.«

»Oh, das Dinner gestern abend war vorzüglich!« lobte Elspeth. »Ich bin sicher, daß diese Suppe genausogut sein wird.«

Rosa lächelte wieder unsicher und ging zur Tür zurück. »Gute Nacht, Señora MacGregor.«

»Gute Nacht.« Elspeth schaute der Mexikanerin sinnend nach. Sie schien ihre Herrschaft sehr zu verehren und große Angst zu haben, ihr Mißfallen zu erregen. Ob auch die anderen Angestellten den Delaneys mit solcher Treue zugetan waren?

Nun, morgen brauchte sie sich um diese mächtige Familie keine Gedanken mehr zu machen. Elspeth schwang die Beine vom Bett und setzte sich auf die Kante, um ihre Suppe zu essen.

15

Die Treppe schien nicht enden zu wollen, und Dominic wußte, daß er morgen früh einen schrecklichen Kater haben würde. Auf diesen letzten Drink mit seinem Vater hätte er lieber verzichten sollen. Oder – was das betraf – auch lieber gleich auf den ersten. Sein Vater ließ den Bourbon so frei fließen wie seine Argumente, warum Dominic auf Killara bleiben sollte. Und wenn er jetzt nicht betrunken war, dann war er verdammt nahe daran!

Endlich erreichte er den oberen Treppenabsatz und ging mit schleppenden Schritten über den Korridor. Sein Blick ging dabei ganz automatisch zu der Tür am Ende des Ganges. Elspeths Tür.

Sicher lag sie jetzt in ihrem großen, weichen Bett, ihr helles Haar wie schimmernde Seide auf dem Kissen ausgebreitet. Er hatte sie aufgefordert, ihre Tür abzuschließen. Ob sie es getan hatte? Als er vor seinem eigenen Zimmer stehenblieb, verspürte er eine Erektion bei dem Gedanken daran, wie er die vollen Brüste an diesem Nachmittag geküßt und liebkost hatte; er dachte an ihre geröteten Wangen, ihre sinnlich-verhangenen Augen ... Was sie auch sagen mochte, sie *hatte* ihn begehrt in jenem Augenblick. Der liebe Himmel bewahre ihn vor tugendhaften Frauen. Sie alle waren Lügnerinnen, deren größtes Vergnügen darin bestand, Männer wie ihn zu quälen. Von jetzt an würde er sich auf jene Frauen beschränken, die er kannte und mit denen er umzugehen wußte.

Vielleicht war es gar nicht so schlecht, daß Dad sein Glas immer wieder nachgefüllt hatte. So war es vielleicht möglich, daß er wenigstens in dieser Nacht Schlaf fand. Falls er schlafen *wollte*. Unwillkürlich machte er einen Schritt auf Elspeths Tür zu. Warum auch nicht? dachte er unbekümmert. Der Bourbon hatte winzige Flammen in seinen Adern entzündet, und er brauchte eine Frau. Schließlich hatte er sie gewarnt, daß sie nicht sicher vor ihm war ...

Die Hand schon auf dem Türknauf, hielt er inne. Er war ein Narr. Warum zögerte er noch? Morgen würde er die Ranch verlassen und Elspeth vielleicht nie mehr wiedersehen. Warum sollte er sich nicht nehmen, was ihm so lange vorenthalten worden war? Er blieb einen Moment lang reglos stehen, mit angespannten Muskeln und heftig klopfendem Herzen. Dann sank seine Hand herab, und er ging zu seiner eigenen Tür zurück. Ja, es bestand kein Zweifel mehr. Er war ein Narr.

Er betrat sein Zimmer, ohne die Lampe auf dem Tisch neben der Tür anzuzünden. Er streifte sein Hemd ab, goß Wasser in die Schüssel auf dem Waschtisch und wusch sein Gesicht darin. Das kalte Wasser klärte seinen Kopf ein wenig, änderte jedoch nichts an dem Aufruhr, der in seinem Körper tobte. Mit geschlossenen Augen griff er nach dem Handtuch auf der Stange neben dem Waschtisch.

Ein leiser Seufzer kam von seinem Bett.

Dominics Hand verhielt in der Bewegung, dann glitt seine Hand zum Pistolengurt und zog die Waffe, während er sich gleichzeitig zu Boden warf. Dort versuchte er, in der Dunkelheit etwas zu erkennen.

Wieder das Seufzen, gefolgt von einem leisen Murmeln.

Dominic richtete sich langsam auf die Knie auf. Das Geräusch war ihm vertraut. Wie oft hatte er dieses leise Murmeln von Elspeth gehört, wenn sie schlief und träumte? Er war so verblüfft, als habe ihn tatsächlich die Kugel getroffen, mit der er gerechnet hatte. Mein Gott, war er etwa aus Versehen in Elspeths Zimmer gegangen? Nein, so betrunken war er nicht. Das hier war sein Zimmer, und das Bett, auf dem Elspeth lag, sein eigenes.

Er schob den Colt in den Halfter zurück und stand auf. Leise ging er zum Tisch und zündete die Petroleumlampe an. Seine Hand zitterte, als er die Lampe aufhob und zum Bett hinüberging.

Sie lag nackt auf der Bettdecke, ihr Haar lang und offen und schimmernd wie mit Goldfäden durchsetzt im Lampenschein. Ihre Augen waren geschlossen, ihre langen Wimpern berührten ihre zarten Wangen. Ihre rosa Lippen waren leicht geöffnet.

Dominic starrte auf sie hinab. Seine Bauchmuskeln verkrampften sich, sein Glied richtete sich auf. Ein Duft nach Pfefferminz und Nelken ging von ihrer blassen Haut aus, die im schwachen Licht schimmerte wie Elfenbein. Sie war zu ihm gekommen.

Er stellte die Lampe auf den Nachttisch, löste seinen Pistolengurt und legte ihn neben die Lampe. Das lange Warten war vorbei. Er begann sich auszuziehen, schnell und ohne den Blick von der Frau auf dem Bett zu lösen.

Hitze umgab sie, drängte sich in ihre Sinne und löste langsam die Benommenheit des Schlafs.

»Elspeth.« Dominics Stimme war weich wie Samt. »Mach die Augen auf.«

Ihre Lider waren so schwer, daß sie Mühe hatte, zu gehorchen. Sie wollte unbedingt wieder einschlafen, aber Dominic rief sie, wie er es schon so oft getan hatte, um sie den Krallen ihrer Alpträume zu entreißen. Dabei hatte sie gar nicht geträumt ... Aber so mußte es sein, denn warum sonst würde Dominic sie rufen? Ihre Lider zuckten, dann schlug sie die Augen auf.

Er war ihr ganz nahe und schaute mit verlangenden Blikken auf sie herab. Seine hellen Augen schienen zu glühen, ein sinnlicher Zug lag um seine Lippen. So hatte er schon einmal ausgesehen, erinnerte sie sich schwach, an jenem Abend, bevor sie den Abhang hinunterstürzte. Aber das war sehr lange her, hundert Alpträume zuvor, und sie wußte nicht mehr recht ...

»Nein, laß die Augen offen. Wach auf, Elspeth.«

Gehorsam schaute sie ihn an. Wie merkwürdig seine Augen schimmerten ... wie schön sie waren. »Ich bin wach.«

»Gut.« Seine Stimme zitterte ein wenig. »Denn ich bin ziemlich sicher, daß ich nicht länger warten kann. *Komm her.*« Er preßte die Lippen auf ihre Brust und ließ seine Zungenspitze über ihre rosigen Knospen gleiten. Eine heiße, alles versengende Flamme durchzuckte Elspeths Körper, sie stieß einen heiseren Schrei aus und drängte sich ihm entgegen.

»Du kannst es auch kaum noch erwarten, oder?« murmelte er. »Verrückt. Ich war verrückt, dich nicht zu ...« Seine Hand glitt über ihren Bauch und blieb auf den weichen Lokken ruhen, die das Zentrum ihrer Weiblichkeit bedeckten, während er gleichzeitig eine ihrer zarten Brustspitzen sanft zwischen die Zähne nahm.

Elspeths Herz klopfte zum Zerspringen, sie bekam kaum noch Luft, und das Blut floß wie flüssige Lava durch ihre Adern. Ein überwältigender Hunger erfaßte sie. Sie wollte mehr. Viel mehr. Sie schlang ihm die Arme um die Schultern und vergrub ihre Finger in dem weichen Haar an seinem Nacken. »Dominic, ich will ... mehr«, flüsterte sie.

Er lachte leise. »Keine Angst, das wirst du schon bekommen.« Seine Finger streichelten, liebkosten, erforschten. »Ich werde dir alles geben, was du nehmen kannst.« Er fand, was er gesucht hatte, und begann Elspeth mit gezielten Bewegungen zu reizen.

Sie zuckte zusammen unter dem Ansturm der Gefühle, die er in ihr auslöste, und plötzlich schien sich die ganze Welt um sie herum aufzulösen. Es gab nichts anderes mehr für sie als Dominics sanfte Hände und ihre empfindsamste Körperstelle, die begierig seine Zärtlichkeiten aufnahm.

Dominics Blick wich nicht von ihrem Gesicht, als wollte er jede einzelne ihrer Gefühlsregungen sehen. »Ich werde dir noch viel mehr geben, als du ertragen kannst. Und ich werde dich dazu bringen, da du mich anflehst, es zu tun.« Seine Finger begannen eine langsame, kreisende Massage.

Elspeth stöhnte leise auf und biß die Zähne zusammen. Ein Puls pochte an ihrer Schläfe, ein anderer an seinen Fingern. »Dominic!«

»Ich begehre dich schon viel zu lange«, murmelte er, als er über sie glitt. »Ich wollte mir Zeit nehmen, dich zu berühren, auf dir zu spielen wie auf einem Instrument.« Sanft spreizte er ihre Schenkel und ließ einen Finger über ihren Körper gleiten. »Wunderschön. Aber ich wußte ja, wie phantastisch du sein würdest.«

Ich müßte mich wehren, dachte Elspeth flüchtig. Es gab einen Grund, warum sie sich wehren mußte …

Dann spürte sie seinen Finger in sich eindringen.

Sie schrie auf und bog ihm hilflos ihren Schoß entgegen. Ihre Hände verkrampften sich in seinem Haar, und jeder Gedanke an Widerstand war ausgelöscht.

»Sag mir, daß du es willst«. Seine hellen Augen funkelten sie an. »Sag mir, daß du *mich* willst.«

Sein Blick ließ sie nicht los, seine Finger bewegten sich in einem aufreizenden Rhythmus in ihr. Elspeths Hals war sie zugeschnürt, sie brachte kein Wort heraus.

»Sag es.«

»*Ja!* O ja …«

Sein Daumen übte leisen Druck auf ihre empfindsamste Stelle aus. »Sag es richtig.«

Elspeth warf den Kopf zur Seite und biß sich auf die Lippen, um nicht aufzuschreien. »Ich will dich ... alles von dir.«

»So ist es.« Sein Streicheln wurde sanfter, aber der Blick in seinen Augen war so heiß, daß er sie zu versengen drohte. »Und so wird es bleiben. Ich werde dich auf jede nur mögliche Art besitzen, nur um dann von neuem zu beginnen. Ich werde dich so verrückt machen, daß du nichts anderes mehr willst, als dich mir hinzugeben.« Seine Brust hob und senkte sich vor Erregung, und Elspeth sah den Puls an seiner Schläfe zucken.

Dominic hockte sich auf die Knie und deutete auf sein heißes, steifes Glied. »Siehst du? So geht es immer, wenn ich dich sehe, wenn ich an dich denke oder einfach nur im gleichen Zimmer mit dir bin.« Er nahm ihre Hand und führte sie zu sich.

Warme, seidenglatte, brennendheiße Haut. Unbewußt schlossen sich ihre Finger um ihn.

Dominics Gesicht verzerrte sich, er warf den Kopf zurück. *»O Gott!«*

Seine Nasenflügel bebten. »Laß mich los, Liebling. Ich kann das jetzt nicht ertragen. Später.«

Widerstrebend gab sie ihn frei. Wie schön. Alles an Dominic war wunderschön.

Seine Wangen waren vor Leidenschaft gerötet, als er auf Elspeths enttäuschtes Gesicht herabblickte. »Gefalle ich dir?« flüsterte er mit halbgeschlossenen Liedern. »Begehrst du mich?«

Elspeth nickte und starrte hilflos zu ihm auf.

Er spreizte sanft ihre Schenkel. »Hier?«

Er wußte es. Dominic wußte etwas, was ihr noch unbekannt war. Sie sah es in seinem Gesicht, spürte es in der Wärme seiner Hand. Er wußte, wie er ihren rasenden Hunger stillen konnte. »Ja«, flüsterte sie heiser.

»Hab keine Angst, ich werde dir nicht wehtun«, sagte er zärtlich, bevor er ihren Körper in Besitz nahm. Elspeth riß die Augen auf, als sie spürte, wie er die Leere in ihr ausfüllte. Auf seinem Gesicht erschien ein Ausdruck wilder Lust, dann schloß er die Augen und umfaßte ihre Brüste. »Du bringst mich um«, stöhnte er. »Du bist so eng. So wahnsinnig eng.«

War das schlecht? Es kam ihr nicht so vor, denn sonst hätte er sich doch sicher zurückgezogen, oder? Statt dessen drang er immer tiefer in sie ein. Es tat ein bißchen weh, aber der Schmerz ging unter in dem überwältigenden Lustgefühl, das seine Bewegungen in ihr auslösten.

Plötzlich brach er ab und schaute Elspeth an. Ein merkwürdiges Glitzern stand in seinen Augen. Er zitterte, ein Erschauern ging durch seinen Körper. »Jetzt.« Er ließ sich langsam auf sie sinken. »Laß dich küssen, Elspeth. Nimm mich ganz in dir auf.«

Ihr Blick lag wie gebannt auf seinem Gesicht. Nichts anderes existierte mehr in diesem Raum, als Dominics vor Leidenschaft gerötetes Gesicht und sein Körper, der eins mit ihr geworden war.

»Komm …« Sie vergaß, was sie sagen wollte, als er sie küßte, noch tiefer in sie eindrang und damit die allerletzte Barriere zwischen ihnen zerstörte.

Der Schmerz, der sie dabei durchzuckte, war so scharf, daß sie nach Luft schnappte und einen lauten Schrei ausstieß.

Dominic hob den Kopf und schaute sie betroffen an. »Es ist vorbei. Habe ich dir weh getan?«

»Ja. Aber das ist nicht wichtig.« Sie lächelte ihn an und stützte sich auf die Ellbogen, um ihre Körper zu betrachten, die endlich eins geworden waren. Wie perfekt sie zueinander paßten – fast wie bei der Statue, die sie in Indien gesehen hatte. Sie ließ sich langsam zurücksinken. »War das wirklich alles? Es scheint … etwas zu fehlen.«

Dominic bewegte sich ganz sacht in ihr. »Ich meinte, daß der Schmerz vorüber ist.« Wieder bewegte er sich und lächelte entzückt, als sie unterdrückt aufstöhnte und die Augen schloß. »Das ist es, Elspeth, was du suchtest, als du zu mir gekommen bist.«

Sie erwiderte nichts, umklammerte nur seine Schultern, als er mit immer schnelleren Bewegungen noch weiter das Feuer anfachte, das in ihnen beiden brannte. Elspeth verlor jegliches Gefühl für Wirklichkeit, sie war wie im Fieber. Doch die verzehrende Hitze, die sie erfüllte, war kaum noch zu ertragen, und Elspeth hatte das Gefühl, vor einem Ausbruch zu stehen wie der Vulkan über Kantalan.

»Elspeth!« flüsterte Dominic rauh. Winzige Schweißtröpfchen erschienen auf seiner Stirn und seiner Brust. »Du gehörst mir.« Ganz unvermutet brach er mitten in der Bewegung ab. »Sag es!« keuchte er.

Elspeth ahnte ganz instinktiv, was er wollte. »Ich gehöre dir«, flüsterte sie.

»Für immer?«

»Für immer.«

Jetzt nahm er seine Bewegungen wieder auf, preßte Elspeth an sich und schien eine noch innigere Vereinigung zu suchen.

Tränen liefen über ihre Wangen. Die Welt bebte, die Spannung wuchs ins Unerträgliche, als seine kräftigen Stöße immer heftiger, immer erregender wurden. Es war ein so überwältigendes Gefühl, so unerträglich schön, daß Elspeth glaubte, sterben zu müssen. Aber wenn *das* Sterben war, würde sie willig in den Tod gehen ... Wovor hatte sie dann Angst gehabt?

Das Kind, war die Antwort. Das war es, was sie die ganze Zeit befürchtet hatte – die Möglichkeit, dem Kind zu schaden.

»Dominic.« Sie befeuchtete nervös ihre Lippen. Das Sprechen fiel ihr schwer, aber es mußte sein. »Das Kind.«

Anfangs glaubte sie, er habe sie nicht gehört. Er behielt seinen Rhythmus bei, und auch sein verzückter Gesichtsausdruck veränderte sich nicht. Doch dann schaute er auf sie herab und schüttelte den Kopf, als wollte er seine Gedanken klären. »Was?«

»Das Kind. Was ist, wenn ...«

»Pst!« Er legte ihr zärtlich einen Finger auf die Lippen,

und ein liebevolles Lächeln verklärte sein Gesicht. »Mein Kind«, sagte er rauh. »Glaubst du, ich wüßte nicht für mein Kind zu sorgen?«

Ja, Dominic würde es lieben und schützen wie Killara. Er würde nicht zulassen, daß sein Kind gedemütigt oder verletzt wurde. »Ja.« Sie schloß die Augen und empfand ein wildes Glücksgefühl. »Doch, das weißt du sicher, Dominic.«

Die Zärtlichkeit, die ihn erfaßte, dämpfte ein wenig seine Erregung. »Du hast mein Versprechen, Elspeth.« Er küßte ihre Lippen so unglaublich sanft, daß es sie mehr erschütterte als die körperliche Vereinigung mit ihm. »Zufrieden?«

Als sie nickte, nahm er seine Bewegungen wieder auf. Mit einem leisen Aufstöhnen umfaßte Elspeth seine Schultern.

»Elspeth, ich glaube ...« Seine Augen waren verhangen, seine Stimme nur ein rauhes Flüstern. Er bewegte sich noch schneller, und die Welt verschwamm vor ihren Augen, löste sich auf und verwandelte sich in eine brennendheiße Flamme, die sie zu verzehren drohte. »*Nimm* mich auf, Elspeth.«

Was meinte er damit? Er war doch schon auf innigste Weise mit ihr vereinigt, war ein Teil von ihr. Dann begriff sie, was er meinte, und wurde von einer Ekstase erfaßt, die ihr beinahe das Bewußtsein raubte.

»Oh!« stöhnte Dominic erstickt und rang nach Atem. Er wollte Elspeth noch nicht verlassen, wollte sie nie mehr verlassen. Aber wenn er es nicht tat, würde er auf ihr zusammenbrechen. »Der verdammte Bourbon.« Er löste sich sanft von ihr und zog sie in seine Arme. Seine Lippen streiften ihre Schläfe. »Ist dir kalt?«

»Nein«, antwortete sie mit belegter Stimme, und er merkte, daß sie schon halb eingeschlafen war.

Besitzergreifend legte er seine Hände um ihre Brust. Er begehrte sie noch immer, oder *schon wieder*, stellte er zu seiner Überraschung fest. Weder der Bourbon noch seine Müdigkeit konnten daran etwas ändern. Dominic erinnerte sich nicht, je ein derart beständiges Verlangen nach einer Frau empfunden zu haben ...

Elspeth wachte in Dominics Armen auf. Seine großen Händen ruhten auf ihren Brüsten, sein langer, kräftiger Körper an ihrem Rücken. Als sie sich an die Geschehnisse der Nacht erinnerte, versteifte sie sich unwillkürlich und schloß beschämt die Augen. Vielleicht war alles nur ein Traum gewesen. Vielleicht war Dominics Anwesenheit in ihrem Bett auch nur ein Traum.

Er bewegte sich. Sein Atem streifte ihr Ohr, seine Hände umfaßten ihr Brüste. Wenn das ein Traum sein soll, dann muß es ein sehr lebhafter sein, dachte Elspeth ergriffen.

Aber nein, es *war* kein Truam. Dominic hatte sie gewarnt, doch sie hatte seine Worte nicht ernstgenommen. Und nun war sie ein gefallenes Mädchen! Komisch, daß sie sich gar nicht anders fühlte als sonst! Kein Schuldbewußtsein, kein Gefühl, gesündigt zu haben, belastete ihre Seele. Nur der leise Schmerz zwischen ihren Schenkeln mochte eine Strafe für ihre nächtlichen Sünden sein ...

Eine warme, feuchte Zunge streifte ihr Ohr, und sie öffnete überrascht die Augen.

»Dreh dich um.« Dominics Stimme klang rauh vom Schlaf. »Du hast einen herrlichen Rücken, aber ich mag es lieber von ...«

»Braun«, sagte Elspeth verwirrt, als sie den Baldachin über ihrem Kopf und die Vorhänge an den Fenstern sah. »Warum ist alles braun?«

»Keine Ahnung«, murmelte Dominic, während er sanft an ihren Brustspitzen zupfte. »Ich glaube, meine Mutter mag die Farbe. Dreh dich um, Elspeth.«

Sie schüttelte seine Hände ab und rollte sich von Panik ergriffen auf die andere Bettseite. »Nein, ich wollte nicht ...« Sie brach ab und richtete sich auf. Ein scharfer Schmerz durchzuckte ihren Kopf. »Dominic, ich habe furchtbare Kopfschmerzen.«

»Ich auch, aber das ist im Moment nicht mein größtes Problem.« Sein Blick ruhte auf ihren vollen Brüsten. »Komm her, dann wird es gleich besser.«

Sie warf ihm einen empörten Blick zu. »Hast du überhaupt kein Mitgefühl? Zuerst verführst du mich, dann trägst du mich in dein Zimmer, damit alle von meiner Schande erfahren. Und jetzt erwartest du auch noch, daß ich mich dir willig unterwerfe. Glaub nur nicht, ich hätte alle Scham verloren, bloß weil ich nun ein gefallenes Mädchen bin.«

Leiser Ärger flackerte in seinen dunklen Augen. »Elspeth, ich habe heute morgen keinen Sinn für derartige Scherze. Mein Kopf fühlt sich an, als wäre er unter einen Pferdehuf geraten. Ich dachte, du hättest aufgehört, zu lügen. Komm her und gib mir endlich, was ich brauche, bevor ich mich vergesse und weniger sanft mit dir umgehe.«

»Sanft? Du warst nicht …« Sie brach ab. Es hatte weh getan, aber sie konnte nicht abstreiten, daß er sanft gewesen war. Ihre Wangen färbten sich scharlachrot, als sie an ihre Vereinigung dachte. »Nun, selbst wenn du es warst, macht es keinen Unterschied. Du hast mich gezwungen.«

»Gezwungen?« entgegnete er mit drohendem Unterton. »Daran kann ich mich nicht erinnern. Du bist zu mir gekommen, weil du genau das wolltest, was wir gestern nacht getan haben. Ich hätte dich nicht für eine solche Heuchlerin gehalten.«

»Ich bin nicht zu dir gekommen. Glaubst du, du könntest deine Ausschweifungen entschuldigen, indem du behauptest, ich sei zu *dir* gekommen? Sie sprang auf und blickte sich verzweifelt nach ihrem Morgenrock und Nachthemd um. Als sie beides nicht entdecken konnte, schnappte sie sich die Bettdecke und hielt sie schützend vor ihren Körper. »Warum gibst du nicht zu, daß du in mein Zimmer geschlichen bist und meine Erschöpfung ausgenutzt hast, um mich hierherzutragen und dir gefügig zu machen?«

Dominic richtete sich verdattert auf. »Bist du verrückt? Warum sollte ich so etwas tun? Ein Bett ist so gut wie das andere.« Mit spöttischem Lächeln fügte er hinzu: »Jedenfalls für einen Wüstling wie mich.«

Elspeth strich sich mit zitternden Fingern übers Haar. Ihr Kopf schmerzte so stark, daß sie keinen klaren Gedanken fassen konnte. »Woher soll ich wissen, warum du es getan hast? Was hast du mit meinem Nachthemd gemacht?«

Dominic grinste sie an. »Ich habe es verbrannt, weil ich beabsichtige, dich in meinem Zimmer einzusperren, um meine Gelüste an deinem tugendhaften Körper zu befriedigen, so oft es mich danach verlangt. Was kannst du von einem Wüstling anderes erwarten?«

Elspeth machte große Augen. »Das ist doch nicht dein Ernst!«

»Aber sicher. Warum sollte ich nicht ...« Er brach ab, weil er plötzlich eine unerwartete Zärtlichkeit für sie empfand. »Nein, ich meinte es nicht ernst, Elspeth. Ich weiß nicht, wo deine Sachen sind. Erinnerst du dich nicht, wo du sie hingelegt hast?«

»Wie sollte ich? Du hast mich doch ausgezogen«, entgegnete sie mit zitternden Lippen. »Verspotte mich bitte nicht, Dominic. Sag mir, wo mein Morgenrock ist, damit ich in mein Zimmer zurückkehren kann.«

Er musterte sie prüfend. Aber sie schien völlig aufrichtig zu sein und jedes Wort, das sie sagte, auch zu glauben. Er hingegen hatte in der vergangenen Nacht eine Menge Bourbon getrunken und vielleicht tatsächlich getan, was sie ihm vorwarf ...

Nein, unmöglich, dachte er sofort, dafür erinnerte er sich zu genau an jede Einzelheit. Er sah sie jetzt noch vor sich, wie sie sich an ihn schmiegte, so nachgiebig und zärtlich, wie er sie noch nie erlebt hatte ...

Mein Gott – war es möglich, daß sein Vater zu so etwas fähig war?

Dominic schnappte nach Luft, als er sich erinnerte, wie freigiebig Shamus abends den Whiskey eingeschenkt hatte. »Dieser verdammte Schuft!« Er sprang auf und begann sich schnell anzuziehen. »Hast du gestern abend etwas getrunken?«

Sie starrte ihn verwundert an. »Ja, ein Glas Limonade zur Suppe.«

»Du warst nicht zum Dinner unten. Meine Mutter sagte, sie hätte dir ein Tablett geschickt.« Er zog die Stiefel an. »Wer hat es dir gebracht?«

»Rosa. Ich fand es sehr nett von ihr.«

»O ja, ausgesprochen *nett*. Steh nicht so herum. Zieh dir etwas an.«

»Was?«

»Schau in der Kommode nach. Meine Mutter haßt es, Kleidungsstücke herumliegen zu sehen.«

Und tatsächlich lagen Elspeths Nachthemd und ihr blauer Morgenrock ordentlich zusammengefaltet in einer Schublade. Elspeth betrachtete sie verblüfft, bevor sie das Nachthemd herausnahm und über den Kopf zog. »Deine Mutter half dir, mich auszuziehen? Ich kann einfach nicht glauben, daß eine anständige Frau sich zu so etwas herabläßt.«

»Die Vorstellungen meiner Mutter über Anstand richten sich ausschließlich nach ihrer Liebe zu meinem Vater. Ich weiß nicht, ob sie etwas damit zu tun hatte oder nicht, aber die Möglichkeit besteht.« Er wusch sich rasch das Gesicht. »Bring mir ein Hemd.«

Elspeth gehorchte widerspruchslos. Dann sagte sie: »Ich gehe jetzt in mein Zimmer und bleibe dort, bis du Killara verlassen hast.«

»Kommt nicht in Frage.« Seine Augen glitzerten kalt, als er das Hemd überstreifte und zuknöpfte. »Mein liebender Vater hat für eine Änderung unserer Pläne gesorgt.«

Er steckte das Hemd in die Hose, packte Elspeths Handgelenk und zog sie zur Tür. »Komm mit.« Mit grimmiger Miene marschierte er über den Korridor, ohne den Griff um Elspeths Hand zu lockern.

»Wo willst du hin?« fragte sie und stolperte fast, als sie versuchte, mit ihm Schritt zu halten.

»Ich habe meinem Vater etwas zu sagen.«

»Dann tu es, aber laß mich bitte in mein Zimmer gehen!«

Er erwiderte nichts und begann sie die Treppe hinunterzuziehen.

»Ich bin nicht angezogen.«

»Ich versichere dir, daß es meinen Vater nicht stören wird.«

Als sie die Eingangshalle erreichten, trat Shamus aus der

Bibliothek. »Guten Morgen, Dominic«, sagte er lächelnd. Seine Miene verriet eine Spur von Überraschung, als er Elspeths Aufzug sah, aber dann lächelte er strahlend. »Du siehst einfach bezaubernd aus, Elspeth. Ich fand langes Haar bei einer Frau schon immer faszinierend.«

»Danke«, erwiderte sie benommen. »Sehr freundlich.«

»Freundlich!« Dominic lachte rauh. »Mein Gott, hast du immer noch nicht begriffen, was sie dir angetan haben? Du bist der Köder, meine Liebe, die *bezaubernde* Kette, mit der sie mich an Killara binden wollen.« Er wandte sich seinem Vater zu. »Ist das richtig, Dad?«

Shamus' Gesicht nahm einen wachsamen Ausdruck an. »Was soll das heißen?«

»Was es heißen soll? Daß ihr Elspeth gestern abend irgend etwas in die Limonade getan und sie in mein Bett gelegt habt«, entgegnete Dominic grimmig. »Mein Gott, wie konntet ihr so ... ich habe sie hergebracht, um sie zu beschützen!«

Shamus' Augen wurden groß, dann schmal, während er Dominic und Elspeth prüfend musterte. »Darf ich daraus schließen, daß du ... die Gunst der jungen Dame genossen hast? Das ist ein ernstes Thema, Dominic. Du bist dir doch hoffentlich im klaren darüber, daß du sie jetzt nicht einfach verlassen und deiner Wege gehen kannst?« Mit leiser, einschmeichelnder Stimme fügte er hinzu: »Warum bleibst du nicht und benimmst dich wie ein Ehrenmann?«

»Ich will verdammt sein, wenn ich mich von euch zu dergleichen zwingen lasse!«

»So?« entgegnete Shamus ruhig. »Dann willst du sie also gehen lassen? Damit sie das Bett eines anderen, glücklicheren Mannes wärmt?«

Dominic umklammerte Elspeths Handgelenk beinahe schmerzhaft. »Verdammt, Dad, diesmal bist du zu weit gegangen!«

»Das stimmt«, gab Elspeth leise zu. »Aber du auch, Dominic.« Sie entzog ihm ihre Hand. »Haben Sie ein Schlafmittel in meine Limonade gegeben, damit ich fester schlief, Mister Delaney?«

Shamus schüttelte den Kopf. »Nein, meine Liebe.« Er seufzte betrübt. »Es tut weh, wenn der eigene Sohn an der Ehre seines Vaters zweifelt.«

»Und dann hat mich jemand in Dominics Zimmer getragen und ausgezogen?«

Shamus nickte. »Das behauptet Dominic. Aber all das ist nicht mehr wichtig, Elspeth. Wir müssen jetzt das Unrecht wiedergutmachen, das dir zugefügt worden ist.«

Nicht mehr wichtig? Unglaublich. Der Mann war unglaublich. »Und bestimmt haben Sie auch dafür gesorgt, daß Dominic zuviel trank, damit er nicht merkte, daß ich anders war als sonst?«

»Ich gebe zu, daß ich für Dominics Zustand verantwortlich bin. Aber ich hoffe, der Alkohol hat ihm nicht die Kraft genommen, Sie glücklich zu machen.« Er warf Dominic einen amüsierten Blick zu. »Man muß schon ein Bulle von Mann sein, um eine Frau befriedigen zu können, wenn man zuviel getrunken hat. Vielleicht ist er doch nicht wie sein Vater.«

Elspeth spürte, wie ihr das Blut in die Wangen schoß, aber diesmal vor Zorn, nicht vor Scham. Sie trat empört zurück. »Sie haben mich *benutzt*. Wie konnten Sie es wagen, einem Gast so etwas anzutun – in Ihrem eigenen Haus? Sie haben mich entehrt und wie eine Hure behandelt.« Dann wandte sie sich an Dominic. »Du bist auch nicht besser. Weißt du, wie es einer Frau ergeht, die ihren guten Ruf verloren hat? In Hell's Bluff habe ich eine Ahnung davon bekommen. Es ... es tut sehr weh.« Sie drängte ihre Tränen entschlossen zurück. »Du hast gestern nacht an nichts anderes als dein eigenes Vergnügen gedacht. Ich war hilflos und verwirrt, aber du hättest es verhindern können.«

»So?« Dominic lächelte wehmütig. »Du irrst dich, Elspeth. Nachdem ich dich gesehen hatte, gab es keinen Weg zurück. Dad kennt mich sehr gut.«

»Weil ihr beide selbstsüchtig und schlecht seid ...« Sie drehte sich ganz unvermutet um und hastete die Treppe hinauf. Im Gehen rief sie ihnen zu. »Ihr verdient beide, ausgepeitscht zu werden! Ich bleibe keine Minute mehr auf eurem kostbaren Killara.«

Die beiden Männer blieben schweigend stehen, bis sie Elspeths Zimmertür zuschlagen hörten.

»Ich glaube, sie ist etwas verärgert«, sagte Shamus milde. »Du solltest zu ihr gehen und sie beruhigen.«

»Gleich.« Dominic maß seinen Vater mit einem harten Blick. »Vorher möchte ich eins klarstellen. Sie hat recht, Dad, wir haben sie beide nur ausgenutzt. Aber du hast versucht, auch mich zu benutzen, und das habe ich nicht gern, Dad.« Seine Stimme wurde leiser. »Oh, du bist schlau, das weiß ich, aber du wirst längst nicht alles erreichen, was du willst. Du hast deine Ketten geschmiedet, aber sie werden mich nicht auf Killara halten. Weißt du, was ich tun werde? Ich gehe auf Schatzsuche, und wenn ich mit dem Gold zurückkomme, werde ich die Hypothek abzahlen und entscheiden, ob ich dir gestatte, hierzubleiben oder nicht. Und du wirst nichts, aber auch gar nichts an meinem Entschluß ändern können.«

Shamus schüttelte den Kopf. »Patrick hat uns von Elspeths Plänen erzählt. Aber du glaubst doch nicht etwa, daß es dieses Kantalan wirklich gibt?«

»Das werde ich feststellen.« Dominic lächelte kühl. »Und wenn Kantalan nicht existiert, finde ich einen anderen Weg, um meine Pläne zu verwirklichen. Ich könnte einen Zug ausrauben oder mich den *bandidos* in Mexiko anschließen oder ...«

»Damit ich für eine weitere Begnadigung bezahlen kann!« warf Shamus grimmig ein. »Bist du verrückt geworden?«

»Ja, ich glaube schon. Verrückt und in die Enge getrieben. Und das gefällt mir gar nicht, Dad.«

Shamus schaute vielsagend zur Treppe. »Du wirst merken, daß es gewisse Entschädigungen für den Verlust deiner Freiheit gibt, falls du dich dazu entschließen solltest.«

»Selbstverständlich«, sagte Dominic schroff. »Vielleicht bin ich dir doch nicht so ähnlich, wie ich dachte. Ich mache keine Hure aus Elspeth und schicke sie dann fort.«

Shamus zog die Brauen hoch. »Wirklich? Patrick sagte, genau das hättest du ursprünglich vorgehabt. Du mußt dich sehr verändert haben.«

Dominic wandte sich ab. »Elspeth ist anderer Ansicht. In ihren Augen bin ich des Teufels liebstes Kind.« Er begann die Treppe hinaufzugehen. »Wer weiß, vielleicht hat sie sogar recht. Schick jemanden ins Dorf und laß Pater Benedict holen. In zwei Stunden will ich ihn in der Kapelle sehen.«

»Du willst sie heiraten?«

»Ja. Und wenn ich sie gefesselt und geknebelt vor den Altar schleppen muß!«

Shamus nickte lächelnd. »Ich mag Elspeth, und es tut mir aufrichtig leid, was ihr in meinem Haus zugestoßen ist.« Er zögerte. »Aber ich hatte nichts damit zu tun, Dominic, obwohl ich zugeben muß, daß ich sehr erfreut über das Ergebnis bin. Ich habe noch nie zu solchen Mitteln greifen müssen, um meinen Willen durchzusetzen.« Er lächelte verschmitzt. »Doch ich kann verstehen, warum du auf die Idee gekommen bist. Ich würde so ziemlich alles tun, um jemanden zu schützen, den ich liebe.« Er machte eine Pause, um dann rauh hinzuzufügen: »Wie dich, Dominic.«

»Das weiß ich«, gab Dominic müde zu. Er wußte nicht mehr, was er glauben sollte. Sein Vater würde rauben, brandschatzen und vielleicht sogar töten, wenn er damit seine Familie schützte. Aber Shamus hatte ihn noch nie belogen, und ein derart hinterhältiges Vorgehen war nicht seine Art. »Wenn du es nicht warst, Dad, wer war es dann?«

»Keine Ahnung, aber ich werde es herausfinden.« Shamus preßte grimmig die Lippen zusammen. »Niemand tut so etwas einem Gast auf Killara an. Verlaß dich darauf, daß ich Rosa nach der Trauung einige unangenehme Fragen stellen werde.«

»Tu das«, stimmte Dominic zu. »Aber im Moment ist Elspeths Schutz viel wichtiger. Wir reisen sofort nach der Trauung ab. Ich glaube ohnehin nicht, daß Elspeth unter den gegebenen Umständen noch länger bleiben will. Wir brauchen zwei Packesel. Sag Ramon, er solle mein Pferd satteln und die graue Stute, mit der Elspeth gestern ausgeritten ist.«

»Sonst noch etwas?« erkundigte Shamus sich spöttisch. »Ich würde dir raten, zu warten, bis du mit deinen Satteltaschen voller Gold zurückkommst, bevor du mir Befehle gibst, Dominic.«

»Warte!« Dominic blieb oben auf der Treppe stehen und schaute Shamus drohend an. »Ich hoffe zu Gott, daß du die Wahrheit sagst, denn wenn nicht, werde ich eine Möglichkeit finden, dich zu strafen, Dad. Hast du mich verstanden?«

Shamus machte eine empörte Geste, doch dann lächelte er. »Oh, selbstverständlich, Dominic. Wer könnte dich besser verstehen als ich?«

16

Elspeth packte, als Dominic in ihr Zimmer kam. »Ich wünsche nicht mit dir zu sprechen«, sagte sie, ohne ihn anzusehen.

Er trat hinter sie und umfaßte ihre Schultern. »Sei bitte vernünftig, ich muß dir etwas sagen.«

»Was könntest du mir schon zu sagen haben? Es ist alles vergeben und vergessen, Dominic. Ich will nur noch fort«, sagte sie leise.

»Ich kann verstehen, daß du böse bist. Aber hast du auch daran gedacht, was aus unserem Kind wird, wenn du jetzt fortgehst?«

Elspeth drehte sich abrupt um und schaute ihn mit großen Augen an.

»Ich habe dir gestern nacht versprochen, mich um unser Kind zu kümmern«, sagte er ernst. »Hindere mich bitte nicht an der Erfüllung dieses Versprechens.«

Sie befeuchtete nervös ihre Lippen. »Bist du sicher, daß ich ein Kind bekommen könnte? Es ist doch sehr unwahrscheinlich, daß ich für eine einzige Sünde so hart bestraft werden soll.«

Wieder fühlte er überwältigende Zärtlichkeit in sich erwachen – und noch ein anderes Gefühl, das er jedoch nicht zu definieren wagte. »Es war keine Sünde«, widersprach er sanft. »Und wenn, dann geht sie auf mein Konto. Im übrigen hast du recht – es muß nicht sein, daß du gleich beim ersten Mal mein Kind empfängst. Aber ich glaube, das Risiko können wir nicht eingehen, oder? Du möchtest doch keinen Bastard zur Welt bringen?«

Elspeth zuckte zusammen. »Nein. Das wäre ...« Sie drängte ihre Tränen zurück. »Es wäre schrecklich für das Kind.«

»Dann ist es unsere Pflicht, dafür zu sorgen, daß alles in Ordnung kommt, nicht wahr?«

Sie nickte stumm.

»Du mußt mich heiraten, Elspeth.«

»Muß ich das?«

Er nickte. »Ich habe Pater Benedict bestellt. Wir werden gleich in unserer Kapelle getraut. Und sollten wir ein Kind haben, wird es keine üble Nachrede geben.«

»Könnten wir nicht warten? Vielleicht bin ich gar nicht schwanger. Du hast gesagt ...«

»Ich habe gesagt, es *muß* nicht sein – aber es wäre möglich.« Ein grimmiger Zug erschien um seinen Mund. »Ich habe eine unsichere Zukunft vor mir, Elspeth, und möchte dich nicht unverheiratet zurücklassen, falls mir etwas zustößt.«

Ein kalter Schauer erfaßte sie. Tot. Er meinte, er könnte tot sein, bevor sein Kind zur Welt kam. Der Gedanke löste ein Gefühl der Panik in ihr aus. »Dominic, ich will dich nicht ...«

»Ich weiß, daß du mich nicht heiraten willst. Verdammt,

Elspeth, welche Frau würde schon freiwillig ihr Leben mit meinem verbinden wollen? Aber es wird nur für kurze Zeit sein. In ein paar Wochen wissen wir, ob du mein Kind unter dem Herzen trägst, und sollte es nicht der Fall sein, veranlasse ich, daß du von mir geschieden wirst.«

»Geschieden«, wiederholte sie schockiert. Zuerst ein gefallenes Mädchen – und dann eine geschiedene Frau, dachte sie beschämt. Eins war fast so schlimm wie das andere. »Und wenn ich ein Kind erwarte?«

Ein Schatten huschte über sein Gesicht. »Dann kann ich dir keine Scheidung versprechen. Du weißt, wie besitzergreifend wir Delaneys sind.« Er trat zurück. »Es ist ein Risiko, das wir beide einsehen müssen.«

»Ich weiß nicht«, flüsterte Elspeth verwirrt.

»Verdammt!« rief Dominic ungeduldig. »Glaubst du etwa, ich wollte dich heiraten? Ich bin kein Gentleman, da hast du ganz recht. Aber ich bin auch kein Schuft, der seine Schulden nicht bezahlt. Ich habe dir etwas genommen, was ich dir nicht zurückgeben kann, aber ich kann dir dafür meinen Namen bieten und den Schutz, den er erfordert.« Er wandte den Blick ab. »Und ich verspreche dir, dich nicht noch einmal anzufassen. Wenn wir Glück haben und die Sache ohne Folgen für uns abgeht, wäre ich ein Narr, meine Freiheit erneut aufs Spiel zu setzen.«

Warum war er so brutal? Natürlich will er mich nicht heiraten, dachte Elspeth niedergeschlagen. Die gemeinsame Nacht bedeutete nicht mehr für ihn als ein kurzer Augenblick unbeherrschter Lust. Jede andere Frau wäre ihm dazu auch recht gewesen.

»Wir haben keine andere Wahl, Elspeth«, sagte Dominic etwas freundlicher. »Und ich verspreche dir, daß wir gleich nach der Trauung nach Kantalen aufbrechen werden.«

Ihre Augen weiteten sich vor Überraschung. »Du willst mich begleiten?«

Er nickte lächelnd. »Wie sollte ich sonst erfahren, ob ich einen Nachkommen habe?« Er wandte sich ab. »Wir nehmen zwei Packesel mit. Wenn Kantalan wirklich existiert, werden dort auch Schätze zu finden sein. Und niemand braucht in diesem Augenblick dringender eine Truhe Gold als Killara.« Er ging zur Tür. »Deshalb beladen wir die Tiere nur mit dem Nötigsten. Alles, was nicht in eine Satteltasche paßt, hat hierzubleiben.« Er öffnete die Tür.

»Glaubst du wirklich, daß Kantalan existiert?« fragte Elspeth leise.

Dominic schwieg einen Moment. »Ja«, sagte er ruhig. »Ich glaube es. Wahrscheinlich habe ich es schon immer geglaubt.«

Elspeth starrte auf den Altar und dachte, was für eine ungewöhnliche Braut sie war in ihrem Reitdreß und dem weißen Spitzenschleier, den Rising Star in ihrem Haar befestigt hatte, bevor sie die Kapelle betraten.

Dann hatte sie Elspeth auf die Wange geküßt und ihr zugeflüstert: »Bist du glücklich über diese Heirat? Es kam alles sehr plötzlich, finde ich. Kann ich dir irgendwie helfen?«

Glücklich? Elspeth wußte selber nicht, was sie in diesem Augenblick empfand. »Nein, Rising Star, du kannst nichts für mich tun«, flüsterte sie zurück.

»Bist du bereit?« Es war Dominics leise Stimme. »In einer Minute ist alles vorbei.«

Elspeth holte tief Atem. »Ja. Es ist nur alles ... so ungewohnt.«

Er zwinkerte ihr verstohlen zu. »Ich erlebe es auch zum erstenmal, keine Sorge.« Er nahm ihre Hand, und Elspeth fühlte sich auf seltsame Weise beruhigt und getröstet. Sie hob den Kopf und schaute ihn dankbar an, doch da sah sie etwas in seinem Blick, das ihr den Atem stocken ließ. Etwas Fremdes, Unbekanntes ... und doch so wunderbar, daß sie vor Glück zu atmen vergaß.

»Elspeth, ich ...«

Doch nun drehte sich der Priester zu ihnen um. »Kniet nieder.«

Elspeth wandte verwirrt ihren Blick von Dominic ab, beinahe verärgert über die Unterbrechung dieses intimen Blickaustauschs, der zwischen ihnen stattgefunden hatte. Sie rühte sich nicht.

»Wir müssen niederknien«, flüsterte Dominic ihr lächelnd zu. »Zusammen.«

Zusammen. Was für ein schönes Wort, dachte sie verträumt. Es beinhaltete Kraft und Kameradschaft, eine Verbindung von Geist und Körper, Herz und Seele ...

Im Hintergrund der Kapelle bewegten sich die schwarzen Vorhänge des Beichtstuhls.

Was für ein schönes Paar sie sind, dachte Ramon Torres gerührt, und für einen Moment wurden seine Augen feucht. Konnte es etwas Wunderbareres geben als zwei Seelen, durch eine Liebe vereint, die ihnen geradezu aus den Augen strahlte?

Doch dann drehten Elspeth und Dominic sich zum Priester um. Zu schade, dachte Ramon verärgert, daß ich jetzt nicht mehr ihre Gesichter sehen kann, wenn der Schuß fällt. Gerade auf dieses besondere Vergnügen freute er sich schon seit gestern nachmittag und hatte sogar in der Nacht davon geträumt. Als er morgens im Heuschober erwachte, hatte er immer noch diese Erregung verspürt ... Er träumte nur sehr selten von seinen Opfern, und daß es diesmal so war, bewies nur, wie wichtig Delaney für ihn geworden war und wie sehr er, Ramon, ihm zugetan war.

Mit einem Anflug von Bedauern wurde ihm bewußt, daß Dominic von der Zuneigung, die er für ihn empfand, nie etwas erfahren würde. Er würde nicht einmal wissen, daß es Ramon war, dem er diese letzte wollüstige Nacht mit der *gringa* zu verdanken hatte. Die Frau mit einem Schlafmittel zu betäuben, war nicht schwer gewesen, aber danach zu ihr hinaufzuschleichen, sie in Dominics Zimmer zu tragen und sie auszuziehen, hatte sich als riskanteres Unternehmen erwiesen. Doch nun, als er die beiden vor dem Altar betrachtete, begriff er, daß die Mühe sich gelohnt hatte.

Elspeth und Dominic knieten auf dem Kissen vor dem Altar nieder.

Ein Pistolenschuß zerriß die Stille.

Das Geräusch hallte von den Wänden wider und verwandelte den feierlichen Augenblick in eine Sequenz aus einem Alptraum.

Für einen Moment begriff Elspeth nicht, was geschehen war. Dann sah sie den tiefroten Fleck, der sich langsam, aber unaufhaltsam auf Dominics Schulter ausbreitete.

Entsetzt richtete sie den Blick auf sein Gesicht. Es drückte Qual aus, Erschöpfung und – was das Schlimmste von allem war – Resignation, als er vor dem Altar zusammenbrach und langsam zu Boden glitt.

Elspeth stieß einen gellenden Schrei aus, kroch auf den Knien zu Dominic und zog seinen Kopf auf ihren Schoß. »Lieber Gott, nein!« murmelte sie flehend. »Dominic!«

Er regte sich nicht und atmete nur ganz flach.

Shamus' zorniges Fluchen hörte Elspeth kaum, aber sie fragte sich, wohin er rennen mochte, als sie seine Stiefelabsätze über den Boden klappern hörte. Sah er denn nicht, daß Dominic Hilfe brauchte?

Malvina kniete schon neben ihr. »Gib ihn mir. Ich kümmere mich um ihn.«

Elspeth schloß ihre Arme ganz unbewußt noch viel fester um Dominics reglose Gestalt. »Nein!« sagte sie scharf. »Du hast kein Recht dazu. Er gehört jetzt mir.« Sanft strich sie Dominic das dunkle Haar zurück. »Hol Rising Star, sie weiß bestimmt Rat.« Dann wandte sie sich an den Priester. »Ich brauche ein Messer, um sein Jackett aufzuschneiden, und Verbände.«

Pater Benedict nickte und eilte fort.

»Willst *du* etwa die Kugel entfernen?« fragte Malvina entgeistert. »Glaubst du, du wärst dazu imstande?«

Elspeth schluckte. »Sie muß seinen Körper glatt durchschlagen haben, denn ein Stück vom Altar ist abgesplittert.« Sie schaute besorgt auf Dominic hinunter. Die Blutlache vergrößerte sich. Lieber Gott, wenn er nun starb? »Geh bitte. Ich möchte nicht abgelenkt werden.«

»*Du* gehst«, versetzte Malvina scharf. »Meinst du, ich ließe zu, daß ein ungeschicktes Kind wie du meinen Jungen tötet?«

»Auf den Reisen mit meinem Vater habe ich immer die Mitglieder unserer Expeditionen gepflegt, wenn sie Unfälle hatten.«

»Waren Schußwunden darunter?«

»Nein.« Elspeth nahm den Spitzenschal von ihrem Kopf, faltete ihn und legte ihn auf die Wunde. Bitte, lieber Gott, bestrafe mich nicht auf diese Art für meine Sünden! flehte sie in Gedanken. Und bitte bestraf auch Dominic nicht dafür. »Aber das macht nichts. Ich lasse ihn nicht sterben.« Sie hob den Kopf und schaute Malvina beschwörend an. »Er *wird* nicht sterben. Hast du mich verstanden?«

»Nein. Ich ...« Malvina brach ab und nickte widerstrebend. »Doch, ich glaube schon.« Dann fragte sie zögernd: »Darf ich dir helfen? Ich habe viele Schußwunden verbunden. Zusammen können wir ihn am Leben erhalten.«

Zusammen. Die Worte versetzten Elspeth einen schmerzhaften Stich. Vor wenigen Minuten noch hatten sie eine Brücke über den Abgrund bedeutet, der sie von Dominic trennte, doch nun waren sie nichts als ein Beweis für die Verzweiflung und die Angst, die Elspeth mit Dominics Mutter teilte.

»Gut«, sagte Elspeth mit einem Blick auf den weißen Schal, der sich langsam rot färbte. »Du kannst mir helfen.«

»Er bewegt sich«, sagte Malvina, als Elspeth Dominics Zimmer betrat. »Ich wußte ja, daß der kleine Kratzer ihm nichts anhaben konnte.« Sie stand auf und maß ihren Sohn mit einem stolzen Blick. »Um einen Delaney zu töten, bedarf es mächtigerer Waffen als einer kleinen Kugel.«

Es schauderte Elspeth, als sie auf Dominics Bett zuging. »Wenn die Kugel wenige Zentimeter tiefer eingedrungen wäre, hätte selbst ein Delaney sie nicht überlebt.« Sie stellte einen Tiegel Salbe auf den Nachttisch. »Rising Star hat sie mir gegeben, um ...« Sie brach ab, als Dominic sich bewegte, und wurde von einer überwältigenden Erleichterung erfaßt. Malvina hatte recht – er würde wieder gesund werden!

»Er wird bald erwachen«, sagte ihre Schwiegermutter auf dem Weg zur Tür. »Ich gehe hinunter und sage es Shamus, bevor er nach Shamrock reitet. Du bleibst bei Dominic.«

Elspeth lächelte ironisch. »Danke. Das hatte ich vor.«

Malvina drehte sich noch einmal um. »Gib diese verrückte Idee auf, nach Kantalan zu reiten. Ich sehe, daß du meinen Jungen gern hast. Deshalb solltest du dafür sorgen, daß er hier auf Killara bleibt, wo er in Sicherheit ist.«

»Das nennst du sicher?« Entrüstet zeigte Elspeth auf Dominic.

Malvina war für einen Moment verwirrt. Dann sagte sie streng: »Er ist hier sicherer als anderswo. Wer konnte ahnen, daß einer unserer eigenen Leute auf ihn schießen würde? Es wird nicht wieder vorkommen, dafür wird Shamus sorgen. Tu, was ich dir sage, und bleib mit Dominic auf Killara.«

Elspeth setzte sich neben Dominics Bett und antwortete scharf: »Nein! Ich werde *nicht* tun, was du mir sagst. Ich treffe meine eigenen Entscheidungen und tue nur das, was ich für richtig halte. Ich lasse mir meinen Weg nicht von einem Delaney vorschreiben.«

Malvinas Gesicht verriet Ärger, aber auch Respekt. »Du brauchst nicht so empfindlich zu sein. Zum guten Schluß kommt es doch auf dasselbe hinaus.« Dann lächelte sie belustigt. »Denn eins hast du vergessen. Du bist jetzt selber eine Delaney.« Damit wandte sie sich ab und ging hinaus.

Elspeth starrte auf die geschlossene Tür. Zum erstenmal begriff sie jetzt, daß sie tatsächlich ein Mitglied dieses mächtigen Clans geworden war und nicht länger Elspeth MacGregor, sondern Elspeth Delaney, die Frau des vielleicht wildesten und gefährlichsten der Delaneymänner. Der Gedanke erfüllte sie mit Stolz.

Sie liebte Dominic von ganzem Herzen und begann zu verstehen, daß alle ihre Handlungen von diesem Gefühl bestimmt sein mußten. Es machte nichts, daß Dominic ihre Liebe nicht erwiderte. Es änderte nichts ... Es tat nur weh.

»Elspeth ...«

Dominics Augen waren offen und glitzerten im Halbdunkel des Zimmers. Sein Gesicht war so gespannt, sein Blick so mißtrauisch, daß Elspeth von Mitleid erfaßt wurde.

»Es ist alles in Ordnung, Dominic. Die Kugel hat nur den Muskel erwischt. Deine Mutter sagte, es sei eine saubere Wunde, und in ein paar Tagen könntest du schon wieder aufstehen.«

»Wer ...?«

»Einer der Vaqueros sah Ramon Torres aus der Kapelle rennen und auf ein Pferd springen, das hinter dem Gebäude angebunden war.« Sie schluckte hart. »Anscheinend war Torres derjenige, der mich betäubt und in deinen Raum getragen hatte. Deine Mutter hat Rosa danach gefragt, und sie sagt, er sei in der Küche gewesen, während sie mein Tablett vorbereitete.« Sie erschauerte, als sie sich erinnerte, wie Malvina ihr berichtet hatte, es sei Torres gewesen, der für alles verantwortlich war. »Warum mag er das getan haben, Dominic?«

»Keine Ahnung. Einige Männer sind ... verdreht. Hat Dad ihn erwischt?«

Elspeth schüttelte den Kopf. »Als er mit seinen Vaqueros die Hügel erreichte, war Torres schon verschwunden. Aber dein Vater gibt nicht auf. Er reitet gleich nach Shamrock, um Patrick und deine Brüder zu holen. Er sagt, er würde Torres schon erwischen, und wenn er den Rest seines Lebens mit der Suche nach ihm verbringen müsse.«

Eine Serie von Flüchen, die eines Ben Travis' würdig waren, strömten von Dominics Mund, während er sich aufzurichten versuchte.

»Nein!« Elspeth versuchte ihn zurückzuhalten. »Was machst du? Deine Wunde ...«

»Schmerzt höllisch«, sagte er mit zusammengekniffenen Lippen, während er die Bettdecke zurückschlug. »Was ein verdammt guter Grund ist, mir nicht zu widersprechen. Hol meine Sachen.«

»Hol sie selber.« Elspeth starrte ihn zornig an. »Bei einer

solchen Dummheit mache ich nicht mit. Vor drei Stunden bist du angeschossen worden und tust, als sei nichts geschehen. Ich dachte, du wärst tot! All das Blut und …« Sie holte tief Luft. »Er hatte auf dein Herz gezielt, du Narr. Wenn du dich nicht im selben Augenblick hingekniet hättest, wärst du jetzt tot.« Sie schüttelte den Kopf. »Du bist verrückt, Dominic Delaney.«

»Das ist mir schon eine ganze Weile klar«, entgegnete er müde. »Aber nicht verrückt genug, um noch mehr Mörder nach Killara zu locken … oder darauf zu warten, daß Ramon Torres es noch einmal versucht.«

»Er wird nicht wiederkommen. Dazu müßte er sehr dumm sein.«

»Er war dumm genug, mich auf unserem Familienbesitz anzugreifen«, erwiderte Dominic ernst. »Einen halben Meter weiter links, und die Kugel hätte deinen Kopf getroffen. Ein solches Risiko gehe ich nicht noch einmal ein. Ich reite noch heute abend nach Hell's Bluff zurück.«

Elspeth starrte ihn wütend an. »Und wenn er dir folgt?«

»Dann bin ich bereit für ihn.«

Sie wollte ihn anschreien, ihn schütteln, ihre Finger in seinem dunklen Haar vergraben und daran reißen. Wenn sie schon einen Mann lieben mußte, warum konnte es dann nicht einer sein, der nicht so stur war und ein bißchen mehr Verstand besaß? Sie hatte solche Angst um ihn, daß sie zitterte und ihr schon ganz übel war, und er saß ganz ruhig da und schaute sie nur an. Und da wußte sie, daß sie ihn nicht umstimmen konnte.

»Na schön.« Sie drehte sich abrupt um, stürmte zum Schrank, riß einen Stapel Kleider heraus und warf sie aufs Bett. »Bitte, da hast du deine Sachen. Erwarte nicht von mir, daß ich dir beim Anziehen helfe. Deine Mutter sagte, eine solche Wunde wäre kein Problem für einen Delaney. Ich habe andere Dinge zu erledigen, bevor wir losreiten. Ich kann nicht …«

»Wir?« warf Dominic stirnrunzelnd ein. »*Wir* reiten nirgendwohin. Du bleibst hier, wo du sicher bist.«

Elspeth stemmte die Hände in die Hüften. »O nein, mein Lieber, wenn du unbedingt dein Krankenlager verlassen willst, dann können wir auch unseren ursprünglichen Plan ausführen. Warum sollte ich dich nach Hell's Bluff reiten lassen, wenn du versprochen hast, mich nach Kantalan zu begleiten?«

»Weil die Umstände jetzt ganz anders liegen, verdammt! Ich werde gejagt.«

»Na und? Nach allem, was Patrick und Silver mir erzählt haben, jagen diese Killer dich schon seit ...« Sie brach ab und bemühte sich um einen ruhigeren Ton. »Du wirst dein Versprechen halten. Wir reiten nach Kantalan, Dominic. Oder soll ich lieber alleine reiten?«

»Ausgeschlossen. Torres weiß, daß du meine Frau bist. Er würde dir folgen und dich benutzen, um an mich heranzukommen.« Dominic drehte sich fast der Magen um, als er an den jungen Sam Bergstrom dachte, der durch seine Schuld gestorben war. »Er würde dich umbringen, verdammt.«

Elspeth lächelte sanft. »Dann solltest du mich vielleicht doch besser begleiten, Dominic.« Sie ging zur Tür. »Ich sage deiner Mutter, daß wir bald aufbrechen. Sie wird nicht gerade erfreut sein. Aus irgendeinem Grund scheint sie dich zu mögen. Obwohl ich mir im Moment wirklich nicht vorstellen kann, warum.«

»Elspeth!«

Aber die Tür war schon hinter ihr ins Schloß gefallen.

Ramon Torres band den langen, buschigen Zweig sorgfältig an seine Satteltaschen und bestieg sein Pferd. Beim Reiten würde der Zweig die Hufspuren verwischen, ein Trick, den ihm sein Vater beigebracht hatte. Abgesehen davon hatte er sehr wenig von dem alten Schuft gelernt, höchstens, seinen Schlägen auszuweichen, wenn der Bastard zuviel Tequila getrunken hatte. Sei nicht so undankbar, dachte Ramon grinsend. Schließlich war es der Preis für seines Vaters Kopf gewesen, was ihn veranlaßt hatte, diesen so unglaublich aufregenden und befriedigenden Beruf zu ergreifen ...

Auch jetzt spürte er, wie die Erregung ihm die Kehle zuschnürte, als er Chiquita zu einem Galopp antrieb. Das Ende des Spiels war ein bißchen enttäuschend gewesen, aber das würde sich bald ändern, sobald er sich von neuem auf die Jagd begab. Wenn er Shamus und seine Männer abgehängt hatte, würde er umkehren und sich auf die Suche nach Dominic und seiner kleinen Braut machen.

Falls er Dominic richtig einschätzte, würde dieser wegen einer derart geringfügigen Wunde nicht lange ruhen. Der Gedanke erfüllte Torres mit beinahe väterlichem Stolz. Im Grunde genommen hätte er sich ärgern müssen, seine Prämie verloren zu haben, aber das war nicht der Fall. Die Tatsache, daß Dominic nun bewußt war, daß es jemand auf sein Leben abgesehen hatte, machte die Jagd auf ihn nur noch interessanter. Und wenn Dominic endgültig begriff, daß sein Leben zu Ende war, würde es in einer gewaltigen Explosion von Trauer und Panik enden.

Die Vorstellung linderte Ramons Enttäuschung und erfüllte ihn mit wilder Freude.

17

Die Sonne ging schon unter, als Dominic und Elspeth aus dem Hof ritten. Rising Star und Malvina schauten ihnen schweigend nach, bis sie außer Sicht waren. Dann wandte Malvina sich zum Haus. »Es ist sinnlos, mit langen Gesichtern herumzustehen. Sie werden schon zurückkommen. Und ich habe zu tun. Shamus und die Jungen kehren bald aus Shamrock zurück und werden etwas essen wollen, bevor sie Torres' Verfolgung aufnehmen. Und Rosa ist zu nichts zu gebrauchen. Sie weint und ist untröstlich, weil sie sich von Torres hat benutzen lassen.«

»Ich könnte dir helfen«, bot Rising Star zögernd an.

Malvina schwieg einen Moment. »Das ist nicht nötig«, antwortete sie dann kühl. »Ich schaffe es schon allein.«

Warum läßt sie mich nie etwas tun? dachte Rising Star mit einem überwältigenden Gefühl der Einsamkeit. Warum behandelt sie mich noch immer wie einen Gast, der längst nicht mehr willkommen ist?

Die Indianerin schaute ihrer Schwiegermutter nach, wie sie langsam zum Haus hinüberging. Du mußt Geduld haben, sagte sie sich. Wenn das Kind geboren ist, wird alles besser werden. Bis dahin hatte sie ihre Bücher, ihre wunderbare Welt aus Büchern, die früher eine Herausforderung für sie bedeutet hatten und heute ihr einziger Trost und Verbündeter waren. Sie straffte stolz die Schultern. Sie war eine glückliche Frau, und es wäre dumm gewesen, sich durch Malvinas Kälte traurig stimmen zu lassen.

Joshua war da!

Selbst in der Dunkelheit erkannte Rising Star ihren Mann zwischen den anderen Reitern. Sie ließ den Spitzenvorhang sinken und lief zu dem ovalen Spiegel an der Wand. Rasch glättete sie ihr Haar, zupfte ihr weißes Baumwollkleid zurecht und kniff in ihre Wangen, um ihnen Farbe zu verleihen. Dann holte sie tief Atem und setzte sich mit gefalteten Händen auf die Bettkante.

Es dauerte endlos lange, bis Joshua endlich kam.

Er sah müde aus. Sein lockiges dunkles Haar war staubbedeckt, das verschwitzte Hemd klebte an ihm wie eine zweite Haut. Rising Stars Hals war wie zugeschnürt vor Zärtlichkeit, als sie ihn sah. »Du scheinst hart gearbeitet zu haben auf Shamrock«, sagte sie, sprang auf und eilte auf ihn zu. »Geht es Anne und William gut? Soll ich Rosa bitten, dir ein Bad zu bereiten?«

Er schüttelte den Kopf. »Nein, ich habe höchstens Zeit, mir den Schweiß abzuwaschen und die Kleider zu wechseln. Wir dürfen Torres' Spur nicht verlieren.« Er ging zum

Waschtisch und goß Wasser in die Schüssel. »Anne und William geht es gut.«

»Ich hoffte, du könntest bis morgen früh bleiben«, flüsterte Rising Star, während sie hinter ihn trat und ihm die Arme um die Taille schlang. »Du hast mir gefehlt. Hast du mich vermißt?«

»Ja.« Sie spürte, wie seine Rückenmuskeln sich versteiften. »Ja, ich habe dich vermißt.« Er steckte die Hände ins Wasser und befeuchtete sein Gesicht. »Gib mir das Handtuch, bitte.«

Sie trat zurück und reichte ihm das weiße Tuch. Wieder empfand sie quälende Einsamkeit. Aber er hatte gesagt, er habe sie vermißt. Sie durfte nicht zuviel verlangen. Er ließ sich nicht gern drängen, aber es war nicht leicht ... »Du mußt sehr müde sein. Vielleicht könntest du ihnen später folgen?«

Er schüttelte den Kopf. »Ich möchte dabeisein, wenn sie Torres erwischen«, entgegnete er schroff. »Schließlich hat er meinen Bruder angeschossen.«

»Es war keine schlimme Wunde.«

»Das ist unwichtig. Er hat auf ihn *geschossen*. Niemand hat das Recht, jemanden aus meiner Familie anzuschießen und ungestraft davonzureiten. Du solltest inzwischen wissen, daß wir Delaneys nichts verzeihen, was einem aus unserer Familie angetan wird.«

Rising Star zuckte zusammen. »Ich weiß, Joshua.«

»Ja«, sagte er müde und schaute sie einen Moment an. Dann warf er das Handtuch beiseite. »Ich gehe nach unten. Dad will aufbrechen, sobald frische Pferde gesattelt sind und der Proviant bereit ist.« Er trat einen Schritt auf seine Frau zu und küßte sie auf die Stirn. »Alles in Ordnung?« fragte er verlegen.

»Ja.«

Er zögerte und musterte sie mit seltsam gequältem Blick. »Und das Kind?«

»Bestens. Ich glaube, es wird ein Junge. Er tritt mich mit der Kraft eines Kriegers.«

Ein Schatten fiel über sein Gesicht. »Du hast doch keine Schmerzen?« fragte er besorgt und berührte ihre Wange. »Er tut dir nicht weh, oder?«

Rising Star legte ihre Hand auf seine, drückte verzweifelt ihre Wange dagegen. »Nein, nein, und wenn ich Schmerzen hatte, wären es Schmerzen der Freude. Wir werden einen prächtigen Sohn haben, Joshua.«

Er starrte in ihre sanften Augen, und wieder erschien so etwas wie Qual in seinem Blick. Dann ließ er abrupt die Hand sinken. »Paß auf dich auf während meiner Abwesenheit.«

»Wann wirst du zurückkommen?«

»Das weiß ich nicht. Wenn wir diesen Schuft gefunden haben.« Er wandte sich zur Tür und ließ sie zurück, allein, einsam ... und dennoch voller Hoffnungen auf einen neuen Anfang.

18

»Willst du endlich vernünftig sein und dir helfen lassen?« sagte Elspeth gereizt. »Du hast mir schon gezeigt, wie stur und zäh ein Delaney sein kann. Jetzt wird es Zeit, daß du auch ein bißchen Intelligenz beweist. Du hast das Lager errichtet, unser Essen gekocht, die Pferde getränkt und mich behandelt, als wäre ich nicht imstande, mir selbst die Schuhe zuzubinden. Vielleicht bin ich keine erfahrene Reiterin, aber deshalb noch lange nicht dumm. Sag mir, was ich tun soll.«

»Es gibt nichts mehr zu tun. Roll dich in deine Decke und schlaf. Ich gehe noch einmal ein Stück den Weg zurück und ...«

»Nein!« fiel sie ihm ins Wort. »Torres kann uns noch nicht auf der Spur sein, und ich lasse nicht zu, daß du dich zu Tode erschöpfst. Setz dich hin und laß mich deine Wunde sehen. Bei all dieser Bewegung kannst du froh sein, daß sie nicht zu bluten begonnen hat.«

Mit flinken Händen begann sie sein Hemd aufzuknöpfen. »Halt still!« Sie schraubte den Tiegel auf, den Rising Star ihr mitgegeben hatte, und begann die Salbe vorsichtig aufzutragen.

»Du scheinst Unterricht bei Silver genommen zu haben. Die Frauen ihres Stammes sind echte Folterkünstlerinnen.«

Sie schaute auf. »Tue ich dir weh?«

»Teufel, ja!«

»Gut.« Rasch legte sie einen neuen Verband an. »Dann solltest du dafür sorgen, daß die Wunde rasch verheilt, damit du meine Pflege nicht mehr brauchst, nicht wahr?« Sie hockte sich auf die Fersen und schaute ihn an. »Wir werden damit beginnen, daß ich verschiedene Aufgaben übernehme. Patrick hat mir gezeigt, wie ein Pferd gesattelt wird. Von jetzt an werde *ich* das tun. Außerdem kann ich Holz sammeln und das Lagerfeuer richten.«

»Anscheinend willst du gleich alles übernehmen«, bemerkte Dominic spöttisch. »Darf ich auch noch etwas tun?«

»Ja.« Sie schluckte. »Ich glaube, ein Kaninchen schießen oder häuten, wie du es tust, könnte ich nicht. Ich wäre dir dankbar, wenn du auch weiterhin Fleisch für unsere Mahlzeiten besorgen würdest.«

Er betrachtete sie. »Aber du hast es mit Appetit verspeist.«

»Weil mir bewußt ist, daß man in gewissen Situationen nicht wählerisch sein kann.« Sie knöpfte ihm das Hemd zu. »Wir müssen essen. Ich will kein Feigling sein. Mein Vater hat mir immer gesagt, ein MacGregor fürchtet sich nicht.«

Dominic lächelte nachsichtig. »Du hast dich verändert, Elspeth. Ich glaube, du hast angefangen, uns zu verstehen.«

Elspeth dachte nach. Dann nickte sie langsam. »Ja, ich

glaube, ich verstehe dich jetzt besser als zu Anfang. Was nicht bedeutet, daß ich die barbarische Art verstehe, in der ihr manche Dinge regelt ...« Sie brach ab, als sie das belustigte Lächeln sah, das um Dominics Lippen spielte. Zeit, das Thema zu wechseln. »Wie lange wird es dauern, bis wir Kantalan erreichen?«

»Ich bin nicht sicher. Drei, vier Wochen vielleicht.« Er griff in seine Hosentasche und zog ein Stück weiches Hirschleder heraus, auf dem eine Karte gezeichnet war.

Elspeth stockte der Atem. »Ist das die Karte, die Weißer Büffel dir gegeben hat?«

Er nickte und deutete mit dem Zeigefinger auf das Leder. »Sieh mal, hier sind wir jetzt.« Seine Fingerspitze bezeichnete eine Spur. »Hier überqueren wir die mexikanische Grenze und halten uns in südöstlicher Richtung, bis wir an die Gebirgskette der Sierra Madre gelangen. Kantalan ist von hohen Bergen umgeben, die – wie Weißer Büffel sagte – unüberwindbar sind.«

Er tippte auf ein kleines X in einem Kreis von anderen Zeichen. »Mit Ausnahme dieses Passes hier auf dem dritten Berg östlich des Kindes der Sonne. Er liegt hinter einem Wasserfall verborgen, und Cadras Erzählung nach müssen wir die Pferde etwa fünfzig Meter schwimmen lassen, bis wir flachere Gewässer erreichen.«

»Kein Wunder, daß bisher niemand Kantalan entdeckt hat«, bemerkte Elspeth und deutete auf den höchsten der eingezeichneten Berge. »Das Kind der Sonne?«

Dominic nickte.

Ein Schaudern erfaßte sie, aber sie wußte nicht, ob aus Erregung oder Angst. »In ein paar Wochen werden wir Kantalan sehen.«

Dominic faltete die Karte zusammen. »Falls es etwas zu sehen gibt.« Er nahm einen Stock und schürte das Feuer. »Leg dich jetzt hin und schlaf. Ich möchte früh aufbrechen, damit wir morgen abend an der Grenze sind.«

»Gut.« Sie stand gehorsam auf und ging die wenigen Schritte zu den Decken, die Dominic zu einem Lager gefaltet hatte. Als sie den Kopf auf den Sattel legte, stellte sie fest, daß er ein einigermaßen erträgliches Kissen darstellte. »Gute Nacht.«

Dominic betrachtete sie belustigt. »Ich freue mich, daß du vernünftig bist. Andere Frauen hätten vielleicht Angst, allein mit mir hier draußen zu sein. Sie würden nicht glauben, daß ich mein Versprechen halten werde.«

»Dann wären sie ausgesprochen dumm«, antwortete Elspeth ruhig. »Vergiß nicht, daß du heute angeschossen wurdest. Du bist müde, erschöpft und hast Schmerzen.«

Aber ich lebe noch, hätte er fast gesagt und dachte, daß er vielleicht wirklich tot sein müßte, um sie nicht mehr zu begehren. Seine Schulter war nämlich nicht der einzige Teil seines Körpers, der pochte und schmerzte ...

»Mach mir Platz, Star.«

Es war Joshuas Stimme, und Rising Star drehte sich in freudiger Überraschung um und streckte die Arme nach ihm aus. Liebevoll ließ sie ihre Hände über sein Gesicht gleiten, spürte seine Müdigkeit und die rauhen Stoppeln seines Barts. »Joshua«, flüsterte sie und schmiegte sich an ihn.

Aber er legte ihr die Hände auf die Schultern und schob sie fort. »Komm mir nicht zu nahe. Ich rieche nach Staub und Schweiß und bin viel zu müde, um mich jetzt zu waschen.«

»Es stört mich nicht.« Es waren vier lange Tage gewesen, und nun war er zu Hause. Sie wollte die Lampe anzünden, um ihn ansehen zu können. »Ich möchte dich in meinen Armen halten.« Sie nahm seine linke Hand von ihrer Schulter und preßte ihre Lippen darauf. »Habt ihr Torres gefunden?«

»Nein, er war so schlau, seine Spuren zu verwischen. Wir haben die ganzen verdammten Hügel abgesucht und nichts gefunden.« Enttäuschung und Ärger klangen in Joshuas Stimme mit. »Schließlich fand Patrick Hinweise dafür, daß Torres umgekehrt und nach Killara zurückgeritten ist. Dad meint, er könnte Dom von neuem auf der Spur sein.«

»Habt ihr die Suche aufgegeben?«

Joshua entzog ihr seine Hand. »Sei nicht albern. Natürlich nicht. Wir wollten nur die Pferde wechseln, bevor wir uns morgen früh wieder auf den Weg machen. Wir kriegen ihn schon.«

»Ich dachte nur …«

»Schlaf jetzt. Wir sind beide zu müde, um zu denken.« Er verstummte, dann sagte er zögernd: »Entschuldige bitte. Ich wollte nicht so grob sein.«

»Es macht nichts, Joshua. Du mußt zu Tode erschöpft sein. Ich hätte dich nicht fragen sollen, bevor du ausgeschlafen bist.«

»Verdammt, es macht doch etwas! Kannst du nicht endlich aufhören, so lieb und nett zu sein? Ich habe dich verletzt, nicht wahr?«

»Ja.«

Er sagte nichts mehr, aber sie spürte, daß ihn die gleiche Spannung und Qual beherrschte wie sie selbst. Wie gern hätte sie ihn gestreichelt und getröstet, aber er ließ sie ja nicht an sich heran. Die Barriere zwischen ihnen war nicht zu überwinden. Wir müssen einen Weg finden, sie einzureißen, dachte sie verzweifelt. Vielleicht wird es besser, wenn das Kind da ist …

»Das Baby hat sich heute stark bewegt«, erzählte sie leise. »Ich habe einen langen Spaziergang gemacht und dabei wurde mir bewußt, wie sehr unser Kind Killara lieben wird. Ich kann schon sehen, wie du ihm das Reiten beibringst und ihn auf sein erstes Pony setzt, genau wie Patrick. Es wird so schön sein, wenn …« Sie brach ab. Er hatte sich nicht gerührt, aber sie spürte seine Abwehr wie eine kalte Wand. »Was hast du?«

»Nichts.«

»Doch, du hast etwas.« Ihre Hand ging zu seiner Wange, aber sie wagte nicht, ihn zu berühren. »Sag mir, was es ist.«

»Ich fragte mich nur, ob das Kind nicht glücklicher wäre, wenn es jedes Jahr eine gewisse Zeit bei deinem Stamm verbringen könnte«, murmelte er. »Wie Silver.«

Rising Star spürte, wie eine eisige Hand nach ihrem Herzen griff. »Wie Silver?«

»Natürlich nicht die ganze Zeit, aber ...« Er brach ab. »Ich dachte, das wäre vielleicht einfacher.«

Wie Silver. Die Worte dröhnten in ihren Ohren wie ein Gong und sandten Wellen heißen Schmerzes aus. »Einfacher für wen?«

Er antwortete nicht. Es war auch nicht nötig.

Rising Star stand unvermittelt auf.

»Was machst du?«

»Ich möchte dein Gesicht sehen.« Sie zündete die Lampe auf dem Nachttisch an.

»Du liebe Güte, es ist mitten in der Nacht! Müssen wir unbedingt jetzt darüber reden? Es war nur ein Gedanke.«

»Ja, ein Gedanke.« Sie stand auf und wandte sich zu ihm. »Du willst das Kind nicht.« Es war eine klare Feststellung.

Er vermied es, sie anzuschauen. »Das habe ich nicht gesagt.«

»Ein Mann schickt sein Kind nicht fort, wenn er es haben will.« Sie schlang schutzsuchend die Arme um ihren Körper. »Warum hast du es mir nie gesagt?«

»Ich will das Kind. Es ist nur ...«

»Lüge mich nicht an!« sagte sie mit schneidender Stimme. »Sei wenigstens einmal aufrichtig zu mir.«

»Ich habe dich noch nie belogen.«

»Nein, weil du es nie in Worte gefaßt hast.« Es schien Rising Star, als gehörte diese harte Stimme nicht ihr, sondern jemand anderem. »Silver sagte, es bestünde keinerlei Verbundenheit zwischen uns, und ich habe ihr widersprochen. Ich sagte ihr, du liebtest mich.«

»Ich liebe dich auch.«

»Und ich habe ihr versichert, daß du unser Kind lieben würdest«, flüsterte Rising Star. »Wie sehr ich mir das gewünscht habe, Joshua! Ich dachte, wenn ich dir ein Kind schenke, könntest du mich lieben und würdest mir verzeihen.«

Er richtete sich langsam auf einen Ellbogen auf. »Was redest du da? Was soll ich dir verzeihen?«

»Daß ich keine Weiße bin.« Sie schob den Ärmel ihres Nachthemds hinauf und legte ihre olivbraune Haut frei. »Daß ich Indianerin bin und das gleiche Blut in meinen Adern fließt wie in den Adern jener Leute, die deinen Bruder töteten. Ich kann nicht ändern, was ich bin.«

»Das habe ich nie von dir verlangt«, meinte er heiser.

»Aber du willst kein Halbblut als Kind.«

»Ich werde mich daran gewöhnen.«

Die innere Qual zerriß sie fast. »Wie du dich daran gewöhnt hast, eine indianische Frau zu haben?« Ihre großen dunklen Augen glitzerten vor Tränen. »Das glaube ich nicht, Joshua.«

»Star ...« Nackte Qual verriet sich in seinen Zügen. »Ich möchte dir nicht wehtun. Aber ich muß immer daran denken ...«

»Glaubst du, das wüßte ich nicht?« Sie lächelte bitter. »Ich spüre dein Schuldbewußtsein jedesmal, wenn du mich berührst. Es war nicht meine Hand, die Rory und Boyd getötet hat. Ich bin nicht mehr bereit, die Verantwortung für ihren Tod zu übernehmen.«

Sie ging zur Kommode und zog eine Schublade auf. »Ich habe mich bemüht, weiß für dich zu sein, Joshua, aber ein weißes Baby kann ich dir nicht versprechen. Was ist, wenn es braune Haut und dunkle Augen hat wie ich? Wirst du ihm dann auch die Schuld am Tod deiner Brüder geben?«

Sie zog eine cremefarbene Ledertunika heraus, einen weiten Baumwollrock und Mokassins. Es waren Kleidungsstücke, die sie seit über zehn Jahren nicht mehr getragen hatte. Nun streifte sie ihr Nachthemd ab, die Tunika über den Kopf und begann den Rock und die Mokassins anzuziehen. »Ich glaube, das würde ich nicht ertragen, Joshua.«

»Ich werde mir mehr Mühe geben.« Er war blaß geworden. »Ich will niemandem weh tun, weder dir noch dem Baby.«

»Würdest du erzwingen, daß Malvina und Shamus es wie einen echten Delaney behandeln? Würdest du es lieben und unterrichten wie ein echter Vater? Würdest du für dein Kind kämpfen?« Sie schüttelte den Kopf. »Das kann ich mir irgendwie nicht vorstellen.« Sie wandte sich zur Tür. »Für mich hast du nicht gekämpft.«

»Du hast mich nie darum gebeten.«

Sie drehte sich abrupt zu ihm um. »Ich habe meinen Stolz, Joshua. Du hättest von selber darauf kommen müssen. Glaubst du, ich hätte nicht für dich gekämpft, wenn du ein Fremder in meinem Dorf gewesen wärst? Aber leider warst du zu erfüllt von deinem eigenen Schmerz und Schuldbewußtsein, um meinen Schmerz zu spüren.« Sie holte tief Luft. »Warum nur, Joshua? Ich empfand deine Qual wie meine eigene. Tausendmal wollte ich dich trösten, als wärst du mein Kind statt mein Mann. Warst du zu sehr weiß, zu sehr Delaney, um das gleiche für mich tun zu wollen?«

Er schluckte, und sie sah den feuchten Glanz in seinen Augen. »Ich liebe dich, Star.«

»Das weiß ich, aber es ist nicht genug. Früher dachte ich, es wäre es, aber jetzt weiß ich, daß es noch etwas anderes geben muß. Du kannst nicht meinen Körper oder meine Seele lieben und hassen, was beides hervorgebracht hat.« Sie öffnete die Tür. »Du kannst nicht die Indianerin in mir hassen, ohne mich zu hassen.«

Joshua schlug die Decke zurück und sprang auf. »Es ist nach Mitternacht. Wo, zum Teufel, willst du hin?«

»Ich gehe von hier fort.«

»Verdammt, du bist schwanger. Du kannst nicht reiten.«

»Warum nicht?« Ein bitteres Lächeln erschien auf ihren Lippen. »Ich bin keine elegante Dame, hast du das vergessen? Wir primitiven Wilden reiten bis zum Moment der Geburt, und dann hocken wir uns in die Büsche und bekommen unser Kind. Sobald es da ist, besteigen wir wieder unser Pferd und reiten weiter, bis die Sonne untergeht. Wir haben wenig Sinn für Kleinigkeiten wie eure verzärtelten weißen Frauen.«

»Du liebe Güte, Star, laß uns doch darüber reden!« bat er gepreßt. »Bitte, geh nicht in dein Dorf zurück!«

»Ich habe genug gegeben. Ich will meinen Sohn nicht das

gleiche Leben führen sehen wie Silver.« Sie verstummte und schaute ihn an. Wie gern hätte sie ihn gehaßt. Es wäre soviel leichter gewesen, als ihn zu lieben. Würde sie Joshua nie ansehen können, ohne an das unbeschwerte Glück der ersten Zeit zu denken? »Auf Wiedersehen, Joshua«, sagte sie leise. »Es tut mir leid, daß du mir nicht geben kannst, was ich brauche.« Dann wandte sie sich ab, und die Tür fiel hinter ihr ins Schloß.

Sie hatte ihr Lager aufgeschlagen und bereitete ihre Abendmahlzeit zu, als sie Hufgeklapper vernahm. Joshua? Doch ihre Hoffnung war verflogen, als sie im Schein des Feuers den späten Besucher erkannte.

»Hallo, Patrick«, meinte sie gelassen. »Möchtest du etwas essen? Ich habe Bohnen und Speck gekocht.«

Er schüttelte den Kopf und stieg vom Pferd. »Ich habe keinen Hunger. Aber einen Kaffee würde ich gern trinken.« Er führte das Pferd zum Bach, sattelte es rasch ab und band es an, bevor er Sattel und Decke zum Lagerfeuer zurücktrug. Dann nahm er den Becher, den Rising Star ihm reichte, und hockte sich mit gekreuzten Beinen ans Feuer.

Lange sagte er nichts, starrte nur schweigend in die Flammen. »Das ist verrückt«, murmelte er schließlich. »Komm nach Hause, Rising Star.«

Sie schüttelte den Kopf. »Killara ist nicht mein Zuhause.«

»Was dann, verdammt?« fragte er mit kaum unterdrücktem Ärger. »Du hast vierzehn Jahre bei uns gelebt. Du gehörst zur Familie.«

»Du bist nicht blind genug, um das zu glauben. Ich dachte, eines Tages würde es anders sein, aber ...« Sie zuckte mit den Schultern. »Was hat Joshua dir erzählt?«

»Daß du über irgend etwas verärgert bist und in dein Dorf zurückkehren willst. Er sagte, er würde dir Zeit lassen nachzudenken und dich dann in ein paar Wochen holen.« Er machte eine Pause. »Ich habe ihm gesagt, er wäre ein Narr, dich gehen zu lassen.«

»Er hatte keine andere Wahl.«

Schweigen.

»Warum?« fragte Patrick leise.

Rising Star mied seinen Blick. »Joshua will kein Mischlingskind.«

Patrick fluchte derb. »Das hat er dir doch nicht etwa gesagt?«

»Ich mußte es aus ihm herauspressen.« Sie lächelte traurig.

Patrick streckte tröstend eine Hand nach ihr aus, ließ sie jedoch wieder sinken. »Das muß ein Mißverständnis sein. Joshua würde nie etwas sagen, was dich verletzen könnte.«

»Es ist kein Mißverständnis. Und du hast recht, Joshua wollte mich nicht verletzen. So ist er nicht. Er konnte einfach nicht anders.« Sie hob den Becher an die Lippen. »Er kann nichts ändern an seinen Gefühlen. Lange Zeit hat er sich bemüht, mir zu geben, was ich brauchte. Aber er kann es nicht.« Ihre Stimme klang jetzt heiser. »Vielleicht kann sich keiner von uns ändern. Ich habe auch versucht, weiß zu werden, und jetzt bin ich gar nichts mehr.«

»Rede keinen Unsinn!« sagte Patrick grob.

Sie schüttelte nur stumm den Kopf.

»Rising Star, ich ...« Er brach ab. »Du wirst nicht in dein Dorf zurückkehren, nicht wahr?«

Sie starrte in die Flammen. »Ich reite nach Kantalan.«

Das hatte er schon fast geahnt. »Warum?«

»Das weiß ich selber nicht genau. Weißer Büffel sagte mir einmal, mein Leben sei vorgezeichnet, und ich könne nichts daran ändern. Vielleicht will ich ihm beweisen, daß er sich geirrt hat. Oder möglicherweise hoffe ich sogar, einen Schatz zu finden, der mein Kind davor bewahrt, von den Delaneys abhängig zu sein.« Sie schaute sinnend in ihren Becher. »Oder vielleicht will ich auch nur meine Identität zurückgewinnen.«

Patrick schluckte. Es tat so weh. »Dominic und Elspeth haben vier Tage Vorsprung. Du wirst sie nicht mehr einholen.«

»Das macht nichts. Ich sehe sie in Kantalan.«

Patrick schüttete den Rest seine Kaffees ins Feuer. »Gut. Dann reiten wir eben nach Kantalan.«

»Wir?« fragte Rising Star verblüfft.

»Ich komme mit.« Er stand auf und breitete seine Decke aus. »Ich möchte meinen Anteil an dem Schatz. Ja, Sir, ich werde reich wie ein Krösus sein, Seidenwesten tragen und eine goldene Uhr. Alle Mädchen werden mich heiraten wollen, aber ich werde mir Zeit lassen, meine Wahl zu treffen. Vielleicht suche ich mir sogar eine richtige Prinzessin oder eine orientalische Tänzerin.«

»Patrick, du willst mich nur nicht allein reiten lassen!«

Er nahm seinen Pistolengurt ab und legte ihn neben den Sattel. »Wie kommst du denn darauf? Ich liebe Geld so sehr wie andere Männer.« Er setzte sich und zog seine Stiefel aus. »Und ich glaube, mit einer guten Grundlage könnte ich mir ein Vermögen schaffen.«

Rising Star lächelte. »Das bezweifle ich nicht.«

»Dann hör auf, mich um meinen Anteil an dem Schatz zu betrügen.« Er streckte sich lang aus. »Es wird für alle genug dasein. Und jetzt möchte ich schlafen und von Prinzessinnen und Tänzerinnen träumen.«

Eine warme Welle der Zärtlichkeit begann das Eis um Rising Stars Herz zu schmelzen. Wie jung er noch war! Seine Treue rührte sie, und plötzlich kam ihr der Gedanke, daß sie gern einen Sohn wie Patrick hätte.

Rising Star lächelte zärtlich. Patrick würde sie nach Kantalan begleiten. Sie war nicht mehr allein.

Vier.

Die Erkenntnis riß sie aus ihrem halbschlafenen Zustand. *Vier werden die Straße von Kantalan beschreiten.* Dominic, Elspeth, sie selbst und jetzt auch Patrick. Die Weißen würden es Zufall nennen, die Indianer Schicksal. Aber was war es wirklich, was sie – einen nach dem anderen – zusammengebracht hatte, um dem gleichen Ziel zuzustreben?

19

Die Stadt Rosario in Mexiko lag unter sengender Hitze begraben. Eigentlich mehr ein Dorf als eine Stadt, bestand sie aus mehreren kleinen Stuckhäusern, einer Kirche, einer *cantina* und einer Schmiede mit angrenzender Koppel. Drei braunhäutige Frauen wuschen Wäsche in dem großen Brunnen auf der Mitte des Dorfplatzes, brachen ihre Arbeit jedoch ab, als sie Elspeth und Dominic über die Straße reiten sahen.

Dominic hielt vor der Kirche an. »Warte hier.« Er glitt vom Pferd. »Ich werde sehen, ob ich dir ein Zimmer und ein Bad für heute nacht beschaffen kann. Pater Leon ist der einzige, dessen Obhut ich dich anvertrauen würde.«

Elspeth nickte stumm. Ihr war unerträglich heiß. Sie wischte sich den Schweiß von Nacken und Stirn und schaute sehnsüchtig zu der kühl wirkenden Kapelle hinüber.

Die Frauen am Brunnen beobachteten sie neugierig. Elspeth lächelte sie zaghaft an, aber sie erwiderten die Geste nicht. Ihre dunklen Augen verrieten keine Wärme, höchstens Neugier, und plötzlich wurde Elspeth sich ihrer weißen Haut, ihres hellen Haars und schmalen Körpers so deutlich bewußt wie nie zuvor.

»Elspeth.« Dominic war zurückgekommen. »Vater Leon lädt dich ein, die Nacht in seinem Haus zu verbringen. Er bittet sich zu entschuldigen, daß er dir nicht entgegenkommen kann, aber es ist zu schmerzhaft für ihn.«

Elspeth glitt aus dem Sattel. »Ist er krank?«

»Nein, aber verkrüppelt. Bevor er nach Rosario kam, hatte er ein Erlebnis mit Soldaten, in der Nähe eines Grenzortes. Sie glaubten, er müßte das Versteck eines Banditen kennen, der Indino hieß und die Silbertransporte der Minenbesitzer in dieser Gegend überfallen hatte. Sie banden den Pater mit ausgestreckten Armen und Beinen an Pflöcken fest und galoppierten mit ihren Pferden über ihn.«

»Das haben sie mit einem Priester gemacht?« fragte Elspeth schockiert.

Dominic nickte. »Verglichen mit den Soldaten, sind die Banditen geradezu menschlich.«

Elspeth war übel geworden. »Wie schrecklich. Sie hätten ihn töten können!«

»Sechs Monate später fand Indino den Oberst, der die Folter befohlen hatte.« Dominic nahm die Zügel ihrer Stute. »Ich bringe die Tiere auf die Koppel. Ich habe Pater Leon versprochen, zum Dinner da zu sein, aber vorher muß ich noch etwas erledigen.«

Torres, dachte Elspeth. Jeden Abend, bevor Dominic sich zur Ruhe begab, vergewisserte er sich, daß Torres ihnen nicht gefolgt war. »Wirst du nicht bei Pater Leon übernachten?«

»Nein. Ich suche mir ein Bett in der Cantina«, entgegnete er spöttisch. »Dort fühle ich mich wohler.« Er wandte sich ab.

»Señorita, por favor.«

Ein kleiner, etwa neunjähriger Junge kam auf Elspeth zu. Sein dunkles Haar war zerzaust, sein Gesicht so schmutzig wie seine zerrissenen Hosen und sein Hemd.

»Meinst du mich?«

Er nickte. *»Si.«*

»Willst du Geld?« fragte sie freundlich. »Ich habe nicht viel, aber einen Peso gebe ich dir gern.«

Er schüttelte so heftig den Kopf, daß Staubwolken aus seinem lockigen dunklen Haar aufstiegen. »Nein, ich will nichts von Ihnen«, sagte er in Spanisch, aber es fiel ihr schwer, seinen Akzent zu verstehen. Er klang so ganz anders als die Sprache, die sie in Spanien gelernt hatte. Doch sein Lächeln war nicht falsch zu deuten. Es war so unschuldig-verführerisch wie das Lächeln eines Cherubims von Botticelli. »Ich bin es, der ein Geschenk für Sie hat.«

Pater Leon lächelte, als Elspeth eintrat. »Sie sehen schon viel besser aus, Señora. Hat Maria Ihnen alles gegeben, was Sie brauchen?«

»Ja, vielen Dank. Sie sind beide sehr freundlich.« Elspeth ging rasch zu ihm und nahm ihm das Tablett ab. »Setzen Sie sich, Pater«, sagte sie, während sie das Geschirr und den duftenden Eintopf aus Bohnen, Chili und Huhn auf den Tisch stellte. »Es sieht köstlich aus. Ist mein Mann noch nicht zurückgekommen?« Vier Stunden waren bereits vergangen, seit Dominic sich vor der Kirche von ihr verabschiedet hatte.

»Er kommt bald.« Pater Leon setzte sich an das Kopfende des Tisches. »Dominic ißt Marias Chili viel zu gern, um sich allzulange in der Cantina aufzuhalten.« Sein Lächeln verblaßte plötzlich. »Sie müssen ihn von der Cantina fernhalten, jetzt, wo er verheiratet ist. Bei Miguel gehen gottlose Dinge vor. Es wird gespielt und …« Er brach verlegen ab.

Hetären! dachte Elspeth automatisch. Natürlich würde es dort Frauen geben, die Dominic in ihrem Bett willkommen hießen. Der Gedanke brachte ihr einen solch wilden Schmerz, daß sie die Augen niederschlug und den Blicken des Priesters auswich. »Ging er früher, wenn er hier war, auch in die Cantina?«

Pater Leon nickte. »Wenn er nicht mit Indino in den Bergen war.«

»Er war ein Bandit?« rief Elspeth erschrocken.

Der Priester lächelte besänftigend. »Nein, nur ein Freund von Indino, was eigentlich nicht erstaunlich ist, da sie sich sehr ähnlich sind. Auch Indino ist ein ungewöhnlicher Mann.«

»Seit ich Edinburgh verlassen habe, scheine ich nur *ungewöhnlichen* Männern zu begegnen«, versetzte Elspeth trokken.

Pater Leon lachte. »Wenn Männer ohne Gesetze leben, treten ihre guten Eigenschaften stärker zutage. Aber ihre Sünden auch. Vielleicht, weil die Versuchungen größer sind.«

Elspeth runzelte die Stirn. Es schien schon wieder eine unausgesprochene Warnung vor den Versuchungen zu sein, die Dominic in die Cantina lockten. Der Pater schien nicht zu begreifen, daß sie keine Macht besaß, Dominic von den leichtfertigen Frauen dort fernzuhalten. Er hatte sie nur geheiratet, um sie zu schützen, ihr jedoch keine Treue versprochen, und daher konnte sie ihn nicht daran hindern, sich sein Vergnügen zu suchen, wo und wann es ihm beliebte. Es sei denn …

»Sie sehen so nachdenklich aus«, bemerkte Pater Leon.

Elspeth lächelte. »Ich dachte nur über Ihre Worte nach, Pater. Ich glaube, Sie haben recht. Ich werde Dominic klarmachen, daß er jetzt ein verheirateter Mann ist.« Dann wechselte sie das Thema. »Als ich vor der Kirche stand, begegnete mir ein kleiner Junge. Er wollte mir etwas schenken.«

Pater Leon nickte. »Ah, Sie meinen Rafael. Ich dachte mir schon, daß er sich Ihnen nähern würde, bevor Sie Rosario verließen. Eine traurige Situation.«

»Ich weiß nicht, was ich tun soll. Dominic wäre sicher nicht begeistert, wenn ich Rafaels Geschenk annähme.«

»Dann tun Sie es nicht. Eine Frau muß ihrem Mann gehorchen.«

»Tut mir leid, daß ich so spät komme.« Dominic war in der Tür erschienen, den Hut in der Hand, eine Flasche Wein in der anderen. Er hielt die Flasche hoch und lächelte den Priester an. »Ich habe ein Friedensangebot mitgebracht – Miguels besten.«

»Der in der Tat sehr gut ist«, erwiderte Pater Leon freundlich. »Ein passendes Getränk, um auf Ihre schöne Braut anzustoßen. Sieht sie heute abend nicht bezaubernd aus?«

»Sehr«, stimmte Dominic zu, ohne Elspeth dabei anzublicken. »Erstaunlich, was mit ein bißchen Seife und Wasser alles zu erreichen ist.«

Er meint damit nur, daß ich sauber bin, dachte Elspeth düster. Sie wußte schließlich, daß er sie nicht attraktiv fand …

»Setz dich«, sagte sie. »Pater Leon sagte, du würdest Marias Chili so gerne essen. Es sieht ganz köstlich aus.«

»Das ist es auch.« Dominic nahm Platz. »Ich kann mich entsinnen, daß Indino und ich eines Nachts dreißig Meilen weit geritten sind, weil er schwor, Marias Chili riechen zu können.« Seine weißen Zähne blitzten, als er lächelte. »Es war drei Uhr morgens, als wir Rosario erreichten, und Maria war nicht begeistert, als wir an ihre Tür pochten und sie weckten.«

»Unsinn. Sie fühlte sich bestimmt geschmeichelt«, widersprach Pater Leon augenzwinkernd. »Noch heute prahlt sie vor den anderen Frauen im Dorf mit jener Nacht.«

Elspeth schwieg und aß nur sehr wenig, beschäftigt mit den Überlegungen, die Pater Leons Worte in ihr ausgelöst hatten. War es möglich, daß sie einen Weg fand, Dominic dazu zu bringen, daß er bei ihr blieb? Sie war keine erfahrene Hetäre, doch andererseits hatte er behauptet, alle Frauen seien gleich, und vielleicht ...

»Du ißt kaum etwas.« Dominic betrachtete sie prüfend. Es war das erste Mal, daß er sie seit seiner Ankunft richtig anschaute, und Elspeths Herz begann aufgeregt zu klopfen unter seinem Blick. »Bist du krank?«

»Was?« Nervös befeuchtete sie ihre Lippen. »O nein, es geht mir bestens. Ich ...« Verlegen suchte sie nach einer Ausrede. »Mir ist nur so heiß.«

Er schaute ihr in die Augen, und heiße Röte schoß in ihre Wangen. Konnte er ihre Gedanken erraten haben? Plötzlich kam sie sich nackt und verwundbar vor, und sagte überstürzt: »Ist dir nicht heiß?«

»Doch.« Seine Nasenflügel bebten, als er tief Luft holte und sich zwang, den Blick von ihr abzuwenden. »Sehr sogar.« Er stand abrupt auf. »Ich mache noch einen Spaziergang, bevor ich schlafen gehe.«

Pater Leon wirkte enttäuscht. »Wollen Sie nicht ein Glas Wein mit mir trinken?«

»Heute abend nicht«, entgegnete Dominic mit einem Lächeln, das seinen Worten die Schärfe nehmen sollte. »Wir sehen uns morgen früh vor unserem Aufbruch. Gute Nacht, Pater.«

Pater Leons Blick ging von Dominic zu Elspeth und dann wieder zurück. »Sie sind herzlich eingeladen, heute nacht in meinem Haus zu bleiben. Das Bett, das ich Ihrer Frau gegeben habe, wird sehr viel sauberer sein als die Betten bei Miguel.«

Elspeth hielt unbewußt den Atem an.

Dominic schwieg, und sie spürte flüchtig seinen Blick auf sich. »Das bezweifle ich nicht«, sagte er dann gepreßt. »Aber ich muß es leider ablehnen. Ich möchte bei Miguel noch ein paar Freunde sehen.«

Weibliche Freunde? fragte Elspeth sich und fühlte einen wilden Zorn in sich erwachen, ein ganz neues, fremdes Gefühl, das sie bisher nie gekannt hatte. *Eifersucht.* Rasch stand sie auf. »Ich glaube, ich gehe auch noch ein bißchen an die frische Luft, bevor ich Maria beim Abwaschen helfe.« Ohne Dominic eines Blickes zu würdigen, ging sie zur Tür. »Ich bin gleich wieder zurück, Pater.«

Die Abendluft kühlte ihre hitzigen Wangen, und sie holte mehrmals tief Atem, um sich zu beruhigen. Irgendwo, vermutlich aus der Cantina, erklang Gitarrenspiel. Dann hörte sie eine Tür zufallen.

»Es ist viel kühler hier draußen, nicht?« sagte sie schnell. »Ich mag Pater Leon. Er ist sehr nett, und es kommt mir ...«

»Was ist los mit dir?« fiel Dominic ihr ins Wort.

»Was soll schon sein?« entgegnete sie, sich abwendend. »Es ist recht nett hier. Ich bin froh, daß wir Gelegenheit haben, in einem richtigen Zimmer mit vier Wänden zu schlafen.«

»Ich kenne dich, Elspeth. Du bist über irgend etwas verärgert«, beharrte Dominic. »Hattest du Angst, ich könnte mich von Pater Leon überreden lassen, dein Bett zu teilen?«

Seine Worte lösten ein verwirrendes Prickeln in ihr aus. »Nein. Du hattest in den vergangenen zwei Wochen Gelegenheit genug, dich mir aufzuzwingen. Was wäre schon anders, wenn wir ein Bett miteinander teilen würden?«

Wie sollte er ihr erklären, daß es ihn jede einzelne dieser langen Nächte danach verlangt hatte, zu ihr unter die Decke zu kriechen? Aber erstens war er dazu zu erschöpft gewesen, und zweitens war er fest entschlossen, das Versprechen einzuhalten, das er ihr gegeben hatte.

Verdammt, er hätte sich nie das Vergnügen gönnen dürfen, sich selbst zu beweisen, wie schön es mit ihr sein konnte! »Wir sehen uns morgen früh. Ich komme im Morgengrauen, um dich abzuholen.«

»Nein, ich treffe dich auf der Koppel.« Er würde sie verlassen, würde den Platz überqueren und in die Cantina gehen, wo Whiskey, Musik und Hetären auf ihn warteten …

»Wie du willst. Aber jetzt solltest du lieber hineingehen.«

Zurück zu Pater Leon und dem kargen kleinen Raum, in dem sie allein schlafen sollte. Ganz im Gegensatz zu Dominic! Ihr Zorn und ihre Enttäuschung wurden plötzlich so übermächtig, daß sie sich nur noch mühsam beherrschen konnte. Aber wenigstens wußte sie nun, was sie zu tun hatte. Sie würde Rafaels Geschenk annehmen, ob es Dominic paßte oder nicht. Ein Mann, der sich mit Hetären vergnügte, während seine Frau auf der anderen Straßenseite schlief, verdiente keine Rücksicht. »Gute Nacht, Dominic«, sagte sie in schneidendem Tonfall.

Dominic zögerte. »Bist du sicher, daß alles in Ordnung ist?«

»O ja, es geht mir blendend. Geh jetzt in deine Cantina zurück.« Wie hatte sie nur glauben können, eine ebenso große Versuchung für ihn darzustellen wie jene anderen Frauen? Wo er es doch kaum erwarten konnte, sie stehenzulassen und zu einer dieser schwarzäugigen Señoritas zurückzueilen!

»Ein Maulesel?« Dominics Stimme klang gefährlich leise. »Du hast einen Maulesel gekauft?«

»Nein, ich sagte dir doch, daß er mir geschenkt wurde«, entgegnete Elspeth ungeduldig, während sie sich in den Sattel ihrer Stute zog. »Ich weiß nicht, warum du dich darüber ärgerst. Er ist viel größer als diese armen kleinen Esel und wird auch viel mehr tragen können.«

»Gib ihn zurück«, befahl Dominic. »Keine Maulesel.«

»Das kann ich nicht. Ich habe Rafael versprochen, das Tier mitzunehmen.«

»Gib ihn zurück!«

»Wie unvernünftig du bist«, sagte sie freundlich. »Aber ich verzeihe dir. Du scheinst dich nicht wohlzufühlen. Du siehst aus, als wärst du krank.«

»Ich habe Kopfschmerzen.«

Sie nickte mitfühlend. »Du solltest nicht soviel trinken. Denk nur an das letzte Mal – da hat es damit geendet, daß du plötzlich eine Braut hattest.« Sie tätschelte den Hals ihrer Stute. »Sei vernünftig und hör auf zu schimpfen. Es wäre dumm, ein so wertvolles Geschenk wie Azuquita zurückzuweisen.«

»Azuquita«, wiederholte Dominic düster. »Welcher Idiot hat das Ungeheuer ›Zuckerstückchen‹ genannt?«

Der Maulesel, der vor ihnen stand, war ein Prachtexemplar. Er war groß und kräftig, hatte rabenschwarzes Haar, und die Spitze seines rechten Ohrs zierte ein goldener Ohrring. Azuquita starrte Dominic mit einer solchen Gelassenheit an, daß sich Dominics Nackenhaare vor Wut steil aufrichteten.

»Nun, Rafael nennt ihn eigentlich ›Süßer‹«, antwortete Elspeth beruhigend. »Das ist doch sicher ein Beweis für seine gutmütige Natur, oder? Ich habe ihm selbst die Satteltaschen aufgelegt und gemerkt, wie zahm er ist.«

»Das ist nichts als ein Trick von ihm. Wenn du es am wenigsten erwartest, wird er nach dir ausschlagen oder dich beißen. Ich kenne Maulesel.«

»Sie sind bestimmt nicht alle gleich. Du hast eben schlechte Erfahrungen gemacht.«

»Das Biest bleibt hier!«

Elspeth lächelte schwach. »Wir nehmen Azuquita mit. Indino hat ihn Rafael geschenkt, aber leider prügelt Rafaels Vater das Tier brutal, wenn er zuviel getrunken hat. Du weißt ja, wie es ist, wenn man zuviel getrunken hat«, fügte sie mit einem anzüglichen Blick hinzu. »Jedenfalls drohte er, den Maulesel das nächste Mal zu erschießen, falls er ihn noch einmal ärgern sollte.«

Dominic lächelte spöttisch. »Ich nehme an, du hast dich

nicht erkundigt, was Azuquita getan hat, um ihn zu verärgern?«

»Es war bestimmt nichts Schlimmes. Was könnte das arme Tier schon tun, um den Tod verdient zu haben?«

»Ja, was?« meinte Dominic und betrachtete den Maulesel.

Azuquita zog die Lippen zurück und entblößte lange, gelbe Zähne.

»Mein Gott, das Biest grinst mich an!« flüsterte Dominic.

»Ich sagte ja schon, daß er gutmütig ist.«

»Das war Luzifer auch – vor dem Fall.« Er schüttelte den Kopf. »Nein, Elspeth.«

Ihr Lächeln verflog. »Ich habe dich nicht um deine Erlaubnis gebeten. Ich lasse nicht zu, daß dieses Tier gequält wird und Rafael darunter leiden muß. Ich kümmere mich selbst um Azuquita. Du brauchst nichts mit ihm zu tun zu haben.« Sie schnappte sich die Zügel des Maulesels. »Komm, Azuquita.« Elspeths Stute trottete aus der Koppel, und Azuqita paßte sich folgsam ihren Schritten an.

Dominic bestieg fluchend sein Pferd.

Am ersten Tag zeigte der große Maulesel sich überraschend gefügig, doch am zweiten begann Dominic die ersten Anzeichen von Langeweile an ihm festzustellen. Am dritten Tag wurde *Zuckerstückchen* langsam sauer. Nicht auf Elspeth allerdings. Ihr gegenüber legte er einen bewundernswerten Gehorsam an den Tag. Dominic war das Opfer, das er ausersehen hatte, um sich seine Langeweile zu vertreiben.

Es begann mit einem leichten, verspielten Schnappen, wann immer Dominic in seine Nähe kam, und dann fing Azuquita an, Dominics Pferd abzudrängen, gegen einen Baum oder auf einen Abgrund zu. Dominics Reaktion war, Elspeth die Zügel abzunehmen und den Maulesel zum Schluß der Kolonne zwischen den Eseln gehen zu lassen.

Am vierten Tag nagte Azuqita am Geschirr des Esels neben ihm, bis das Lederband zerriß und die Satteltaschen herunterfielen. Da Dominic es nicht sofort bemerkte, entstand ein Aufenthalt von zwei Stunden, in denen er die Satteltaschen suchte, und ein weiterer von einer, die er brauchte, um den Lederriemen zu flicken. Nun wurde Azuquita wieder vorn hinter Elspeth angebunden.

In der fünften Nacht schreckte ein schrilles Wiehern Dominic aus dem Schlaf, und als er die Augen öffnete, sah er Azuquitas Hinterteil auf sich herabkommen.

»Was, zum Teufel ...« Er hatte gerade noch Zeit, sich blitzschnell zur Seite zu rollen, bevor der Schweif des Maulesels sein Gesicht berührte. »Du widerlicher Eunuch! Du verrücktes Höllenbiest. Du boshafter Sohn einer ...« Er brach ab, als er Elspeths ersticktes Lachen hörte. »Das ist nicht witzig.«

»Ich weiß«, bestätigte sie und lachte jetzt ganz ungeniert. »Er hätte dich mit seinem Schwanz ersticken können.«

Dominic stand auf und entfernte sich vorsichtig von dem Maulesel, der sich nun hingelegt hatte und sein breites Hinterteil am Feuer wärmte. »Er hätte mir den Schädel eindrükken können, wenn ich nicht so schnell reagiert hätte.«

»Ich glaube, er wollte nur spielen.« Elspeth wischte sich die Tränen aus den Augen. »Aber er hatte dich gewarnt. Dieses Wiehern hätte sogar einen Lazarus erweckt.«

»Spielen? Das Biest wollte mich umbringen!«

»Wie hat er sich überhaupt befreit?«

Dominic zeigte auf das zernagte Seil um Azuquitas Hals. »Ich verstehe nicht, warum er nicht fortgelaufen ist«, sagte er mürrisch.

»Er mag dich eben«, erwiderte Elspeth schmunzelnd.

Dominic schaute sie an, als hätte sie den Verstand verloren.

»Nein, wirklich«, behauptete sie. »Mich toleriert er nur, aber du scheinst eine echte Herausforderung für ihn darzustellen.«

»Gestern wollte er mich einen Abgrund hinunterstoßen, und heute nacht versucht er, mich zu zerquetschen. Ich denke mit Schrecken daran, was er sich für morgen vorgenommen hat.«

Elspeths Lächeln verblaßte. »Ich muß dir etwas gestehen.

Einer der Gründe, warum ich Azuquita mitgenommen habe, war, daß ich böse auf dich war.«

»Warum?«

»Das ist nicht wichtig. Aber ich sehe nun ein, daß ich kein Recht hatte, dir dieses Tier zuzumuten.« Sie senkte den Blick. »Vielleicht finden wir jemanden, bei dem wir Azuquita lassen können, bis wir zurückkehren.«

»Hier oben in den Bergen gibt es nur Banditen und deren Frauen. Wenn wir ihnen den Maulesel gäben, weiß ich nicht, ob wir je wieder lebend ins Tal zurückkämen.«

Elspeth hob die Arme, um ihr langes Haar zu kämmen, und Dominics Blick fiel auf ihre Bluse, die sich über ihren vollen Brüsten spannte. Er verspürte ein leises Kribbeln in der Leistengegend, das er jedoch rasch verdrängte, bevor es zu dem allesbeherrschenden Verlangen werden konnte, das ihn schon seit Wochen quälte.

Azuquita wandte den Kopf und schaute sie an, als habe er jedes Wort verstanden. Hat er wahrscheinlich auch, dachte Dominic und stellte fest, daß sein Verlangen nach Elspeth vor lauter Ärger über den Maulesel nachgelassen hatte. Der Gedanke veranlaßte ihn zu einem Schmunzeln.

»Warum lächelst du?« erkundigte Elspeth sich verwirrt.

»Ich dachte gerade, daß es gar keine so schlechte Idee war, Azuquita mitzunehmen.«

Sie wirkte erleichtert. »Dann bist du mir deshalb nicht mehr böse? *Zuckerstückchen* ist sehr kräftig. Ich hoffe, daß er sein Benehmen ändert, wenn er dich erst besser kennt.«

Der Maulesel entblößte seine gelben Zähne.

Dominic lächelte ihn nachsichtig an. »Hoffentlich.« Dann stand er auf und nahm das zerrissene Seil in die Hand, woraufhin Azuquita versuchte, ihn zu beißen. »Von jetzt an werde ich mich um ihn kümmern. Wie du schon ganz richtig sagtest – wir müssen uns besser kennenlernen.«

Elspeth blinzelte. »Wenn du ganz sicher bist, daß du das willst ...«

Dominic zerrte am Seil. Azuquita rührte sich nicht. »Steh auf, mein kleines Zuckerstückchen«, sagte Dominic in einschmeichelndem Ton. »Du mußt jetzt zu den anderen Tieren zurück. Für eine Nacht hast du genug Schaden angerichtet.«

Er brauchte dreißig Minuten, um Azuquita zum Aufstehen zu bewegen und wieder bei den anderen Tieren anzubinden. Danach war Dominic so müde, daß er erschöpft auf seine Decke sank und keinen Gedanken auf Elspeths warmen Körper verschwendete, der nur wenige Meter entfernt von ihm am Feuer lag.

Zwei Tage später zog ein Gewitter auf. Blauschwarze Wolken bedeckten den Himmel, der Wind war kühl und roch nach Regen.

Elspeth holte befreit Luft. »Ist es nicht ein Segen, Dominic?« fragte sie erleichtert. »Ich glaube, in Edinburgh habe ich den Regen nie richtig schätzen gelernt. Meinst du, das Gewitter wird uns hier erreichen?«

»Ja.« Dominic glitt aus dem Sattel, wich geschickt Azuquitas Versuch, auf seinen Fuß zu treten, aus und nahm die Zügel des Maulesels in die Hand. »Es bleibt uns nicht viel Zeit, uns einen Unterschlupf zu bauen.«

»Willst du anhalten? Es sind noch einige Stunden bis Sonnenuntergang.«

»Das Gewitter ist schon sehr nahe. Ich habe es gern bequem und möchte nicht im Regen schlafen.« Er führte seinen Hengst und den Maulesel in ein Kiefernwäldchen am Rande des Pfads.

»Was hast du vor?«

»Einen Unterschlupf zu bauen. Vorhin auf dem Weg habe ich einige Ocotillobüsche entdeckt.«

Ocotillo. Elspeth hatte keine Ahnung, was das war. »Wie kann ich dir helfen?«

»Indem du die Tiere absattelst und sie an Bäume bindest, deren Blattwerk genügend Schutz vor dem Regen bietet.« Er holte ein scharfes Messer und ein Paar dicke Lederhandschuhe aus seiner Satteltasche. »Ich bin gleich wieder da.«

Zwanzig Minuten später kam er mit einem Armvoll

Buschwerk zurück, aus dem er, in Verbindung mit Kiefernästen, ein kleines Dach zu bauen begann.

»Soll ich ein Feuer anzünden?« fragte Elspeth.

Er schaute nicht auf. »Ja, aber nur ein kleines.«

Als der Unterschlupf stand, war das Wäldchen schon in jenes gelbe Licht getaucht, das einem schweren Gewitter häufig vorangeht. Eine kühle Brise bewegte Elspeths Haar, und die Luft roch nach Regen, Gras und Erde.

»Wunderbar, nicht wahr?« sagte sie erfreut.

»Das wird es nicht mehr lange sein.« Dominic kroch unter das behelfsmäßige Dach. »In einer Minute wird der Himmel seine Schleusen öffnen und dich ertränken, wenn du nicht bald hereinkommst.«

Doch Elspeth schien ihn nicht gehört zu haben. Fasziniert starrte sie zum dunklen Himmel hinauf und empfand eine seltsame Vorfreude. »Es gibt mir ein eigenartiges Gefühl von ... von Macht. Verstehst du, was ich meine?«

Dominics Miene wurde sanfter, als er ihre leuchtenden Augen sah. »Ja, ich weiß. Aber komm jetzt her, bevor du naß wirst.«

Sie seufzte und kroch widerstrebend zu Dominic in den Unterschlupf. »Ich glaube, das wäre es wert ...«

Er schüttelte den Kopf. »Du willst doch nicht schon wieder krank werden, oder?«

»Ich würde nicht krank werden. Ich habe mich in meinem ganzen Leben noch nie so gesund gefühlt.«

Es begann zu regnen, allmählich erst, dann in immer größeren Tropfen, bis der Himmel – wie Dominic vorausgesagt hatte – seine Schleusen öffnete und Tonnen von Wasser herunterschickte. Elspeth hörte den Regen auf das Dach prasseln, aber erstaunlicherweise drangen nur ganz wenige Tropfen herein.

Ihr Lagerfeuer war klein, aber es gelang ihnen, eine Mahlzeit aus Bohnen und Dörrfleisch darauf zu kochen. Als sie gegessen hatten, blieb ihnen nichts mehr zu tun, als dazusitzen und den Regen zu beobachten.

20

»Ich glaube, wir sollten jetzt schlafen.«

Elspeth hob den Blick von den züngelnden Flammen und schaute Dominic an. »Es ist noch gar nicht richtig dunkel. Warum ...« Sie brach ab, weil ihr plötzlich zu Bewußtsein kam, wie eng es in dem kleinen Unterschlupf war. Sie spürte jede einzelne von Dominics Bewegungen, hörte sein flaches, unregelmäßiges Atmen, sah, wie seine Brust sich hob und senkte, seine Hand die Decke umklammerte und wie er die Lippen zusammenpreßte. Und seine Augen ...

Dominic wandte den Blick nur mühsam von ihr ab. »Was sollen wir sonst tun?« Er bewegte sich unruhig. »Der Regen wird so schnell nicht aufhören. Es kann sein, daß wir bis morgen früh hierbleiben müssen.«

»So.« Der Geruch nach Regen, Erde und brennendem Kiefernholz hüllte sie ein und vermischte sich mit dem sauberen, männlichen Duft, den Dominic ausstrahlte. Elspeth wollte ihn in sich aufnehmen, wollte sein Aroma in ihrer Nase spüren und in ihrem Körper. Der Gedanke ließ sie erschauern.

Aber das war längst nicht alles, was sie in ihrem Körper spüren wollte. Sie sehnte sich nach seiner Nähe, nach seinen zärtlichen Händen und dem Feuer, das nur er in ihr entfachen konnte. Sie wollte ihn so berühren, wie er es schon einmal von ihr verlangt hatte. Sie befeuchtete nervös die Lippen, als ein heißes Sehnen in ihrem Schoß erwachte. Lust. Doch erstaunlicherweise empfand sie keine Scham, denn sie war ziemlich sicher, daß Lust bei Dominic genauso schön sein würde wie Liebe.

»Dann deck dich zu und schlaf.« Dominic schaute sie nicht an, als er seine Stiefel abstreifte und seinen Waffengurt abnahm.

»Wir könnten Karten spielen«, schlug Elspeth zaghaft

vor. »Du könntest mir beibringen, was du im Nugget spielst.«

»Poker?« Er löschte das Feuer und zog die Decke über seine Schultern. »Darauf könnte ich mich heute nacht nicht konzentrieren.«

»Ich kenne ein anderes Spiel. Vielleicht ...«

»Elspeth, ich habe keine Lust, Karten zu spielen.«

Ich auch nicht, dachte sie seufzend, aber sie wollte noch nicht schlafen. Wenn sie Karten spielten, besaß sie wenigstens noch für eine Weile Dominics Aufmerksamkeit. Und vielleicht lächelte er sie dann so an wie früher, wenn ... »Wir könnten uns unterhalten«, sagte sie rasch. »Wieso ist das Dach so dicht?«

Dominic schloß die Augen und drehte ihr den Rücken zu. »Ich will nicht reden.«

»Du bist sehr ungesellig.«

»Ja.«

Es war sinnlos. Widerstrebend legte sie sich zurück und zog die Decke hoch. »Und höflich bist du auch nicht.«

Höflich? Er hätte beinahe laut gelacht, wenn seine Qual nicht ganz so groß gewesen wäre. Was er mit Elspeth im Sinn hatte, hatte nichts mit Höflichkeit zu tun. Hör auf, mit mir zu reden, flehte er stumm. Bring mich nicht dazu, dich anzusehen.

Zwei Stunden später regnete es noch immer, und Elspeth hatte noch kein Auge zugetan. Dominic atmete tief und regelmäßig, und er hatte sich seit mindestens zwanzig Minuten nicht mehr bewegt. Wenigstens einer von uns kann schlafen, dachte Elspeth wehmütig, während sie zum Dach hinaufstarrte. Vielleicht, wenn sie die Zweige zählte ...

Eins, zwei, drei, vier ... Bei fünfundzwanzig drehte sie sich auf die Seite, den Blick auf den Zweigen über Dominics Kopf. Sie vergaß zu zählen. Sie vergaß sogar, zu atmen. Einer der Zweige bewegte sich!

Eine Schlange!

Lieber Gott, eine Schlange! Geräuschlos glitt sie den Pfosten an Dominics Füßen hinunter.

Elspeth wollte schreien, aber der Ton blieb ihr in der Kehle stecken. Nein. Laß sie fortgehen. Bitte ... Aber die Schlange blieb und kam Dominics Füßen immer näher.

»*Nein!*« Elspeths Schrei war ihr nicht bewußt. Sie griff nach dem Stock, mit dem Dominic das Feuer geschürt hatte, und sprang auf.

»Nein!« Sie schwang den Stock und schlug nach der Schlange auf dem Pfosten.

»Nein!« Sie hob den Stock von neuem.

»Elspeth! Was, zum Teufel ...«

Der Stock sauste auf die Schlange herunter. »Nein!«

Der Pfosten brach, und das halbe Dach stürzte herab, direkt auf Dominic. Sie hörte ihn fluchen, aber nur wie aus weiter Ferne. Die Schlange war auf den Boden gerutscht, und Elspeth schlug auf sie ein, wieder und wieder.

»Elspeth, um Himmels willen ...« Dominic war unter den Ästen hervorgekrochen und versuchte, ihr den Stock aus der Hand zu nehmen. »Elspeth, hör auf!«

»Es ist eine Schlange.« Sie entriß ihm ihren Arm. »Verstehst du nicht? Eine Schlange!«

»Es *war* eine Schlange«, sagte Dominic. »Sie ist jetzt tot. Hör auf, weiter auf sie einzuschlagen.«

»Nein, sie wird zurückkommen. Ich muß ...«

»Gott!« Er zerrte ihr den Stock aus der Hand und warf ihn fort. Dann packte er Elspeth an den Schultern und schüttelte sie hart. »Hör mir zu! Sie kommt nicht zurück. Sie ist tot. Elspeth. Du hast sie getötet.« Der Regen strömte ihm über das Gesicht. »Es ist alles in Ordnung, Elspeth.«

»Nein, die Schlange ...«

Dominic trat zurück. »Ich bringe sie fort. Bleib, wo du bist.«

Er bückte sich und hob etwas auf. Dann hatte er das ... das Ungeheuer in der Hand! »Laß es! Tu es nicht! Sie wird ...«

»Pst, Elspeth«, sagte er besänftigend. »Sie tut mir nichts.« Er verschwand in der Dunkelheit, doch Sekunden später war er wieder da. »Bitte. Sie ist fort. Du brauchst keine Angst mehr zu haben.«

Die Schlange konnte Dominic nichts mehr tun. Ein rauhes Schluchzen kam aus Elspeths Kehle. Es tat weh. So weh. Sie fiel auf die Knie, schlang schützend die Arme um ihre Schultern und merkte kaum, daß der Regen auf ihren Körper prasselte.

»Elspeth, nein ...« Dominic kniete vor ihr nieder. Seine Stimme klingt, als habe er Schmerzen, dachte sie abwesend. Sie hätte ihm gern geholfen, aber sie konnte sich nicht rühren. »Elspeth, Liebling, tu mir das nicht an. Bitte, *weine* nicht.«

Doch sie konnte nicht aufhören.

Dominic nahm ihr Gesicht zwischen beide Hände und schaute ihr in die Augen. »Warum hast du mich nicht einfach gerufen? Du brauchtest es nicht selber zu tun.«

Sie schüttelte den Kopf. »Doch, das mußte ich. Daddy sagte, ich dürfte keine Angst haben, ich dürfte kein Feigling sein.«

»Du bist kein Feigling. Du bist sehr tapfer«, sagte Dominic beschwörend. »Das mußt du mir glauben.« Sanft strich er ihr eine feuchte Strähne aus der Stirn. »Warum glaubte dein Vater, du seist feige?«

»Die Kobra. An jenem Abend hatte ich meine Milch nicht getrunken, und die Kobra kroch durch das Fenster in mein Zimmer.« Die Worte sprudelten nur so von ihren Lippen. »Ich wachte auf, und sie war auf dem Tisch neben meinem Bett, wo ich die Milch stehengelassen hatte. Weißt du, Milch lockt Schlangen an.«

»Nein, das wußte ich nicht.«

»Ich schrie und schrie. Mein Vater arbeitete in einem anderen Zimmer und kam, um zu sehen, was passiert war. Er ließ einen der Diener kommen, damit er die Schlange tötete. Er war sehr wütend auf mich. Er hatte mich davor gewarnt, die Milch stehenzulassen, aber ich hatte es vergessen. Ich *wollte* es nicht tun.«

»Das weiß ich.« Ihre Wange lag plötzlich an seiner Brust. Sie spürte die Wärme seines Körpers durch den feuchten Stoff des Hemds. Seine Finger streichelten ihr nasses Haar, während er sie wie ein Kind in seinen Armen wiegte. »Es war nicht deine Schuld.«

»Ich wollte, daß er bei mir blieb. Ich hatte solche Angst. Er sagte, ich sei ein Feigling. Er sagte ...«

»Ich will nicht hören, was er noch sagte«, unterbrach Dominic sie rauh. »Nichts als Lügen, aus dem Munde eines brutalen kleinen Schufts, der verdient hätte, dafür aufgehängt zu werden.« Er zog Elspeth noch fester in seine Arme. »Hörst du? Es ist unwichtig, was er sagte. Nichts davon ist wahr. Es wäre dumm von dir gewesen, keine Angst zu haben. Du bist eine außergewöhnlich tapfere Frau.«

»Nicht so tapfer wie Silver.« Ihre Worte klangen erstickt.

»Doch.« Er ließ sein Kinn über ihren Kopf gleiten. Es war wie ein Streicheln. »Genauso tapfer. Um dem entgegenzutreten, was wir am meisten fürchten, braucht man ganz besonderen Mut. Du bist wie ein Tiger auf diese Schlange losgegangen.«

»Dann bin ich kein Feigling?« flüsterte sie.

»Nein«, sagte er gepreßt. »Gott, nein.«

Erleichterung erfaßte sie. Dominic hatte gesagt, sie habe keinen Grund, sich zu schämen. Sie sei kein Feigling. Sooft sie sich ihrem Vater gegenüber auch verteidigt hatte, sie war nie ganz überzeugt gewesen, daß er nicht doch im Recht gewesen war. Sie hatte dringend jemanden gebraucht, der ihr diese Worte sagte. Ihr Schluchzen ließ allmählich nach und endete in einem leisen Schluckauf. »Danke.«

»Wofür? Daß ich die Wahrheit sage?«

»Dafür, daß du mich davon überzeugt hast.«

Er schob sie etwas von sich ab und musterte sie prüfend. »Geht es dir jetzt besser?«

Sie nickte. Dann lächelte sie zaghaft. »Du bist ganz naß. Es tut mir leid, daß ich deinen schönen Unterschlupf zerstört habe.«

»Das macht nichts.« Er strich ihr sanft über die Wange. »Du bist nicht nur naß, sondern auch noch voller Schlamm.«

»Ich weiß.« Sie hoffte, er möge seine Hand nicht fortnehmen. Sie war so warm, so zärtlich. Gern hätte sie ihre Lippen darauf gepreßt. »Was machen wir jetzt?«

»Dich säubern und abtrocknen. Ich frage mich nur, wie.« Er ließ die Hände sinken, und Elspeth wurde von einem überwältigenden Gefühl der Leere erfaßt. Und Einsamkeit.

Dominic begann die Ocotillozweige auf einen ordentlichen Stapel zu häufen. »Meinst du nicht, das wäre gefährlich?« fragte Elspeth besorgt. »Die Schlange könnte Brüder oder Schwestern haben.«

»Nach all dem Geschrei wirst du in fünf Meilen Umkreis keine einzige Schlange mehr finden.«

»Was soll ich tun?«

»Versuch, etwas Trockenes zu finden.« Endlich hatte er die Satteltaschen von dem Gebüsch befreit. »Hast du etwas bei dir, was dir nützen könnte?«

»Ich glaube nicht. Du hast gesagt, ich solle nichts Unnötiges mitnehmen und ...« Sie brach ab. »Doch, meinen Umhang.«

»Deinen Umhang?«

»Ja, eine Decke mit dem Schottenmuster meiner Familie.« Sie kniete nieder und löste den Riemen an der Satteltasche. »Die MacGregor-Decke.«

»Und die hast du als notwendig betrachtet?«

Elspeth schaute nicht auf. »Du wirst doch verstehen, daß ich sie nicht zurücklassen konnte?«

Dominic betrachtete sie, wie sie naß und schlammbedeckt und mit ernster Miene auf der Erde hockte, und empfand eine fast schon schmerzhafte Zärtlichkeit für sie. »Ja.«

»Ah, da ist sie.« Sie zog die zusammengefaltete rotschwarze Decke heraus und stand auf. »Jetzt werde ich sehen, ob ich diesen Schlamm abwaschen kann.«

»Und ich repariere unseren Unterschlupf. Brauchst du die Laterne?«

Schaudernd dachte sie an Scharen von Schlangen, die in der Dunkelheit lauern mochten. Aber Dominic hatte gesagt, es gäbe keine Schlangen mehr in der Umgebung, und er brauchte die Laterne dringender als sie. »Nein.« Sie wandte sich ab und ging zu den Bäumen hinüber, wo die Tiere angebunden waren.

Das Einfachste war, sich auszuziehen und vom Regen abwaschen zu lassen. Es war eine eigenartig sinnliche Erfahrung, nackt im dunklen Wald zu stehen.

Elspeth bedauerte fast, unter den schützenden Baum zurückkehren zu müssen. So gut es ging, wrang sie ihr langes Haar aus und wickelte sich in die rotkarierte Decke, die sie über der Brust verknotete. Dann zog sie ihre braunen Lederstiefel an.

Der Regen hatte nachgelassen, als Elspeth zu Dominic zurückkehrte. Erfreut stellte sie fest, daß der Unterschlupf schon fertig war und Dominic ein kleines Lagerfeuer anfachte. »Du warst sehr schnell.«

»Ich bin nicht gern naß.« Das Feuer erlosch, und Dominic fluchte leise. »Es hat keinen Zweck. Das Holz ist zu feucht. Alles ist feucht. Nur die Decken sind noch trocken, weil sie unter dem Holz begraben wurden, als das Dach einstürzte, aber ...«

Er verstummte, als er Elspeth sah. Die rotschwarzkarierte Decke verlieh ihren Wangen Farbe, ihre Augen glänzten im Laternenschein, und sie wirkte so exotisch wie ein bunter Papagei. »Deine Decke gefällt mir.« Er räusperte sich und senkte den Blick, um das Feuer von neuem anzufachen. »Komm her, bevor du wieder naß wirst.«

Es dauerte zehn Minuten, aber dann brannte ein kleines, wenn auch rauchiges Feuer. »Gut«, meinte Dominic und zog ein Tuch aus seiner Satteltasche, um sich Gesicht und Hände abzuwischen.

»Du bist völlig durchnäßt. Du solltest dich umziehen.«

»Gleich.« Er hockte sich neben das Feuer und hielt die Hände darüber. Als die Wärme allmählich auf seinen ganzen Körper übergriff, schloß er die Augen, und ein sinnliches Lächeln erschien auf seinem Gesicht. »Wunderbar! Ich hasse es, naß zu sein.«

Elspeth sah seinen Gesichtsausdruck und erschauerte. So hatte er ausgesehen, als er sich in dem großen Bett in Killara über sie gebeugt hatte ...

»Ich erinnere mich, als Kind einmal an einem Viehtreiben

teilgenommen zu haben, bei dem es drei Tage lang unablässig regnete. Seitdem hasse ich den …« Er brach ab, als er Elspeth anschaute, und schnappte nach Luft. »Laß das, Elspeth!« sagte er scharf. »Tu es mir nicht an. Nicht jetzt.«

»Ich tue doch nichts«, flüsterte sie. Im Gegenteil – etwas wurde mit ihr getan, denn ihre Knochen schienen sich in Wachs verwandelt zu haben, und ein heißes Kribbeln war in ihrem ganzen Körper. »Ich höre dir nur zu.«

»Du mußt mir helfen.« Sein Blick wich nicht von ihrem Gesicht. »Bitte, Elspeth – ich schaffe es nicht allein.«

»Was schaffst du nicht?« fragte sie mit leiser, verträumter Stimme. Sein fein geschwungener Mund bezauberte sie. Am liebsten hätte sie den Finger ausgestreckt und seine Unterlippe nachgezeichnet, bis hin zu den Mundwinkeln, wo das Lächeln begann. Sie konnte sich nicht entsinnen, je den Wunsch verspürt zu haben, jemanden zu berühren. Höchstens als Kind – bis ihr Vater sie gelehrt hatte, es nicht zu tun.

»Elspeth …« Dominic streckte impulsiv die Hand nach ihr aus, doch dann ließ er sie wieder sinken. »Tu es mir nicht an. Ich bemühe mich verzweifelt, mein Versprechen zu halten.« Seine hellen Augen glitzerten seltsam. »Ich gebe mir Mühe, verdammt.«

Der Moment war gekommen. Elspeth wußte es aus einem Instinkt heraus, der nicht mit Worten zu erklären war. »Ich habe nachgedacht«, sagte sie mit gesenktem Blick. »Ich glaube, ich würde gern ein Kind haben. Das Leben einer Wissenschaftlerin kann sehr einsam sein, und ich bezweifle, daß ich noch einmal heiraten würde. Vielleicht ist es meine letzte Chance …«

Dominic versteifte sich, als hätte ihn ein Schuß getroffen. »Was, zum Teufel, willst du damit sagen?«

Feine Röte stieg in ihre Wangen. »Ich glaube, ich habe mich klar genug ausgedrückt.«

»Oh, das schon, aber was du sagst, entbehrt jeglicher Vernunft.« Er kniete auf einmal neben ihr. In seinem plötzlich blassen Gesicht zuckte ein Muskel, und sein Blick verriet so etwas wie Ärger. »Sei um Himmels willen ehrlich zu mir, Elspeth! Du willst doch gar kein Kind. Du willst *mich*. Du willst, daß ich dich berühre und willst dich in mir spüren. Du möchtest, daß ich dir deine Decke abnehme, auf die du so stolz bist, dich hinlege und mich auf dich rolle. Das ist es doch, was du von mir willst, nicht wahr?«

»Ja.« Sie hob den Kopf. »Ich will alles, was du gesagt hast, aber ich will auch dein Kind.«

»Warum?« fragte er tonlos. »Warum ausgerechnet mich?«

»Weil ich keine Gelegenheit mehr ...« Sie brach ab. Warum sollte ich ihn belügen? »Weil ich dich liebe«, sagte sie schlicht. »Und ich glaube, ich werde dich immer lieben, Dominic, mein ganzes Leben lang.«

»Mein Gott«, antwortete er nur.

»Ich möchte natürlich nicht, daß du dich verpflichtet fühlst, aber wenn es dir Spaß machen würde ... Du sagtest, alle Frauen seien gleich. Ich würde mich bemühen, dir ...«

»Sei still!« unterbrach er sie rauh. »Lieber Himmel, Liebling, sei endlich still!«

»Ich kann nicht schweigen.« Ihre grünen Augen schimmerten feucht. »Es ist zu wichtig für mich. Ich glaube, du hast mich beim letzten Mal nicht abstoßend gefunden, und ich würde alles tun, um dich zu erfreuen. Ich lerne schnell. Selbst eine Hetäre muß am Anfang beginnen, und den Wandmalereien in einigen Tempeln nach zu schließen, waren längst nicht alle Hetären schön. Eine dieser Damen hatte sogar eine recht häßliche, krumme Nase und ...«

Er legte ihr einen Finger auf die Lippen. »Pst, du machst mich verrückt mit deinem Gerede, Elspeth. Ich halte es nicht mehr aus. Ich begreife nicht, wie ich es überhaupt so lange ausgehalten habe.«

Elspeth schluckte. »Dann ... wirst du es tun?«

»Ich fürchte ja«, antwortete er, während sein Finger streichelnd über ihre Wangen glitt. »Eine Zeitlang dachte ich, du könntest doch noch einen Gentleman aus mir machen. Aber das ist wohl nicht möglich.« Er zog die Decke von ihrem Kopf und ließ sie auf ihre Schultern fallen. »Dein Haar ist noch feucht.« Er preßte sein Gesicht auf ihr langes Haar und ließ ihre Locken durch seine Finger gleiten. »Kühl«, sagte er heiser. »Und glatt.«

Elspeth hielt ganz unbewußt den Atem an. Das leichte Zupfen löste ein angenehmes Kribbeln auf ihrer Kopfhaut aus. »Magst du es?«

»Ich mag alles an dir«, murmelte er. »O Azuquita, wo bist du nur, wenn ich dich brauche.«

»Was?«

»Nichts. Jetzt ist es ohnehin zu spät.« Er nahm eine Hand von ihrem Haar und öffnete den Knoten, der die Decke über ihrer Brust zusammenhielt. Doch dann schien er zu erstarren. Er schaute sie schweigend an, und der Puls an seiner Kehle hämmerte wie wild. »O ja, jetzt ist es zu spät. Viel zu spät.«

Sie schloß die Augen und errötete. »Warum?« flüsterte sie. »Warum tust du es? Aus Mitleid?«

»Mitleid? Wie begriffsstutzig du bist.« Er streifte ihr den Umhang ab und ließ ihn auf den Boden sinken.

»Warum dann?«

Er senkte den Kopf und preßte die Lippen auf den aufgeregt pochenden Puls an ihrer Kehle. »Aus vielen Gründen.«

»Nenn mir einen.«

»Weil du keine häßliche, krumme Nase hast.« Er drückte sie sanft auf ihre Schottendecke und begann ihr die Stiefel auszuziehen.

»Oh.« Sie hätte gern noch etwas gesagt, aber es fiel ihr zunehmend schwerer, Worte oder Gedanken zu formen, während ihr Bewußtsein nichts anderes wahrzunehmen schien als Dominics körperliche Nähe. Seine goldbraun getönte Haut, seine fast durchsichtigen graublauen Augen und sein zärtliches Lächeln veranlaßten sie, ihn verwundert anzuschauen. Dann küßte er sie, und nun war auch der letzte vernünftige Gedanke ausgelöscht. Als er den Kopf hob und sich von ihr lösen wollte, streckte sie die Arme aus und hielt ihn fest. »Nein«, flüsterte sie. »Bleib.«

»Ich bin gleich bei dir.« Er hockte sich auf die Fersen und

begann sich rasch auszukleiden, ohne den Blick von Elspeth zu wenden, die nackt, ihr langes Haar ausgebreitet wie ein goldbraunes Schild, vor ihm lag. Und wenn er hundert Jahre alt wurde, diesen Augenblick – und was sie ihm anbot – würde er nie vergessen können. Schönheit, Liebe und Mut – jedes für sich ein kostbares Geschenk.

Elspeth merkte überrascht, daß ihre Schüchternheit verflogen war, ersetzt von Verlangen, Vorfreude und einer gewissen Unsicherheit. Die unerklärliche Zärtlichkeit, die Dominics Verhalten anhaftete, ließ kein Gefühl des Unbehagens zu. Ob er sie für schamlos hielt? Aber die Frauen, die er kannte, waren doch sicher auch nicht schüchtern, und er ...

Ihre Gedanken schweiften ab, als sie langsam ihren Blick über seinen Körper gleiten ließ. Wie schön er war, wie perfekt! Das dunkle Haar auf seiner Brust war unwiderstehlich einladend, sie streckte die Hand aus, um es zu berühren. Dominic hob den Kopf und sah sie an.

Und nun spürte sie doch, wie heiße Röte in ihre Wangen stieg. »Es fühlt sich anders an als das Haar auf deinem Kopf. Viel rauher.« Ihre Finger strichen über die kleinen Locken. »Stört es dich, wenn ich dich berühre?«

»Nein, ich möchte, daß du es tust.« Er nahm ihre Hand und drückte sie auf seine Brust, dann führte er sie in kreisenden Bewegungen über seine Haut und schaute Elspeth dabei tief in die Augen.

Als sie seine ausgeprägten Muskeln unter ihren Fingern spürte und das heftige Klopfen seines Herzens wahrnahm, begann sie zu zittern, und ihr Herz pochte plötzlich genauso stark wie seines. Unwillkürlich ließ sie ihre Hand tiefer gleiten und folgte der Spur des dunklen Haars, das in seinem Hosenbund verschwand.

Dominic erschauerte. Sie spürte, wie sich seine Bauchmuskeln spannten. »Ich mag es viel zu sehr. Du solltest lieber damit aufhören. Diesmal will ich mir Zeit nehmen.«

»Warum?«

Er nahm ihre Hand von seinem Bauch und schaute mit einem Ausdruck auf sie herab, den sie noch nie zuvor an ihm beobachtet hatte. Eine glühende Zärtlichkeit zeichnete sich auf seinem Gesicht ab, nichts war mehr von dem Zynismus zu sehen, den er sonst so oft zeigte.

»Ich habe dir einmal gesagt, daß ich kein Rohling bin. Beim letzten Mal hast du mir mehr gegeben als ich dir. Ich war so verdammt betrunken, daß ich nur an mein eigenes Vergnügen denken konnte. Ich hätte sanfter sein müssen. Ich hätte mir mehr Zeit nehmen sollen.« Er hob ihre Hand an seine Lippen und küßte sie auf die Handfläche. Unter seinen warmen Lippen begann ihre Haut zu prickeln. »Ich war viel zu grob. Es ist ein Wunder, daß du mich nicht dafür haßt.«

»Ich kann mich nicht entsinnen, daß du grob warst.« Sie erinnerte sich an nichts als Hitze, lustvolle Gefühle und Dominics stürmische Vereinigung mit ihr. »Ich fand es ... annehmbar.«

Dominic zuckte zusammen. »Annehmbar! Was für ein völlig unpassendes Wort.« Dann lächelte er belustigt. »Ich werde dir beweisen, daß es auch anders sein kann. Bleib, wo du bist, Liebling.« Er ging gebückt aus dem Unterschlupf, streifte seine Hose ab und kam zu ihr zurück. Seine Haut schimmerte im Laternenschein wie Bronze, seine Stimme war wie Samt, als er Elspeth in die Arme zog.

»So, jetzt laß mich sehen, ob ich deine Meinung ändern kann. Öffne deine Schenkel, Liebling.« Liebevoll wie ein Bildhauer, der ein Kunstwerk schafft, ließ er seine Hand über ihren Körper gleiten und hinterließ überall dort, wo er sie berührte, eine feurige Spur auf ihrer Haut. Schließlich drängte er sanft ihre Schenkel auseinander, kniete sich dazwischen und begann das weiche Haar zu streicheln, das ihre empfindsamste Stelle verbarg. »Du fühlst dich hier auch anders an. Nicht rauh, aber anders.«

Auf einmal senkte er den Kopf und rieb mit seinem rauhen Kinn sanft über ihren Bauch. Es war ein unglaublich erregendes Gefühl für Elspeth. »Weich und doch so stark ...« Sie spürte seine Zähne auf ihrer Haut, gefolgt von seinen Lippen, seinem warmen Atem und schließlich seiner heißen Zunge, die Kreise auf ihrer Haut beschrieb. Unwillkürlich spannte Elspeth ihre Muskeln an.

»Nein, noch nicht.« Er hob die Hand und strich beruhigend über ihren Bauch. »Es wird schöner für dich sein, wenn du nicht zu schnell erregt bist. Entspann dich, Liebling.«

Entspannen? Wie sollte sie sich entspannen, wenn jeder einzelne ihrer Muskeln vor Vorfreude vibrierte? »Sei nicht albern«, meinte sie. »Wie kannst du so etwas Dummes sagen.«

Ihre Bemerkung verwirrte ihn für einen Moment so, daß er sich nicht bewegte, seinen Kopf auf ihrem Bauch ruhen ließ und sein Gesicht vor ihr verbarg. Dann begannen seine Schultern zu zucken, und er hob lachend den Kopf. »Ich werde mich bemühen, weitere Dummheiten zu vermeiden.« Er schüttelte mit nachsichtigem Lächeln den Kopf. »Ich weiß nicht, warum ich erwartet hatte, daß du wie jede andere Frau reagieren würdest. Schließlich tust du nichts so, wie andere Leute es tun würden.«

So sollte er immer aussehen, dachte Elspeth plötzlich. So würde er auch aussehen, wenn jene grimmigen Jahre der Verfolgung ihm nicht seine Zärtlichkeit und seinen Humor geraubt hätten. Und auf einmal war sie fest entschlossen, ihm das alles zurückzugeben. Sie streckte die Hand aus und strich ihm sanft das feuchte Haar aus der Stirn. »Ich wollte dich nicht entmutigen.«

»Oh, das hast du auch nicht.« Seine Finger bewegten sich suchend über das schmale Dreieck zwischen ihren Schenkeln. Sie stieß einen leisen Schrei aus, als die Suche endete, und verschränkte die Finger in seinem Haar, während er sie mit gezielten Bewegungen reizte. Dabei schaute er ihr zärtlich in die Augen. »Du könntest mich gar nicht entmutigen. Nicht während der nächsten tausend Jahre. Magst du das?«

»Ja.« Sie brachte kaum ein Wort zustande unter dem Ansturm der Gefühle, die er in ihr auslöste. Sie zitterte, erschauerte und ... Was machte er nur mit ihr?

»Gut.« Plötzlich drang er mit zwei Fingern in sie ein, und sie öffnete den Mund zu einem stummen Schrei. »Dominic!«

»Pst!« Sein Gesicht war vor Lust gerötet. »Ich weiß. Laß es mich noch eine Weile tun. Es wird dann schöner für dich sein.« Er hatte sich stets bemüht, seinen Frauen Befriedigung zu verschaffen, aber so intensiv wie bei Elspeth waren seine Anstrengungen nie gewesen. Bei ihr hatte er das seltsame Gefühl, als wäre ihre Lust auf rätselhafte Weise direkt mit seiner eigenen verbunden. Selbst das kleinste Vergnügen, das er ihr verschaffte, war sein eigenes. Impulsiv beugte er sich vor und küßte sie zärtlich auf den Mund. »Aber ich glaube, jetzt kann ich nicht mehr warten«, sagte er heiser, als er seine Lippen von ihr löste. »Darf ich zu dir kommen und dir noch mehr zeigen, Elspeth?«

Sie lächelte strahlend. »Bitte!«

Er drang sehr langsam in sie ein, um ihr Zeit zu lassen, ihn aufzunehmen. Erst dann begann er sich behutsam zu bewegen. Obwohl seine Lust inzwischen die Grenzen des Erträglichen erreicht hatte, beherrschte er sich noch. »Elspeth, du hast mir so gefehlt«, flüsterte er heiser. »Wie oft habe ich an diesen Augenblick gedacht ... immer, wenn ich dich ansah, hatte ich das Gefühl, von dir umschlossen zu sein und ...« Er brach ab und schaute mit glitzernden Augen auf sie herab. »Weißt du eigentlich, was du mit mir machst?«

Sie begann es allmählich zu begreifen, und das Wissen erfüllte sie mit einer Vorfreude, die sie fast als lasterhaft empfand. Sie hob ihm beinahe schüchtern ihren Schoß entgegen und merkte, wie er nach Luft schnappte und ein Erschauern durch seinen Körper ging. Ich kann es also auch, dachte sie entzückt. Ich kann ihm genauso viel Vergnügen bereiten, wie er mir! Sie versuchte es noch einmal und spannte gleichzeitig ihre Muskeln um ihn an.

Dominic schloß die Augen. Der Puls an seiner Kehle klopfte zum Zerspringen. »Laß das, Elspeth. Ich kann mich nicht beherrschen, wenn du das tust.«

Aber ihr Entzücken war zu groß, das Gefühl der Macht zu neu. Während sie ihre Hand über das weiche Haar auf seiner Brust gleiten ließ, begann sie ihren eigenen Rhythmus aufzunehmen.

Dominic keuchte vor Anstrengung, sich zurückzuhalten. »Na schön, Liebling«, sagte er schließlich erstickt. »Wenn du es so willst, will ich es auch.«

Seine Bewegungen wurden schneller, kräftiger, und während Elspeth glaubte, von einer heißen Flamme verzehrt zu werden, umfaßte er ihren festen kleinen Po und zwang sie, ihn noch tiefer in sich aufzunehmen. Ihre Seufzer wurden einem Schluchzen immer ähnlicher. In der Hitze ihrer Erregung krallte sie ihm die Nägel in die Schultern und paßte sich seinem wilden, leidenschaftlichen Rhythmus willig an.

Seine Finger spielten auf ihr wie auf einem Instrument, während er sich in ihr bewegte, und Elspeth spürte, wie sich etwas näherte, das sie nur vage in Erinnerung hatte.

»Elspeth ...« Dominics Gesicht war vor Anspannung verzerrt. »Ich kann mich nicht mehr zurückhalten ...«

Zurückhalten? Wozu? fragte sie sich vage. Aber dann, als die aufgebaute Spannung sich in einer überwältigenden Flut von Ekstase löste, wußte sie, was er gemeint hatte. Sie hörte Dominics Aufschrei und fühlte sich so innig mit ihm verbunden wie nie zuvor, als sich seine Leidenschaft in ihr entlud.

»Gott sei Dank«, keuchte Dominic erleichtert. »Ich dachte schon, ich hätte dich zurückgelassen.« Er beugte sich vor und küßte sie, und Elspeth fühlte sich eingehüllt in Liebe und Zärtlichkeit wie in einem warmen Mantel, der sie vor allen Gefahren der Außenwelt schützte. »Ich möchte dich nie zurücklassen, Elspeth.«

Die Gefahr besteht auch nicht, dachte sie. Nicht mehr. Wenn er sie je verlassen sollte, würde sie ihm folgen. Wenn er ihrer Liebe überdrüssig wurde, würde sie einen Weg finden, sich ihm anderweitig nützlich zu machen. Er hatte ihr heute nacht gesagt, sie sei stark. Diese Stärke würde sie benutzen, ihn in jeder Weise an sich zu fesseln, wie eine Frau einem Mann an sich fesseln konnte. »Habe ich dir gefallen?«

»O ja.« Er strich ihr sanft das Haar aus der Stirn. »Du bist eine einzige Freude für mich und bietest mir immer wieder neue Überraschungen. Keine einzige jener Hetären, von denen du ständig sprichst, hätte besser sein können, Elspeth MacGregor.«

»Delaney«, berichtigte sie ihn lächelnd. »Ich danke dir für dein Kompliment und werde mich bemühen, durch Übung noch besser zu werden.« Er hatte nicht gesagt, er liebte sie, aber immerhin zugegeben, daß es ihm gefallen hatte. Damit gab sie sich für den Moment zufrieden. »Sollen wir weitermachen?«

Er warf den Kopf in den Nacken und lachte schallend. »Jetzt nicht. Es ist besser, wenn wir uns ein bißchen ausruhen.« Er löste sich sanft von ihr, rollte sich neben sie und zog sie in die Arme. Seine Lippen streiften ihre Stirn, als er ihren Kopf an seine Schulter bettete. »Wir haben Zeit.«

Sie schmiegte ihre Wange an seinen Arm und ließ ihre Fingerspitzen liebevoll über seine Brust gleiten. Dann murmelte sie verschlafen: »Ich hoffe, es hat deiner Wunde nicht geschadet. Du warst sehr ... stürmisch.«

Er lachte leise und küßte sie ganz sacht auf die Augenlider. »Nein, du hast mir nicht geschadet«, imitierte er ihren schottischen Akzent. »Und ich bin lieber ›stürmisch‹ als ›annehmbar‹.«

Ein Lächeln erschien um Elspeths Mundwinkel, und so schlief sie ein ... lächelnd.

Dominic hielt sie fest umfangen und empfand eine sehnsüchtige Zärtlichkeit nach ihr. Vielleicht hätte er es lieber nicht tun sollen, doch die Erkenntnis, was Elspeth ihm bedeutete, hatte ihn die Kontrolle über sich verlieren lassen und ihm bewußt gemacht, was er wirklich für sie fühlte. Er wußte jetzt, daß er sie nie wieder gehen lassen konnte. Die Liebe, die sie bereit war, ihm zu schenken, war noch kostbarer als der unwiderstehliche Reiz, den ihr Körper auf ihn ausübte.

Vielleicht fand er ja doch noch einen Weg ... Zwar konnte er ihr keine Beständigkeit versprechen, aber wenn er sich bemühte, sie wenigstens in der Zeit, die ihnen zur Verfügung stand, glücklich zu machen ... Nein, er mußte mehr tun als das. Er mußte einen Weg finden, sie zu schützen, falls ihm etwas zustieß. Er mußte sie absichern, und das war nur mit Geld zu erreichen.

Der Schatz von Kantalan.

Dominic starrte in die Dunkelheit und bedachte die Möglichkeiten, die der legendäre Schatz ihm bieten mochte. Nicht für Killara, sondern für die Frau in seinen Armen. Die Frau, die er liebte.

21

»Elspeth! Wach auf, Liebes.«

Es war Dominics Stimme, aber sie klang anders als sonst, viel eifriger und lebhafter. Verschlafen öffnete Elspeth die Augen. Auch sein Gesichtsausdruck war anders. Er beugte sich über sie und lachte sie an, voller Zärtlichkeit und Humor, und plötzlich wußte sie, daß sich etwas in ihm verändert hatte. Ein Geschenk, das man ihm einst genommen hatte, war ihm zurückgegeben worden.

»Ist es schon hell?« fragte sie.

»Nein. Aber es ist Zeit.«

»Wozu?« Seine braune Haut schimmerte fast golden im Schein des heruntergebrannten Feuers.

»Deine Erziehung zur Hetäre fortzusetzen«, erwiderte er mit mutwillig funkelndem Blick. »Sagtest du nicht, du wärst begierig, mehr zu lernen?« Er zog sie in eine sitzende Stellung. »Nun, das erste, was du lernen wirst, ist, dich den Wünschen deines Herrn und Meisters zu fügen.«

»So?«

Er nickte, während er sie behutsam in ihre Decke einhüllte. »O ja, das ist äußerst wichtig.«

»Und welchen Wunsch habe ich jetzt zu erfüllen?«

»Es handelt sich um etwas, das mir nicht mehr aus dem Kopf geht, seit ich dich in jener Nacht aus Jims Hütte nach Hell's Bluff zurückbrachte.« Er hob sie auf die Arme, trug sie aus dem Unterschlupf und richtete sich auf. »Wir reiten aus.«

Sie schaute ihn aus großen Augen an. »Mitten in der Nacht?«

»Warum nicht?« Er ging auf Blanco zu, der bereits gesattelt wenige Meter entfernt wartete. »Es hat aufgehört zu regnen, und der Mond scheint.«

»Wir sind nicht angezogen«, protestierte sie. Sie trug nichts als die Decke und war darunter so nackt, wie er sie wenige Stunden zuvor geliebt hatte.

Dominic lachte. »Mir macht es nichts, und du hast deinen MacGregor-Umhang.« Er blieb stehen und küßte sie mit unendlicher Zärtlichkeit. »Ich verspreche dir auch, daß ich alles tun werde, um dir behilflich zu sein. Wirst du dich mir nicht verweigern?«

Wie konnte sie das, wenn er sie so rührend jungenhaft anlächelte? »Nein«, sagte sie leise. »Es ist verrückt, aber wenn du es willst ...«

»Und ob ich es will!« Wieder küßte er sie, diesmal leidenschaftlich und hart, und hob sie auf den Sattel. »Unter anderem.« Mit einem Satz saß er hinter ihr im Sattel und trieb sein Pferd an.

Der Mondschein tauchte den holprigen Pfad in einen silbrigen Schein, als sie den Schatten des Wäldchens verließen, und Elspeth glaubte sich in eine fremde, verzauberte Märchenwelt versetzt. Ein warmer Nebel stieg in grauen Schwaden von der feuchten Erde auf und umhüllte wie ein Schleier die Spitzen der hohen Kiefern zu beiden Seiten des Pfads. Für Elspeth war es, als befänden sie sich in einem Garten Eden, wie Adam und Eva, zu Anbeginn der Zeiten, als noch alles möglich und nichts verboten war.

Dominics warmer Atem fächelte ihr Ohr, seine Arme, die sie fest umfangen hielten, vermittelten ihr ein köstliches

Gefühl der Sicherheit. Die frische Brise kühlte ihre Wangen und zupfte an ihrem Haar. Eine überwältigende Heiterkeit erfüllte sie plötzlich. »Machst du das oft? Es ist ganz schön verrückt, weißt du.«

»So?« Er biß sie spielerisch ins Ohrläppchen, was ein angenehmes Kribbeln in ihr auslöste.

»Ja.«

»Ich gebe zu, daß es das erste Mal ist, daß ich einen solchen Wunsch verspüre«, murmelte er an ihrem Ohr, während er seine Hände unter ihre karierte Wolldecke schob. »Aber ich kann dir versprechen, daß es nicht das letzte Mal sein wird.« Mit Daumen und Zeigefinger spielte er an ihren empfindsamen Brustspitzen. »Magst du das?«

Elspeth stöhnte leise auf, ein lustvolles Erbeben ging durch ihren Körper. »Ja, ich ... ich glaube ja.«

Dominic lachte, als er ihre festen Brüste in seine Hände nahm und sie anhob. »Du glaubst es nur?«

»Es gibt mir ein komisches Gefühl ... fast wie Schmerz. Aber das ist wahrscheinlich ganz normal.«

»Wo tut es denn weh?« Er löste eine Hand von ihrer Brust und ließ sie streichelnd über ihren Bauch gleiten. »Hier?«

Die Muskeln spannten sich unter seinen Fingerspitzen an. »Ja.«

Seine Hand ging tiefer und verweilte auf der empfindsamsten, intimsten Stelle ihres Körpers. »Hier?«

»Ja.«

Er zog ihren Rücken an seine Brust, während er sie mit erfahrenen, gezielten Liebkosungen reizte. »Hier?«

Elspeth schnappte nach Luft. Die süße Qual war nicht mehr auszuhalten. Ihr ganzer Körper kribbelte vor Verlangen. Sie wollte Dominic in sich spüren. Was machten sie hier auf diesem albernen Pferd, wenn sie bequem auf ihrer Decke hätten liegen können, wie noch wenige Stunden zuvor? »Sollen wir nicht lieber zurückreiten?«

»Du hast meine Frage nicht beantwortet.«

»Ja. Aber wir sitzen auf einem ...«

»Ich möchte nicht, daß du dich quälst, Liebling. Als Ehemann halte ich es für meine Pflicht, dich von deiner Qual zu erlösen.« Er rutschte auf dem Sattel zurück, streifte ihr die Decke ab und drehte sie so zu sich herum, daß sie ihm nun gegenüber saß.

Elspeth brachte vor Verblüffung kein Wort heraus, als er ihren Po umfaßte und mit einer geschickten Bewegung in sie eindrang. Elspeth vergaß, wo sie war, vergaß alles außer dem Gefühl, mit Dominic vereint zu sein. Sie schloß die Augen und legte lustvoll stöhnend den Kopf zurück.

»Leg deine Beine um mich«, murmelte er. »Halt mich fest.«

Sie gehorchte, drängte sich ihm einladend entgegen und preßte ihre festen Brüste an seinen harten Brustkorb, der sich unter seinen heftigen Atemzügen hob und senkte.

Dominic zog sie noch fester an sich heran, und sie umklammerte in hilfloser Erwartung seine Schultern. »Dominic ...«

»Hab Geduld, Liebling«, flüsterte er und trieb den Hengst zu einem Galopp an.

Die schnellen, rhythmischen Bewegungen des Pferdes, das Auf und Ab des Sattels an ihrer nackten Haut, machten die Vereinigung noch intensiver, und Elspeth spürte, wie sich ein Schrei in ihrer Kehle bildete.

Dominic preßte sie an seinen Körper und schloß seinen Mund um eine ihrer rosa Brustspitzen, biß und saugte daran, bis Elspeth leise aufschluchzte. Ihre Erregung wuchs ins Unerträgliche, wie im Fieber schlang sie ihm die Arme um den Nacken und preßte sich an ihn, als hinge ihr Leben davon ab.

Dominic spürte, wie ihre Muskeln sich spannten. »Jetzt!« sagte er gepreßt. »Jetzt!«

Ja, jetzt, dachte Elspeth, während ein lustvolles Zittern durch ihren Körper lief und die letzte Spannung, die sich in ihr aufgebaut hatte, löste.

Sie schrie laut auf, warf den Kopf zurück und glaubte sich innerlich aufzulösen vor Glück. Doch dann, als ihre Ekstase nachließ, merkte sie, daß Dominic sich nicht gerührt hatte und sie lächelnd betrachtete. »Soll ich mich jetzt wieder umdrehen?« fragte sie verwirrt.

Er schaute auf die Stelle, wo ihre beiden Körper vereinigt waren, und wendete den Hengst. »Warum? Gefällt dir deine Stellung nicht?«

Sie errötete unter seinem Blick. »Doch, aber ich dachte ... ist es denn noch nicht vorbei?«

Er lachte leise. »O nein, es fängt gerade erst an. Blanco kennt noch eine Menge anderer Gangarten, die wir ausprobieren müssen. Jetzt reiten wir zum Lager *zurück*. Ich glaube, das wird dir mindestens genausogut gefallen, Liebling.« Er trieb den Hengst zu einem leichten Trab an. Elspeth schnappte nach Luft, als sie die ersten Bewegungen in sich spürte. »*Mindestens* genausogut.«

Das Feuer im Unterschlupf war fast niedergebrannt, als Dominic Elspeth sanft auf die Decke legte. »Ich bin gleich wieder da.«

Sie schaute verträumt zu, wie er frische Zweige auf die Glut legte und das Feuer anfachte. Dann war er an ihrer Seite, zog sie in die Arme und küßte sie zärtlich. »Bist du müde?«

Sie schüttelte den Kopf. »Nein. Es war ...« Sie suchte nach dem richtigen Wort. »Sehr belebend.«

Dominic lachte. »Der Ansicht bin ich auch. Du überraschst mich immer wieder von neuem, meine schöne Hetäre.«

Ihr Lächeln verblaßte. »Das brauchst du nicht zu sagen.«

»Was?«

»Ich meine, du brauchst mir keine Komplimente zu machen. Ich glaube, es ist besser, wenn wir aufrichtig zueinander sind. Es ist mir durchaus bewußt, daß ich keine reizvolle Frau bin.«

Dominic starrte sie verblüfft an. Ein ganzes Jahrhundert schien vergangen seit jenen ersten Tagen, in denen er Elspeth reizlos und unscheinbar gefunden hatte. Er konnte sich nicht einmal entsinnen, warum er so gedacht hatte. Nicht einmal ihre Brille und ihre häßlichen schwarzen Kleider hätten ihn über ihre Schönheit hinwegtäuschen dürfen. Er erinnerte sich, daß sie schon des öfteren Bemerkungen dieser Art gemacht hatte, und dafür war mit Sicherheit ihr Vater verantwortlich. Dieser Schuft hatte ihr jegliches Selbstbewußtsein genommen! »Hat dein Vater das gesagt?«

»Natürlich«, erwiderte sie, ohne ihn anzusehen. »Aber ich wußte es auch so. Schließlich gibt es Spiegel.«

»Ja, aber was hast du darin gesehen? Was dein Vater sah? Nein, denn dann hättest du *nichts* gesehen.« Dominic umfaßte ihr Kinn und zwang sie sanft, ihn anzusehen. »Dein Vater war blind, Elspeth, geblendet von seiner Brutalität, Selbstsucht und seinem häßlichen Charakter. Du hast ihm nicht geglaubt, als er sagte, es gäbe kein Kantalan. Warum solltest du ihm glauben, daß du nicht schön bist?«

Sie machte ein verblüfftes Gesicht. »Ich weiß nicht. Ich habe noch nie darüber nachgedacht.«

»Dann tu es jetzt. Weißt du, was ich sehe, wenn ich dich betrachte?« Er zupfte an einer ihrer Locken. »Dein Haar schimmert und glänzt wie altes Gold, wenn du den Kopf bewegst.« Er strich ihr mit den Fingerspitzen über die Wange. »Deine Haut ist so zart, daß ich jedesmal, wenn du in meiner Nähe bist, das unwiderstehliche Bedürfnis verspüre, sie anzufassen.« Sein Zeigefinger zeichnete ihre Augenbrauen nach. »Und deine Augen sind so grün wie die Kleeblätter, von denen meine Mutter mir so oft erzählte. Du hast wunderschöne Augen.«

»Du findest sie nicht … häßlich?«

»Nein. Sie sind bezaubernd schön.« Seine Worte waren kaum mehr als ein Flüstern. »Alles an dir ist schön, Elspeth. Das mußt du mir glauben. Dein Vater hat dich belogen. Du bist stark und schön, mein Liebling.«

Elspeth wurde bei seinen Worten von einer überwältigenden Freude erfaßt. Es fiel ihr nicht leicht, ihm Glauben zu schenken, aber in seinen Augen las sie nichts als Aufrichtigkeit. »Ich glaube, du bist auch ein bißchen blind«, wandte sie verlegen ein. »Aber was ich in deinem Spiegel sehe, gefällt mir besser als das Bild, das meiner zeigt.« Sie spürte Tränen hinter ihren Lidern und schloß rasch die Augen.

Dominic gab ihr so viel – Zärtlichkeit, Freude, Glück und vor allem Sicherheit. Mit jedem Augenblick, der verstrich, liebte sie ihn mehr und war so erfüllt von dieser Liebe, daß sie an nichts anderes mehr denken konnte. »Ich glaube, wir sollten jetzt schlafen«, sagte sie verwirrt. »Es sei denn, du hättest noch andere Wünsche, die ich dir erfüllen soll.«

Sie spürte seinen Blick auf ihrem Gesicht, dann streiften seine Lippen ihre Lider. »Ich glaube, die Wünsche sind mir vorübergehend ausgegangen, Liebling«, sagte er zärtlich und dachte, *aber meine Liebe nicht*. Seine Liebe zu ihr würde nie vergehen, das wußte er nun, sie war genauso ein Teil von ihm wie seine Sehnsucht nach Killara. »Schlaf jetzt, Elspeth.« Er zog ihren Kopf an seine Schulter. »Angenehme Träume, Liebling.«

Rising Star warf den Kopf zurück und lachte kehlig. »Patrick, du Narr, warum kommst du nicht ins Wasser? Selbst bei meinem Leibesumfang brauche ich nicht den ganzen Teich für mich allein.«

Patrick schüttelte den Kopf und hielt den Blick stur auf die Bäume auf der anderen Uferseite gerichtet. »Später vielleicht«, erwiderte er mürrisch. »Ich schlage das Lager auf. Bleib nicht zu lange im Wasser.« Damit wandte er sich ab und ging in das kleine Wäldchen zurück.

Eine steile Falte bildete sich zwischen Risings Stars Brauen. Patrick war verlegen und beschämt. Damit hatte sie nicht gerechnet, als sie den kleinen Teich entdeckte. Nach der anstrengenden Reise der letzten Wochen war ihr der Platz wie eine Oase erschienen, wie geschaffen zum Ausruhen. Sie hatte so gelassen ihre Kleider abgestreift und war ins Wasser gestiegen, als wäre Patrick noch das Kind, das sie gekannt hatte, als sie anfangs in Killara war. Sie hatte völlig vergessen, daß er inzwischen achtzehn war und ein männliches Schamgefühl besaß.

Doch trotz allem war es eine Reaktion, die sie nie von *dem* Patrick erwartet hätte, der seit zwei Wochen an ihrer Seite ritt und ihr die Reise mit seinen Scherzen und seinem Lachen erleichterte. Ohne Patrick wäre sie einer tiefen Niedergeschlagenheit verfallen, aus der es kein Entrinnen gab. Doch das hatte er zu verhindern gewußt. Sobald er Anzeichen von Trauer oder Ermüdung bei Rising Star feststellte, hatte er ihr mit einer lustigen Bemerkung über den Augenblick hinweggeholfen. Er war so nett zu ihr gewesen ... vielleicht hätte sie ihn nicht auslachen sollen, als er sich weigerte, zu ihr ins Wasser zu kommen.

Sie watete heraus und trocknete sich mit dem weißen Baumwolltuch ab, das sie am Ufer zurückgelassen hatte. Wenn Patrick nicht diese merkwürdige Scheu gezeigt hätte, wäre sie nackt geblieben und hätte sich von Wind und Sonne trocknen lassen. Doch nun zog sie rasch ihren blauen Rock und ihre Ledertunika an und bückte sich nach ihren Mokassins.

»Der Kaffee ist fertig!« rief Patrick ihr zu, während er geräuschvoll durch die Büsche kam. Er wirkte sehr erleichtert, als er Rising Star am Ufer sah. »Du hast dich angezogen. Das ist gut. Ich befürchtete schon, du würdest ... dich erkälten«, schloß er lahm.

Nackt bleiben, wollte er sagen, dachte Rising Star belustigt. »Könntest du mir helfen, meine Mokassins anzuziehen?« fragte sie lächelnd. »Mein Bauch ist so groß, daß ich mich nicht mehr richtig bücken kann.«

»Selbstverständlich.« Patrick hockte sich vor sie hin und nahm ihr die Schuhe aus den Händen. »Du hättest mir sagen sollen, daß du Schwierigkeiten damit hast. Von jetzt an werde ich sie dir jeden Morgen anziehen.« Er nahm ihren Fuß und steckte ihn in den weichen Lederschuh. Dann nahm er errötend den anderen und wiederholte die Prozedur. »Ich kann verstehen, daß es dir schwerfällt. Ich weiß nicht, wie die Frauen es schaffen ...«

»Patrick«, unterbrach sie ihn sanft. »Sieh mich an.«

Doch er hielt den Blick stur auf den zweiten Schuh gerichtet.

»Entschuldige, daß ich dich in Verlegenheit gebracht habe«, sagte sie leise. »Manchmal vergesse ich, daß du ein Weißer bist und ich Indianerin. Du bist dem Kind, das ich einmal kannte, noch immer so ähnlich, daß ich ...«

»Ich bin kein Kind mehr«, unterbrach er sie schroff, während er ihren Rock herunterzog und es weiterhin vermied, sie anzusehen.

»Ich weiß.« Sie wählte ihre Worte sehr behutsam, um seinen Stolz nicht zu verletzen. »Vielleicht habe ich ja ganz bewußt versucht, mich in jene Zeit zurückzuversetzen, in der ich glücklich war, und mir dabei eingeredet, daß sich nichts geändert hat. Verzeih mir, Patrick.«

»Schon gut. Ich wollte, daß du vergißt ...« Er brach ab. »Nicht Josh, nur das, was dich unglücklich gemacht hat. Ich würde nie wollen, daß du Josh vergißt.« Erst jetzt hob er den Kopf und sah sie an.

Rising Star war so bestürzt, daß ihr der Atem stockte. O nein, lieber Gott, nein, dachte sie entsetzt. Nicht Patrick. Doch sie hatte diesen Blick zu oft in ihrem eigenen Spiegel gesehen, um ihn falsch zu deuten. Die Überraschung über die Erkenntnis verriet sich auf ihrem Gesicht, und sie war sicher, daß es Patrick nicht entgangen war.

Er holte tief Luft. »Hab keine Angst. Es ändert nichts zwischen uns. Ich verspreche dir, daß ich dich nicht belästigen werde.«

»Patrick ...«

»Nein, nein!« unterbrach er sie in beschwörendem Ton. »Ich sage dir doch, es wird alles so sein wie bisher!«

Nachdem sie nun wußte, wie sehr er litt? »Wie lange geht das schon so?«

Er zuckte mit den Schultern. »Keine Ahnung. Schon immer, glaube ich. Zumindest kommt es mir so vor.«

O Gott, gab es denn keine Gerechtigkeit auf Erden? Es war nicht fair, daß auch Patrick leiden mußte. »Du wirst fortgehen müssen.«

»Nein!« rief er heftig. »Ich lasse dich nicht allein. Ich weiß, daß du mich nicht lieben kannst aber es wird niemandem schaden, wenn ich mich um dich kümmere. Du brauchst einen Menschen, der dir hilft. Und zu Josh willst du ja nicht zurück.«

Sie lächelte bedrückt. »Du wirst leiden, Patrick. Ich weiß, wie weh es tut.«

»Weil du es auch erlebt hast?« Er trat näher und nahm ihre Hand. »Aber das hier ist etwas anderes. Ich weiß, daß du nie einen anderen als Joshua lieben wirst.« Er lächelte erzwungen. »Betrachte mich als einen jener Ritter, von denen du mir so oft vorgelesen hast. Sie erwarteten nie etwas von ihren Damen und begnügten sich damit, ab und zu einen Drachen für sie zu töten. Als Drachentöter wäre ich bestimmt erfolgreich, meinst du nicht?«

Rising Star war zutiefst gerührt. So wie er vor ihr kniete, sein ernstes junges Gesicht anbetend zu ihr erhoben, hätte er sehr gut ein Sir Galahad aus längst vergangenen Zeiten sein können. »O ja, du würdest einen phantastischen Drachentöter abgeben.«

Er lächelte wieder, aber diesmal fast so mutwillig, wie es sonst seine Art war. »Und jede Dame, die auf Reisen geht, braucht einen Ritter. Warum also nicht mich?«

Rising Star zögerte. Wäre es sehr egoistisch von ihr, sich von Patrick nach Kantalan begleiten zu lassen? Er hatte ihre Tage mit seiner Wärme und seinem Lachen verschönt, und darauf glaubte sie jetzt nicht mehr verzichten zu können. »Ich weiß nicht, Patrick ...«

»Ich schon.« Er drückte ihre Hand kurz und ließ sie los. »Ich begleite dich. Wenn ich genug Gold in Kantalan finde, um mir eine orientalische Tänzerin kaufen zu können, gelingt es mir vielleicht, dich zu vergessen. Daran hast du wohl noch nie gedacht, oder?«

»Nein.«

»Nun, dann solltest du einmal darüber nachdenken.« Er stand auf und zog sie mühelos auf die Füße. »Ich werde dir nicht ewig nachtrauern. Es kann dir nicht schaden, mich noch ein bißchen länger zu ertragen. Nur so lange, bis ich weiß, daß du in Sicherheit und wieder glücklich bist. Ich glaube, wenn wir Kantalan verlassen haben, wirst du es dir noch einmal überlegen und zu Josh zurückkehren.«

Sie schüttelte den Kopf. »Ich liebe dich, Patrick, aber es wird nie die gleiche Liebe sein, die ich für Josh empfinde.«

»Ich habe dir doch gesagt, daß ich nichts von dir erwarte.« Er lächelte, und sein junges Gesicht strahlte eine wunderbare innere Schönheit aus. »Ich bin schon zufrieden, wenn ich dir etwas geben kann. In Ordnung?«

»Nein, es ist nicht in Ordnung«, entgegnete Rising Star leise. »Aber wir werden zusammen nach Kantalan weiterreiten. Danach sprechen wir noch einmal darüber.«

Patrick atmete erleichtert auf. »Einverstanden.«

Dunkle Wolken brauten sich am Horizont zusammen.

Ramon Torres machte Halt, als er die Hügelkuppe erreichte, und runzelte die Stirn. Der Regen würde Dominics Spuren verwischen, und für ein, zwei Tage würden er und seine *gringa* schwer zu finden sein. Dabei hatte Ramon gehofft, sie schon gegen Ende der Woche einzuholen, nachdem er in Rosario erfahren hatte, daß sie nur zwei Tage Vorsprung hatten.

Nun ja, bisher hatte er mit dem Wetter Glück gehabt. Er würde sich eben beeilen müssen, bevor der Regen einsetzte, und dann blieb ihm ohnehin nichts anderes übrig, als abzuwarten. Dann konnte er am Lagerfeuer sitzen und von Dominics *Hinrichtung* träumen, ein Luxus, den er sich in letzter Zeit aufgrund seiner Eile nur selten gestattet hatte.

Was machten ein paar Tage schon, wenn der Moment so nahe war?

22

Dominic schlüpfte unter die Decke und zog Elspeth in die Arme. Sie versuchte sich zu entspannen. Er war wieder da. Es war ihm nichts geschehen. Sie wußte, daß er ihre Spannung spürte – in jenen letzten Tagen schien er alles zu spüren, was in ihr vorging. Jedesmal, wenn er sie verließ, um sich zu vergewissern, daß Torres ihnen nicht gefolgt war, fand Elspeth keine Ruhe, bis Dominic wieder an ihrer Seite war.

»Elspeth?«

»Warum machst du das?« flüsterte sie. »Ich bin sicher, daß Torres uns nicht folgt. In all dieser Zeit haben wir keine Spuren von ihm gefunden.«

Dominic massierte sanft ihre verkrampften Schultern. »Es schadet nichts, vorsichtig zu sein. Ich lasse mich nicht gern überrumpeln.«

Sie drehte sich zu ihm um. »Du bist sicher, daß er uns folgt, nicht wahr?«

»Das habe ich nicht gesagt. Ich wollte nur ... Ja.«

»Wie kommst du darauf?«

Er schüttelte den Kopf. »Ich weiß nicht. Ich kann ihn *fühlen*. Ich spüre, daß er irgendwo dort draußen wartet.«

Elspeth erschauerte. »Hast du dieses Gefühl schon einmal gehabt?«

Dominic nickte.

»Und hat es sich als richtig erwiesen?«

Er schien zu zögern. »Ja«, bestätigte er dann.

Elspeth wurde übel, als ihr bewußt wurde, wie viele angstvolle Nächte es gebraucht hatte, um Dominic den wachen Instinkt eines gejagten Tieres zu verleihen. »Warum läßt du es dir gefallen? Dieser Durbin hat kein Recht, dir seine Mörder nachzuschicken. Warum suchst du ihn nicht auf und ...« Sie brach ab, entsetzt über den schrecklichen Gedanken, der ihr gekommen war.

»Tötest ihn?« beendete Dominic den Satz für sie.

»Ich weiß nicht.« Sie schluckte beschämt. »Ich weiß nur, daß es nicht richtig ist, was *er* tut. Er muß ein sehr schlechter Mensch sein, wenn er Leute wie Torres beauftragt, dich zu ermorden.«

»Oder ein Mann, der seinen Sohn geliebt hat und glaubt, ich hätte ihn ermordet.«

»Patrick sagte, es sei ein fairer Kampf gewesen. Du hast niemanden ermordet.«

»Weil ich ihn zuerst habe ziehen lassen?« Dominics Lippen zuckten. »Ich wußte, daß ich schneller war als er. Weißt du, wie ich mich fühlte, als ich merkte, daß er mich in eine Ecke drängen und zwingen würde, die Waffe zu ziehen? Ich war froh. Ich spürte das Blut durch meine Adern jagen und war wie trunken vor Macht. Ich weiß nicht, ob ich ihn ermordet habe oder nicht, aber als meine Kugel ihn erwischte, kam es mir so vor, als hätte ich es getan.« Er schaute nachdenklich auf Elspeth herab. »Vielleicht habe ich dich belogen, als ich dir sagte, ich sei kein Mörder.«

»O nein, Dominic! Nein.« Sie schlang die Arme um ihn und teilte seinen Schmerz und sein Schuldbewußtsein, als wäre es ihr eigenes. Für einen Moment hatte sie sich Durbins Tod gewünscht. »Es war nicht deine Schuld. Nichts davon war deine Schuld.«

»Vielleicht, aber ich kann mir vorstellen, wie Durbin darüber denkt. Mir ginge es bestimmt nicht anders, wenn es mein Sohn gewesen wäre.«

Also würde er zulassen, daß Durbin ihm auch weiterhin bezahlte Mörder nachschickte, bis … Sie wagte sich nicht auszudenken, was eines Tages geschehen konnte. Es mußte doch eine Möglichkeit geben, diese entsetzliche Verfolgungsjagd ein für allemal zu beenden …

»Aber du glaubst, Torres sei nicht in unserer Nähe?« flüsterte sie besorgt.

»Ich habe keine Spur von ihm entdeckt.«

Sie zog seinen Kopf zu sich herab und küßte ihn mit einer Leidenschaft, die aus Verzweiflung geboren war. Als er den

Kopf wieder hob, zitterten sie beide. Elspeth begann sein Hemd aufzuknöpfen. »Meinst du nicht, wir sollten unser Ungestörtsein ausnutzen, solange keine Gefahr besteht, daß wir unterbrochen werden?«

Die Erde bebte.

Doch die Bewegung war so schwach, daß sie Elspeth nicht aus dem Schlaf gerissen haben konnte. Was dann?

Azuquita wieherte schrill.

Die anderen Tiere wurden unruhig.

Ein Rascheln in den Bäumen, als ein aufgeschreckter Vogel sich in die Luft erhob.

Dann wich die Benommenheit des Schlafs, und Elspeth erinnerte sich …

Abrupt richtete sie sich auf. »Dalkar!«

»Was?« murmelte Dominic verschlafen.

»Hast du nichts gespürt?«

»Nein.« Er stützte sich auf einen Ellbogen. »Was hätte ich denn spüren sollen?«

»Ich weiß nicht.« Sie machte eine hilflose Handbewegung. »Etwas …«

Das Beben hatte aufgehört.

Azuquita war still.

Die Vögel waren auf ihre Bäume zurückgekehrt.

»Hast du geträumt?« sagte Dominic freundlich.

»Möglich.« Sie legte sich wieder hin und schmiegte sich an seine Schulter. »Es kam mir so wirklich vor. Sayan spürte das Beben des Kindes der Sonne, aber sie fürchtete nicht um sich. Sie hatte nur Angst um Dalkar.«

Dominic lachte leise. »Ich glaube, du bist noch gar nicht richtig wach. Wer sind Sayan und Dalkar?«

»Sayan war die Hohepriesterin von Kantalan, die die Vision in den Flammen sah und die Prophezeiung weitergab. Ich dachte, du wüßtest über sie Bescheid.«

»Ich erinnere mich vage, daß Rising Star mir vor langer Zeit etwas über sie erzählt hat, aber ich fürchte, ich habe mich weit mehr für ihre Geschichten über den Schatz interessiert.« Er strich Elspeth zärtlich übers Haar. »Obwohl ich mich nicht entsinnen kann, daß sie von einem *Dalkar* sprach.«

»Dalkar war Sayans Geliebter. Sie liebte ihn so sehr ...«

»Träumst du oft von Kantalan?«

Sie nickte. »Es sind schöne Träume. Traurig manchmal, aber immer schön.«

»Doch heute nacht hattest du Angst.«

»Dieser Traum war anders. Gar nicht wie ein richtiger Traum.«

Und doch muß es ein Traum gewesen sein, dachte sie, denn sonst hätte Dominic das leise Beben doch sicher auch gespürt?

»Dominic?«

»Hm?«

»Wie weit sind wir noch von Kantalan entfernt?«

»Ich bin nicht sicher. Vielleicht einen Tagesritt, bis wir den Wasserfall erreichen ...«

Also waren sie schon ganz nahe. »Was machen wir, wenn wir ihn nicht finden?«

»Dann gibt es keinen Weg über die Berge – kein Kind der Sonne und kein Kantalan.«

»Nichts«, flüsterte Elspeth.

»O doch, mein Liebling – dich und mich und Killara!«

Wieder bebte die Erde, doch Dominic war anzusehen, daß er es nicht merkte. Vielleicht hatte sie sich das leise Beben doch nur eingebildet ... »Ja.« Sie schloß die Augen und bemühte sich, das Flügelschlagen der Vögel, die von neuem ihre Schlafplätze auf den Bäumen verließen, zu ignorieren ...

Der Wasserfall befand sich genau an der Stelle, an der er auf der Karte eingezeichnet war, und stürzte etwa sechzig Meter tief auf die riesigen Felsblöcke, die den See umgaben.

Dominic kam völlig durchnäßt hinter der schäumenden

Wasserwand hervor und nickte Elspeth, die am Seeufer wartete, aufmundernd zu. »Der Paß ist da. Der See erstreckt sich hinter dem Wasserfall noch etwa neun Meter weit. Sobald wir das Wasser durchquert haben, kommt ein schmaler Pfad, der zwischen den Felsen den Berg hinaufführt. Er ist recht holprig, aber, soweit ich sehen konnte, frei und passierbar, was ein Wunder ist, wenn man bedenkt, daß über dreihundert Jahre vergangen sind, seit er benutzt worden ist. Ich hatte damit gerechnet, daß er durch Erdrutsche blokkiert sein würde.« Dominic nahm Elspeth Azuquitas Zügel ab.

Der Maulesel ließ sich prompt auf seine breiten Hinterbakken nieder.

»Das hat uns gerade noch gefehlt«, meinte Dominic gereizt. »Er ist unglaublich störrisch gewesen in den letzten beiden Tagen. Ich mußte ihn praktisch die Berge hinaufstoßen.«

Elspeth antwortete nicht, sondern starrte fasziniert auf die glitzernde Wasserwand vor ihnen.

»Ich dürfte mich eigentlich nicht darüber wundern«, fuhr Dominic fort, während er erfolglos an Azuquitas Zügeln zerrte. »Wenn es irgend etwas gibt, was eine Situation verschlimmern kann, wird ein Maulesel darauf kommen. Wir können froh sein, wenn wir ihn noch vor heute abend auf die Beine bekommen. Ich wollte den Paß überqueren, bevor ...« Er brach ab, als er sich umdrehte und Elspeths Miene sah. »Was ist?«

Sie hielt den Blick auf den dunklen Eingang zum Paß gerichtet und leckte sich nervös die Lippen. »Es ist also wahr. Es stimmt alles ...«

Dominic runzelte die Stirn. »Ich dachte, du hättest von Anfang an an die Existenz von Kantalan geglaubt. Das wolltest du doch, oder? Warum hast du jetzt Angst?«

»Ich weiß es nicht«, flüsterte sie.

»Ich könnte allein weiterreisen.«

Sie schüttelte den Kopf. »Nein, es ist albern von mir. Natürlich begleite ich dich.« Sie trieb ihre Stute an. »Wahrscheinlich habe ich so lange von Kantalan geträumt, daß ich nun Angst habe, enttäuscht zu werden. Wie bringe ich Nina dazu, daß sie schwimmt?«

»Folg mir einfach und halte dich gut fest. Die Stute weiß schon, was sie zu tun hat. Auf der anderen Seite des Sees halten wir an und wechseln die Kleidung.« Er ließ Azuquitas Zügel fallen und nahm das Leitseil der Esel. Dann führte er Blanco auf den Wasserfall zu.

»Was wird aus Azuquita?«

»Er kann hier sitzenbleiben, bis ihm der Schwanz verfault«, versetzte Dominic grimmig, bevor er hinter dem Wasserfall verschwand. »Ich habe genug von unserem Zuckerstückchen.«

Elspeth folgte ihm und schnappte nach Luft, als die Stute tief in das eiskalte Wasser eintauchte.

Ein ohrenbetäubendes Wiehern zerriß die Stille. Elspeth schaute sich nach Azuquita um, der immer noch auf den Hinterläufen hockte und ihnen mit einem Gesichtsausdruck nachsah, den man nur als Entrüstung deuten konnte.

Dann sprang der Maulesel auf, und einen Moment später war er im See und schwamm Dominic unter schrillem Wiehern nach.

Elspeth lachte schallend. »Ich habe dir ja gesagt, daß er dich mag!« schrie sie Dominic zu.

Er schaute über die Schulter zurück. »Das glaubst du! Er sucht nur eine Gelegenheit, mich zu ertränken. Siehst du nicht, wie er auf mich flucht?«

Elspeth lachte von neuem. Sie konnte nicht abstreiten, daß Azuquitas Wiehern eine ärgerliche Note enthielt. »Vielleicht hast du recht. Sieh zu, daß du schnell aus dem Wasser kommst.«

Ihr Lachen verstummte, aber sie war Azuquita dankbar, daß er sie aus ihrer angstvollen Stimmung gerissen hatte und sie nun wieder die gewohnte freudige Erregung empfand. Sie schaute zu, wie Dominics Pferd aus dem Wasser stieg, und unbewußt stieß sie ihrer Stute die Fersen in die Seiten und drängte sie dazu, noch schneller zu schwimmen.

Das Kind der Sonne kam in seiner ganzen majestätischen Größe in Sicht, als sie etwa die Hälfte des schmalen Pfads hinter sich gelassen hatten. Die Kuppe des beeindruckenden Vulkans bestand aus schwarzem Lavagestein und wirkte kahl und düster, doch die unteren Berghänge waren mit üppiger Vegetation bedeckt.

Dann hatten sie das Ende des Pfads erreicht. Der Anblick, der sich ihnen bot, war atemberaubend.

Kantalan.

Sie standen auf dem Bergkamm und schauten auf die Stadt hinab, deren Gebäude und Pyramiden die Nachmittagssonne in ein seltsam rotgoldenes Licht tauchte.

Elspeth starrte mit angehaltenem Atem ins Tal hinunter.

»Bist du enttäuscht?« erkundigte sich Dominic lächelnd.

»Nein. O Nein«, flüsterte sie. »Es ist wunderschön – ganz so, wie ich es mir immer erträumt hatte.«

Dominics Blick ruhte auf Elspeths verzücktem Gesicht, und er dachte, daß er es nie bereuen würde, nach Kantalan gekommen zu sein, selbst wenn dort kein Schatz zu finden war. Nie würde er das Leuchten vergessen, das beim Anblick der Stadt auf ihrem Gesicht erschienen war und es mit einem beinahe überirdischen Glanz erfüllte.

»Die vier Flüsse sind gar keine Flüsse.« Sie zeigte auf ein schmales Wasserband, das direkt aus dem Vulkan zu kommen schien. »Es sind von Menschenhand gebaute Kanäle. Ist das nicht interessant?«

»Für dich«, antwortete er mit nachsichtigem Lächeln. »Obwohl ich nicht verstehen kann, warum.«

»Weil damit bewiesen ist, daß die Bewohner von Kantalan versuchten, ihre Heimatstadt nachzubauen. Atlantis wurde von vier Flüssen durchquert, die wie ein Kreuz in der Stadt zusammentrafen. Als die Siedler hierherkamen, bauten sie die Kanäle, um ihrer neuen Stadt das gleiche Aussehen zu geben wie Atlantis. Es ist von viel größerer Bedeutung, als wenn es natürliche Flüsse gewesen wären.«

Elspeth holte tief Luft und sprach hastig weiter. »Weißt du, wenn Atlantis wirklich der Geburtsort der Zivilisation war, dann muß sich dort der Garten Eden befunden haben. Sämtliche Legenden über diesen Garten sprechen von vier Flüssen. Die herbräischen Schriften besagen: ›Und ein Fluß ging von Eden aus, um den Garten zu bewässern; und dort trennte er sich und teilte sich in vier Wasserläufe.‹ Die Skandinavier behaupten, ihr heiliges *Asgard* sei von vier Flüssen bewässert worden, die Milch statt Wasser führten. Das *Tien-Chan* der Chinesen verfügte über vier Quellen, die nie versiegten, und das *Slavrata* der Hindus über ›vier Urflüsse‹, die nach Norden, Süden, Westen und Osten flossen.« Elspeth machte eine Pause. »Wie in Atlantis.«

»Und Kantalan«, warf Dominic ein. »Aber wenn diese Kanäle von Menschenhand geschaffen sind, wirst du hier keinen Garten Eden finden.«

»Nein.« Sie schien den Blick nicht von der prächtigen Stadt im Tal abwenden zu können. »Aber wenn Kantalan ein Spiegelbild von Atlantis ist, spiegelt es vielleicht auch den Garten Eden wider.« Sie stieß Nina die Absätze in die Flanken. »Komm, Dominic. Ich kann es nicht mehr abwarten.« Sie war bereits mehrere Meter weit geritten, als sie ihm zurief: »Meinst du, dieses rechteckige Gebäude dort könnte der Tempel sein?«

Das Gelände, das das beeindruckende Gebäude umgab, war mit Unkraut überwachsen und bot nicht die geringste Ähnlichkeit mit einem Garten Eden. Und doch sahen sie, als sie vorbeiritten, daß es sich einmal um einen gepflegten Garten gehandelt haben mußte, denn sie entdeckten Teiche, Brunnen, Blumenbeete und angelegte Wege. Aber als sie das Portal des prächtigen Gebäudes öffneten, wurde ihnen sehr schnell klar, daß sie nicht in einem Tempel, sondern in einem Palast standen. Der Raum, den sie betreten hatten, war ganz eindeutig ein Thronsaal.

Eine dicke Schicht Staub bedeckte die weißen Marmorböden und die mit goldenen Friesen verzierten Säulen. Eine doppelte Reihe von Statuen auf Alabastersockeln bildete einen Gang durch die riesige Marmorhalle und führte die Stufen zu dem prunkvollen Thron hinauf.

»Er ist aus Gold«, flüsterte Elspeth. »Der Thron muß aus purem Gold sein.«

Dominic nickte. »Und wenn ich mich nicht irre, sind die Steine, mit denen er besetzt ist, Rubine.«

Elspeth schaute sich fasziniert in dem großen, leeren Saal um. »Wie schön das alles gewesen sein muß.« Sie trat auf eine der Statuen zu, die den Throngang säumten. Sie stellte einen Elefanten dar, und er sah so täuschend lebendig aus, daß man fast erwartete, er würde den Rüssel heben und ein triumphierendes Trompeten ausstoßen.

Elspeth ließ bewundernd den Zeigefinger über seinen Rüssel gleiten. »Elfenbein. Woher haben sie in diesem Land soviel Elfenbein gehabt, um Statuen in dieser Größenordnung herzustellen?« Mit blitzenden Augen drehte sie sich zu Dominic um. »Und das ist ein *Elefant*. Elefanten gibt es nur in Asien und Afrika. Wie konnten sie dieses Tier so meisterhaft darstellen, wenn sie nie einen Elefanten gesehen haben?«

Elspeth schwieg und schien nachzudenken. »Es gibt einige andere Ausgrabungsstätten«, sagte sie dann, »wo Statuen dieser Art gefunden wurden – ein hölzerner Elefant in Wisconsin und ähnliche Figuren in den Grabstätten von Cahokia, Illinois. Verstehst du, was ich meine? Sie müssen diese Statuen mitgebracht haben, obwohl ich nicht begreife, wie das möglich gewesen sein soll. Oder die Bewohner von Kantalan stammten ursprünglich aus einem Land, in dem es Elefanten gab.«

Dominic nickte und ging auf eine kunstvoll geschnitzte Tür links vom Thron zu. »Ich bin sicher, daß sie viel mehr mitgebracht haben als nur ein paar Statuen.«

»Wo willst du hin?«

»Wenn das der Palast ist, müßte sich doch hier auch der königliche Schatz befinden, oder?«

»Oh!« Elspeth konnte ihre Enttäuschung kaum verbergen. »Muß das jetzt sein?«

Dominic blieb überrascht stehen, doch dann lächelte er verstehend. »Du möchtest deinen Tempel finden und sehen, ob noch weitere Übereinstimmungen vorhanden sind?«

Sie nickte. »Der Tempel ist der Ort, an dem in den meisten Kulturen das Wissen angesammelt wurde. Ich dachte, wir könnten vielleicht eine Schrifttafel finden oder ...« Sie brach ab. »Aber natürlich willst du zuerst sehen, ob ein Schatz vorhanden ist. Ich kann warten.«

Er zögerte, dann kam er entschlossen zu ihr zurück. »Der Schatz auch. Was sind schon ein paar Stunden nach dreihundert Jahren?« Er nahm Elspeths Hand. »Welches Gebäude sollen wir als nächstes untersuchen?«

»Die Pyramide im Zentrum der Stadt«, sagte sie sofort. »Ihre Form hatte eine mystische Bedeutung für die alten Ägypter, vielleicht ist das hier auch der Fall.« Sie schwieg einen Moment. »Es macht mir aber nichts aus, allein zu gehen.«

Dominic schüttelte den Kopf. Die Stadt schien still und verlassen, aber das bedeutete nicht, daß sie auch ohne Gefahren war. Er wollte wenigstens in Rufnähe sein, falls Elspeth einer Schlange oder einem anderen wilden Tier begegnete. »Wir lassen die Packesel hier. Dieser Garten ist so gut wie jeder andere Ort, um unser Lager aufzuschlagen. Laß uns gehen. Du möchtest dir den Tempel sicher gründlich ansehen, bevor es dunkel wird.«

Dominic saß auf den Stufen und stand auf, als Elspeth aus dem Tempel kam und auf ihn zueilte. Sie trug zwei große, dünne Steintafeln auf dem Arm, und ihrem Gesichtsausdruck war anzusehen, daß sie eine phantastische Entdekkung gemacht hatte. »Hast du gefunden, was du suchtest?« fragte Dominic trotzdem.

»Ich glaube ja. Die Hieroglyphen auf diesen Tafeln sind völlig unbekannt. Es mag Jahre dauern, bis sie entziffert werden können, aber immerhin besteht die Chance, daß die gesamte Geschichte hier aufgeschrieben ist.« Sie ging über die Straße zu Nina und holte ihren MacGregor-Umhang aus der Satteltasche. Mit beinahe liebevoller Sorgfalt wickelte sie die Tafeln darin ein und steckte sie in die Satteltasche.

»Der Erzblock befindet sich in einem großen Raum im Zentrum des Tempels. Zumindest glaube ich, daß er es ist. Ich frage mich, wozu sie ihn benutzt haben mögen.« Sie drehte sich zu Dominic um. »Du hättest mitgehen sollen. Es gab so viel zu sehen dort, so viele wunderbare Dinge zu entdecken ...«

Er schüttelte den Kopf. »Das war *dein* Schatz. Du hast lange auf die Erfüllung deines Traumes warten müssen. Da war es nur gerecht, daß du zuerst alles alleine sahst.«

Noch ein Geschenk. Elspeth lächelte ihn an und legte ihre ganze Liebe in dieses Lächeln. »Danke.«

Er neigte den Kopf. »Gern geschehen, Madame Delaney.« Sein Blick ging zu den Bergen im Westen, hinter denen rot und golden die Sonne versank. »Willst du noch einmal zurückgehen? Es wird etwa fünfzehn Minuten dauern, bis es dunkel ist.«

Sie schüttelte den Kopf. »Nein, ich möchte lieber zum Palast zurück. Ich will *alles* sehen. Ich möchte durch einige der Seitenstraßen gehen und mir die Menschen vorstellen, die einst in diesen prächtigen Häusern wohnten. Könnten wir das tun?«

Er nahm ihre Hände. »Warum nicht? Ich hole die Pferde später.«

Stille. Das einzige Geräusch in der gesamten Stadt schien das Klappern ihrer Stiefelabsätze auf den gepflasterten Straßen zu sein. Die Wohnhäuser und öffentlichen Gebäude befanden sich in einem erstaunlich guten Zustand, stellte Elspeth fest. Sie hätten erst gestern erbaut sein können und wirkten dennoh seltsam zeitlos. Den gleichen Eindruck hatte sie schon bei den ägyptischen Pyramiden gehabt.

»Wo sind die Menschen hingegangen?« fragte sie leise. »Es müßten doch Knochen zu finden sein. Oder glaubst du, sie hätten Sayans Warnung doch befolgt und die Stadt verlassen?«

»Möglich«, antwortete Dominic. »Ich habe mich umgesehen, als du im Tempel warst, und in den Seitenstraßen einige Skelette entdeckt – von Hunden und Pferden, glaube ich. Aber in den Häusern ist nichts außer Staub und zerbrochenem Geschirr.«

»Aber warum sind sie nicht zurückgekommen, falls sie doch geflüchtet sind?«

Dominic zuckte mit den Schultern. »Vielleicht wollten sie nicht das Risiko eingehen, das gleiche noch einmal zu erleben. Wenn ich zurückkäme und unser gesamtes Vieh tot vorfände, würde ich mir vielleicht überlegen ...« Er brach mitten im Satz ab.

Elspeth war mitten auf der Straße stehengeblieben und leichenblaß geworden. Sie starrte zum oberen Stockwerk eines imposanten Hauses mit einem reich verzierten Balkon hinauf.

»Elspeth?«

»Sie sind nicht fortgegangen«, flüsterte sie. »Die Leute sind in jener Nacht auf das erste Plateau des Kindes der Sonne gestiegen, um Opfer darzubringen. Dieses Plateau haben sie nie wieder verlassen. Sie sind nicht mehr in die Stadt zurückgekehrt.«

»Woher weißt du das?« Sein Blick folgte ihr langsam zum Balkon hinauf, dessen massives Metallgitter, das im Laufe der Zeit schwarz angelaufen war, das Innere des Hauses verdeckte.

»Sie sind da. Dalkar und Sayan. Sie sind dort hinter diesem Silbergitter.«

Ein kalter Schauer ging über Dominics Rücken. Es lag absolute Sicherheit in Elspeths Stimme. »Woher weißt du das?«

»Woher weißt du, daß Torres uns verfolgt? Ich sage dir, sie sind *da*.«

»Möchtest du hineingehen?«

»Nein.« Sie schloß die Augen, und zwei Tränen rollten langsam über ihre Wangen. »Nur ihre Körper sind da. Was sie waren, sind und einmal sein werden, zog fort, als das Kind der Sonne die Bewohner von Kantalan zerstörte.« Sie öffnete die Augen wieder und begann rasch an Sayans Haus vorbeizugehen. »Ich will nicht mehr darüber reden. Vielleicht bilde ich es mir nur ein. Ich möchte das Lager aufschlagen und etwas essen, und dann ...« Sie wollte all jene normalen, alltäglichen Dinge tun, die die Routine ihres Lebens ausmachten. Sie wollte nicht an Sayan denken und die Liebe, die sie gequält und zerstört hatte. Sie wollte nicht an den Tod erinnert werden.

Dominic war neben ihr und griff nach ihrer Hand. »Warte auf mich«, sagte er. »Ich begleite dich, hast du das vergessen?«

Sie holte mühsam Atem. »Aber wie weit?«

»Den ganzen Weg«, erwiderte er ernst. »Ich dachte, das wüßtest du.«

Eine überwältigende Freude erfüllte sie und verdrängte die Niedergeschlagenheit, die sie vor Sayans Haus erfaßt hatte. Aber fast augenblicklich meldeten sich Zweifel. »Woher sollte ich das wissen?« entgegnete sie. »Du hast es mir nie gesagt. Ich wußte nur, daß du vorhattest, mich zu verlassen und nach Hell's Bluff zurückzukehren, oder Bandit zu werden oder ...«

Dominic legte ihr einen Finger auf die Lippen. »Wie sollte ich dich verlassen, wenn ich Angst haben muß, daß du im nächsten Augenblick in einen Abgrund stürzt oder dich auf den Weg nach El Dorado machst?« Seine Worte klangen scherzhaft, aber seine Augen drückten etwas ... sehr, sehr Schönes aus.

Elspeth stockte der Atem, als sie es sah. »Das ist kein guter Grund, bei einem Menschen zu bleiben. Wenn du mir etwas zu sagen hast, wäre ich dir dankbar, wenn du es endlich tun würdest. Ich bin keine Mystikerin, die deine Gefühle in den Flammen sehen kann. Verdammt, Dominic, ich bin nicht Sayan!«

»Nein!« entgegnete er mit einem merkwürdigen Lächeln. »Aber falls du eine Liebeserklärung wünschst, werde ich mich bemühen, dir gefällig zu sein. Ich liebe dich. Ich liebe dich mehr als meine Familie, Killara oder mein Leben. Ich glaube, mein Leben bist du. Bist du damit zufrieden, Elspeth?«

»O ja.« Sie blinzelte schnell, um ihre Tränen zu verdrängen. »Sehr sogar.« Plötzlich warf sie sich in seine Arme und umklammerte ihn, als wollte sie ihn nie wieder loslassen. »Aber du hast dir sehr viel Zeit genommen, es mir zu sagen.«

Er lachte hilflos. »Elspeth, du bist nicht wie andere Frauen.« Er küßte sie mit einer Zärtlichkeit, die ihr fast den Atem raubte. »Und dafür werde ich Gott den Rest meines Lebens danken.« Sein Lächeln verblaßte. »Ich glaube, ich hatte Angst, ich würde dir nur Pech bringen. Alles, was ich mir je gewünscht habe, ist mir immer durch die Finger geglitten. Ich könnte den Gedanken, dich auch noch zu verlieren, nicht ertragen.«

Sie schluckte. »Warum hast du es mir dann jetzt gesagt?«

»Weil ich dachte, du müßtest es hören«, antwortete er schlicht. »Ich habe nicht das Recht, mich zu schützen, wenn es bedeutet, dir etwas vorzuenthalten, was du brauchst oder dir wünschst.«

Sie schaute ihn an und glaubte innerlich zu zerschmelzen. »Du bist verrückt, Dominic. Komplett verrückt.«

»O ja, und das wird täglich schlimmer, mein Liebling.« Er schob sie von sich weg. »So, laß uns jetzt zum Palast zurückgehen und unser Lager aufbauen. Liebeserklärungen sind gut und schön, aber ich war nie sehr gut mit Worten.« Seine Augen zwinkerten vergnügt, als er seinen Arm um ihre Taille schlang und sie in Richtung Palast zog. »Taten sind mir lieber.«

23

Etwas Kaltes, Metallisches wurde über ihren Kopf gestreift und dann sorgfältig zurechtgelegt, bis es ihre nackten Brüste umgab.

Elspeth öffnete die Augen und sah, daß Dominic auf sie herablächelte. Seine hellen Augen glitzerten vor Erregung und kamen ihr so schön vor wie nie zuvor.

Sie blinzelte schläfrig. »Schon wieder?«

Er lachte. »Mit Vergnügen, aber zuerst mußt du mir sagen, wie dir dein Halsschmuck gefällt. Es ist das erste Mal, daß ich einer Dame Juwelen im Wert eines Königreiches schenke, und ich erwarte wenigstens ein Dankeschön dafür.«

Elspeth griff sich an die Brust. »Dominic!« Sie trug eine lange Kette aus Diamanten und großen, eckigen Smaragden. Die geschliffenen Diamanten funkelten im Feuerschein. »Wo hast du es gefunden?«

Er zeigte auf den Palast hinter ihnen. »Der Thronschatz. Diese Kette ist nur ein kleines Muster. Der ganze Raum steht voller Truhen mit Juwelen und Gold.« Mit dem Zeigefinger berührte er einen der Smaragde. »Ein einziger dieser Steine würde genügen, ein zweites Killara zu erwerben. Weißt du, was ich mit einem solch ungeheuren Schatz anfangen könnte?«

»Das Delaneysche Königreich schaffen.« Ein schwaches Lächeln spielte um Elspeths Lippen. »Lang lebe der König.«

»Lach nur, aber das ist es, was man mit einem solchen Schatz erkaufen kann.« Er zog die Kette straff und betrachtete sie sinnend. »Ich dachte, die Smaragde würden zu deinen Augen passen, aber vielleicht sind Rubine noch besser.« Dann senkte er den Kopf und nahm zärtlich eine ihrer rosigen Brustspitzen zwischen die Lippen. Als er den Kopf wieder hob, war sie nicht länger rosig, sondern kirschrot und steil aufgerichtet vor Erregung. »Magst du Rubine, Königin Elspeth?«

»Ich mag König Dominic.« Sie nahm seine Hand und legte sie auf ihre Brust, damit er ihr aufgeregt pochendes Herz spüren konnte. »Siehst du?«

Seine große Hand schloß sich um ihre Brust, sein Daumen glitt streichelnd über die spitze kleine Knospe. »Ich glaube, du wärst nicht so undankbar, wenn ich dir eine weitere von diesen komischen kleinen Tafeln mit dem unverständlichen Gekritzel gebracht hätte.«

»Ich bin nicht undankbar«, widersprach sie rasch. »Ich mag dich nur lieber.« Sie senkte bescheiden den Blick. »Wie es sich für eine anständige Frau gehört.«

»Es ist nichts Anständiges an dir, mein Liebling.« Er hob sie mit der Decke auf die Arme. »Wie ich dir gleich beweisen werde.«

»Dominic!« Sie umklammerte seine Schultern, als er durch den Garten auf den Palast zuging. »Wo willst du hin?«

»In die Schatzkammer. Ich möchte dir etwas zeigen.«

»Könnte das nicht bis morgen warten?«

»Möglich. Aber ich möchte, daß du es heute nacht siehst«, entgegnete er augenzwinkernd. »Betrachte es als einen Wunsch.«

Eine versengende Hitze machte sich in ihren Gliedern breit, als sie an seinen letzten *Wunsch* dachte. »So?« Selbst in ihren eigenen Ohren klang ihre Stimme atemlos. »Du hättest warten können, bis ich angezogen war. Anscheinend muß ich alle deine Wünsche nackt wie Eva erfüllen.«

»Ich fand es passender.« Dominic durchquerte den mondbeschienenen Thronsaal. »Eva müßte sich sehr zu Hause fühlen in diesem Garten Eden. Weißt du, ich glaube, mir hätten die Leute von Kantalan gefallen. Ich habe mir mehrere Räume angesehen, bevor ich den Thronschatz fand, und jedes Zimmer – egal, für welche Zwecke es bestimmt war – zeugt von größter Kunstfertigkeit und Wissen.« Er machte ein nachdenkliches Gesicht. »Sogar der Schatz. Man sollte meinen, die Anhäufung von derartigem Reichtum stünde in krassem Gegensatz zu ...« Er brach ab. »Aber das sollst du selber sehen.«

»Du könntest aufhören, mich zu tragen, als sei ich ein kleines Kind.«

»Die Böden sind verstaubt. Ich lasse dich herunter, wenn wir in der Schatzkammer sind. Ich habe die Fackeln an den Wänden angezündet und den Boden ein wenig gereinigt. Zumindest wirst du nicht mehr knöcheltief in Staub und Spinnweben stehen.«

Er ging die zwei Stufen hoch, die zum Thron führten, und blieb vor der reichgeschnitzten Tür daneben stehen. Dann, als sie den Raum betreten hatten, setzte er Elspeth ab. Befriedigt stellte er fest, daß die Fackeln noch brannten und daß auch das Feuer, das er in dem kupfernen Kohlenbecken in der Mitte des Zimmers entzündet hatte, noch nicht verloschen war.

Elspeth hielt die Decke mit beiden Händen vor ihrer Brust zusammen, als sie sich staunend umsah und die Statuen aus purem Silber und Gold betrachtete, die edelsteinbesetzten Teller und Vasen und die geöffneten Truhen, in denen glänzende schwarze Perlen, Smaragde, Rubine und Diamanten zu erkennen waren.

Benommen schüttelte sie den Kopf. »Soviel. Ich kann es fast nicht glauben.«

»Ich auch nicht, aber das war es nicht, was ich dir zeigen wollte.« Dominic drehte sie zur Südwand um und deutete auf ein kunstvoll geschnitztes Muster auf der weißen Marmoroberfläche. »Sieh mal.«

»Das Sonnensystem!« flüsterte sie. »Mein Gott! Unser Sonnensystem!« Eine riesige runde Sonne, umgeben von Planeten, bedeckte die gesamte Südwand. Die ungefähre Größe und Form der einzelnen Planeten war meisterlich herausgearbeitet, und nicht einmal die Ringe des Saturn fehlten auf dem Bild. »Was macht das hier? Ich hätte gedacht, daß sich so etwas im Tempel befinden müßte.«

»Vielleicht interessierte sich die königliche Familie für Astronomie.« Dominic deutete auf die lange Alabasterbank vor dem kupfernen Kohlebecken. »Vielleicht saß der König gern hier, zwischen seinen Schätzen aus aller Welt, und betrachtete die Sterne. Es muß schrecklich für ihn gewesen sein, zu wissen, daß er trotz seines unermeßlichen Reichtums nicht von diesem Planeten zu einem anderen fliegen konnte.«

»Da Vinci dachte, wir könnten fliegen. Ich frage mich ...«

»Nein«, sagte Dominic entschieden. »Ich akzeptiere den Gedanken, daß du nach El Dorado oder Atlantis willst, solange du dich von mir begleiten läßt, aber ich muß darauf bestehen, daß du auf der Erde bleibst.« Er zog eine Augenbraue hoch. »Fällt dir nichts Merkwürdiges auf an dieser Sternenkarte?«

»Merkwürdig?« Sie runzelte die Stirn und betrachtete die Wand noch einmal. »Nein, wieso? Was ...« Sie brach ab und drehte sich verwirrt zu Dominic um. »Es sind zehn Planeten aufgezeichnet!«

Er nickte.

»Aber bisher sind nur acht entdeckt worden.«

»Vielleicht wußten sie etwas, was wir noch nicht wissen«, meinte Dominic nachdenklich. »War ein Teleskop im Tempel?«

»Ja, ein ziemlich großes sogar, im selben Raum wie der Erzblock.« Ihre Augen strahlten vor Erregung. »Oh, Dominic, ist das nicht aufregend? Es gibt so vieles zu sehen, so vieles zu lernen. Laß uns in den Tempel gehen!« Sie brach ab. Dominic lachte leise und schüttelte den Kopf. »Nein?«

»Morgen. Ich möchte dir heute nacht noch ein paar andere Dinge zeigen.« Sein Lächeln blieb. »Vielleicht sind sie nicht so interessant für dich, aber ich fand sie faszinierend. Sie werfen ein ganz neues Licht auf die Bewohner von Kantalan.«

»Was denn?«

»Kommen Sie mit, Mylady.« Er nahm ihren Arm und schob sie durch den Raum zu einer vergoldeten Truhe an einer entfernten Wand. »Laß sehen, ob wir nicht etwas Eleganteres für dich finden als die Decke, die du trägst.« Er kramte in der Truhe, warf achtlos Perlenketten und Rubinbroschen beiseite. »Hier.« Er zog ein Kleidungsstück heraus, das im Feuerschein der Fackeln golden schimmerte. »Ich glaube, es ist eine Art Umhang. Es ist nicht so schwer, wie es aussieht, und mit Seide gefüttert.« Er schüttelte die Falten aus. »Ein Wunder, daß die Seide nicht verrottet ist.« Er schaute Elspeth fragend an. »Was ist? Gefällt es dir nicht?«

Sie berührte den Umhang zaghaft. Er bestand aus gesponnenem Gold und war mit Smaragden und Perlen besetzt. »Er ist wunderschön«, flüsterte sie. »Er sieht aus, als müsse er einer Kaiserin gehört haben.«

»Dann ist er gerade gut genug für dich.« Er nahm ihr sanft die Decke ab. »Probier ihn an. Und beeil dich, bevor mir bewußt wird, was für ein Idiot ich bin, dich anzukleiden, anstatt dich nackt zu lassen.«

Elspeth lächelte verlegen. »Du hast mir einmal gesagt, das Hauptvergnügen eines Mannes bestünde darin, Hindernisse aus dem Weg zu räumen.« Sie spürte, wie ihre Brustspitzen sich unter seinem verlangenden Blick verhärteten. »Oder denkst du heute anders darüber?«

»Nein.« Er legte ihr den goldenen Umhang um die Schultern. Die kühle Seide auf ihrer Haut war fast ein Schock. Mit zitternden Händen befestigte Dominic die Brosche aus Perlen und Smaragden an ihrem Hals. »Das Warten fällt einem nur schwer, wenn man weiß, was in den Kleidern steckt.«

»Du brauchst nicht zu warten«, flüsterte sie. »Es ist für mich jetzt auch schwerer.«

Seine Finger umklammerten einen Moment die Brosche, dann trat er abrupt zurück. »Manchmal ist es besser, zu warten.« Der Puls an seiner Schläfe pochte heftig, und die dunkle Röte auf seinen Wangen strafte seine Worte Lügen. »Es vergrößert den Reiz. Ich möchte wetten, daß die Bewohner von Kantalan das Geheimnis der Erwartung kannten.«

»Warum sagst du das?«

Er suchte von neuem in der Truhe. »Ich werde es dir sagen – oder vielmehr zeigen … später.« Er fand die vier Gegenstände, die er suchte, und reichte sie Elspeth. »Leg sie an.«

»Armbänder?«

Er nickte, als er ein breites Band aus Smaragden und Perlen an ihrem linken Handgelenk befestigte. »Passend zu deiner Kette.« Nachdem er ihr auch das rechte Armband übergestreift hatte, bückte er sich und schob den Saum des Umhangs hoch. »Sie passen zu den Armbändern«, sagte er und schmückte ihre Knöchel mit zwei identischen Perlen- und Smaragdketten. Der Anblick, den Elspeth nun bot, wirkte so überwältigend sinnlich auf ihn, daß ein schmerzhaftes Ziehen durch seine Lenden ging.

»Du solltest sie immer tragen.« Er berührte ihren zierlichen Fuß. »Bist du dazu bereit? Wenn wir allein sind?« Dann beugte er sich vor und küßte die Innenseite ihrer Schenkel. »Wirst du sie dir von mir anlegen lassen?« Sanft drängte er ihre Beine auseinander. »Du siehst so hübsch aus. Sie passen zu deinen Augen.«

»Du schaust meine Augen gar nicht an.«

»Nein. Aber vielleicht später. Ja?«

Elspeth erschauerte und schwankte leicht. »Ja ... was du willst, Dominic. Ich ...« Sie brach ab und schnappte nach Luft, als sie Dominics Zunge spürte, die sie gezielt zu reizen begann.

Er sank auf die Fersen zurück und hob den Kopf. Brennendes Verlangen glühte in seinen Augen. »Jetzt bist du bereit, etwas Neues über Kantalan zu lernen.« Er stand auf und nahm ihre Hand. »Komm mit.«

Er führte sie zu einer entfernten Ecke des Raumes. »Astronomie war nicht das einzige Interesse der königlichen Familie. Kantalans Bewohner scheinen ausgesprochen sinnliche Menschen gewesen zu sein.« Er blieb vor einer Kollektion von kleinen Statuen stehen, die auf einem flachen Marmortisch an der Wand aufgereiht waren. »Schau sie dir an«, sagte er leise. »Hast du in deinen indischen Tempeln je etwas Ähnliches gesehen?«

Elspeth machte große Augen; ihre Wangen wurden heiß. Die Figuren waren unglaublich schön, sowohl vom Material als auch von der Ausführung her und erotischer als alles, was sie je zuvor gesehen hatte. Jede einzelne Statue stellte einen Mann und eine Frau in einer anderen, Elspeth völlig unbekannten erotischen Stellung dar. Es war Perlmutt, was man für die Figur der Frau benutzt hatte, und glänzendes schwarzes Ebenholz für die des Mannes. »Nein, so etwas habe ich noch nie gesehen«, antwortete sie leise. »Sie sind schockierend, diese Darstellungen.«

Dominic stand hinter ihr, sein warmer Atem streifte ihr Ohr. »Und *bist* du schockiert, Liebling?«

»Nein.« Sie starrte fasziniert auf die unglaublich erotischen Positionen, die die Statuen zeigten. Ob Männer und Frauen wirklich solche Dinge taten? »Ich müßte es eigentlich sein, aber ich glaube, ich bin eher neugierig.«

»Dann kann ich mich glücklich schätzen. Jeder Mann sollte das Glück haben, eine Frau zu besitzen, die auf derartige Dinge neugierig ist.« Er biß sie zärtlich ins Ohr. »Wir werden sehen, ob ich deine Neugier befriedigen kann, Elspeth.«

»Hast du diese … hast du das alles schon einmal getan?«

»Das meiste. Die Kantalaner müssen sehr sportlich gewesen sein, um einige dieser Positionen zu erreichen.« Elspeth spürte seine Zungenspitze in ihrem Ohr und lehnte sich erschaudernd an seine Brust. »Die Stellung, die du gerade betrachtest, kann recht amüsant sein.«

»Amüsant? Ich habe noch nie Belustigung empfunden, wenn du …« Sie verstummte, als sie durch die wenigen Kleidungsstücke, die sie trennten, seine starke männliche Erregung spürte.

»Ich auch nicht«, gab er heiser zu. »Nicht bei dir, Elspeth. Dich zu lieben ist so ganz anders als alles, was ich je zuvor erlebt habe.«

»Dann sind also doch nicht alle Katzen bei Nacht grau?«

»Nein.« Seine Hände umklammerten ihre Schultern. »O nein, mein Liebling, das sind sie sicher nicht.«

»Dann war es sehr boshaft vor dir, mir so etwas zu sagen. Es hat mich stark … beunruhigt.«

»Ich werde mir Mühe geben, dich dafür zu entschädigen.«

Er ließ die Hände über ihre Schultern sinken und legte sie auf ihre festen Brüste unter dem goldenen Umhang. »Würde es dich beruhigen, wenn ich dir sagte, daß ich seit jenem verrückten Feuerwerk bei Rina keine andere Frau mehr angefaßt habe?« flüsterte er ihr zu, während seine Hände streichelnd über ihren Busen glitten.

»Ja.« Ihr Blick ruhte voller Faszination auf einer unglaublich erotischen Statue. Der Mann hockte mit angespannten Schultern auf den Knien. Was für herrliche Schultern er hat, dachte Elspeth. Fast wie Dominics, wenn er sich vorbeugte, um ... Ihre Brust war so eng, daß sie Schwierigkeiten mit dem Atmen hatte. Sie schluckte und versuchte sich zu erinnern, worüber sie gesprochen hatten. »Aber ich glaube, ich würde sehr zornig werden, wenn du noch einmal zu einer dieser Hetären gingst.«

Dominic schob die Hand unter den Umhang und streichelte ihre Brustspitzen, was Elspeth zu einem lustvollen Stöhnen veranlaßte. »Ich habe festgestellt, daß mich zur Zeit nur noch eine Hetäre interessiert.« Er liebkoste ihre rosigen Knospen und löste eine versengende Hitzewelle in Elspeth aus. »Sie heißt Elspeth Mac-Gregor-Delaney.« Seine linke Hand glitt zu ihrem flachen Bauch hinunter, und während er sie streichelte und liebkoste, preßte er sie ganz unvermittelt hart an sich. »Faß sie an.«

»Was?« fragte Elspeth verständnislos.

»Die Statuen. Sie fühlen sich sehr angenehm an. Laß deine Hand darüber gleiten.«

Elspeth streckte schüchtern die Hand aus und berührte die ausgeprägten Schultermuskeln der männlichen Figur, die sie betrachtet hatte. Das Holz war warm und fühlte sich beinahe lebendig an.

Dominic legte seine Hand über ihre. »Fester«, flüsterte er. »Er mag es. Schließ die Augen und spüre seine Spannung. Und dann stell dir vor, was er mit ihr tut.«

Elspeth legte den Kopf an seine Schulter und ließ mit geschlossenen Augen, geführt von Dominics Hand, ihre Finger über das glatte Holz gleiten. Es kribbelte in ihren Fingerspitzen, und die heiße, drängende Leere zwischen ihren Schenkeln wurder immer unerträglicher, je mehr Zeit verging. Wieso konnte sie die Statue vor sich sehen, obwohl ihre Augen doch geschlossen waren?

»Fühlst du es?«

Sie befeuchtete ihre Lippen und nickte verträumt.

Dominics Hand umfaßte ihre Brust. »Willst du es?«

Wieder nickte sie, und Dominic löste sanft ihre Hand von der Statue. »Jetzt?«

»Ja.«

Er legte ihr die Hände auf die Schultern und stützte sie, während er einen Schritt zurücktrat. »Noch nicht.«

Sie öffnete verwirrt die Augen. »Nein?«

Als sie eine Bewegung hinter sich vernahm, wollte sie sich umdrehen. »Warum nicht?«

»Dreh dich nicht um. Schau deinen Freund auf der Statue an.«

»Warum?« wiederholte sie noch einmal.

»Vorfreude. Erwartung. Das älteste Spiel der Welt.«

Er hatte recht. Ihr heißes Sehnen wurde mit jedem Atemzug intensiver. Warum soll ich mich nicht umdrehen? dachte sie ungeduldig. Sie hätte ihn gern so berührt wie den Mann auf der Statue …

Dominics Hände ruhten auf ihren Schultern und zogen den Umhang zurecht, bis er wie ein goldener Schal um ihren Hals lag. Er hob ihr Haar und ließ es wie einen Schleier über ihren Rücken fallen. Dann spürte sie seine Hände nicht mehr und merkte, daß er sich von ihr entfernte.

»Dominic, wo gehst du hin?«

»Nicht weit. Komm zu mir.«

Sie drehte sich zu ihm um.

Er saß auf der anderen Seite des Raumes auf einer Decke, die er über der Marmorbank vor dem Kohlenbecken ausgebreitet hatte. Der Feuerschein spielte auf seinen muskulösen Schultern. Er war nackt und männlich und erregt wie der Mann auf der Statue.

»Komm, Liebling«, sagte er und streckte zärtlich die Hände nach ihr aus.

Sie ging auf ihn zu. Es lag etwas unglaublich Wildes, Barbarisches und Erregendes an der Art, wie sie langsam auf ihn zuschritt. Bei jedem Schritt konnte sie das Glitzern ihrer Fußketten sehen und hörte das leise Schleifen des Umhangs auf dem Boden. Sie war schön für Dominic, das war ihm anzusehen. Er begehrte sie. Sein Blick glitt streichelnd an ihrem Körper hinab. Erwartungsvoll. Verlangend.

Vor ihm blieb sie stehen. »Jetzt?«

»Wenn wir noch länger warten, sterbe ich noch an Enttäuschung. Du siehst aus ...« Er brach ab und suchte nach Worten. Wie eine heidnische Gottheit, dachte er. Wie eine Sklavin der Liebe. Eine Zauberin. Eine Herrin. Dann schüttelte er den Kopf. Es gab eigentlich nur ein Wort dafür, wie Elspeth aussah: Geliebt.

Sie reichte ihm ihre Hand, doch dann zog sie sie lächelnd zurück und löste die Brosche, die den Umhang zusammenhielt. »Noch nicht.« Sie ließ ihn zu Boden sinken und drängte Dominic sanft auf den Rücken. »Vorfreude und Erwartung, nicht wahr?«

»Elspeth ...« Dominics Stimme klang erstickt. »Ich kann nicht ...« Er stöhnte laut auf, als sie sich plötzlich über ihn kniete und ihn mit vespielten, aufreizenden Bewegungen fast an den Rand des Wahnsinns brachte. Sie nahm ihn nicht ganz in sich auf, nur ganz, ganz sachte, und Dominic packte ihre Hüften und versuchte, sie auf sich herabzuziehen. Aber das ließ sie nicht zu. »Verdammt, Elspeth ... du bringst mich um!«

»Ich möchte dich in all jenen Stellungen lieben, die bei den Statuen zu sehen sind.« Er spürte, wie sie ihre Muskeln anspannte, und sah, daß sie ihn mit seltsam schmalen Augen betrachtete. Seine Lippen waren leicht geöffnet, seine Nasenflügel bebten, und er war unglaublich schön in seiner Lust. »Bist du bereit dazu, Dominic?«

»Ja, alles, was du willst«, erwiderte er gepreßt. »Laß mich nur tiefer in dich eindringen und ...«

»So?« Sie bewegte sich ein bißchen. »Genug?«

»Nein!« stöhnte er mit verzerrter Miene. »Mehr.«

Sie spannte noch einmal ihre Muskeln an, und er umklammerte aufstöhnend die Decke in seiner Hand.

»Aber was ist mit deiner Vorfreude, deiner Erwartung?«

»Zum Teufel damit!«

»Siehst du, das finde ich auch.« Sie lächelte zärtlich auf ihn herab. »Wir brauchen keine zusätzlichen Reize. Wir brauchen nur das.« Und damit ließ sie ihn endlich in sich eindringen. Als sie spürte, wie er die Leere in ihr ausfüllte, war sie es, die laut aufstöhnte. »Dominic!«

Er hörte nichts. Sein unbändiges Verlangen trieb ihn zu einem wilden, unbeherrschten Rhythmus an, den sie bereitwillig übernahm. Elspeth glaubte vor Lust zu vergehen. Ihre Finger glitten wie im Fieber über seine Schultern, die sich anfühlten wie das warme Holz der Statue. In irgendeiner Weise waren der Mann auf der Statue und Dominic eins geworden ...

Er drang mit kräftigen Stößen immer tiefer in sie ein, und die Spannung nahm zu. Feuer züngelte auf den Marmorwänden. Zehn Planeten umtanzten eine flammende Sonne. Juwelen, Perlen, die in einer goldenen Truhe glitzerten. Dalkar. Vereinigung. Die Flammen, die im Tempel brannten. Ein silberner Filigranvorhang hielt die dunkle Nacht zurück. Ein Versprechen ... erfüllt. Dalkar-Dominic!

Freude!

Danach hielten sie sich fest umschlungen, bis ihr aufgeregtes Atmen sich beruhigte und in warme Entspannung überging.

Elspeth hob die schweren Lider. »Dominic?«

»Ja, Liebling?«

»Die Flammen haben nicht gelogen«, sagte sie verträumt. »Es ist für immer. Du und ich.« Sie schloß die Augen. »Ist das nicht wunderbar?«

Er konnte sehen, daß sie kurz vorm Einschlafen war und kaum noch wußte, was sie sagte. Er küßte sie zärtlich. »Wunderbar. *Du* bist wunderbar, Elspeth.« Er richtete sich auf und begann sie in die Decke einzuhüllen. »Aber jetzt wird es Zeit, zum Lager zurückzukehren.« Er stand auf und begann sich anzuziehen.

»Warum? Mir gefällt es hier. Dir nicht?«

»Ja, mir auch.« Es gefiel ihm viel *zu* gut, denn er begann das gleiche Zugehörigkeitsgefühl zu empfinden, das Elspeth beherrschte. Es hatte in jenem Augenblick begonnen, als sie die Stadt betreten hatten, und für Dominic war es fast so, als sei er heimgekehrt. Der Gedanke erfüllte ihn mit merkwürdigem Unbehagen. »Aber wir kehren trotzdem ins Lager zurück. Die Bank wäre viel zu hart zum Schlafen.«

»Wenn du meinst.«

Er nahm sie auf die Arme und küßte ihre halbgeschlossenen Augenlider. »Du bist erstaunlich fügsam.«

»Ich bin müde.«

»Ich wußte ja, daß es eine Erklärung dafür geben mußte«, erwiderte er lachend.

Elspeth preßte zärtlich die Lippen auf seine Schulter. »Ich mag meine Ketten und Armbänder und bin dir ausgesprochen dankbar dafür.«

Wieder lachte er. »Ich habe es *ausgesprochen* gern getan.«

»Übrigens wollte ich dich schon die ganze Zeit etwas fragen«, wechselte Elspeth abrupt das Thema. »Warum hast du mitten in der Nacht den Palast durchsucht? Hätte es nicht bis morgen warten können?«

»Sicher.« Sie lag entspannt wie ein Kind in seinen Armen, und er wollte ihr nicht die Ruhe nehmen, indem er von dem Unbehagen sprach, das ihn beherrschte. Schließlich gab es keinen sichtbaren Anlaß dafür. Das Kind der Sonne war so still und majestätisch wie der goldene Thron im Palast, und auch in der Stadt regte sich nichts.

Aber gerade dieser völlige Mangel an Leben verstörte ihn. Es hätte Ratten in der Stadt geben müssen. Reptilien und Vögel, aber er hatte nicht ein einziges Lebewesen entdeckt. Als Kind hatte er einmal einen Wirbelsturm miterlebt und gesehen, wie sämtliche Tiere Minuten vor dem Sturm die Flucht ergriffen. Konnte es sein, daß die Prophezeiung sich *doch* erfüllen würde? Verdammt, irgend etwas war wirklich äußerst seltsam an diesem Ort!

Er schlang seine Arme noch fester um Elspeth, als er

schnellen Schrittes auf den Garten zuging. »Ich konnte nicht schlafen, deshalb bin ich zum Palast gegangen. Morgen lade ich den Schatz auf die Esel, und dann helfe ich dir, den Tempel zu durchsuchen. Morgen abend sollten wir aufbruchbereit sein.«

»So bald? Ich dachte, wir würden ein paar Tage bleiben.«

Er zögerte. »Wir werden sehen. Wir sprechen morgen darüber.« Er legte sie auf die Decken vor dem Lagerfeuer und kniete neben ihr nieder. »Heute nacht möchte ich etwas anderes besprechen. Sag mir, daß du mich liebst, Elspeth.«

»Ich habe es dir schon gesagt.« Ihre Augen waren fast geschlossen. »Ich habe es dir bestimmt gesagt.«

»Dann sag es noch einmal. Ich höre es gern.«

Ihre Stimme war so leise, daß er sich verbeugen mußte, um sie zu verstehen. »Ich liebe dich. Ich werde dich lieben, bis es keine Sonne mehr gibt, keinen Mond und keinen Ort auf dieser Erde, auf dem noch Leben ist.«

Das erste, was Elspeth sah, als sie am nächsten Morgen die Augen aufschlug, war Patrick. Er kniete schmunzelnd neben ihrem Lager. »Guten Morgen. Ich hielt es für besser, dich zuerst zu wecken. Dom hat die unangenehme Angewohnheit, zu seiner Pistole zu greifen, wenn er überrascht wird.« Er zeigte belustigt auf Dominics reglose Gestalt unter der Decke. »Im allgemeinen schläft er nicht so fest.« Sein Blick glitt zu Elspeth zurück, und er sah den kleinen Hügel auf Elspeths linker Brust, wo Dominics Hand lag. »Er muß sehr müde sein ...«

Elspeth errötete und richtete sich schnell auf. »Gestern war ein anstrengender Tag. Azuquita ... der Palast ... der Tempel ...«

»Ich verstehe.« Patrick nickte ernst. »Das ist klar.«

»Laß sie in Frieden, Patrick.« Dominic stützte sich auf einen Ellenbogen. »Was, zum Teufel, machst *du* denn hier?«

»Ich bin gekommen, um mir meinen Anteil an dem Schatz zu holen«, entgegnete Patrick gelassen. »Und der Kette an

Elspeths Hals nach zu urteilen, werde ich keine Enttäuschung erleben.«

»Patrick hat mich begleitet.« Rising Star kam durch den Garten auf sie zu. »Er will sich mit dem Schatz eine orientalische Tänzerin kaufen.«

»Rising Star!« rief Elspeth überrascht. »Warum bist du gekommen? Das Baby ...«

Rising Star unterbrach sie lächelnd. »Meinem Sohn geht es gut. Er scheint mehr Indianer als Weißer zu sein. Es gefällt ihm auf dem Pferd.«

»Weiß Josh, daß du hier bist?« wandte Dominic ein.

»Er weiß, daß ich Killara verlassen habe.« Rising Star bückte sich, um die Kaffeekanne aufzuheben. »Ich hole Wasser. Du fängst schon einmal mit dem Frühstück an, Patrick.«

»Jawohl, Madam.« Seufzend wandte er sich an Dominic und Elspeth. »Jetzt könnt ihr sehen, warum ich mir eine arabische Haremsdame wünsche! Hier hat ein Mann ja doch keine Aussicht, bedient und umsorgt zu werden.« Er stand auf und verbeugte sich vor Rising Star. »Ist das alles, Madam?«

»Ja«, antwortete Rising Star lächelnd. »Für den Augenblick.« Sie drehte sich um und ging auf einen kleinen Teich zu, der durch einen Kanal gespeist wurde.

Der humorvolle Ausdruck auf Patricks Gesicht verblaßte, als sie außer Hörweite war. »Sie hat Josh verlassen«, berichtete er kurz. »Und ich will nicht, daß ihr sie deswegen belästigt. Ist das klar?«

Dominic schaute der Indianerin nach. »Warum hat sie es getan?«

»Weil Josh ihr sagte, er wollte das Baby nicht haben.«

»Mein Gott«, murmelte Dominic. »Josh würde nie ...«

»Doch«, fiel Patrick ihm schroff ins Wort. »Rising Star lügt nicht.«

»Das stimmt«, gab Dominic zu. »Und wo stehst du?«

Es zuckte um Patricks Mund. »Wo ich schon immer stand. Sie ist Joshuas Frau.« Er schaute ihr sinnend nach. »Sie will den Schatz für ihr Kind; sie glaubt, er könnte ihm Sicherheit vermitteln.«

Dominic schaute kurz zu Elspeth hinüber. »Das kann ich verstehen. Eine einzige Satteltasche voller Juwelen dürfte ausreichen, um ihr Kind sein Leben lang mit einer goldenen Mauer zu umgeben.«

»Gut.« Patrick wandte sich an Elspeth. »Ich wünschte, du würdest mit ihr reden und herausfinden, was sie vorhat. Wenn sie nicht zu Josh zurückkehrt, kann ich sie nicht allein durch die Gegend ziehen lassen. Sie braucht jemanden, der sie schützt.«

Elspeth nickte. »Ich werde es versuchen.« Wie schrecklich, daß einer so schönen und reizenden Frau wie Rising Star etwas Derartiges passieren mußte! »Ich muß mich anziehen. Dreh dich bitte um, Patrick.«

»Wenn es sein muß.« Patrick wandte sich ab. »Aber nur sehr widerwillig.«

Minuten später war Elspeth angezogen und ging zu Rising Star.

Patrick schaute Dominic beim Stiefelanziehen zu. »Wir haben Torres nicht erwischt. Es sieht so aus, als wäre er dir noch immer auf den Fersen.«

Dominic nickte.

»Großvater und die anderen sind ihm sicher auf der Spur.«

Dominic lächelte mitleidlos. »Dann dürfte Kantalan nach über drei Jahrhunderten plötzlich sehr bevölkert sein.«

Patrick schüttelte den Kopf. »Ich glaube nicht, daß ohne Karte jemand den Paß hinter dem Wasserfall finden würde.«

Dominic war sich dessen nicht so sicher. »Möglich.« Er stand auf. »Nach dem Frühstück zeige ich dir, wo der Schatz ist. Rising Star kann Elspeth im Tempel helfen, und wir beladen die Pferde und die Packesel. Du und Rising Star, ihr bringt die Esel und den Maulesel über den Paß und wartet am Seeufer auf uns.«

»Warum die Eile?«

»Ich weiß es nicht.« Dominic zog unbehaglich die Schultern hoch. »Etwas ... etwas Komisches geht hier vor. Ich muß bleiben, um Elspeth Zeit zu geben, den Tempel zu untersuchen, aber es besteht kein Grund, daß ihr beide nicht zurückkehrt. Ich werde versuchen, Kantalan noch vor der Abenddämmerung zu verlassen.«

»Glaubst du an die Prophezeiung?«

Dominic hob überrascht den Kopf. »Hat Rising Star dir davon erzählt?«

Patrick nickte. »Sie fand, es sei nicht fair, mich mitzunehmen, solange ich nichts davon wußte. Jetzt sind wir vier – genau wie damals vorausgesagt wurde.« Er suchte Dominics Blick. »Nun?«

»Ich weiß nicht, ob ich es glauben soll oder nicht.« Dominic wandte sich ab. »Aber irgend etwas stimmt hier nicht. Mach das Frühstück. Ich hole inzwischen die Esel und bringe sie zum Eingang des Palastes.«

»Du auch?« seufzte Patrick. »Alle scheinen nur Befehle für mich zu haben. Ich brauche wirklich eine Sklavin.«

»Mit deinem Anteil an dem Schatz kannst du dir einen ganzen Harem kaufen«, entgegnete Dominic grinsend. »Keine schlechte Entschädigung für die Zubereitung eines Frühstücks.«

Gegen Mittag waren die Lasttiere und Pferde mit den Schätzen beladen, das letzte große Paket auf Azuquitas breitem Rücken. Dominic wich ihm geschickt aus, als der Maulesel verärgert nach ihm schnappte, und wandte sich an Patrick. »Laß ihn nicht in die Nähe der Esel, sonst beißt er ihre Leinen durch. Wir möchten unsere Ladung schließlich nicht verlieren.«

»Ich passe schon auf.« Patrick musterte Dominic neugierig. »Wo hast du ihn her? Du hast immer geschworen, dir nie einen Maulesel zu halten.«

»Das ist eine lange, traurige Geschichte.« Dominic verzog das Gesicht. »Ich werde sie dir eines Tages erzählen. Wenn du wieder in Killara bist, wirst du verstehen, wie edel ich war.«

»Hm.« Patrick bestieg sein Pferd. »Er sieht gar nicht so

böse aus. Vielleicht verstehst du nur nicht mit ihm umzugehen.«

Azuquita entblößte seine langen, gelben Zähne.

»Da magst du recht haben«, gab Dominic zu. »Ich verstehe nur etwas von Pferden. Warum kümmerst du dich nicht auf dem ganzen Heimritt um ihn?«

Patrick runzelte die Stirn. »Hm, ich weiß nicht recht ...«

»Gut, dann ist es abgemacht«, unterbrach Dominic ihn strahlend. »Unser Zuckerstückchen wird dir sicher keinen Ärger machen.« Er bestieg Blanco und warf Patrick Azuquitas Zügel zu. »Werdet glücklich miteinander.«

»Wir heiraten nicht«, entgegnete Patrick trocken.

»Oh, aber ich versichere dir, daß du dich ihm sehr verbunden fühlen wirst, bevor die Reise vorbei ist. Er wird wie ein Bruder für dich sein.« Dominics Pferd trabte durch den Garten auf die Straße. »Wie Kain für Abel.«

24

Elspeth trat näher auf die Mosaikwand im Tempel zu. »Eine Schlange, die sich um eine Palme windet«, sagte sie erregt. »Ach, Rising Star, ich wünschte, ich könnte das Bild mitnehmen.«

»Patrick sagte, du magst keine Schlangen«, meinte Rising Star lächelnd. »Warum möchtest du dann ein Mosaik besitzen, das eine Schlange darstellt?«

»Das ist etwas anderes.« Elspeth deutete mit dem Zeigefinger auf den Stamm der Palme. »Es ist ein Symbol, verstehst du? Die Palme stellt den Lebensbaum dar und die Schlange das Böse. Es ist die Legende des Garten Edens. In Tyre haben sie uralte Münzen mit dem gleichen Motiv entdeckt, und in Guatemala Kupfermünzen mit der gleichen Schlange und dem Baum. Und nun haben wir sie auch in Kantalan gefunden. Ein Symbol, das Kulturen verbindet, die Tausende von Kilometern voneinander entfernt sind.«

»Zufall?«

Elspeth schüttelte den Kopf. »Es wären zu viele Zufälle – zu viele Geschichten über göttergleiche weiße Männer aus dem Osten. Quetzalcoatl kam aus dem ›fernen Osten‹, um der Gott der Tolteken zu werden. Samè, der berühmte brasilianische Führer, kam mit der aufgehenden Sonne übers Meer. Die Mayas behaupten, der Geburtsort von Tulan befände sich im Osten, auf der anderen Seite des Ozeans. Es gibt sogar eine mexikanische Legende, die erzählt, daß Coxcox und seine Frau nach der Sintflut in Antlan landeten und dann nach Mexiko weiterreisten.«

Elspeth schwieg einen Moment. »Wenn sie aus Atlantis kamen«, sagte sie dann sinnend, »wäre es nur logisch, daß sie den Ort ihrer ersten Landung *Antlan* nannten. Mexikanischer Folklore nach stammen sämtliche Rassen, die heute in Mexiko leben, von einem rätselhaften Ort namens Aztlan.« Sie brach ab, um Luft zu holen und lächelte verlegen. »Entschuldige. Ich werde immer ganz aufgeregt, wenn ich über Dinge spreche, die etwas mit Atlantis zu tun haben.«

Rising Star schüttelte den Kopf. »Interessant, daß du uns alle für Abkömmlinge von Atlantis hältst. Mein Volk auch?«

»In den Anfängen.«

»Dann sind wir alle gleich – nichts als Reisende aus dem gleichen Hafen.« Rising Star betrachtete das Mosaik mit wehmütigem Blick. »Wie schade, daß einige auf dem Weg bleiben und andere sich für immer verirren. Wäre es nicht schön, wenn wir alle zusammen reisen könnten, uns gegenseitig respektieren und unterstützen würden?«

Elspeth empfand plötzlich starkes Mitleid mit Rising Star. »Eines Tages wird es vielleicht so sein.«

»Eines Tages.« Die Indianerin wandte sich ab. »Was sollen wir nun mitnehmen – etwas Kleineres als diese riesige Wand?«

»Rising Star.« Elspeth zögerte. »Patrick macht sich große Sorgen um dich.«

Rising Star blieb stehen, aber sie schaute Elspeth nicht an. »Ich weiß. Er hat ein gutes Herz und mag mich sehr gern. Es tut mir leid, daß er so leiden muß.«

»Dominic und ich haben dich auch gern. Laß dir helfen.«

»Was könnt ihr schon tun?« fragte Rising Star erstickt. »Könnt ihr meine Haut von Braun in Weiß verwandeln? Könnt ihr die Uhr zurückdrehen und Rory und Boyd zum Leben erwecken? Könnt ihr Joshua dazu bringen, mich so zu lieben wie ich ihn?«

Elspeth spürte Tränen hinter ihren Wimpern brennen. »Nein, das können wir nicht, aber wir bieten dir und deinem Kind einen Platz in unserem Heim und die Zuneigung guter Freunde.«

Rising Star drehte sich lächelnd zu ihr um. »Das ist ein wunderbares Geschenk, Elspeth. Ich danke dir.«

»Wirst du mit uns kommen?«

»Ich weiß es nicht. Ich muß darüber nachdenken. Im Moment kann ich überhaupt nicht denken.« Sie schaute auf das Mosaik zurück. »Vielleicht gibt es irgendwo auch für mich einen Garten Eden. Ich hoffe es sehr.« Sie lächelte zaghaft. »Vielleicht hole ich Silver ab und mache mich mit ihr auf die Suche danach.«

Elspeth nickte. »Das fände sie bestimmt aufregend.« Sie musterte Rising Star besorgt. »Ein Eden können wir dir nicht versprechen, aber ...«

»Du bist sehr lieb zu mir«, unterbrach Rising Star sie beinahe schroff. »Aber ich muß selber die Entscheidung treffen. Mit der Zeit werde ich meine Trauer vergessen und mir ein schönes Leben einrichten. Du wirst schon sehen – bald bin ich wieder glücklich.«

Rasch ging sie auf den Tisch zu, wo sie eine Reihe von Gegenständen gesammelt hatten. »Dominic und Patrick kommen bald, und bis dahin mußt du dich entschieden haben, was du mitnehmen willst.«

Elspeth lächelte mühsam. »Den Kompaß, denke ich.«

Dann deutete sie auf einen kleinen Holzkasten, der ein weißes Pulver enthielt. »Und dieses Kästchen. Ich habe so eine Ahnung, daß es sich um Schießpulver handeln könnte. Einige Wissenschaftler sind der Ansicht, das Schießpulver wäre in Atlantis erfunden worden und erst später nach China gelangt. Und vielleicht noch dieses seltsame Amulett mit dem Kreuz …«

Dominic und Elspeth standen auf den Stufen des Tempels und schauten Patrick und Rising Star nach. Sie hatten schon ein gutes Stück des Wegs zurückgelegt, als Dominic Patrick an Azuquiatas Zügeln reißen sah. Der Maulesel war stehengeblieben und hatte sich mitten auf dem Pfad niedergelassen. Man sah Patrick an, daß er ihn mit einer ganzen Reihe derber Flüche bedachte.

»Warum hast du sie so früh fortgeschickt, Dominic? Sie hatten nicht einmal Gelegenheit, sich die Stadt anzusehen.«

»Kantalan bedeutete ihnen nicht das gleiche wie dir.« Dominic schaute ihnen noch immer nach. »Hast du mit Rising Star geredet?«

Sie nickte. »Sie wollte nicht über ihre Zukunft sprechen. Oh, Dominic, sie ist so unglücklich! Was wird sie tun?«

»Ich wünschte, ich wüßte es. Vielleicht kann Patrick …«

»Patrick?« Dann, als sie die Bedeutung seiner Worte erfaßte, weiteten sich ihre Augen überrascht. »Aber für sie ist er ein Kind! Er ist viel jünger als sie.«

»Das ist nichts Ungewöhnliches bei Rising Stars Stamm, und Patrick liebt sie. Mit der Zeit gelingt es ihr vielleicht, seine Liebe zu erwidern.«

»Und das würdest du akzeptieren? Joshua ist dein Bruder.«

»Den ich liebe«, gab Dominic müde zu. »Aber ich liebe auch Patrick und Rising Star. Warum sollten alle drei unglücklich sein?«

»Patrick müßte Killara verlassen, und ich glaube, er liebt es genauso sehr wie du, Dominic.«

»Ja.« Er richtete seinen Blick auf Elspeth. »Manchmal muß man eben etwas aufgeben, was man liebt.« Er wandte sich zum Tempeleingang zurück. »Hast du etwas gefunden, was du mitnehmen willst?«

»Ja. Ich habe alles in einen Sack gesteckt und ihn an Ninas Sattelhorn befestigt«, antwortete Elsbeth abweisend, während sie den immer kleiner werdenden Gestalten auf dem Pferd nachschaute. »Wie seltsam, Dominic – schau dir Azuquita an!«

Der Maulesel war aufgesprungen und stürzte nun mit zurückgelegten Ohren vor und riß Patrick die Zügel aus der Hand. Dann drängte er Patricks Pferd beiseite und raste in einem halsbrecherischen Galopp an Rising Star vorbei.

»Verdammt, so schnell habe ich ihn noch nie erlebt«, stellte Dominic grinsend fest. »Was mag nur in ihn gefahren sein?«

Die Steinstufen unter Dominics Füßen erbebten plötzlich, so heftig, daß er den Halt verlor und auf die Knie fiel. »Was in ...«

Die Stufen splitterten, und große, ausgezackte Löcher taten sich wie hungrige Mäuler vor ihren Füßen auf.

»Dominic!« schrie Elspeth. »Was ist das?«

Dominics Blick flog zum Kind der Sonne. Eine dünne Rauchspur stieg aus dem Vulkan auf. Giftiger Rauch?

»Mein Gott!« Er sprang auf und packte Elspeths Hand. »Komm!« Er zog sie die Stufen hinunter, hob sie auf Ninas Rücken und klatschte der Stute auf den Hals. »Los! Reite Rising Star und Patrick nach. Warte nicht auf mich.« Er bestieg sein eigenes Pferd und wendete es, um Elspeth zu folgen.

»Natürlich warte ich.« Elspeth zügelte Nina ein paar Meter weiter. Die Straßen bebten, als wären sie nach langem Schlaf zum Leben erweckt. Es war, als ritten sie auf dem Rücken einer gigantischen Schlange. »Es ist das Kind der Sonne, nicht? Bleibt uns noch Zeit, die Stadt zu verlassen?«

»Woher sol ich das wissen?« schrie Dominic, während er nach Ninas Zügeln griff und beide Pferde zu einem Galopp antrieb. Neben ihnen stürzte krachend der Balken eines Hauses auf die Straße. Blanco bäumt sich erschreckt auf. »Gott bewahre mich vor einer eigensinnigen Frau! Willst du dich umbringen? Meine Satteltaschen sind schwer beladen, und Blanco kann sich nicht so schnell bewegen wie dein Pferd. Mach, daß du weiterkommst, *verdammt*.«

»Ich warte auf dich.« Elspeth war blaß, aber gefaßt. »Doch wir sollten uns lieber beeilen.«

Dominic warf ihr einen gereizten Blick zu. »Wenn wir das lebend überstehen, erinnere mich bitte daran, dir weiblichen Gehorsam beizubringen.«

Sie mußten zweimal anhalten, um einstürzenden Säulen auszuweichen, aber dann hatten sie die Stadt endlich hinter sich gelassen und befanden sich auf dem Pad den Berg hinauf.

Die Rauchwolken waren dichter und größer geworden, aber es war noch immer kein Geräusch zu hören, außer dem Krachen der einstürzenden Häuser, Paläste und Tempel. Auch der Pfad bebte, und Dominic spürte, daß sein Hengst vor Angst zitterte.

»Patrick und Rising Star haben den Paß erreicht«, rief Elspeth ihm zu. »Heißt das, daß sie in Sicherheit sind?«

Dominic schüttelte den Kopf. »Das Beben könnte Erdrutsche auslösen. Wir können nur hoffen, daß es dort oben nicht viel loses Gestein gibt. Es besteht die Möglichkeit, daß ...«

Die Welt explodierte.

Elspeths Stute stürzte auf die Knie, und Dominic mußte Blanco zur Seite reißen, damit er nicht über Nina stolperte. Dann rappelte sich die Stute auf, und Elspeth blickte zum Kind der Sonne hinüber.

»Gütiger Gott!« flüsterte sie bestürzt.

Ein Drittel der Bergkuppe war von der Explosion fortgerissen worden, und ein dicker Strom orangeroter Lava strömte wie eine obszöne Feuerzunge den Berg hinunter auf Kantalan zu.

»Sehr gütig ist er im Moment nicht«, murmelte Dominic.

»Hoffentlich ändert sich das in den nächsten zehn Minuten.«

Vom Himmel regnete es feuerige Lavabrocken, einige davon so groß wie ein Männerkörper. Es war nicht mehr früher Nachmittag, sondern finsterste Nacht. Das ganze Tal war mit dichtem schwarzem Rauch verhängt. Die einzige Beleuchtung bestand in den Feuerbällen, die der Vulkan in die Luft schleuderte, und dem Lavastrom, der unaufhaltsam auf die Stadt zuhielt.

»Halt dir Mund und Nase zu!« schrie Dominic, während er sein Halstuch um den Mund band. »Sogar wenn der Rauch nicht giftig ist, könnte er ..« Er verstummte, als ein kleiner Feuerball Blancos linke Flanke traf. Das Pferd wieherte schrill und verfiel in einen halsbrecherischen Galopp. Elspeths Stute rannte ihm voller Panik nach. Die Pferde donnerten über den holprigen Pfad, ungeachtet der Steine, der Erdbewegungen oder des feurigen Regens, der auf sie herabrieselte.

Dominic konnte Blanco erst wieder zügeln, als sie den Paß erreichten. Dort ging es steil bergab, und ein einziger falscher Schritt konnte einen Beinbruch der Pferde zur Folge haben. Dominic schaute besorgt den Pfad hinunter, während er auf Elspeth wartete. Bisher war kein Erdrutsch zu erkennen, was jedoch nicht bedeutete, daß auch weiter unten der Weg frei war.

Elspeth war jetzt neben ihm. Ihre Augen schimmerten feucht über dem Taschentuch, das sie um Nase und Mund gebunden hatte. »Patrick und Rising Star ...«

»Sie müßten schon am Wasserfall sein, wenn sie nicht ...« Er beendete den Satz nicht. Es war sinnlos, Elspeth noch mehr zu ängstigen. »Laß mich voranreiten und halte die Zügel kurz.«

»O Dominic.« Elspeth schaute traurig auf die Stadt zurück. »Kantalan ...«

Dominic folgte ihrem Blick. Die Lava war am Fuß des Berges in einen der Kanäle geflossen und bildete nun ein flammendes Kreuz, das die Stadt in vier Teile trennte. Elspeth und Dominic stockte der Atem bei dem Anblick.

»Wir müssen weiter«, sagte Dominic sanft. »Komm, Elspeth.«

»Ich weiß.« Sie schloß die Augen. »Adieu, Kantalan«, sagte sie traurig und wandte sich zum Paß. »Ich bin bereit.«

Dominic nickte, und sie begannen den Abstieg.

Die ersten hundert Meter war der Weg noch frei, dann trafen sie auf einen kleinen Erdrutsch, der jedoch leicht zu umgehen war. Als sie drei Viertel des Weges hinter sich hatten, standen sie vor einem schon ernsteren Hindernis und waren gezwungen, abzusitzen und die Erdklumpen und Felsen zu Fuß zu überwinden.

Die Erde bebte immer noch, aber Dominic war schon etwas zuversichtlicher. Er sah in einiger Entfernung vor ihnen den See und rief Elspeth zu: »Noch ein paar Minuten.«

Sie nickte stumm.

Er drehte sich zum Weg zurück.

Eine zweite Explosion erschütterte die Berge.

»Nein!« Verdammt, nicht jetzt, wo sie der Rettung schon so nahe waren!

»Das Kind der Sonne«, sagte Elspeth gepreßt hinter ihm. »Ein weiterer Ausbruch.«

Riesige Spalten öffneten sich in den Felsen am Wegrand, ein kühler Luftzug fächelte Dominics und Elspeths Gesichter. »Beeil dich!«

Gewaltige Felsbrocken lösten sich vom Berg und stürzten polternd herab – hinter ihnen, vor ihnen und um sie herum. Sie trieben ihre Pferde fast gleichzeitig in das eiskalte Wasser des Sees. Die Pferde schwammen um ihr Leben. Ein Felsbrocken, groß wie ein Baum, stürzte klatschend hinter ihnen ins Wasser; kleinere Steine flogen ihnen um die Ohren.

Dann hatten sie das gegenüberliegende Ufer vor dem Wasserfall erreicht und einen Moment später auch diesen hinter sich gelassen.

Elspeth keuchte vor Anstrengung. Ihre Brust schmerzte, ihre Augen brannten. »Sind wir in Sicherheit?«

»Ich glaube ja.« Dominics Zustand war nicht viel besser

als Elspeths. Er zog sein Halstuch herunter. »Ich weiß es nicht.« Dann glitt er aus dem Sattel, half auch ihr vom Pferd und nahm ihr das Taschentuch vom Gesicht. »Alles in Ordnung?«

Sie nickte. Ihr Blick kehrte zum Wasserfall zurück. »Kantalan existiert nicht mehr, aber wir haben es wenigstens gesehen«, sagte sie leise. »Und es war so schön, wie ich es mir vorgestellt hatte. Wir waren da, Dominic. Das werde ich mein ganzes Leben lang nicht mehr vergessen.«

»Dann ist Kantalan vielleicht doch nicht verloren. Solange es hier weiterexistiert.« Er tippte an ihre Stirn. »Und hier.« Seine Hand streifte leicht ihre linke Brust.

Plötzlich stürzte Patrick durch das Gebüsch neben der Uferböschung. »Kommt! Schnell!« Sein Haar war naß und lag wie ein Helm um sein blasses Gesicht. »Rising Stars Pferd ist auf dem Paß gestürzt. Ich glaube, sie bekommt jetzt gleich ihr Kind.«

Rising Star bekam ihr Kind nicht sofort.

Sie durchlitt fast achtzehn Stunden qualvoller Wehen, bevor ihr Sohn ihren gequälten Körper verließ, fast augenblicklich gefolgt von einem kleinen Mädchen.

»Zwillinge.« Rising Star lachte heiser, als Elspeth das zweite Baby in eine Decke wickelte und ihr in den Arm legte. »Die Delaneys bringen auch nichts auf normale Weise zustande.« Sie schaute Patrick über Elspeths Schulter hinweg an. »Aber damit hätte ich rechnen müssen. Zwillinge liegen bei den Delanys in der Familie. Du und Brianne ..« Sie verstummte und schloß die Augen. »Ich habe es nicht gut gemacht. Indianerinnen sollten leichter ihre Kinder kriegen. Vielleicht bin ich schon zu sehr eine weiße Frau geworden.«

»Du warst phantastisch.« Elspeth strich ihr liebevoll das feuchte Haar aus der Stirn. »Du hast einen hübschen gesunden Jungen und ein bezauberndes kleines Mädchen.«

Ein schwaches Lächeln spielte um Rising Stars Lippen. »Ich werde sie Kevin und Ko-Do, die Feuerfliege, nennen.«

»Das sind beide sehr schöne Namen.«

»Ja«, meinte die junge Mutter schläfrig. »Schöne Namen ...«

Dominic berührte Elspeths Schultern. »Du solltest jetzt auch schlafen. Patrick und ich halten Wache.«

Elspeth schüttelte den Kopf. »Ihr habt auch keinen Schlaf gehabt. Ich ziehe mich jetzt um und wasche mich ein bißchen. Vielleicht wacht sie später auf und will etwas essen. Sie scheint mir sehr geschwächt zu sein.«

Zwei Stunden später starb Ko-Do, das kleine Mädchen, friedlich im Schlaf.

»Was sollen wir nur tun?« fragte Patrick bestützt. »Wir können Rising Star nicht sagen, daß alles umsonst war. Und wenn der Junge auch noch stirbt?« Er ballte in ohnmächtiger Wut die Fäuste. »Was sollen wir ihr sagen?«

»Nichts.« Dominic nahm ihr das kleine Mädchen vorsichtig aus dem Arm. »Und wenn wir lügen müssen, werden wir es tun. Der kleine Junge scheint recht gesund zu sein.«

»Scheint«, wiederholte Patrick. »Er *muß* überleben.«

Eine Stunde später begannen die Blutungen. Alle bemühten sich verzweifelt, sie zu stoppen, aber ohne Erfolg. Gegen Abend schien sogar Patrick zu begreifen, daß Rising Star nicht zu retten war. Er konnte nichts anderes mehr tun, als ihre Hand zu halten und verzweifelt in ihr stilles Gesicht zu starren.

Sie erwachte noch einmal, schlug mühsam die Augen auf und sucht Patricks Blick. »Weißer Buffalo hatte recht.« Ihre Stimme war kaum mehr als ein Hauch. »Wir hatten keine andere Wahl.« Ihr Blick glitt zu der Stelle, wo das kleine Mädchen gelegen hatte. »Ko-Do?«

Patrick öffnete den Mund, aber seine Kehle war wie zugeschnürt, und er brachte kein einziges Wort heraus.

Doch er brauchte nichts zu sagen. Er sah ihr an, daß sie es wußte. »Arme kleine Feuerfliege.« Sie schüttelte den Kopf. »Und mein armer Patrick.« Ihre Lider sanken herab. »Sei nicht traurig. Vielleicht finde ich nun nach Hause ... und zu Ko-Do. Mit ihr wird es dort nicht so einsam sein.« Sie schwieg, und Patrick glaubte zuerst, sie sei ohnmächtig geworden. »Silver ... du mußt ihr helfen, Patrick.«

»Das werde ich. Ich verspreche es dir.«

»Und mein Sohn. Laß nicht zu, daß sie ihm seinen Schatten stehlen, ihm seine Identität nehmen. Laß sie nicht ...«

Sie verstummte, und wenige Sekunden später wußte Patrick, daß Rising Star nicht mehr bei ihnen war.

Dominic und Patrick zimmerten einen Sarg für Rising Star und Ko-Do. Sie wickelten Mutter und Tochter behutsam in Elspeths Schottendecke und bestatteten sie in jener Nacht auf einer kleinen Lichtung in der Nähe des Seeufers. Es wurde kein Wort gesprochen an ihrem Grab. Es war nicht nötig. Ihr Schweigen sagte so viel mehr als Worte.

Patrick wandte sich als erster ab und ging zum Lager zurück. Dominic und Elspeth folgten etwas später.

Patrick sattelte bereits sein Pferd, als sie in den Schein des Feuers traten. »Das Baby muß gefüttert werden«, sagte er rauh. »Es wird sterben, wenn es keine Milch bekommt. Und das lasse ich nicht zu. Wo ist das nächste Dorf?«

»Es gibt kein Dorf in der Nähe. Indinos Lager wäre der einzige Ort, wo wir Menschen finden könnten. Es befindet sich allerdings einen Tagesritt in dieser Richtung.« Dominic kniete sich hin und zeichnete eine Karte in die Erde. »Sag ihm, ich hätte dich geschickt.«

»Ich fülle dir eine Feldflasche mit heißer Brühe.« Elspeth wandte sich bedrückt ab. »Ich hoffe, daß Kevin davon nicht krank wird. Es ist das einzige, was wir tun können. Ich wünschte, ich verstünde mehr von Babies.«

Zehn Minuten später schwang Patrick sich in den Sattel, und Elspeth reichte ihm die Feldflasche und das kleine Bündel, das Rising Stars Sohn enthielt. Patrick schaute Elspeth und Dominic nur flüchtig an, bevor er das Pferd wendete und aus dem Lager ritt.

Elspeth erschauerte unwillkürlich und drängte sich an Dominic. »Er sieht zehn Jahre älter aus.«

»Und fühlt sich wahrscheinlich, als wäre er hundert.«

»Was sollen wir jetzt tun?« Elspeth kam sich sehr verloren vor.

»Wir versuchen, ein paar Stunden zu schlafen und reiten dann nach Killara zurück.«

»Rising Star ...« Sie spürte von neuem Tränen in ihren Augen. »Was Patrick gesagt hat, stimmt. Es ist *so ungerecht*.«

»Ja.« Dominic zog Elspeth in die Arme. »Das ist es wirklich.«

»Sie war so schön, so lieb.« Tränen rannen über ihre Wangen und benetzten sein Hemd. »Sie war ...«

»Psst, Elspeth. Ich weiß.« Seine Stimme klang heiser, und plötzlich spürte Elspeth etwas Feuchtes an ihrer Schläfe. Er stand da und hielt sie, wiegte sie tröstend und teilte seinen Schmerz mit ihr, bis das Feuer niedergebrannt war und das graue Licht der ersten Morgendämmerung über den Bergen erschien.

25

Sie schliefen einige Stunden und brachen dann nach Killara auf. Beide waren schweigsam und abwesend während des Ritts, und am Abend, als sie erneut das Nachtlager aufschlugen, hielt Dominic es nicht mehr aus.

»Ich habe eine gute Idee«, sagte er, mit der Absicht, Elspeth von ihrer düsteren Stimmung zu befreien. »Weißt du, wofür wir den Schatz verwenden könnten?«

Sie schaute ihn überrascht an. »Oh, daran hatte ich überhaupt nicht mehr gedacht. Ich ...«

»Wir könnten eine neue Expedition ausrüsten und nach Kantalan zurückkehren«, unterbrach er sie ruhig.

Doch sie schüttelte den Kopf. »Wir würden Jahre für die Ausgrabungen brauchen.«

»Wir könnten es trotzdem versuchen.« Er machte eine kurze Pause. »Falls du es willst. Ich habe bekommen, was ich in Kantalan suchte. Aber ich möchte gern, daß du auch deinen Schatz findest.«

»Ich habe ihn gefunden«, entgegnete sie leise. »Ich habe Kantalan gesehen. Ich weiß, daß die Stadt existiert hat. Ich würde sie lieber so in Erinnerung behalten, wie wir sie beim ersten Mal gesehen haben.«

»Wie wäre es dann mit den Ausgrabungen in Wisconsin oder Illinois, von denen du mir erzählt hast?« wandte Dominic ein. »Wir könnten sie uns ansehen und feststellen, ob irgendeine Verbindung zu Atlantis besteht.« Er runzelte gedankenvoll die Stirn. »Wir könnten einen Teil des Schatzes im Büro der Wells Fargo in Tucson abgeben und Dad sich um den Rest kümmern lassen. Er könnte die Hypothek abzahlen und anfangen, unsere Besitzungen zu vergrößern.«

»Die Grabstätten in Cahokia wären interessanter. Sie sehen wie abgestumpfte Pyramiden aus.« Ihr Eifer verblaßte und wich einem besorgten Blick. »Jetzt, meinst du? Willst du sofort nach Illinois reiten? Was ist mit Killara?«

»Ich bin schon sehr lange von Killara fort.«

»Aber nicht, weil du es wolltest. Versuchst du immer noch, deine Familie zu schützen?«

»Es hat sich nichts geändert. Mein Aufenthalt auf Killara wird für sie so gefährlich sein wie eh und je. Ich nehme an, du weißt, daß ich dich mit einer kleinen Armee von Leibwächtern umgeben werde, sobald wir in Illinois sind.« Er zog sie noch fester in die Arme. »Dir wird nichts geschehen.«

»Aber in Killara …«

»Illinois wird für uns beide sicherer sein.« Er zögerte, bevor er leise hinzufügte: »Ich möchte, daß die Zeit, die wir zusammen haben, eine glückliche ist.«

Das klingt, als wäre es nur vorübergehend, dachte Elspeth bestürzt. Er scheint Angst zu haben, daß uns nur kurze Zeit bleibt, daß es nicht für ein ganzes Leben sein wird. Sie wollte protestieren, aber dann überlegte sie es sich anders.

Es muß einen Weg geben, dem allem zu entfliehen. Sie war nicht bereit, das Schicksal von Sayan, Dalkar und Rising Star zu teilen. »Na schön, dann laß uns nach Illinois gehen«, antwortete sie und schmiegte sich in seine Arme. »Es wäre besser, wenn wir die Reise machten, bevor ich schwanger werde. Ausgrabungen können sehr anstrengend sein, und außerdem kann ich mir vorstellen, daß es dir lieber wäre, wenn dein Sohn auf Killara geboren wird.«

Sein Sohn, Elspeth und ihr Leben zusammen. Dominic lag noch sehr lange wach und dachte darüber nach. Gott, wie sehr er wünschte, wieder hoffen zu dürfen! Aber wie sollte er das, solange ihm Männer wie Torres auf der Spur waren?

Torres. Er war ganz in der Nähe, das spürte Dominic. Er würde bald angreifen – morgen, übermorgen oder am Tag darauf. Der Gedanke stimmte ihn plötzlich trotzig. Verdammt, du verhältst dich wie eine Ziege, die einen Tiger fürchtet, dachte er gereizt. Dann konnte er auch gleich Torres seine Brust hinhalten! Und wenn er auf den Angriff wartete, konnte Elspeth in die Schußlinie geraten ...

Er löste sich behutsam von ihr und zog schnell seine Stiefel an. Dann bückte er sich, küßte Elspeth auf die Schläfe und griff nach seinen Waffen.

Es wurde Zeit, daß sich das Opfer in den Jäger verwandelte.

Die Flammen loderten hoch, und köstliche Visionen tanzten vor Ramon Torres' Augen. Bald war es so weit, er glaubte den Tod schon zu riechen. Dominic mußte ganz in der Nähe sein und ...

Die Flammen des Lagerfeuers explodierten in alle Richtungen.

Torres rollte sich zur Seite und griff nach seinem Gewehr.

»Angst, Torres?« erklang eine Stimme aus den Bäumen. »Es waren Tannenzapfen, mehr nicht. Ein kleiner Trick, den mein Neffe Patrick mir gezeigt hat. Fast so laut wie Feuerwerk, nicht wahr?«

»Dominic?«

»Du wolltst mich. Jetzt komm und hol mich.«

So sollte es nicht sein, dachte Torres entrüstet, während er vorsichtig aus dem Feuerschein kroch. *Er* war der Jäger. Dominic hatte kein Recht, sich auf diese Weise gegen ihn zu wenden.

Als er die Deckung des Gebüschs hinter ihm erreichte, legte er das Gewehr vor sich auf einen Baumstumpf und suchte mit den Augen die Umgebung ab. Nichts. Kein Geräusch. Keine Bewegung im Wald. Woher war Dominics Stimme gekommen? Ob er hinter diesem dicken Felsen steckte? Er mußte ihn irgendwie hervorlocken.

»Es war sehr dumm von dir, mich mit diesem albernen Scherz zu warnen!« rief Torres laut. »Ein kluger Mann hätte mir im Schlaf die Kehle durchgeschnitten. Aber anständige Männer sind selten klug, und du bist ein anständiger Mann, Dominic.«

»Bin ich das?« Die Stimme klang spöttisch.

Er *steckte* hinter den Felsen. Ja, jetzt konnte er sogar Dominics Gewehrlauf schimmern sehen. Eine wilde Freude stieg in Torres auf. Er begann durch das Unterholz zu kriechen, aber die Gelegenheit, zu Dominic zu sprechen, konnte er sich nicht entgehen lassen. Es kam so selten vor, daß man mit einem Opfer sprach ... »O ja, du bist ein Ehrenmann, mein Freund. Und das ist sehr gefährlich. Es macht einen Mann verwundbar.«

»Warum bist du so fest entschlossen, mich zu töten, Torres?«

Torres kroch näher. Ein riesiger Felsen überschattete die Stelle, wo Dominic in Deckung gegangen war. Er würde ihn von hinten überrumpeln. »Weil ich dich schätze.« Und das war die reine Wahrheit. Seine machtvolle Leidenschaft für

Dominic pulsierte wie flüssiges Feuer durch seine Adern, wenn er an das Vergnügen dachte, das sein Opfer ihm bereiten würde. »Weil du es verdienst, durch einen großen Jäger getötet zu werden, Dominic. Du verdienst es, daß ich dieser Jäger bin.«

»Torres, du bist kein großer Jäger.«

Wut erwachte in Ramon. Es war unfair von Dominic, ihn zu beleidigen, während er selbst nichts als angenehme Gedanken für ihn übrig hatte. »Ich werde es dir gleich zeigen, mein Freund.« Jetzt mußte er schweigen. Er durfte nicht aus Eitelkeit seine Stellung verraten.

»Hast du mich gehört, Torres? Ein guter Jäger hätte nie diesen Schuß in der Kirche verfehlt.«

Bedauern erfaßte Torres. Wie schade, daß Dominic sich weigerte, die Größe eines Ramon Torres zu erkennen! Es verringerte beträchtlich das Vergnügen, ihn zu töten.

Es wurde Zeit. Er senkte das Gewehr. Er konnte Dominic nicht sehen, aber er wußte, daß er dort vor dem großen Felsen war. Ramon holte tief Atem, sprang hinter dem Felsen hervor und jagte eine tödliche Serie von Schüssen in Dominics Richtung.

Aber Dominic war gar nicht da! Es war nur sein Gewehr, das auf den Felsen lag.

»Torres!«

Er wirbelte herum und entdeckte Dominic auf dem niedrigen Ast einer Buche, wo er hockte und lächelnd auf ihn heruntersah. Der 45er Colt in seiner Hand zielte auf Torres' Brust.

Angst und Erschrecken erfaßten Ramon. Dominic hatte ihn in die Ecke gedrängt, überrumpelt. Er war ihm hilflos ausgeliefert. Mit zitternden Händen hob er das Gewehr.

Die Kugel schlug in Torres' Brust und schickte ihn zu Boden. Er versuchte noch einmal, sein Gewehr zu heben, konnte sich jedoch nicht mehr bewegen. Warum war ihm so kalt? Wie durch einen Schleier sah er Dominic vom Baum hinunterklettern und auf sich zukommen. Dominics Gesicht war grimmig verzogen und sehr blaß im Mondschein. So ist es falsch, war Torres' letzter Gedanke. Es hätte umgekehrt sein müssen. Das Opfer war Dominic. Er, Torres, war der Jäger …

Der Morgen graute, und Elspeth war schon wach, als Dominic ins Lager zurückkam. Ein Blick auf sein Gesicht, und ihr besorgter Ausdruck verblaßte. Sie hatte begriffen. »Torres?«

Dominic nickte, als er Blanco abzusatteln begann. »Er wird uns nicht mehr belästigen.«

Elspeth erschauerte. »Ich hatte solche Angst, als ich erwachte und dich nicht sah.« Sie ging zu ihm und schlang die Arme um seinen Nacken. »Jetzt ist alles gut.«

»Ja.« Dominic zog sie an sich. »Im Augenblick jedenfalls.«

Es darf nicht wieder geschehen, dachte sie verzweifelt. Sie spürte seine Qual und seine Erschöpfung. Er durfte so etwas nicht noch einmal durchmachen. Während sie ihn in den Armen hielt und zärtlich wiegte wie ein Kind, faßte sie einen Entschluß.

Ich werde dafür sorgen, daß es nicht wieder vorkommt, schwor sie sich erbittert.

Patrick begegnete Shamus und seinen Männern zwei Tagesritte vor Rosario. Patrick hielt sein Pferd an und nickte Consuela beruhigend zu.

Shamus, dessen Gesicht zuerst Erstaunen verraten hatte, lächelte spöttisch. »Patrick. Würdest du mir bitte sagen, was du hier zu suchen hast? Wie ich hörte, warst du Rising Star nachgeritten, um sie nach Killara zurückzuholen.« Sein Blick glitt zu der Mexikanerin, die hinter Patrick ritt und ein in eine Decke gewickeltes Baby auf dem Rücken trug. »Und wer ist die junge *Dame*?«

»Consuela«, sagte Patrick. »Sie ist die Freundin eines Banditen namens Indino. Er hat sie mitgeschickt, damit sie Kevin nährt.«

»Kevin?« wiederholte Shamus verblüfft.

Patrick richtete den Blick auf Joshua. »Rising Stars Sohn.«

Joshua erblaßte. »Mein Sohn.«

Patrick schüttelte den Kopf. »Rising Stars Sohn«, wiederholte er betont. »Nicht deiner. Du wolltest ihn doch nicht, oder?«

»Was redest du da?« protestierte Joshua rauh. »Wie kannst du meinen Sohn haben? Was macht Rising Star hier in Mexiko? Sie wollte doch zu ihrem Volk zurückkehren!«

»Wenn du ihr gefolgt wärst, als sie Killara verließ, hättest du gemerkt, daß sie das nie vorhatte.« Patrick lächelte bitter. »Sie hatte kein Volk. Das haben wir Delaneys ihr auch genommen.«

Shamus' Augen wurden schmal. »Ist sie etwa Dominic und Elspeth auf diese verrückte Expedition gefolgt?«

»Es war keine verrückte Expedition. Katalan existierte – und der Schatz auch. Dom und Elspeth sind auf dem Heimweg und haben genug Gold und Juwelen in den Satteltaschen, um sich das ganze Gebiet westlich des Missisipis kaufen zu können.«

»Nicht zu fassen«, murmelte Shamus.

»Und Kevins Anteil wird ihn so reich machen, daß ihr gezwungen seid, ihn als menschliches Wesen zu betrachten«, sagte Patrick. »Vielleicht nicht als Delany, aber immerhin als Menschen.«

»Natürlich geht Rising Stars Anteil und der des Jungen an Joshua«, bestimmte Shamus. »Sie sind meine Familie und …«

»Kommt nicht in Frage«, fiel Patrick ihm hart ins Wort. »Rising Stars Anteil ist für Kevin, und er wird selber darüber bestimmen.«

»Patrick, das geht dich nichts an«, warf Joshua ruhig ein. »Star und ich werden es selbst entscheiden und …«

»Rising Star ist tot.«

Joshua wurde blaß. Seine Hände umklammerten das Sattelhorn. »Nein!« flüsterte er.

Patrick betrachtete ihn mitleidslos. »Sie starb im Kindbett. Kevins Schwester auch.«

»Sie hätte Killara nie verlassen dürfen. Die Reise war zuviel für sie.«

»Killara war zuviel für sie. Wir waren zuviel für sie. Was hattest du denn von ihr erwartet? Du sagtest ihr, du wolltest das Kind nicht, und ...« Er verstummte und bemühte sich, seinen hilflosen Zorn zu bändigen. »Mein Gott, wie konntest du ihr nur so etwas antun?«

»Patrick«, sagte Shamus streng, »sprich nicht so mit deinem Onkel. Er hat gerade einen schrecklichen Verlust erlitten.«

»Ich auch.« Patrick starrte Joshua aus schmalen Augen an. »Wir alle. Und einigen von euch ist es nicht einmal bewußt. Sie war ... wunderbar.«

Joshua ließ den Kopf hängen.

»Patrick, nimm dich bitte zusammen!« mahnte Shamus streng.

»Ich habe ihm alles gesagt, was zu sagen war.« Erst jetzt richtete er seinen Blick auf Shamus. »Nun bist du an der Reihe, Großvater.«

»Dann solltest du dich um einen respektvolleren Ton bemühen«, entgegnete Shamus kalt.

»Ich muß dich leider enttäuschen. Mir steht nicht der Kopf nach Respekt. Ich bin wahnsinnig wütend auf euch. Es wird einige Veränderungen auf Killara geben.«

Shamus zog spöttisch die Brauen hoch. »So?«

»Rising Stars Sohn wird wie ein Delaney behandelt werden. Ich verlange nicht, daß ihr ihn liebt, aber ihr werdet ihn als einen der unseren anerkennen.«

»Ich lasse mir nichts befehlen, Patrick.«

»Schade«, sagte Patrick. »Denn in diesem Fall bleibt dir gar nichts anderes übrig, Großvater. Sonst werde ich nämlich einen Weg finden, dir Killara fortzunehmen. Ich werde selber reich sein wie ein Krösus und schnell lernen, meine Macht zu gebrauchen.« Ein qualvoller Ausdruck huschte über sein Gesicht. »Dabei wird mir mein Anteil an dem Schatz sehr nützlich sein.«

Shamus musterte ihn mit unbewegter Miene. »Du bist

jetzt zornig, Junge. Wir reden darüber, wenn wir wieder in Killara sind.«

Patrick schüttelte den Kopf. »Nein. Kevin wird der Kronprinz in dem Königreich sein, das der Schatz von Kantalan erkaufen kann, weil ich in seiner Nähe sein und dafür sorgen werde. Ich ziehe wieder bei euch ein und werde euch beobachten, Großvater.«

Shamus lächelte nachsichtig. »Deine Großmutter wird sich freuen, dich wieder unter ihrem Dach zu haben.«

»Es ist mir ernst, Großvater.«

Shamus' Lächeln verblaßte. »Ich weiß. Ich bin kein unvernünftiger Mann. Wir werden uns schon einigen.«

»Verlaß dich darauf.« Patrick wendete sein Pferd, dann drehte er sich noch einmal um und sagte: »Es war keine Spur von Torres zu sehen, als ich Dom und Elspeth verließ.«

»Er war in Rosario.« Shamus runzelte die Stirn. »Wo willst du hin?«

»Ich lasse Consuela und das Baby bei Pater Leon in Rosario. Kevin ist noch zu klein, um die Reise nach Killara zu machen. Sobald ich sie dort untergebracht habe, reite ich zur Grenze, und in ein paar Monaten hole ich sie wieder ab.«

»Warum wartest du nicht in Rosario auf uns, bis wir Torres erledigt haben und zurückkommen?« wandte Shamus ein.

Patrick schüttelte den Kopf. »Ich habe etwas zu erledigen. Ich werde Silver holen«, fügte er beinahe trotzig hinzu.

Shamus lächelte spöttisch. »So, so«, sagte er ruhig. »Soll sie vielleicht unsere Kronprinzessin werden?«

»Wir können von Glück reden, wenn sie nicht ganz Killara übernimmt«, erwiderte Patrick. »Aber wenn wir nett zu ihr sind, läßt sie uns vielleicht ein paar Hektar Land. Und du *wirst* nett zu meiner Cousine sein, Großvater.«

»Cousine! Sie ist nicht ...« Shamus brach ab. »Du verlangst zuviel, Patrick.«

»Ich verlange gar nichts.« Patrick setzte sein Pferd in Bewegung. »Silver Delaney kommt nach Hause, und du wirst feststellen, daß sie nicht so leicht zu ignorieren ist wie Rising Star.«

»Patrick.« Joshuas Stimme hielt ihn auf. »Wo liegt Rising Star begraben?«

Patrick drehte sich um. »An einem See in der Sierra Madre. Warum?«

Joshua befeuchtete seine Lippen. »Ich möchte sie nach Hause bringen. Nach Killara.«

Patrick starrte ihn betroffen an. Jetzt wollte er Rising Star nach Hause bringen! Jetzt, wo es zu spät war. Er wollte etwas Heftiges entgegnen, aber dann sah er Joshuas gequälte Miene und den feuchten Glanz in seinen Augen. Auf seine Weise hatte Joshua Rising Star geliebt ...

»Dom und Elspeth kennen die genaue Lage des Grabes«, antwortete Patrick schroff, bevor er seinem Pferd die Absätze in die Flanken stieß. »Wir sehen uns in Killara, Joshua.«

Zwei Tage später erreichten Shamus und seine Männer Dominics und Elspeths Lager.

»Torres?« war Shamus' erste Frage.

»Tot«, antwortete Dominic.

Shamus nickte kurz. »Gut.« Sein Blick ging zu Elspeth. »Wir sind Patrick unterwegs begegnet. Er hat uns erzählt, daß eure Reise nicht so nutzlos war, wie wir dachten.«

»Ist das alles, was er euch erzählt hat?« fragte Elspeth leise.

»Nein.« Shamus deutete auf den Mann zu seiner Rechten. »Das ist mein Sohn Joshua.« Mit einer Handbewegung, die die übrigen drei Männer einschloß, fügte er hinzu: »Sean, Cort und mein Enkel William. Das ist Elspeth, Dominics Frau.«

Ein höfliches Murmeln kam von den jungen Männern, aber Elspeth achtete kaum darauf. Ihr Blick ruhte auf Joshuas blassem, niedergeschlagenen Gesicht. Sie hatte sich vorgenommen, ihm kalt und ablehnend zu begegnen, aber wie konnte sie das einem Mann antun, den der Schmerz bereits gebrochen hatte? »Ich habe gerade etwas gekocht, aber ich fürchte, es wird nicht für alle reichen.«

»Wir verpflegen uns selbst.« Shamus wandte sich zu Dominic zurück. »Ich muß mit dir reden.«

Zwei Stunden später sah der Lagerplatz aus wie ein Armeecamp. Es ist auch eine Armee, dachte Elspeth wehmütig, eine Armee aus Delaneys, die herbeigeeilt waren, um einen der ihren zu schützen. Ihr Blick ging zu Dominic und Shamus, die am Lagerfeuer hockten. Sie sprachen nun schon fast eine Stunde miteinander, und Shamus' Gesichtsausdruck nach zu urteilen, war er nicht sehr erfreut über das Ergebnis dieser Unterhaltung.

Plötzlich stand Dominic auf und schlenderte zu Cort und Sean hinüber, die Karten spielten. Shamus starrte ihm einen Moment nach, dann rappelte auch er sich auf und kam zu Elspeth.

»Du willst ihn auf eine weitere verrückte Expedition mitnehmen«, sagte er mit anklagendem Blick. »Das ist doch lächerlich!«

Sie hielt seinem Blick gelassen stand. »Du mußt zugeben, daß unsere Reise nach Kantalan erfolgreich war. Vielleicht wird die nächste es auch sein.«

»Aber Dominic braucht nicht noch mehr Geld. Der Schatz von Kantalan wäre jedem vernünftigen Mann genug.«

Ein schwaches Lächeln erschien um Elspeths Mund. »Erstaunlich, diese Worte aus deinem Mund zu hören. Ich hatte bisher eher den Eindruck, als wäre dir die Bedeutung des Wortes ›genug‹ gar nicht bekannt.« Sie schwieg einen Moment. »Im übrigen gibt es sehr viele Arten von Schätzen auf dieser Welt.«

»Du willst ihn nur von Killara fernhalten.«

»Das würde ich nie tun.« Sie schaute auf den Becher Kaffee in ihrer Hand. »Er liebt sein Zuhause sehr. Er liebt sogar dich, obwohl das ziemlich unbegreiflich ist.«

»Dann sag ihm, daß er nach Hause kommen soll, wo er hingehört.«

Sie schüttelte den Kopf.

»Verdammt, was habt ihr bloß alle?« rief Shamus unbeherrscht. »Zuerst Patrick, dann Dominic und jetzt du. Seht ihr nicht, daß ich nur das Beste für die Familie will?«

Er glaubt wirklich, was er sagt, dachte Elspeth und entdeckte zum erstenmal eine Spur Verwundbarkeit hinter dem Gebrüll des alten Löwen. »Nein, *wir* tun, was für uns am besten ist, und das wirst du akzeptieren müssen.«

»Den Teufel werde ich tun!« Shamus mühte sich um Beherrschung, und nach einer Weile schien es ihm sogar zu gelingen. Er zwang sich zu einem Lächeln. »Hör mal, Elspeth, ich kann mir vorstellen, daß Rising Stars Tod dich sehr erschüttert hat. Vielleicht hätten Malvina und ich ein bißchen netter zu Joshuas Frau sein können, aber wir haben sie nie *schlecht* behandelt. Du brauchst keine Angst zu haben, daß wir ...«

»Ich habe keine Angst vor euch«, unterbrach Elspeth ihn ernst. »Ich kenne euch jetzt. Ich weiß, daß ihr rücksichtslos, starrsinnig und hinterhältig seid. Aber ich sehe auch eure Loyalität, eure Treue und eure Liebe zueinander. In vielen Dingen respektiere und bewundere ich euch. In anderen ...« Sie zuckte mit den Schultern. »Aber ich habe keine Angst vor euch.«

Shamus blinzelte erstaunt, doch er faßte sich schnell. »Dann besteht kein Grund, warum wir nicht prächtig miteinander auskommen sollten.«

»Vielleicht.« Sie schüttete den Rest des Kaffees in die Flammen und stellte den Becher weg. »Aber nicht jetzt.« Sie stand auf. »Keine Angst, Shamus, dein Sohn wird nach Killara zurückkehren, aber erst, wenn wir es wollen.« Damit wandte sie sich ab. »Wenn du mich jetzt entschuldigen würdest – ich möchte Sean und Cort kennenlernen. Ich freue mich schon darauf –, ihr Delaneys seid so eine interessante Familie.«

Sie ging zur anderen Seite des Lagerfeuers und ließ den Patriarchen der Familie betroffen und empört zurück.

Dominic blieb in dieser Nacht sehr lange auf und sprach mit seinen Brüdern. Als er endlich zu Elspeth unter die Decke schlüpfte, drehte sie sich sofort zu ihm herum und schmiegte sich in seine Arme.

»Ich habe Dad mit dir reden sehen«, sagte Dominic leise. »Er hat dich doch hoffentlich nicht verärgert?«

»Nein.« Sie blieb einen Moment stumm. »Ich glaube, er tut mir fast ein bißchen leid. Alles um ihn herum verändert sich, und er weiß nicht, warum oder wie er es verhindern soll.« Wieder schwieg sie kurz. »Kehren wir nach Killara zurück, bevor wir nach Illinois reisen?«

Er schüttelte den Kopf. »Das ist jetzt nicht mehr nötig. Dad kann die Packtiere und den Schatz nach Hause bringen, und wir nehmen in Tucson die Postkutsche.«

»Aha.« Auf diese Antwort hatte sie gehofft. »Wie lange werden wir in Tucson sein?«

»Die Postkutsche fährt zweimal in der Woche. Mit etwas Glück brauchen wir nur eine Nacht zu bleiben.«

»Oh.« Sie machte eine kleine Pause. »Ich hatte gehofft, wir hätten mehr Zeit in Tucson. Ich habe einiges zu erledigen.«

»Was?«

Sie dachte rasch nach. »Einkäufe. Alles, was ich bei mir habe, ist zerrissen und verschmutzt. Ich will nicht in Lumpen reisen«, sagte sie lächelnd. »Und außerdem bin ich müde und würde mich gern ein paar Tage ausruhen.«

Dominic war betroffen über seine Gedankenlosigkeit. Natürlich mußte sie müde sein. »Warum hast du das nicht gleich gesagt? Du kannst dir soviel Zeit nehmen, wie du willst.«

Elspeth schloß rasch die Augen, damit er ihren schuldbewußten Blick nicht sah. »Ein paar Tage sind genug. Gute Nacht, Dominic.«

26

Charles Durbin und Söhne, Bank von Tucson, stand in goldenen Lettern auf dem Schild über der Tür. Elspeth blieb einen Moment stehen, bevor sie ihren spitzenbesetzten Sonnenschirm schloß und die Tür aufstieß.

Zwei Frauen standen vor der Kasse, und rechts neben ihr beugte sich ein junger Mann mit sandfarbenem Haar über eine Akte. Elspeth wandte sich lächelnd an ihn. »Ich würde gern Mister Durbin sprechen.«

Er hob den Kopf und richtete sich hastig auf. »Ich bin Mister Durbin. George Durbin.«

»Nein, ich meine Mister Durbin senior – Ihr Vater, nehme ich an?«

Enttäuschung malte sich auf seinen Zügen ab. »Natürlich. Wen darf ich anmelden?«

»Elspeth ... Mac Gregor.«

Er nickte und ging eilig zu einer Tür rechts neben der Kasse. Elspeths Blick folgte ihm, als er eintrat und mit einem Mann sprach, der an einem beeindruckenden Mahagonischreibtisch saß.

Charles Durbin war ganz anders, als Elspeth erwartet hatte. Er mußte Anfang Fünfzig sein, hatte dunkles, mit grauen Strähnen durchsetztes Haar und eine etwas plumpe Gestalt. Ein nachsichtiges Lächeln spielte um seine Mundwinkel, als sein Sohn mit ihm sprach, und die scharfen blauen Augen wurden weicher, als er sich zurücklehnte und zustimmend nickte.

»Er wird Sie jetzt empfangen«, sagte der junge Durbin, als er aus dem Büro zurückkam.

Elspeth bedachte ihn mit einem strahlenden Lächeln. »Danke, Sie sind sehr freundlich.« Dann lächelte sie den Mann hinter dem Schreibtisch kühl an. »Danke, daß Sie mich empfangen haben. Ich muß in einer wichtigen Angelegenheit mit Ihnen sprechen.«

Charles Durbin erhob sich und musterte die Besucherin anerkennend. Kein Wunder, daß George so verwirrt gewesen war! Auch er selbst war mächtig beeindruckt von ihr. Das elegante Kleid aus smaragdgrüner Seide betonte Elspeth MacGregors wohlgeformte und doch zierliche Gestalt und ihre auffallend grünen Augen. Ein kecker Hut aus weißen Spitzen, mit einer großen grünen Feder verziert, saß auf ihrem Haar, das ursprünglich wohl braun gewesen sein mußte, aber nun von der Sonne gebleicht war und an dunkles Gold erinnerte.

»Ich stehe Ihnen gern zu Diensten, Madam. Möchten Sie ein Konto eröffnen?«

»Nein, ich möchte ein Konto schließen.« Sie trat vor seinen Schreibtisch. »Ein Konto, das schon viel zu lange offensteht.«

Er runzelte verwirrt die Stirn.

»Ich fürchte, ich habe ihrem Sohn nicht die ganze Wahrheit gesagt, weil ich dachte, Sie würden mich dann nicht empfangen wollen. Mein Name ist Elspeth MacGregor-Delaney.« Sie machte eine wirkungsvolle Pause. »Ich bin Dominic Delaneys Frau.«

Das Lächeln auf Durbins Gesicht verblaßte. »Sie haben recht. Ich hätte Sie nicht vorgelassen. Gehen Sie bitte.«

»Gleich. Wenn ich Ihnen gesagt habe, warum ich gekommen bin.« Sie legte die Fingerspitzen auf die Schreibtischkante und beugte sich vor. »Es muß aufhören. Sie dürfen meinem Mann keine bezahlten Mörder mehr nachschikken.«

»Hinaus!« Durbins rundliches Gesicht war haßverzerrt. »Hat er Sie geschickt, damit Sie für ihn bitten?«

Elspeth schüttelte den Kopf. »Nein. Er weiß nicht, daß ich hier bin, und ich habe nicht vor, es ihm zu sagen. Diese Unterhaltung bleibt zwischen uns, Mister Durbin. Wissen Sie, Dominic ist Ihnen gegenüber im Nachteil. Er bedauert den Tod Ihres Sohnes sehr und wehrt sich deshalb nicht gegen Sie, wie Sie es eigentlich verdient hätten.«

Elspeth runzelte die Stirn, als sie einen merkwürdigen

Ausdruck in Durbins Augen erscheinen sah. »Ich glaube, Sie haben die ganze Zeit gewußt, wie Dominic sich fühlt! Sie wußten, da Sie sich erlauben konnten, zu tun, was sie wollten, weil Ihnen bewußt war, daß Sie persönlich nichts von ihm zu befürchten hatten!«

Sie maß ihn mit einem zornigen Blick, dann lächelte sie kühl. »Ich fürchte, das hat sich jetzt geändert, Mister Durbin. *Ich* bin ihnen gegenüber nicht im Nachteil.«

Durbins plumpes Gesicht lief feuerrot an. »Ich lasse Sie gleich hinauswerfen!«

»Nein, das glaube ich nicht. Es würde ein beschämendes Licht auf einen geachteten Geschäftsmann werfen, eine Frau zu mißhandeln. Haben Sie Geduld – ich bleibe nicht mehr lange.« Ihr Lächeln verblaßte. »Nur lange genug, um Sie zu warnen.«

»Warnen?«

»O ja – ich glaube, Ihr Ehrenkodex hier draußen verlangt eine Warnung.« Sie machte eine Pause. »Obwohl die Männer, die Sie Dominic nachgeschicht haben, ihm *keine* Warnung zukommen ließen.«

»Ihr Mann ist ein Mörder, der es verdient hat, abgeknallt zu werden wie ein Straßenköter.«

»Mein Mann ist ein wunderbarer Mensch, der verdient hat zu leben, und ich werde dafür sorgen, daß er es tut.« Ungerührt erwiderte sie Durbins erbosten Blick. »Und jetzt hören Sie mir gut zu. Falls mein Mann erschossen wird, erstochen oder von einer Kutsche überfahren, werde ich dafür Rechenschaft von Ihnen fordern. Wenn er Lungenentzündung bekommt oder die Treppe hinunterfällt, werden Sie auch dafür bezahlen. Es wäre klug von Ihnen, Dominic mit einer ganzen Schar von Leibwächtern zu umgeben, falls Ihnen ihr Leben lieb ist.«

»Und was – glauben Sie – könnten Sie mir anhaben?«

»Dominic und ich sind an sehr viel Geld gekommen, mehr, als Sie sich in Ihren kühnsten Träumen vorstellen können. Sie sind Bankier, Mister Durbin. Sie kennen die Macht des Geldes. Ich werde Sie ruinieren.«

Sie machte eine bedeutungsvolle Pause. »Sie und Ihre Familie. Ich habe mich erkundigt und erfahren, daß Sie noch einen anderen Sohn haben außer diesem hübschen Jungen dort draußen, und eine sehr nette Frau, wie ich hörte. Ich bin überzeugt, daß sie kein … unbequemes Leben führen möchten.«

Sie holte tief Luft. »Und nachdem ich Sie und Ihre Familie in den finanziellen Ruin getrieben habe, werde ich Sie aufsuchen und erschießen.«

»Sie bluffen doch nur.«

»So?« Sie lächelte gnadenlos. »Schauen Sie mir in die Augen, Mister Durbin. Was sehen Sie dort?«

Er musterte sie prüfend und schnappte nach Luft. »Mein Gott, Sie wären wirklich dazu fähig! Es wäre Mord. Wissen Sie, daß man dafür aufgehängt wird?«

»Es wäre kein Mord. Ich würde nur Gerechtigkeit üben. Und eins habe ich gelernt, seit ich nach Arizona kam: Man ist hier Frauen gegenüber sehr nachsichtig. Ich bin überzeugt, daß der Anblick einer trauernden Witwe das Herz jedes Richters erweichen würde.«

Sie straffte die Schultern und trat zurück. »Jetzt muß ich gehen. Dominic und ich nehmen in einer halben Stunde eine Kutsche nach Osten, und ich darf mich nicht verspäten.« Sie drehte sich um und ging mit raschelnden Röcken zur Tür. »Ich wünsche Ihnen einen schönen Tag, Mister Durbin.«

»Sie Hexe!« Es klang so giftig wie das Zischen einer Kobra. »Sie sind eine passende Partnerin für diesen Satansbraten von Dominic Delaney!«

Elspeth schaute über die Schulter zurück und lächelte bezaubernd. »Das hoffe ich. Ich hoffe es *sehr*, Mister Durbin.«

Dann fiel die Tür hinter ihr ins Schloß.

Der junge George Durbin sprang auf und riß mit einer Verbeugung die Eingangstür für Elspeth auf. »Ich hoffe, wir sehen Sie bald wieder, Miss MacGregor«, sagte er freundlich.

»Missis Delaney«, berichtigte sie ihn lächelnd. »Missis Dominic Delaney. Danke, aber ich glaube, das werden Sie nicht. Ich glaube, mein Geschäft mit Ihrem Vater ist zu unser beider Zufriedenheit abgeschlossen.«

Die Zeit würde zeigen, ob Charles Durbin Elspeths Drohungen ernst nahm und die Jagd auf Dominic einstellte. Doch der Schock und die Angst, die sein Gesicht verraten hatte, erfüllten Elspeth mit Hoffnung. Sie öffnete ihren Sonnenschirm und trat auf die Straße hinaus. »Auf Wiedersehen.«

Dominic wartete schon im Büro der Wells Fargo, als sie um die Ecke bog. Seine Stirn glättete sich, und ein nachsichtiges Lächeln erhellte sein Gesicht, als er Elspeth sah. »Es wurde langsam Zeit. Ich wollte dich schon suchen. Mußtest du denn heute auch noch Einkäufe machen? Ich dachte, du hättest schon die Hälfte aller Läden in Tucson aufgekauft.«

»Nicht ganz. Sind wir aufbruchbereit?«

»Fast. Wir sind die einzigen Passagiere, aber Ben muß noch auf die Post warten.«

Elspeth schloß ihren Sonnenschirm. »Ben Travis? Er wird unser Fahrer sein?«

Dominic nickte, während er die Tür der Kutsche öffnete. »Ich wußte nicht, ob es dir recht sein würde. Schließlich war er dabei, als Marzonoff gelyncht wurde.«

»Er ist dein Freund. Ich werde nie verzeihen, was André angetan worden ist, aber ich kann versuchen, es zu verstehen.«

Dominic hob sie in die Kutsche und küßte sie auf die Nasenspitze. »Hast du alles?« Er warf einen Blick auf das zierliche Spitzenretikül in ihrer Hand. »Wo ist dein übriges Gepäck?«

»Ich habe nichts«, antwortete sie mit strahlendem Lächeln. »Und doch so viel.« Das Wissen um ihren eigenen Wert, ihre Leidenschaft, ihre Liebe und diesen Mann, der ihr das alles geschenkt hatte. »Alles.«

Schüsse peitschten durch die Luft, als die Kutsche sich erst wenige Meilen von Tucson entfernt hatte.

Elspeth hielt vor Schreck den Atem an. Durbin? Hatte sie sich geirrt, als sie glaubte, den Mann so einschüchtern zu können, daß er Dominics Verfolgung einstellte? Lieber Himmel, und ausgerechnet sie hatte ihm gesagt, daß sie diese Kutsche nahmen! Sie hörte Ben Travis fluchen, und dann kam die Kutsche zum Stehen.

Dominic zog seinen Colt. »Leg dich auf den Boden, Elspeth.«

»Der Teufel soll dich holen, Patrick! Ich habe dir gesagt, daß ich dir das nächste Mal eine Kugel durch den Kopf jage!« rief Ben Travis wütend.

Patrick!

»Beruhige dich, Ben. Ich habe Dom und Elspeth in Tucson verpaßt und will mich nur schnell von ihnen verabschieden.«

»Dann tu es und laß mich weiterfahren! Ich habe einen Zeitplan einzuhalten.«

Einen Augenblick später kletterte Patrick in die Kutsche. Er war so staubbedeckt und schmutzig wie das erste Mal, als Elspeth ihm begegnet war.

Aber er war jetzt kein Junge mehr. Eine ganz neue Reife sprach aus seinen dunklen Augen; und Elspeth erfuhr einen schmerzhaften Stich, als sie an den liebenswerten, mutwilligen Jungen dachte, den es seit Rising Stars Tod nicht mehr gab.

»Als ich mit Silver nach Killara kam, sagte Großvater, ihr wärt auf dem Weg nach Osten«, berichtete Patrick und reichte Dominic die Hand. »Bleibt nicht zu lange fort. Wir brauchen euch.«

Dominic schüttelte den Kopf. »Ein, zwei Jahre.«

»Ich muß dich um etwas bitten. Ich habe daran gedacht, Silver nach St. Louis auf die Schule zu schicken.« Er verzog den Mund. »Nicht jetzt, natürlich. Erst, wenn Großvater nachgegeben und sie als Delaney anerkannt hat. Ich gebe nicht auf, bis ich ihn so weit gebracht habe. Aber danach wird es einfacher für Silver sein, wenn etwas von ihrer Wildheit gezähmt wird.«

»Und du glaubst, das könnte in einer vornehmen Schule geschehen?« erkundigte Dominic sich trocken. »Der liebe Himmel möge ihnen beistehen!«

»Es wäre einen Versuch wert. Würdet ihr beide euch dann ein bißchen um sie kümmern? St. Louis ist nicht weit entfernt von den Ausgrabungsstätten, zu denen ihr wollt, oder?«

Elspeth schüttelte den Kopf. »Nein, überhaupt nicht. Und selbstverständlich kümmern wir uns um sie.«

Patrick atmete erleichtert auf. »Gut. Es ist nicht leicht für mich. Ich bin es nicht gewöhnt, auf andere aufzupassen.«

»Du machst es sehr gut, Patrick«, sagte Elspeth freundlich.

Er beugte sich vor und küßte sie auf die Stirn. »Auf Wiedersehen, Elspeth – und vielen Dank.«

»Auf Wiedersehen, Patrick.« Sie spürte ihre Augen feucht werden und blinzelte entschlossen die Tränen fort. »Paß gut auf dich auf.«

Er öffnete die Tür und sprang auf die Straße. Dort drehte er sich noch einmal zu ihnen um, und für einen Augenblick glaubte Elspeth wieder jenes mutwillige Funkeln, das sie für immer verloren geglaubt hatte, in seinen Augen zu erkennen. »Oh, fast hätte ich vergessen, es dir zu sagen, Dominic. Ich habe dir ein Geschenk aus Killara mitgebracht. Ich bin sicher, es ist genau das, was du brauchst, wenn du dich als Schatzgräber betätigst.« Damit schlug er die Tür der Kutsche zu und verschwand aus ihrer Sicht.

Elspeth runzelte die Stirn. »Was meinte er bloß? Ich habe kein Geschenk gesehen. Glaubst du …«

Derbes Fluchen wurde laut. »Patrick, *verdammt*, komm sofort zurück!«

»Das geht nicht, Ben. Ich habe es eilig, nach Killara zurückzukehren.« Lautes Hufgetrappel und schallendes Gelächter.

»Aber du kannst ihn nicht einfach an meine Kutsche anbinden! Ich habe einen Zeitplan!« schrie Ben aufgebracht.

Von Patrick kam keine Antwort.

»Patrick, du Schuft, er hat sich mitten auf die Straße gesetzt!«

»O nein!« stöhnte Dominic, zog sich den Hut über die Augen und glitt auf dem Sitz hinunter. »Das kann er mir doch wirklich nicht antun.«

Elspeth begann schon zu lachen, bevor sie noch den Kopf aus dem Fenster steckte und sich überzeugte. »Ich fürchte, das hat er schon, Dominic.«

Azuquita.

ENDE

Band 13 352

**Shelley Sessions/
Peter Meyer**

Dunkle Begierde

›Ein wichtiges Buch – aufwühlend und einfühlsam erzählt.‹
– The Kirkus Reviews –

12 Millionen Frauen, so schätzt man, wurden allein in Amerika in ihrer Kindheit und Jugend von ihren Vätern sexuell belästigt und mißbraucht. Und auch in Deutschland liegt die Dunkelziffer gerade dieses Verbrechens alarmierend hoch. Denn nur wenige Töchter wagen es, das Schweigen über ihr Leiden zu brechen.

Die wahre Geschichte der Shelley Sessions ist für all diese Fälle ebenso exemplarisch wie ungewöhnlich. Aufgeweckt und allseits beliebt, lebt das texanische Mädchen eine scheinbar sorglose Kindheit. Ihr Stiefvater, ein steinreicher Unternehmer, hat Shelley seit jeher vergöttert. Doch seine Liebe schlägt um in sexuelle Forderungen, die immer gröber werden . . .

BASTEI LÜBBE

Sie erhalten diesen Band im Buchhandel, bei Ihrem Zeitschriftenhändler sowie im Bahnhofsbuchhandel.